Liselotte Marshall erzählt in ihrem autobiographisch gefärbten Roman das Schicksal einer in Deutschland geborenen Jüdin und Emigrantin: ein Leben ohne Vaterland und Muttersprache.

Als Rachel Bernstein, Simultandolmetscherin in New York, nach zwanzigjähriger Ehe von ihrem Mann verlassen wird, gerät sie in eine Lebenskrise, die alte Wunden einer verdrängten Vergangenheit wieder aufbrechen läßt. Als Kind litt sie an einer Knochentuberkulose, die in einer Klinik der französischen Schweiz behandelt wurde, und entging so dem Holocaust, dem ihre Familie zum Opfer fiel. Ihre Kindheit hat sie buchstäblich ans Bett gefesselt verbracht – die Heilung der Krankheit dauerte neun Jahre. Zurückgeblieben ist eine Gehbehinderung.

Rachel läßt sich nach London versetzen und übernimmt dann den Auftrag, bei einem internationalen Tuberkulose-Kongreß in der Schweiz zu dolmetschen, der in Péniel stattfindet, ebendem Ort ihres Leidens, in den sie nie hatte zurückkehren wollen. In Péniel kommt es zu bewegenden und bedrückenden Begegnungen mit der Vergangenheit. Es zeigt sich, daß die Erinnerungsfetzen und quälenden Alpträume, von denen Rachel immer wieder heimgesucht wird, auf Schlüsselerlebnisse nicht nur physischen Leidens zurückgehen …

Liselotte Marshall wurde 1923 in Usingen geboren. Als Kind an Knochentuberkulose erkrankt, überlebte sie den Holocaust in einer Schweizer Tb-Heilstätte. 1946 emigrierte sie in die USA und studierte in Yale. Seit vierzig Jahren lebt sie in England.

Liselotte Marshall

DIE VERLORENE SPRACHE

Roman

Aus dem Englischen
von Ingrid Lebe

Mit einem Nachwort
von Ruth Klüger

Fischer
Taschenbuch
Verlag

Die Frau in der Gesellschaft
Herausgegeben von Ingeborg Mues

8.–9. Tausend: März 1998

Originalausgabe
Veröffentlicht im Fischer Taschenbuch Verlag GmbH,
Frankfurt am Main, November 1997

Das englische Originalmanuskript trägt den Titel ›Tongue-tied‹
Gesamtherstellung: Clausen & Bosse, Leck
Printed in Germany
ISBN 3-596-13500-1

Für Magdalena
sine qua non

Dieses Buch ist ein Roman, trotz seiner Form keine Autobiographie. Nur die Erinnerungen an die damalige Zeit und die Krankheit sind real. Die Personen, auch die der Erzählerin, gibt es nicht und hat es nicht gegeben: Ihre Handlungen und Meinungen sind erfunden; jede Ähnlichkeit mit lebenden oder toten Personen wäre rein zufällig.

... Jakob blieb allein zurück. Da rang ein Mann mit ihm, bis die Morgenröte anbrach. Und da er sah, daß er ihn nicht bezwingen konnte, berührte er das Gelenk an seiner Hüfte, und das Gelenk der Hüfte Jakobs ward über dem Ringen mit ihm verrenkt. Und er sprach: Laß mich gehen, denn die Morgenröte bricht an. Aber er antwortete: Ich lasse dich nicht, du segnest mich denn. Er sprach: Wie heißest du? Er antwortete: Jakob. Er sprach: Du sollst nicht mehr Jakob heißen, sondern Israel; denn du hast mit Gott und mit Menschen gekämpft und den Sieg davongetragen. Und Jakob fragte ihn und sprach: Sage doch, wie heißest du? Er aber sprach: Warum fragst du, wie ich heiße? Und er segnete ihn daselbst. Und Jakob hieß die Stätte Pniel; denn ich habe Gott von Angesicht gesehen, und meine Seele ist genesen. Und als er an Pniel vorüberkam, ging die Sonne auf; und er hinkte an seiner Hüfte.

Genesis 32, 24–31

Der Jude ... Wir bekämpfen sein Wirken als Rassentuberkulose der Völker und sind überzeugt, daß Genesung erst eintritt nach Entfernung des Erregers.

Der Stürmer
Antisemitisches nationalsozialistisches Hetzblatt

Vorspiel
DIE EBENE

Oh, what a beautiful mornin'
Oh, what a beautiful day.
I got a beautiful feelin'
Ev'ry thin's goin' my way.

Oklahoma
Richard Rodgers
Oscar Hammerstein

EINS

An jenem Tag teilte ich die Dolmetscherkabine mit Simone.

»Du bist dran«, sagte sie lautlos. Ihre vor Anspannung hochgezogenen Schultern senkten sich, während sie darauf wartete, daß ich fortfuhr.

Der Mann, dessen Stimme ich hätte hören müssen, sprach langsam und bedächtig, so wie man ihn unseretwegen instruiert hatte. Aber ich konnte nicht verstehen, was er sagte. Seine Worte bedeuteten nichts. Sie kamen von weit, weit her, wie durch ein Echogewölbe ... Gewölbe. Meine Gedanken waren zu langsam, um Worte zu finden, geschweige denn simultan. Die Kopfhörer drückten auf meinen Kopf, heiß und so schwer. Die Stimme des Mannes, aber keine Worte, nur Geräusche, überall um mich herum ... Der Raum war voller Stimmen ... Sie entfernten sich immer weiter, als die Kopfhörer nach hinten auf meinen Nacken glitten, wie eine Klammer, die mich festhielt, mich bewegungsunfähig machte ... bewegungsunfähig. Ich konnte nicht mehr hören. Der Tisch schlug mir ins Gesicht.

Hände griffen sanft nach meinem Ellbogen. »Okay, Rachel.« Simone übersetzte weiter, zunächst stockend – dann so flüssig wie gewohnt.

»Rachel a perdu sa langue, Rachel a perdu sa langue.«

»Rachel hat die Sprache verloren.« Worte, die vor langer Zeit in Péniel heruntergeleiert worden waren, fielen mir wieder ein, während die in der Gegenwart gesprochenen unverständlich blieben. Meine Hände waren naß. Mein Gesicht war naß. Von Schweiß oder Tränen? Ich erinnere mich nicht.

Ich konnte mich auch danach nicht an viel erinnern, außer daß alle sehr freundlich zu mir waren, auch Tom Anderson, mein Chef, in dessen Büro Simone mich gebracht haben mußte, als die

Konferenz vorbei war. »Machen Sie sich keine Sorgen, meine Liebe, das könnte jedem von uns passieren«, sagte er in seiner onkelhaften Art, edelmütig, aber unaufrichtig.

Als ich mich schwankend erhob, reichte er mir meinen Stock, der, wie immer in Augenblicken der Erregung oder Erschütterung, zu Boden gefallen war. »Geht es Ihnen gut genug, um allein nach Hause zu kommen?« Sein Gesicht drückte Besorgnis aus. »Nehmen Sie ein Taxi. Liz wird Ihnen eines rufen.«

Seine Sekretärin, die sich in diskreter Entfernung gehalten hatte, verließ rasch den Raum. Tom ergriff meine Hand und sagte im Tonfall der Ermutigung: »Gehen Sie zu Ihrem Arzt. Ruhen Sie sich aus – was Sie brauchen, ist Schlaf. Das hilft am besten, wenn man ein bißchen niedergeschlagen ist.« Er führte mich zu dem wartenden Taxi, bei dem Liz stand und die Tür aufhielt. »Kopf hoch!«

Die Tür schloß sich. Ich war allein, auf dem Weg nach Hause, einem Zuhause, zu dem – von nun an – nur noch ich einen Schlüssel hatte.

Ich fiel praktisch ins Bett und schlief sofort ein. Doch ich wachte gegen zwei Uhr morgens auf, döste danach nur vor mich hin und träumte einen meiner wiederkehrenden Alpträume, in denen geschlossene Türen vorkamen, Korridore, die nirgendwohin führten, Orte, an denen ich allein war. Ich ging in einem Flughafen durch einen langen, leeren Gang, der mich zu einem Flugzeug führen würde. Ich ging meilenweit, jeder Schritt erforderte wachsende Anstrengung. Als ich schließlich den Ausgang erreichte, sah ich mich vor einer rauhen Wand: schwarz-grünes, feuchtes Holz, glänzend und brüchig. Meine Finger nahmen ein Stück heraus. Es fiel in meine Hände wie ein Klumpen Eis. Durch das Loch blickte ich in eine öde Winterlandschaft. Ich fror in meinem Pelzmantel.

Diesen Mantel hatte mir John zwei Wochen zuvor bei meiner Rückkehr aus San Francisco zum Flughafen gebracht, obwohl wir schon vor langer Zeit aufgehört hatten, uns gegenseitig vom Flugzeug abzuholen. Es war am Morgen des Heiligen Abends, und es schneite. Ich kam von einer Konferenz über eine mysteriöse Krankheit, die sich in der Homosexuellenszene dort ausbreitete und von der es hieß, daß ähnliches auch in anderen Gegenden auftrete, bevor das Virus identifiziert und aller Welt durch jene gefürchteten vier Initialen bekannt wurde.

Ich hatte seit einiger Zeit auf dem Sachgebiet Gesundheit gearbeitet. Man neigt dazu, uns auf Spezialisierungen festzulegen: Medizin scheint meine geworden zu sein. Nicht daß ich irgendeine besondere Ausbildung oder eine besonders hohe Meinung über die meisten Vertreter dieses Berufs, egal welcher Richtung, hätte – frühe Erfahrungen haben ihre Spuren hinterlassen. Ich bin Dolmetscherin. Ich übersetze, was immer man mir aufträgt. Was ich tue, ist nur insofern von Bedeutung, als ich über das notwendige Vokabular verfüge und genug Verständnis für das zur Diskussion stehende Thema habe; was ich darüber denke, ist irrelevant.

Trotz des schrecklichen Themas war die Konferenz in San Francisco gut verlaufen: Die Arbeit war leicht, jedermann freundlich. Ich war drei Wochen fort gewesen und hatte es nicht besonders eilig, nach Hause zurückzukehren. Mein geplanter Flug war überbucht; ich blieb freiwillig bis zum nächsten Tag, Heiligabend, zurück. John und ich hatten in den drei Wochen meiner Abwesenheit weder Briefe gewechselt noch miteinander telefoniert. Ich bat sogar die Fluggesellschaft, ihn über die Verschiebung meiner Ankunft zu informieren. Mich überraschte nicht, was ich in seinem starren, harten Gesicht las.

Im Auto faßte er es in Worte – oder war es, als wir zu Hause ankamen? Man hat mir gesagt, ich hätte einen Schock erlitten. Ich weiß, daß das nicht wahr ist, jedenfalls nicht ganz. Wie kann man über etwas schockiert sein, das man hat kommen sehen? Etwas, das man eigentlich ganz bewußt herbeigeführt hat, indem man fortgegangen ist? Ich hatte es gewußt, hatte es vorausgesehen, jedoch die Realität noch nicht voll akzeptiert, bis er es mir am Morgen des Heiligen Abends sagte. Er nahm meinen Koffer und führte mich zum wartenden Auto. Erst später erinnerte ich mich daran, daß wir uns nicht geküßt hatten, nicht einmal flüchtig. Wir sprachen sehr wenig auf der langen Heimfahrt durch die schneebedeckten Straßen. Jeder wartete darauf, daß der andere anfing. Schließlich tat er es – aber ich bin nicht ganz sicher. So wie wir einst vom Heiraten gesprochen hatten, ohne daß er mich gefragt hatte, taten wir es jetzt beim umgekehrten Vorgang. Es schien nicht einmal weh zu tun, nicht sofort. Später, sagte mir mein Verstand, später werde ich damit fertig werden.

Er schloß die Wohnungstür auf und stellte den Koffer so nah wie möglich am Eingang ab, als fürchte er, von irgend etwas oder irgend jemandem in der Wohnung angesteckt zu werden. »Nach den Feiertagen«, sagte er, »es eilt nicht, wir werden zusammenkommen müssen, um die Dinge zu regeln. Hier ist mein Schlüssel.« Nicht ein einziges Mal zeigte die Fassade einen Riß, damals nicht und auch später fast nie. Wir hatten unseren Teil an Zerstörung bereits während unserer Ehe erledigt. Ich sah ihm die Verlegenheit an, die ihm das Bemühen bereitete, seine Stimme freundlich klingen zu lassen, als er hinzufügte: »Es tut mir wirklich leid, Rachel, daß ich dir weh tun muß.«

Ich starrte hinunter auf meine Schuhe, weil ich das Mitleid in seinen Augen nicht ertragen konnte; Mitleid ist ein so demütigender Ersatz für Liebe. Wie ungleich meine Beine aussahen.

»Aber ich … wir … konnten nicht anders. Wir hatten schon beschlossen, uns nicht mehr zu sehen. Dann bist du abgereist – es passierte einfach.«

Ich wünschte, er würde mit dieser Beichte aufhören, ich wollte keine Details hören.

Er fuhr fort: »Wenn du nur wüßtest, wie unglücklich Nancy darüber ist, daß sie dir solchen Schmerz zugefügt hat. Sie war es, die zuerst beschlossen hat, daß wir uns nicht mehr treffen sollten.« Er sagte dies mit einer Dringlichkeit, die sich anhörte, als erwarte er, daß ich Nancy in ihrem Unglück bedauerte, als sei ihr Leid in seinen Augen mit dem meinen vergleichbar. Wenn ich nur sehen könnte, wie schmerzlich ein alternder Krüppel ihre empfindsame Seele verletzt hatte! Eine gräßliche Parodie von Intimität spielte sich in diesem Augenblick zwischen uns ab. Eine Sekunde lang schien es, als wolle er die Hand nach mir ausstrekken, doch dann wandte er sich ab. Ich sah ihm nach, als er zum Aufzug eilte.

Ich lehnte an der Tür, meine Hand hielt immer noch den Spazierstock. Mir gegenüber befand sich ein hoher Spiegel, den ich vor ein paar Jahren zufällig in einem Ausverkauf entdeckt hatte. Das Glas war alles andere als vollkommen, was wohl einen Teil der Wirkung erklärte. Aber in diesem Augenblick, als ich davor stand, sah ich mich mit völliger Klarheit so, wie ich ihm erschienen sein mußte: mein Körper formlos, meine Kleidung zu eng, aber sackartig, mein Gesicht aufgedunsen und hager zugleich, hängende Schultern, langes, ungekämmtes Haar, der graue Ansatz unter dem gefärbten Braun über zwei Zentimeter lang. Meine Beine paßten nicht zusammen, eines war durch Krankheit verkrüppelt. Kein Wunder, dachte ich voller Selbstekel, daß er diesem mißgestalteten alten Weib eine hübsche junge Frau vorzieht.

Nachdem mich die Sprache im Stich gelassen hatte, wurde ich für einen Monat krank geschrieben. Der Arzt, den ich aufsuchte, gleich nachdem ich Tom Andersons Büro verlassen hatte, verschrieb mir Tabletten, die mich schläfrig machten. Ich schlief viel, aß sehr wenig und verließ das Haus nur, um das Notwendigste einzukaufen. Ich versuchte zu lesen, war aber nicht imstande, mich zu konzentrieren. Sogar das Fernsehen erwies sich als schwierig. Es war eine merkwürdig verschwommene Zeit. Ich fühlte mich unwirklich und einsam, doch es war eine vertraute Einsamkeit, eine vertraute Unwirklichkeit: Ich war schon früher hier gewesen, in diesem behaglichen Iglu, in dem ich mich verkrochen hatte, um meine Wunden zu lecken. Dank einer Prägung in meiner frühen Kindheit hätte ich damit, wenn man so sagen darf, durchkommen können – vorausgesetzt, die Welt ließ sich in Schach halten, indem man sich die Decke über den Kopf zog. Der folgende Samstag, an dem John in die Wohnung kam, um seine Sachen zu holen, machte nur allzu klar, wie unmöglich das war.

Vordergründig betrachtet war es eine sehr zivilisierte Begegnung, ein Vorspiel dessen, was hoffentlich eine »gute Scheidung« werden würde, so wie unsere Ehe eine »gute« gewesen war. Da wir keine Kinder, keine Haustiere und kaum Besitztümer hatten, an denen uns wirklich etwas lag, war alles sehr einfach: jedem das Seine. Wir behielten, was uns vor unserer Hochzeit gehört hatte – ich meine Wohnung, er sein Auto. Was wir gemeinsam angeschafft hatten, war wertlos. In mehr als einem Sinne.

»Du hättest dir nicht die Mühe machen sollen«, sagte er, als er die Dinge sah, die ich für ihn aussortiert hatte. »Ich brauche das Zeug wirklich nicht. Behalte, was du willst, auch die Bücher.«

»Danke, ich habe genug eigene. Aber ich würde gern die französischen und deutschen Wörterbücher übernehmen, wenn du nichts dagegen hast.« Gemeinsam besaßen wir eine ziemlich umfassende Bibliothek zur Technik des Übersetzens. »Aber nimm doch ein paar Regale.« Wir waren unerträglich höflich und edelmütig zueinander. »Deinen Schreibtisch und deinen Stuhl oder was dir sonst noch einfällt. Ich werde das Bett behalten – ihr habt ja schon ein Himmelbett.« Warum, um Gottes willen, war mir das herausgerutscht?

»Woher weißt du das?« fragte er erstaunt.

»Du hast es mir erzählt, erinnerst du dich nicht?« Es hatte ihn amüsiert, daß Nancy dem Kauf nicht hatte widerstehen können, obwohl sie behauptete, sie hasse persönlichen Besitz. Daß er mir davon berichtete, scheinbar in beiläufigem Geplauder, hatte mir seine Leidenschaft verraten.

»Habe ich dir das wirklich erzählt? Du scheinst ein absolutes Gedächtnis zu haben.«

»Was ist mit der Hi-Fi-Anlage?« fragte ich. »Bedenke, daß sie meinen Plattenspieler ersetzt hat, den du für altmodisch hieltest.«

»Sie gehört dir. Nancy hat selbst eine sehr gute Anlage.«

Natürlich hatte sie das! Ich wünschte, daß es vorbei wäre. »Vergiß deine Platten nicht, ich will sie nicht haben«, sagte ich beinahe grimmig. Er besaß eine große Sammlung von Protestsongs aus der dritten Welt, die er, wenn er zu Hause war, abends gern als Hintergrundmusik laufen ließ – sogar beim Abendessen mit Gästen. Wie hatte ich das nur dulden können? Mir war es immer anstößig erschienen, diese tief empfundenen Klagen oder Ausbrüche als bloße Berieselung unserer behaglichen Entspannung in einer Welt des Überflusses zu mißbrauchen.

Sobald John die letzten Reste unseres gemeinsamen Lebens fortgeschafft hatte, beschloß ich, die Wohnung so zu verändern, daß jede Spur, die er hinterlassen hatte, getilgt wurde. Ich begann das Unternehmen, indem ich das Wohlwollen nutzte, das der Hausmeister mir entgegenbrachte: Er hatte mir einmal versichert, daß ich bei ihm eine Menge Kredit hätte, weil ich seine Tochter auf eine Prüfung in Französisch vorbereitet hatte, die sie dann mit »Sehr gut« bestand. Danach konnte ich in seinen Augen überhaupt nichts Unrechtes tun. Zudem hatten Mr. O'Neil und seine Frau als gute irische Katholiken strenge Ansichten über die Unauflöslichkeit der Ehe. »Es ist eine himmelschreiende Schande, daß eine so feine christliche Dame wie Sie auf diese Weise verlassen wird«, verkündete er. »Natürlich streiche ich Ihre Wohnung. Das ist Männersache.« Er befreite die Wände von allem – Bildern, Büchern, Spinnweben – und strich sie mehrmals mit reinem, tilgendem Weiß.

Als er fertig war, schob ich meinen Schreibtisch ans Fenster des Arbeitszimmers – es hatte mir immer am besten gefallen, weil es der einzige Raum war, der so etwas wie einen Ausblick nicht nur auf gegenüberliegende Gebäude bot. Ich setzte mich hin und dachte darüber nach, wie erlösend es war, nicht mehr von Fotos umgeben zu sein, die das Elend der dritten Welt zeigten. »Ein Zimmer kann ein Bekenntnis sein«, hatte John einmal bedeutungsvoll verkündet. Seine Bilder- wie seine Musikvorlieben, so wurde mir nun klar, waren der Gipfel des schlechten Geschmacks. Ich ersetzte die Fotos durch Wandbehänge, die ich von verschiedenen Auslandsreisen mitgebracht, aus Platzmangel aber nicht hatte aufhängen können.

Jedoch … Es gab noch eine weitere schwere Prüfung, der ich mich stellen mußte.

Den Kauf neuer Möbel hatte ich bis zur Rückkehr meiner

Tante aus Florida verschoben. Sie war vor Weihnachten abgereist und sollte Anfang Februar zurück sein. Wenn ich ihr schon erzählen mußte, was während ihrer Abwesenheit geschehen war, würde sich eine gemeinsame Aktivität wie Einkaufen als sinnvoll erweisen. Das barg zwar gewisse Risiken, da Aunt Beatrice – so will sie genannt werden – oder Tante Beate, wie ich sie unter vier Augen immer noch nenne, sich schon beim geringsten Anlaß in weinerlichen Reminiszenzen über den Verlust des Familienbesitzes zu ergehen pflegt. Doch alles in allem würde dies das kleinere Übel sein, wenn ich ihre übertriebene Beschäftigung mit meinen Problemen bedachte, ihr abstoßendes Mitleid, das mit unbeabsichtigter Grausamkeit durchsetzt war. Ich hörte schon dieses vertraute Gejammer *»Ach, Rahel, ich mach mir solche Sorgen um dich«*, mit dem sie mir vorwarf, daß ich ihr Sorgen bereitete, während sie sich zugleich durch meinen Mangel an Dankbarkeit gekränkt fühlte.

Am vereinbarten Tag trafen wir uns bei Bloomingdale's, der neutralsten und öffentlichsten Umgebung, die ich mir vorstellen konnte. Ich durchstreifte gerade die Teppichausstellung, als ich sie kommen sah: eine kleine, gedrungene ältere Dame mit pechschwarzem Haar, auf dem ein Hut saß; unvermeidlich dazu der Pelzmantel wie die drei Einkaufstaschen. Als sie mir entgegenwatschelte, erinnerte ich mich daran, wie ich vor kurzem unvermittelt mein Spiegelbild gesehen hatte und über die Familienähnlichkeit erschrocken war. »Wie Schwestern sehen wir aus«, hatte sie einmal behauptet.

Wird es mit mir auch dahin kommen? fragte ich mich. Immerhin, ich hatte abgenommen: Die erste Tante-Beate-Schicht war bereits verschwunden.

Es gelang mir, einem Kuß auf die Wange auszuweichen, der stets einen perfekten Abdruck ihres Mundes zurückließ; statt dessen umarmten wir einander. Unsere Zusammenkünfte sind von meiner Seite meist ziemlich schweigsame Angelegenheiten. Diese bildete keine Ausnahme.

Mit den von mir ausgesuchten Orientteppichen war ich rundherum zufrieden: John freilich hätte weder den turkmenischen noch den kaukasischen gemocht. Zudem zeigte sich Tante Beate einverstanden. Da ich etwas kaufte, was sie für eine löbliche Investition hielt, überließ sie die Wahl ganz mir. Bis jetzt war zu meiner Situation noch nichts gesagt oder gefragt worden. Sie war viel zu beschäftigt, mir von ihrem Urlaub zu erzählen – einem Luxus, den sie für ihre Nerven brauchte –, von Mrs. Fuchs, die »grün« vor Neid war, weil es ihr nie gelang, genug Geld zu sparen, um in solchen erstklassigen Hotels zu wohnen. Dann erging sie sich über ihren Aktienmakler, der, obwohl er nichts davon verstand und sich oft sogar auf ihren Rat stützte, sie zu überreden versuchte, ihre Ölanteile zu verkaufen. »Ich weiß nicht, ob er recht hat; ich muß John konsultieren, um eine zweite Meinung zu hören.«

Natürlich. Nur dem Mann in der Familie konnte man vertrauen, wenn man Finanzprobleme zu lösen hatte. Was mich an den Zweck unseres Treffens erinnerte ... Wie sollte ich es nur anfangen, sie von dieser Illusion zu befreien?

»Wie wäre es mit einem Imbiß?« sagte sie, sobald ich bezahlt und die Lieferung vereinbart hatte.

Ich sah auf meine Uhr, es war eben zwölf. »Ist das nicht ein bißchen früh, Tante Beate?« fragte ich feige.

»Nein, es ist nicht zu früh«, sagte sie und stampfte dabei kurz mit dem Fuß auf. »Ich fühle mich schwach. So wird es dir auch gehen, wenn du in meinem Alter bist. Komm jetzt«, sagte sie und zog mich zum Aufzug. »Und denk dran, ich bin Aunt Beatrice. Du weißt doch, daß ich nicht auf deutsch angesprochen werden will, wenn es jeder hören kann«, flüsterte sie.

Das erste, was sie tat, als wir uns in ihrem Lieblingslokal – einem Wiener *Kaffeehaus*, das leichte Imbisse anbot – an einem Tisch niedergelassen hatten, war, daß sie von einer ihrer Einkaufstaschen Gebrauch machte. Sie zog einen Stoß Papierservietten aus dem Behälter auf dem Tisch und verstaute ihn in der Tasche. Diese flinke Aktion wurde von einem Vortrag über die Notwendigkeit des Sparens begleitet, dem Bemerkungen über Leute und Erlebnisse folgten. Ihr Geschwätz brauchte niemals einen Anlaß. »Mrs. Fuchs hat einen Hautausschlag. Ihr Arzt hat gesagt, das kommt von der Hitze. Hast du jemals einen solchen Unsinn gehört – Hitze im Winter? Ich bin sicher, sie hat Gürtelrose. Sie sollte diesen Arzt verklagen. Was meinst du dazu, Rahel?«

Trotz ihrer Vorliebe für englische Namensformen war sie die einzige mir bekannte Person, die meinen Namen in dieser weichen, »vornehmeren« deutschen Art, wie sie es nannte, aussprach, indem sie das gutturale »ch« ausließ. »Warum antwortest du mir nicht, wenn ich dich etwas frage?«

»Man kann zu jeder Jahreszeit einen Hitzeausschlag haben, wenn man in zu warmen Zimmern wohnt«, antwortete ich gehorsam, während ich die Karte länger als notwendig studierte.

Die Kellnerin unterbrach diesen Dialog, um nach unseren Wünschen zu fragen. Ich wählte einen Salat, Aunt Beatrice eine Meringue. Sie tat dies mit einem leisen Kichern, als sage sie etwas Ungehöriges, aber dennoch Ergötzliches. Und unaufrichtig fügte sie hinzu: »Heute ist eine Ausnahme. Ich esse immer gesund, aber nie zuviel. Das solltest du auch tun.« Zum erstenmal an diesem Tag blickte sie mich genauer an. Ich hatte meinen Mantel abgelegt. »Du bist so dünn! Fühlst du dich nicht wohl?«

Ich hätte Ärger gehabt, murmelte ich undeutlich.

Sie reagierte nicht sofort, sondern berief sich auf einen Arzt, den sie in ihrer Jugend gekannt hatte und der zu sagen pflegte, daß Fett gut für die Nerven sei. *»Man muß Nerven in Fett legen«*, lautete der Satz, den sie gern zitierte.

Wieder sagte ich nichts und überlegte, wie ich anfangen sollte.

Aber Aunt Beatrice verlangte eine Antwort. »*Herrschaft noch mal*, Rahel, was ist los mit dir?«

»John hat mich verlassen.«

Ihr winziger Mund wie dessen Umgebung hatten mittlerweile alle Lippenstiftspuren eingebüßt und waren mit Sahne bedeckt; als sie ihn öffnete, enthüllte er ein Stück halb gekauter Meringue, ihre Augen traten hervor. »W-was?« schluckte sie. »W-wann ist denn das passiert?« Und sie fügte sogleich hinzu: »Ich wette, daß er eine andere Frau gefunden hat, eine jüngere, viel jünger als du.«

Ihre landläufigen Vermutungen konnten erstaunlich zutreffend sein.

»Und ich nehme an, *sie ist eine Schickse.*«

Das war zuviel. »Sie ist keine Jüdin, nein, aber das hat nichts damit zu tun, überhaupt nichts«, sagte ich hochmütig.

»Ja, mein Kind.« Ihre Regel, in der Öffentlichkeit niemals Deutsch zu sprechen, völlig vergessend, rief sie mit einer Mischung von Triumph und Mitleid aus: *»Ich hab's mir ja immer so halb gedacht!«*

Unfehlbar penetrant folgte sie der Angewohnheit, Dinge auszusprechen, die andere Leute nur denken: Sie hatte immer befürchtet, daß es so enden würde. Nachdem sie John zunächst abgelehnt hatte, weil er kein Jude war, war sie ihm dann doch zugetan gewesen. Tatsächlich wuchs ihre Zuneigung umgekehrt proportional zur Verschlechterung der Beziehung zwischen John und mir. Sie pflegte zu sagen: »Seien wir ehrlich – ich glaube nicht, daß ein Jude dich geheiratet hätte. Du hast Glück gehabt, daß du einen solchen Mann gefunden hast.« Nun verbreitete sie sich über das Thema Männer: »Männer«, seufzte sie, »wollen eben nur junge Mädchen und –«

Ich erhob mich abrupt, wollte sie den Satz nicht zu Ende sprechen hören. Wie ich mich nach einer netten, zurückhaltenden Heuchelei sehnte! »Oh, ich hab ganz vergessen, daß ich noch einen Termin beim Friseur habe. Ich bin schon spät dran.« Ich griff hastig nach meinem Mantel und meinem Stock, streifte mit meinem Gesicht kurz das ihre und hastete flüchtend davon. Ich ließ sie sogar die Rechnung bezahlen.

Ich hatte keinen Termin, aber wenig später saß ich doch in »Roberts Unisex-Frisiersalon«, einem jener Läden, in denen es keine Kabinen gab, nur Waschbecken, Stühle, weiße Wände mit Schwarzweißfotos von Models und betont femininen jungen Männern in geschmackvoller Garderobe. Der Inhaber Robert Saunders, den ich kannte, weil er mit meinem Chef zusammenlebte, bediente mich persönlich.

»Rachel, darf ich Ihnen etwas vorschlagen?« fragte er. »Machen Sie sich ehrlich! Kein Färben, kein Einlegen, kein Toupieren, kein Spray. Zeigen Sie Ihre Nackenlinie, Ihre Wangenknochen sollten betont werden – Sie haben einen guten Knochenbau.«

Als ich den Salon verließ, fühlte ich mich nicht besser, aber leichter: Die zweite Tante-Beate-Schicht war verschwunden.

Abends am Telefon überschüttete sie mich mit Vorwürfen, weil ich sie im Café so plötzlich allein gelassen hatte. »Kein Wunder, daß John das nicht ertragen konnte«, sagte sie giftig, »wo er doch sonst schon soviel übersehen hat.«

Sie meinte mein Hinken.

Mein Hinken!

In meinem Paß heißt es unter *Besondere Kennzeichen*: »Linkes Bein kürzer.« Als ich das Antragsformular ausfüllte, hatte ich mich für die Aufnahme teils aus beruflich geschulter Genauigkeit entschieden, teils weil es ohnehin das erste ist, was den Leuten an mir auffällt.

Der Paß, den ich als Kind besaß – der, den man mir dann abgenommen hat –, besagte nur, daß meine Augen blau und mein Haar blond waren, nichts über mein Bein, obwohl es damals schon genauso verkrüppelt war. Tatsächlich sogar noch mehr, da ich zu der Zeit, als das Dokument ausgestellt wurde, überhaupt nicht laufen konnte und später nur mit Hilfe von Krücken. Natürlich waren da das rote *J*, das auf jeder Seite prangte, und der zusätzliche Name *Sara*, der mir freundlicherweise vom Deutschen Reich gegeben wurde – vielleicht versehentlich: Rahel hätte jüdisch genug sein müssen, sollte man meinen. Tatsächlich war das *J*, verstärkt durch *Sara*, die schlimmste vorstellbare Behinderung – es bestand keine Notwendigkeit, die Aufmerksamkeit auf ein simples Bein zu lenken, wenn die ganze Person zu einer Krankheit erklärt wurde. Mein zweiter »Paß« dann – dem eine so eindrucksvolle Bezeichnung nicht zuteil wurde – bestand aus einem einzigen Schriftblatt, von der Schweizer Regierung allein zu dem Zweck ausgestellt, mir die Ausreise aus der Schweiz und die Einreise in die Vereinigten Staaten zu erlauben. Es erwähnte nur meinen Namen, ohne *Sara*, und meine Staatsangehörigkeit, und die hieß *staatenlos*.

Aber ich schweife ab. Ich wollte mich wirklich zu meinem Hinken oder, wie man das heute nennt, zu meiner Behinderung bekennen. Mir fehlt, um es in ästhetischen Begriffen zu beschreiben, die normale Symmetrie. Für mich ist dies, abgesehen von der Wirkung, die es auf andere hat, nicht wichtiger als meine Haarfarbe, meine Größe oder die Form meiner Nase.

Hanka, meine beste Freundin aus College-Zeiten, widersprach mir, als ich dies einmal zu ihr sagte. »Na, na! Du beklagst dich doch ständig, daß die Leute zu schnell gehen, daß du mit ihnen nicht Schritt halten kannst«, sagte sie.

»Nun ja, das tue ich. Aber warum soll ich nicht finden, daß *sie* zu schnell gehen, nicht ich zu langsam? Warum soll das mein Problem sein?«

»Sag mir, fühlst du dich nicht anders in deiner Haut, anders, weil du dich anders bewegst?« Sogar Hanka konnte mitunter einen ziemlich kränkenden Mangel an Feingefühl an den Tag legen.

»Anders als wer?« fragte ich zurück. »Ich habe nur eine Haut. Woher soll ich also wissen, wie man sich in anderen Häuten fühlt?«

Ich habe eine steife Hüfte; ein Bein ist fünf Zentimeter kürzer als das andere, so daß ich einen erhöhten Schuh tragen muß. Auf der Straße gehe ich am Stock. Ich mag mich dabei nicht schnell bewegen, weil ich das Gleichgewicht verlieren und fallen könnte, wenn ich's täte. Ansonsten sind meine Beine kein Problem, sie gehören beide zu mir. Ich betrachte meine Behinderung – wie mein Judentum – weder als Auszeichnung noch als Kreuz, um eine etwas unpassende Metapher zu benutzen – oder vielleicht doch nicht ganz so unpassend? In meinem Leben neigen Metaphern halt dazu, sich miteinander zu vermischen. Tatsache ist, ich bin nicht krank. Ich war es als Kind, und davon ist eine sichtbare Spur zurückgeblieben. Ich hätte mich auch mit weniger Sichtbarkeit begnügt, aber so ist es eben: Keiner hat alles, was er sich wünscht.

Tante Beate hat einmal – und nur dieses eine Mal – bei meiner ersten U-Bahnfahrt in die City einen anderen Fahrgast gebeten, seinen Platz für ihre verkrüppelte Nichte freizumachen.

Ich war verletzt. Nein, der Ausdruck ist zu schwach – ich war empört. Sie versuchte das auch nie wieder, obwohl sie vermutlich gar nicht ganz verstanden hat, warum ich auf ihre Freundlichkeit so heftig reagierte.

Wer behindert ist, braucht eine dicke Haut. Ich mußte es mir gefallen lassen, daß jemand bemerkte: »Was für ein Jammer! Rachel ist so hübsch«, als ob mein Hübschsein durch meine »häßliche« Behinderung aufgehoben würde. Schlimmer noch, wenn man mit anhören muß: »Ich kann physisch defekte Leute nicht ertragen, ich brauche Schönheit bei allen, denen ich nahe komme, ein entstellter Körper erfüllt mich mit Übelkeit. Ich kann's nicht ändern, so bin ich nun mal.« Oh, ich kenne all die subtilen und groben Varianten, mit denen meine Behinderung ausgegrenzt werden kann.

»Du mußt diese Leute verstehen. Sie kennen dich nicht, wissen nicht, wozu du fähig bist«, hat man mir einmal gesagt, als ich mich beklagte.

Aber ich verstehe schon. Ich verstehe, daß man von uns, die wir physisch nicht ganz der Norm entsprechen, viel größeres Verständnis erwartet, als wir von denen erwarten können, die sich zu den Normalen zählen. Wir müssen uns dessen bewußter sein. Kränkende Bemerkungen vermochten mich selten zu überraschen oder gar aus der Fassung zu bringen. Solange mein Leben seinen ruhigen Gang ging ...

Solange dies so war, hatte ich mit meinem Selbstverständnis keine Probleme. Doch als mein Leben außer Kurs geriet, veränderte sich alles. Als John aus meinem Leben ging, als mir meine behagliche Hülle genommen wurde wie eine wärmende Decke im Winter, fühlte ich mich entblößt und wollte mich verstecken, mich schützen, die Flucht ergreifen. Die Vergangenheit – jene ersten zwanzig Jahre meines Lebens, die ich so glücklich überwunden zu haben meinte – kehrte zurück und suchte mich heim. Und ich hatte die Sprache verloren.

ZWEI

Wir hatten uns bei der Global Association for Interpretation and Translation, kurz GAIT, kennengelernt. Ich war ihm, einem der besten Dolmetscher des Mitarbeiterstabs, zur Einarbeitung zugeteilt worden. Sehr hilfreich hatte er mir die verschiedenen Aspekte des Jobs erklärt; ich war sehr beeindruckt. Dennoch, so erinnere ich mich, dachte ich: Warum ist dieser gewandte junge Amerikaner Dolmetscher geworden? Wie war ihm die Bürde seiner Mehrsprachigkeit zugewachsen?

Bald fand ich heraus, daß John seine Sprachen ganz anders erworben hatte als ich und daß sie zweifellos keine Bürde waren – nicht für ihn –, sondern eher ein nützliches Gepäck. Beharrlich wie in allem, was er tat, hatte er sie zunächst in Kursen und aus Büchern gelernt und dann praktische Erfahrung erworben, indem er für die jeweils erforderliche Zeit in den Ländern lebte, in denen sie gesprochen wurden. Dort ging er jedem aus dem Weg, der sich in einer anderen Sprache verständlich machte als jener, die er sich anzueignen versuchte. Und er eignete sie sich an. Er befreundete sich mit Einheimischen, nur um Zugang zu ihrer Sprache zu erhalten, das Tonbandgerät stets bei der Hand. Diese Methode des Sprachenstudiums führte zu erstaunlichen Ergebnissen. John sprach ein halbes Dutzend Sprachen fließend und konnte sich außerdem in mehreren anderen verständigen. Sein Französisch war so gut wie meines, sein Deutsch möglicherweise besser. Dabei hatte ich beides praktisch von Kindesbeinen an gesprochen.

Über unseren Beruf äußerte er sich mit viel Emphase, in beinahe mystischen Begriffen. Er war davon überzeugt, daß wir Dolmetscher eine besondere Mission hätten: Wir allein könnten, wenn wir unsere Arbeit gut machten, dem internationalen Dialog überhaupt Bedeutung verleihen. Er war es auch, der unseren Werbeslogan »GAIT, das Tor zum Verständnis« ersonnen hatte.

Obwohl ich im Hinblick auf Johns simplen, fast arroganten Glauben meine Zweifel hatte, empfand ich zum erstenmal in meinem Erwachsenenleben Hoffnung – diese so gefährlich verführerische unter den Maximen des Apostels Paulus. Ich war begeistert, eine Stellung gefunden zu haben, die wie für mich geschaffen zu sein schien, weil Organisationen wie die UNO, bei denen als goldene Regel galt, ein Dolmetscher könne nur in seine Muttersprache übersetzen, keine Verwendung für mich hatten. Ich habe keine Muttersprache.

Dieses Defizit schien, was GAIT – oder Tom Anderson – betraf, eher ein Vorteil zu sein. »Wir schätzen Leute, die doppelt oder dreifach einsetzbar sind«, hatte Tom gesagt. Vor mir lag endlich ein neues, ein aufregendes Leben. Und ich fühlte mich geschmeichelt, daß ein so charmanter, gutaussehender, vollkommen normaler Mann mich begehrte, offenbar ohne sich darum zu scheren, daß ich nicht ganz die perfekte Frau war, auf die er von Haus aus hätte reflektieren können.

Nur die Verdächtigungen meiner Tante wirkten ernüchternd. Sie entsprachen vollkommen ihrer Einstellung zum Leben im allgemeinen und zu mir im besonderen. Sie äußerte sie mit der ihr eigenen Direktheit, nachdem ich ihr John als meinen künftigen Ehemann vorgestellt hatte: »Glaubt dieser Goi zufällig etwa, daß du ein reiches Mädchen bist?«

»Nein, natürlich nicht! Warum sollte er?« erwiderte ich, bereits auf die Antwort gefaßt, die folgen würde.

»Weil er ein Mädchen haben könnte, das nicht am Stock geht, wenn du mich fragst.«

In diesem Fall hatte ich tatsächlich gefragt – also schluckte ich es. Das Zusammenleben mit ihr war unerträglich gewesen. Ich nahm mir eine eigene Wohnung, als ich meine Vorexamen gemacht hatte und mit dem Übersetzen anfing. Auch John lebte allein. Deshalb zogen wir zusammen in die größere der beiden Wohnungen, die zufällig meine war. Wir heirateten und gingen gemeinsam zur Arbeit, wann immer wir beide in der Stadt waren. Und zuerst fand ich das alles wunderbar.

Von uns beiden war John der bessere, besonders wenn es um das Simultandolmetschen ging. Was mir passiert war, hätte ihm niemals widerfahren können; er würde stets die Nerven behalten. Nach einiger Zeit wurde ich dazu bestimmt, als Dolmetscherin an privaten Gesprächsrunden oder informellen Zusammenkünften teilzunehmen, die weniger Können, vielleicht aber mehr Feingefühl erforderten. John pflegte darüber zu witzeln: »Man zieht Damen vor, damit die Diskussionen höflich bleiben, besonders wenn die Leute ein Glas zuviel getrunken haben.«

Später sagte er oft, ohne zu scherzen: »Bild dir bloß nicht ein, du wärst kompetenter als andere, nur weil die Leute dich herkunftsmäßig nicht einordnen können« – denn meine Aussprache in den wenigen Sprachen, die ich spreche, ist besser als seine. »Nicht der Akzent macht den guten Dolmetscher aus.«

»Natürlich nicht«, entgegnete ich, »aber ich weiß auch nicht genau, *was* es eigentlich ist.« Ich versuchte immer, die Dinge herunterzuspielen, mich anzupassen.

John ließ niemals locker. »O doch, du weißt es. Der Haken bei dir ist, Rachel, daß du GAIT nicht um dessentwillen schätzt, wofür sie im Kern steht, nicht wahr? Dich interessieren bloß die Sozialleistungen, die internationale Atmosphäre, das Prestige, die Reisen – nicht das eigentliche Ziel.«

Ich mochte mich mit ihm nicht auf solche Diskussionen einlassen. Tatsächlich stritten wir uns sehr wenig, wenn überhaupt. Und trotzdem blieben wir konkurrierende Kollegen, wobei John stets der Überlegene war, derjenige, der das Sagen hatte und immer alles wußte. Heute ist mir klar, daß wir nicht imstande waren, uns auch nur in einer der drei Sprachen, die wir gemeinsam hatten, zu einigen.

Es gab so manches an ihm, was ich nie verstanden habe. Seinen Eltern bin ich nur einmal begegnet. Er nahm mich mit zu ihnen nach Hause in der Nähe von Boston, und diese Begegnung geriet zu einer Katastrophe. Ich trug ein schlichtes graues Wollkleid mit rotem Besatz, das ich in der Fabrik gekauft hatte, in der meine Tante arbeitete; es war ein Ausstellungsstück gewesen. Johns Mutter hielt es für »zu auffällig«, wie er mir hinterher grimmig erzählte. Und das war nicht ihr einziger Einwand. Ein weiterer galt offenkundig meiner ethnischen Herkunft. Dabei hätte Johns Mutter eine Menge mit Aunt Beatrice gemeinsam gehabt, wenn die beiden einmal zu einem Gedankenaustausch über meine physischen Defizite gekommen wären. Offenbar machte sie John eine Szene und verlangte von ihm, zwischen seinen Eltern und mir zu wählen. Ich hätte dankbar sein sollen, daß er sich für mich entschied – mit wieviel Überzeugung, werde ich freilich nie erfahren. Er schien allenfalls noch einen ganz formalen Kontakt zu seiner Familie zu pflegen, wenigstens gab er mir das zu verstehen. Er besuchte sie einmal auf dem Rückweg von einer Konferenz in Boston. Falls er noch öfter dort war, hat er mir nichts davon gesagt.

Es gab soviel, woran wir niemals rührten. Sobald wir uns der Schwelle der Vertraulichkeit näherten, verstummten wir, spielten mit Worten, wechselten das Thema oder was auch immer. Wir blieben selten allein zu Hause. Wir gingen auf Partys, ins Theater, in Konzerte, nahmen Aufträge im Ausland wahr, so daß wir oft Tage, Wochen und gelegentlich sogar Monate fort waren. Was immer wir für eine Beziehung entwickelt hatten, eine wirkliche Ehe war das nicht. Es war nicht allein Johns Schuld – mir paßte es so, wie ich zugeben muß.

Nach fünf Jahren wurde ich schwanger. Vier Monate später hatte ich eine Fehlgeburt. Jede Hoffnung, die wir gehegt haben mochten, doch noch eine Familie zu werden, war ein für allemal zerstört. Es gab nur unsere Arbeit; wir hatten keine Kinder, die unser Leben verändern würden, keine andere Bindung als das Unternehmen. Unsere Freunde gehörten überwiegend unserem beruflichen Umkreis an. Und sie zogen sich zurück, wie ich feststellte, als alles vorbei war. Nicht daß John sie mir weggenommen hätte oder sie ihm ergeben gefolgt wären. Meine selbstauferlegte Isolation mußte als Zeichen verstanden worden sein, daß ich in Ruhe gelassen werden wollte – woran mir in der Tat gelegen war, wenn auch nur, um ihrem Mitleid zu entgehen. Davon hatte ich mehr als genug erfahren, so daß es für den Rest meines Lebens reichte.

Von der Fehlgeburt sprachen wir kaum. »Schnee von gestern«, sagte er mit bildhafter Gefühllosigkeit. Als ich einmal meine Traurigkeit verriet und wirklich weinte, tröstete er mich nicht, sondern rief in einer Mischung aus Hilflosigkeit und Verärgerung: »Was, zum Teufel, soll ich deiner Meinung nach tun? Um Himmels willen, Rachel, Jammern ändert auch nichts!«

»Was bedeute ich dir, John?« fragte ich etwas kläglich.

»Was für eine dumme Frage! Du bist meine Frau. Was willst du mehr?«

So wuchs langsam und unmerklich eine Wand zwischen uns empor. Ich weiß nicht, ob den Leuten die Leere unseres Lebens auffiel. Aunt Beatrice hatte sicherlich nicht die leiseste Ahnung. Aber wie auch hätte sie etwas merken sollen? Ich hatte ja selbst keine Ahnung. »Weißt du überhaupt, was du für ein Glück hast, einen Mann gefunden zu haben, der dich auf Händen trägt?« pflegte sie staunend zu fragen. »Nimm's mir nicht übel, wenn ich das sage« – dieser Wendung folgte in der Regel ein Kommentar, den ich *sehr* übelnehmen würde –, »ich hätte nie gedacht, daß du einen solchen Mann kriegen würdest.«

Oder ihn halten? Das meinte sie wohl auch.

Ich legte mir eine schützende, rhinozerosartige Haut zu. Ich wurde dicker und stumpfte emotional ab, glaube ich. Als die letzte Kränkung kam, hielt ich sie für so unausweichlich wie ein Naturereignis.

Als Nancy in Johns Leben – in unser Leben – trat, erkannte sie mit der Hellsichtigkeit der Verliebten, daß unsere Ehe kaputt war, noch bevor ich selbst es begriffen hatte. Sie gab ihr den *coup de grâce*.

Die beiden lernten sich auf einem dreitägigen internationalen Symposion kennen. Sie war noch Studentin und fungierte als Assistentin des Veranstalters. John hatte sie sehr hilfreich gefunden. Klar! Und sie bewunderte seine Eloquenz, seine sprachliche Brillanz. Wenig später gelang es ihm, ihr bei GAIT eine Anstellung auf Zeit zu verschaffen.

Ich lernte sie bei einem Abendessen kennen, zu dem Tom Anderson und sein Freund Robert Saunders auch uns drei eingeladen hatten. Ich brauchte mich nicht zu fragen: »Was findet er an ihr?« Ich sah es selbst. Sie war jung, schlank und sehr lebhaft. Ihr

Gesicht, klassisch nordeuropäisch, wurde von glänzendem blonden Haar umrahmt.

»Sie wäscht es jeden Tag«, hatte John einmal gesagt – eine belanglose Bemerkung, die nichts verriet, glaubte er. Mir schon: Sie hörte sich wie eine Liebkosung an.

Ich sah, wie sein Blick auf ihr ruhte, als sie bekannte, daß sie, aus Minnesota stammend, nie einen Juden kennengelernt habe, bevor sie nach New York gezogen sei. Sie habe alles über »das Schwarzenproblem« gewußt, erklärte sie, aber »das andere« habe sie erst viel später kennengelernt.

»Es gibt kein Judenproblem mehr«, klärte John sie auf.

Wir hatten über Diskriminierung gesprochen, über die gesellschaftlichen und politischen Probleme, von denen heutige nach Anerkennung strebende Einwanderer betroffen sind. Ich weiß nicht mehr, um welche es ging – die Zahl der Verfolgten und Vertriebenen wird ja ständig größer. Ich erlaubte mir zu sagen, daß ich zu wissen glaubte, was diese Leute empfänden, weil ich dergleichen selbst durchgemacht hätte.

John löste widerstrebend den Blick von Nancy, um ihn auf mich zu konzentrieren: »Du beziehst dich auf Erfahrungen, die lange zurückliegen«, fuhr er mich an. »Was heute geschieht, ist völlig anders.«

Vielleicht machte mich Nancys Anwesenheit aufsässig – diesmal jedenfalls beharrte ich auf meiner Meinung. »Das glaube ich nicht. Es ist heute nicht anders, in ein Land zu kommen, das man nicht kennt, dessen Sprache man nicht spricht, in dem man nicht sonderlich willkommen ist, nachdem man dem Land entkommen ist, das einen vertrieben hat.« Noch nie hatten wir unter vier Augen so miteinander gesprochen.

Die Unterhaltung der anderen am Tisch war verstummt, alle hörten unserem Wortwechsel zu. John, der mich Nancy zuliebe korrigierte, verkündete mit Nachdruck: »Heutiges Leiden mit etwas vergleichen zu wollen, was vor langer Zeit geschehen ist, verharmlost das, was die Menschen in der Gegenwart durchmachen. Sie leiden jetzt, um Himmels willen, nicht vor dreißig oder vierzig Jahren!«

Alles schwieg. Ich spürte, wie sich meine Magenmuskeln zusammenzogen, das Vorspiel von Schmerz.

Er fuhr fort: »Wie hätte sich in den dreißiger Jahren ein Opfer Hitlers gefühlt, wenn man immer wieder auf die armenischen Massaker zurückgekommen wäre? Die Verhältnisse ändern sich! Du brauchst dich nur umzusehen, um festzustellen, daß Juden es zumindest in Amerika geschafft haben, daß sie nicht mehr zu den Unterdrückten gehören. Man könnte sogar sagen, sie zählen zu den –«

Robert, nicht älter als Nancy, hustete unbehaglich und übertönte damit Johns letztes Wort.

Aber John, der schon einige Gläser geleert hatte, fuhr fort, befriedigt, weil Nancy sich von seiner Argumentation beeindruckt zeigte: »Manchmal muß man eben die Welt mit anderen Augen betrachten. Ein neuer Blick, direkt und frisch. Das können die jungen Leute besser. Sie haben ein unmittelbares Verhältnis zur Gegenwart; es ist eine Form von Weisheit, die vielleicht gesünder ist als die Weisheit derer, die sich auf lange zurückliegende Ereignisse beziehen: Sie mögen zerstörerisch gewesen sein, sind aber mittlerweile längst verjährt.«

Wir begriffen alle, was er tat, wessen »Weisheit« er pries, wem er zu schmeicheln versuchte und wen er vor den Kopf stoßen wollte. Er beendete seinen Vortrag mit der Pointe: »Du, Rachel, kannst dich nicht ewig auf Erfahrungen beziehen, die du in einem längst Geschichte gewordenen Krieg gemacht hast.«

Meine Magenkrämpfe wurden schlimmer. Ich schwieg und wartete, bis wir zu Hause waren, um ihn zu fragen, warum er das alles gesagt hatte.

John hatte mittlerweile so viel getrunken, daß er, statt sich zu entschuldigen oder wenigstens zu rechtfertigen, seine Kritik noch verschärfte: »Um die Wahrheit zu sagen, ich bin deine sogenannte Auffassung von Diskriminierung ein bißchen leid. Na gut, wärest du in Deutschland gewesen, als deine Familie umgebracht wurde, hätte es dich ebenso erwischt. Aber du hattest das Glück – ja, laß es mich diesmal sagen, auch deine Tante ist dieser Meinung –, das Glück, in der Schweiz zu leben, wo der Wahnsinnige dir nichts anhaben konnte. Hör also um Gottes willen auf, dich mit jemandem zu vergleichen, der Versklavung ertragen mußte. Ich spreche von Menschen, die echt gelitten haben, die physisch gequält wurden, deren Leben wirklich gefährdet war, nicht von diesen lange zurückliegenden belanglosen Erfahrungen in einem sicheren kleinen Land, wo man sich – auch du – nur zum Zeitvertreib mit der Invasion beschäftigte.«

Wie ein kleines Kind, dem man eine Ungezogenheit vorwirft, versuchte ich mich zu rechtfertigen: »Ich wollte lediglich sagen, daß auch ich Diskriminierung und Enteignung kennengelernt habe.«

»Enteignung? Daß ich nicht lache! Bei all dem Geld, das deine Familie beiseite schaffen konnte!«

Das Essen bei Tom und Robert war ganz einwandfrei gewesen. Trotzdem mußte ich plötzlich ins Bad stürzen, um mich zu übergeben. Ein älteres Bild hatte sich über die Ereignisse dieses Abends gelegt. Es rührt aus meiner Kindheit und kehrt in Augenblicken wie diesem zurück. Es kehrte zurück, als ich das Kind verlor, es kehrte zurück, wann immer in mir das Gefühl aufstieg, daß mir gleich schlecht werden würde.

»Quelle sale gosse!« schrie Sœur Rose, als das Erbrochene ihren Kopf traf. »Hier, iß es auf, das wird dir eine Lehre sein! Regardez la petite youpine, qu'elle est drôle!« *Und alle lachten und lachten.*

John hatte nichts bemerkt. Und am nächsten Tag schien er vergessen zu haben, was er alles gesagt hatte. Wenn ich den Augenblick bestimmen sollte, in dem meine Liebe zu ihm starb, wäre es jener Abend – obwohl wir noch ein weiteres Jahr zusammenlebten.

Nancy blieb nicht lange bei GAIT, da sie im Herbst mit einem Fulbright-Stipendium nach England ging. Sie schrieben einander – wie oft, konnte ich nur vermuten. Die Briefe wurden nicht an unsere Privatadresse geschickt, das wußte ich. Erst als Nancy nach dem folgenden Sommer zurückkehrte – man hatte ihr eine

Stellung in einem Labor irgendwo in Long Island angeboten –, kam es zur Explosion.

Seine Aufregung über ihre Rückkehr war spürbar. An dem Tag, an dem sie einander wiedersehen sollten, hatte ich zwischen zwei Aufträgen frei. Ich hatte mich mit meiner Tante zum Lunch in einem Restaurant in der City verabredet. Auf dem Weg ins Büro setzte er mich dort ab. Gespannt und freudig erregt, war er ungewöhnlich freundlich zu mir. »Viel Spaß – und grüß die Gute von mir.« Er streifte meinen Mundwinkel mit einem raschen Kuß. Einen kurzen Augenblick trafen sich unsere Blicke. »Iß nicht zuviel. Denk an deine Figur!« Mit diesen Worten war er fort, um sie zu treffen, die so schlank, so jung war und so geliebt wurde.

Nach dem Lunch suchte ich Tom Anderson auf. Ich fragte ihn, ob er mir vielleicht einen Job außerhalb von New York übertragen könne, möglichst einen, der sofort beginnen und von unbestimmter Dauer sein würde.

»Warum denn, Rachel?« Er blickte mich verwirrt an.

»Bitte ...«, flüsterte ich.

Plötzlich erriet er es: »Die Blonde – wie hieß sie noch? Die nach Europa gegangen ist. Ich dachte ... ist das nicht vorbei?«

Ich schüttelte den Kopf und wiederholte fast unhörbar: »Können Sie das für mich tun?«

Da bot er mir an, mich zu der Konferenz nach San Francisco zu schicken.

Zu Hause traf ich John in nachdenklicher Stimmung an. Ich erzählte ihm von dem Auftrag.

»Geh, wenn es sein muß. Aber ich kann nicht behaupten, daß ich bei der Aussicht vor Freude außer mir wäre.«

Woher diese Veränderung? Ich hatte erwartet, daß er von ihrer ersten Begegnung nach einem Jahr glücklich zurückkehren würde. War es falsch, daß ich mich in diesem Stadium entfernte? Doch ich sagte: »Ich muß gehen, John.«

Er antwortete nur: »Dann geh«, nahm das Buch vom Tisch und begann zu lesen oder gab es vor. Was immer ihn beunruhigte, ich war es nicht.

Ich ging. Ich reiste ab, wohl wissend, daß ich den beiden den Weg frei gemacht hatte. Vielleicht hätte ich mich mehr um ihn bemühen sollen. Immerhin schickte John mich nicht einfach fort. In der Nacht vor meiner Abreise wollte er in einem Aufwallen von Begierde sogar mit mir schlafen.

»Nein!« Ich fühlte mich beschmutzt, denn nicht ich war es, die er begehrte, und es war auch nicht das, was ich wollte. Ich mußte fortgehen: Wir waren zu verschieden, Nancy und ich. In sie war er verliebt, nicht in mich.

Sobald ich an meinen Arbeitsplatz zurückgekehrt war, nahm ich meinen Mädchennamen wieder an: Bernstein. Es hatte mir immer ein gewisses Unbehagen bereitet, Mrs. Burton zu sein, als wäre ich eine Betrügerin. Von jetzt an, sagte ich mir, wird es jedem im Büro klar sein, daß wir, die in einem früheren Leben gemeinsam gekommen und gegangen waren, nun jeder für sich existierten.

Nicht daß der Namenswechsel zum Zweck des Beweises notwendig gewesen wäre; ich wurde ganz offen ersetzt. Nancy gab ihre Stellung in Long Island auf, weil die beiden es nicht lange ertragen konnten, getrennt zu leben. Er pries die Harmonie ihrer Beziehung – die ja auch leicht zu haben ist, wenn die Partnerin nicht Worte, sondern Frösche und Insekten seziert.

Wenn ich mich mit Aunt Beatrice traf, dann stets unter der Bedingung, daß ich nicht über John zu sprechen wünschte. Sie akzeptierte das, zweifellos widerstrebend. Wenn ich nicht mit ihr zusammen war, verbrachte ich meine Zeit überwiegend damit, die Ereignisse wie besessen immer wieder zu durchdenken. Wo waren wir vom Weg abgekommen? Waren wir je auf dem richtigen gewesen? Wir waren ungefähr gleich alt, er und ich – er war zwei Jahre jünger –, aber zwischen uns lagen Generationen. Wir hatten zusammen gelebt, gearbeitet und geschlafen. Worauf lief das hinaus? Hatten wir einander je geliebt? Ich glaubte, ja. Wir machten Liebe, das heißt, wir hatten Sex miteinander. John war technisch hervorragend: Sogar im Bett wollte er beweisen, wie gut er war. Oft, wenn er in mir war und ich spürte, wie seine Härte mich zum Höhepunkt trieb, sah ich ihn, mit geschlossenen Augen und abgewandtem Gesicht, und ich dachte, ich könnte jede sein, jede beliebige. Dann haßte ich mich und unsere Lust, weil wir niemals miteinander verschmolzen, so daß es nur *uns* gab.

Das mußte ihm bei Nancy geschehen sein: Sie erschloß sich ihm. So einfach war das. Als das geschah, wurde ich unwichtig. Nach über zwanzig Jahren.

Mit der Zeit gelang es mir, seiner Anwesenheit im Büro mit einem gewissen Maß an Gleichmut zu begegnen.

Eines Tages, als ich mir in unserer Kantine Kaffee holte, kam er zu mir herüber. Er sah anders aus, eleganter, das Haar modisch geschnitten, um eine unlängst noch abgeleugnete kahle Stelle zu verbergen, ein hervorragend sitzender grauer Anzug und blanke schwarze Schuhe. Er hatte Fliegen stets für unter seiner Würde gehalten; jetzt trug er eine – behutsam diskret – zu einem gestärkten weißen Hemd. Ein Duft von Rasierwasser war eben wahrnehmbar. Getönte Brillengläser vervollständigten einen Anschein weniger von Jugend als von Distinktion und Einfluß. So zumindest, nahm ich an, würden manche Frauen urteilen.

»Tag, Rachel. Können wir kurz miteinander reden?«

»Worüber?«

»Über die Scheidung natürlich«, sagte er. »Wird Zeit, daß wir etwas unternehmen, findest du nicht?«

»Wenn du meinst.«

»Ich bin froh, daß du zustimmst. Wir können uns eine Menge Unannehmlichkeiten und Kosten ersparen, wenn wir die Dinge gütlich und unverzüglich regeln.« Er sprach so schnell, wie ich seiner Meinung nach handeln sollte. »Sofern es rasch geht, werde ich nichts bestreiten – nicht einmal Ehebruch.«

»Woran sonst hättest du gedacht?«

»Nun, ich könnte ein paar Dinge sagen, dich an einige Vorkommnisse erinnern, aber das wäre nebensächlich. Ich will, daß dieser Prozeß für alle Betroffenen so zivil wie möglich verläuft.

Ich werde alle entstehenden Kosten übernehmen, wenn es die Sache beschleunigt. Innerhalb vernünftiger Grenzen natürlich.«

»Wie großzügig von dir!«

Als ich wieder in meinem Büro war, rief ich eine Rechtsanwältin an, eine Miss Myrna Weinberg, die man mir unlängst empfohlen hatte. Da ihr gerade ein Termin abgesagt worden sei, könne sie mich, wenn ich es wünsche, noch am selben Nachmittag empfangen.

Sehr gut. Ich war nicht geneigt, Katz und Maus zu spielen.

Es handelte sich um eine reine Frauen-Kanzlei, die auf Familienrecht spezialisiert war. Myrna war Ende Dreißig, geschieden, wie sie mir sogleich erzählte. Sie gab viel Psycho- und Soziogeschwätz von sich, entweder aus Gewohnheit oder um mich zu beruhigen: »Eine Scheidung ist eine überaus schmerzliche Erfahrung. Wir Frauen neigen in solchen Situationen zu Verletzlichkeit. Wir durchleben alle Ablehnungen, die wir seit unserer Kindheit erfahren haben, noch einmal. In einer Gesellschaft, in der wir die Geborgenheit und den Trost der Großfamilie verloren haben, würde ich Ihnen dringend raten, sich einer Frauenselbsthilfegruppe anzuschließen.«

Weit davon entfernt, ihr die erwartete Antwort zu geben, saß ich da und empfand Verlegenheit. Als ich erklärte, ich hätte darauf gewartet, daß mein Mann den ersten Schritt tue, schüttelte sie mißbilligend den Kopf. »Ihr passives Verhalten ist sehr negativ. Es wäre klüger gewesen, Sie hätten mich früher aufgesucht. Wollen Sie die Scheidung, weil er sie verlangt, oder wollen Sie sie für sich selbst?«

»Für mich selbst«, sagte ich so leise, daß ich meine Antwort wiederholen mußte.

Ich war keine sonderlich befriedigende Mandantin. Myrna meinte, ich hätte »ein Glaubwürdigkeitsproblem«. Ich wolle mich ja nicht einmal der Selbsthilfegruppe anschließen. Dieses Angebot als Ersatz für die verlorene Kernfamilie beschwor bei mir die Vision einer jüngeren Tante-Beate-Runde herauf, die mir helfen wollte, meine unselige Bindung an einen Vertreter des anderen Geschlechts zu überwinden – unter besonderer Berücksichtigung meines Hinkens.

»Das ist nicht meine Welt«, erklärte ich. Ich weiß nicht, warum ich diese unpassende Wendung benutzte – unpassend für die Umgebung, in der Myrna agierte. Zwischen uns lagen Welten.

»Ihre was?«

»Mir liegt das nicht«, korrigierte ich mich. Was sie vorschlug, war nicht Solidarität, wie ich sie von klein auf verstanden hatte.

»Wissen Sie, Rachel, Sie täten gut daran, Ihr Bewußtsein zu stärken. Jede fünfte Ehe endet mit einer Scheidung. Ihre Situation ist also alles andere als einzigartig. Die Begegnung mit anderen Frauen, die diese Erfahrung durchgemacht haben, wird Ihnen helfen und Ihnen ein Gefühl der Verhältnismäßigkeit vermitteln.«

Ich argumentierte nicht; was wäre der springende Punkt gewesen? Alles, was Myrna bei meinem Anblick wahrnahm, war mein offenkundiges Selbstmitleid. Doch was wußte sie von dem zusätzlichen Schmerz, den eine verlassene verkrüppelte Frau zu ertragen hatte, eine Frau, die – auch in der Gemeinschaft von Frauen – als nicht ganz normal empfunden wurde? Absolute Gleichheit war nicht das, was ich wollte, sondern einfach nur Gleichheit. Deshalb lehnte ich auch ihren wichtigsten Ratschlag mit einer Heftigkeit ab, die sie bestürzte.

»Bei Ihrer Behinderung«, hatte sie gesagt, »könnte ich das Gericht dazu bringen, Ihnen einen sehr beträchtlichen Unterhalt zuzusprechen.«

»Niemals!« hatte ich aufgeschrien. »Ich könnte das nicht ertragen!«

»Es macht Ihnen also nichts aus, ihn einfach so davonkommen zu lassen?« Wie meine Tante ahnte meine Rechtsanwältin nicht, was sie mir da vorschlug.

»Nicht mit dieser Begründung! Lieber wäre ich bettelarm.«

»Wenn Sie meinen Rat ignorieren wollen, sei's drum. Meiner Meinung nach machen Sie einen grundlegenden Fehler. Jeder kann Geld gebrauchen. Sie werden genug Probleme haben. Wieder eine alleinstehende Frau zu sein ist nicht so einfach. Glauben Sie mir ...«

Ich glaubte ihr, beharrte jedoch auf meiner Weigerung. Unabhängigkeit war dem, was sie mir vorschlug, allemal vorzuziehen. Außerdem war das gar nicht so sehr viel anders, als mit John verheiratet zu sein.

Ich verbrachte den Sommer in New York. Das Büro war nahezu verwaist, besaß aber eine Klimaanlage. Ich sah mein Leben so weitergehen bis zum Ruhestand: keine Tiefpunkte, keine Höhepunkte, ein Tag wie der andere. So wie ich vor extremen Hitzegefühlen geschützt war, wurden meine Emotionen von einer Art psychischem Thermostat in Schach gehalten. Bis auf das Stammpersonal im Sekretariat waren alle meine Kollegen fort. Aunt Beatrice hielt sich den ganzen August über in den Catskills auf, um sich von meiner Scheidung zu erholen.

Ich hätte jetzt Freunde gebraucht, vorzugsweise eine Frau, vorzugsweise Hanka. Aber sie war in Jerusalem. Oder in Lima, in Saigon, in Mombasa? Sie konnte jederzeit auftauchen. Oder auch nicht. Postkarten, die nicht die üblichen Urlaubsgrüße übermittelten, kamen dann und wann aus verschiedenen Winkeln der Erde. Ihre Botschaften deuteten kurze oder lange Aufenthalte in Gegenden an, die man schwerlich für Urlaubsziele halten konnte und wo sie nicht zu erreichen war. Doch ich mußte sie über die Veränderung in meinem Leben informieren ...

Unter diesen einsamen Lebensbedingungen ging der Sommer in den Herbst über. Man informierte mich, daß meine Scheidung durch sei. Wenig später erfuhr ich, daß John und Nancy verheiratet waren und ein Kind hatten.

Dann, Anfang Dezember, wurde ich in Toms Büro gerufen. Er fragte mich – in dieser leicht geschwollenen Art, die er stets an den Tag legte, wenn er verlegen oder nicht ganz aufrichtig war: »Was, meine Liebe, halten Sie davon, zu unserer Londoner Niederlassung zu wechseln? Man kann dort jemanden mit Ihren Talenten gebrauchen, wurde mir gesagt.«

»England?« fragte ich mit einiger Verwunderung.

»Nun ja, als Ausgangspunkt.« Er hatte mich nicht angesehen, während er sprach, sondern sich mit den Papieren auf seinem Schreibtisch beschäftigt.

Das Londoner Büro arbeitete für Kunden in Europa, Afrika und dem Mittleren Osten. Es hörte sich verlockend an. Da in meinem Leben das Schreckliche von Langeweile abgelöst worden war, konnte es gut eine neue Umgebung gebrauchen. Was wäre besser, als in eine andere Stadt, ein anderes Land, einen anderen Erdteil zu gehen? »Ich wäre begeistert«, sagte ich, »das wäre eine willkommene Abwechslung.«

Tom schien von der Art und der Schnelligkeit meiner Antwort überrascht oder erleichtert zu sein. »Okay, okay! Also abgemacht. Verstehen Sie, ich schicke Sie nicht weg. Sie gehen, nur für eine Weile – und es wird Ihnen guttun, Sie werden sehen.«

Ich hatte keine Ahnung, worauf diese Versetzung zurückzuführen war und wie solche Entscheidungen zustande kamen, wie überlegt oder wie zufällig ich ausgewählt worden war. In paranoideren Augenblicken hegte ich den Verdacht, daß John dabei seine Hand im Spiel hatte. Als eines der Gründungsmitglieder und als angesehenster Dolmetscher von GAIT wurde er vom Vorstand oft zu Fragen der Unternehmensstrategie und -organisation konsultiert. Meine Abreise würde einen störenden letzten Rest von Schuld beseitigen – wenn dieses Wort auf ihn überhaupt angewendet werden konnte. Schuld ist sowohl ein rechtlicher als auch ein theologischer Begriff, und John, der selbsternannte Rationalist, glaubte an keinen von beiden. »Wir sind erwachsene Menschen und haben unser Leben völlig unter Kontrolle«, lautete sein Kredo. Der Klatsch – er liebte Klatsch, sofern er nicht selbst davon betroffen war – würde ein Ende haben, wenn die erste Mrs. Burton hier nicht mehr existierte. Ich hätte ebensogut sterben können. Aber die Sache ließ sich mit meiner Verbannung auf die andere Seite des Atlantiks genausogut bereinigen.

Wir sprachen ein letztes Mal miteinander, als wir uns am Tag vor meiner Abreise zufällig in der Halle begegneten.

»Hallo, Rachel! Fertig für das europäische Wagnis?« Er fragte, als ginge ich in Urlaub.

»Ja. Aber ich habe noch viel zu tun. Ich muß mich beeilen«, antwortete ich, weil ich mich nicht auf ein Gespräch mit ihm einlassen wollte.

»Immer auf dem Sprung, nicht wahr?« Sein spöttischer Ton zwang mich, ihm zuzuhören. »Nur zu deiner Kenntnis: Ich habe eingewilligt, daß du deine Version der Scheidung bekommst. Aber die Dinge waren nicht ganz so einseitig, wie sie deine Anwältin dargestellt hat. Ich konnte dein ewiges Herumhetzen nicht mehr ertragen. Jetzt habe ich eine Frau, die gern mit mir zusammen ist, die mir gern ein richtiges Zuhause bietet, nicht nur eine Unterkunft, in der man mit Unterbrechungen schläft oder ißt.«

So also hatte er das, was zwischen uns geschehen war, zurechtgebogen! Er, der große Feminist, der mit soviel Überzeugung verkündete, daß es das natürliche Recht der Frau sei, einem Beruf nachzugehen! In diesem Augenblick bereute ich beinahe, daß ich Myrnas Ratschlag in bezug auf den Unterhalt nicht gefolgt war. »Welch ein Glück für dich! Du hast bloß vergessen, deiner ersten Frau deine Bedingungen zu nennen. Reisen, dachte ich, war eine beiderseitig akzeptierte Bedingung unserer Arbeit.«

John hatte gegen ihn gerichtete Ironie noch nie vertragen können. Sie ließ ihn aus der Haut fahren, wie jetzt auch. »Ich rede nicht vom Beruf. Du verachtest den täglichen Trott, nicht wahr? Das macht es nicht eben leicht, mit dir zusammenzuleben. Es würde dir unendlich guttun, wenn du von Zeit zu Zeit mal an ein und demselben Fleck bliebest, verstehst du?«

Wie sollte ich, dermaßen überrascht, darauf antworten? Ich schüttelte mich statt dessen vor Lachen, daß mir die Tränen kamen.

Verärgert wandte er sich ab und ging. Er hatte offenkundig alles vergessen, was ich ihm jemals erzählt hatte – in der beiläufigen Art, die ich in der Ebene entwickelt hatte –, wie ich meine Kindheit verbracht hatte, wie es gewesen war, an ein und demselben Fleck bleiben zu müssen. Nicht nur von Zeit zu Zeit, eine Woche, einen Monat oder gar ein Jahr, sondern jahrelang. Hatte ich es so beiläufig erzählt, daß er sich nicht die Mühe gemacht hatte, zuzuhören, oder war meine Unbeweglichkeit für ihn so unvorstellbar und deshalb ohne Bedeutung?

»Danke für den Rat«, sagte ich, als es mir gelang, wieder ernst zu werden. »An ein und demselben Fleck zu bleiben ist etwas, das ich wirklich niemandem empfehlen kann, nicht einmal dir.« Aber er hatte sich schon zu weit von mir entfernt, um mich verstehen zu können.

In diesem Ton trennten wir uns, ein für allemal.

So sind meine Abschiede: ohne Wärme und ohne Bedauern, voller Groll und Bitterkeit, die Liebe als Chimäre entlarvt. Und da ist noch etwas anderes – älter, tiefer begraben: Johns Attacke auf der Dinnerparty hatte an die Wahrheit gerührt, obwohl er über meine Vergangenheit nie mehr hatte erfahren wollen als ganz allgemeine, kaum persönliche Umrisse. In jenem furchtbaren Selektionsprozeß, der damals stattfand, habe ich, ohne Sinn und ohne Berechtigung, überlebt. Das ist eine schwerwiegende Last. Diejenigen von uns, die sie tragen, tragen auch eine andere: ein Gefühl, daß wir nirgendwo dazugehören können, und wenn wir es doch tun, erweist es sich als Illusion. Ich weiß, wann es Zeit ist zu gehen; ich brauche keine Marschbefehle. Ich war bereits länger geblieben, als ich willkommen war.

DREI

Da war ich also, am Heiligen Abend, in dieser Sauerstoffblase, und raste durch das absolute Niemandsland: den internationalen Luftraum. Ich hatte einen Fensterplatz auf der Steuerbordseite, fast den gleichen Platz, den ich auf den Tag genau vor einem Jahr auf dem Rückflug von San Francisco eingenommen hatte. Ich war grauer geworden, ich hoffte, auch klüger, und sah möglicherweise besser aus mit meiner »ehrlichen« Frisur und neuer Garderobe, die meiner zurückgewonnenen Konfektionsgröße 38 oder

40 entsprach. Damals hatte mich die Aussicht auf Einsamkeit und Veränderung geängstigt. Jetzt hatte die Vertrautheit mit diesem Zustand die Angst vertrieben.

Ich hatte dieses Reisedatum bewußt gewählt. Was hätte für jemanden wie mich – unstet, ungebunden und unerwünscht – angemessener sein können, als diese Nacht in der Luft zu verbringen? Einst, in Péniel, war Weihnachten mein Lieblingsfest gewesen; jetzt mochte ich es nicht. Mein calvinistisches Ich protestiert gegen die Kommerzialisierung, gegen den Flitter, die bedeutungslosen Karten, die nichtssagenden Geschenke, die man macht und empfängt, und noch mehr gegen die Art, wie der Geburtstag des armen Flüchtlingskindes als üppiges, oft sogar exklusives Familienfest gefeiert wird.

Und ich hatte noch einen weiteren Grund dafür, daß ich den Geburtstag Christi nicht mochte, der persönlicher war, traumatischer. Er war auch ein Jahrestag für mich: der Jahrestag eines Anfangs, als meine Identität in mein Bewußtsein geätzt wurde. Es war der katastrophale Einschnitt, nach dem sich mein Leben unwiderruflich veränderte. Im Vergleich dazu war jene ganz alltägliche Krise, das Zerbrechen meiner Ehe, nicht mehr als ein Nachbeben. Die Botschaft, die ich im ersten Fall empfangen hatte, hallte im zweiten lediglich nach. Ich vernahm sie, laut und deutlich: »Fremde, du gehörst nicht zu uns, du bist unerwünscht, du bist *de trop*.«

Über den Lautsprecher hieß uns eine Stimme herzlich an Bord willkommen. Es herrschte eine heitere Atmosphäre in der Kabine, obwohl die Passagiere überwiegend älter waren und bedrückt aussahen – so wie ich mich fühlte. Variationen des Themas *Jingle Bells* klingelten durch das Programm in Kanal fünf. Lächelnde Stewardessen verteilten Kopfhörer und reichten kleine Champagnerflaschen, mit Empfehlungen der Pan Am.

Meinen Gratis-Sekt schlürfend blätterte ich im Magazin der Fluggesellschaft: Werbeanzeigen für teure Uhren, Hotels, Prämien-Bankkonten. Der mittlere Aufschlag zeigte eine Weltkarte, in die Luftlinien eingezeichnet waren. Genf und London waren durch eine nur ganz kurze Linie miteinander verbunden.

Da dachte ich zum erstenmal an Péniel – zumindest bewußt –, unbewußt mußte ich es schon im Sinn gehabt haben, seit mir die Versetzung nach Europa vorgeschlagen worden war. Würde ich in Europa nahe genug an ... Nein und noch mal nein. Es war nichts geschehen, was mich dazu hätte veranlassen können, meine Meinung zu ändern.

Essenstabletts wurden ausgeteilt wie die Weihnachtspäckchen in meiner Kinderzeit.

Eines nach dem anderen für alle Kinder. Im dortoir *muß jeder die gleiche Anzahl bekommen.*

Auf dem Endlosband ertönte nun ein Lied von fallenden Schneeflocken und röstenden Kastanien: Im Hintergrund waren läutende Glocken zu hören, die das Orchester begleiteten. Sie sollten nicht die Geburt Christi verkünden. Einst hatte ich das schockierend gefunden, obwohl ich die Begründung verstand: Man mußte auf unterschiedlichste religiöse Empfindlichkeiten Rücksicht nehmen. Aber warum auf der Bezeichnung Christfest beharren? Warum nicht Wintersonnenwendfest? Die Melodie zuvor war eine Version von *Stille Nacht* gewesen, ohne Text für den Fall, daß wir Anstoß nehmen würden. Trotzdem wurden wir manipuliert, in eine weiche Stimmung versetzt, als wir uns von der nostalgischen Anziehungskraft der Melodien verführen ließen.

Über die Tragfläche des Flugzeugs hinweg blickte ich hinaus in die Dunkelheit. In wenigen Stunden würde es hell werden. Ich verbrachte viel Zeit in Flugzeugen: Das gehörte zu meinem Beruf. Ich war es gewöhnt, verschiedene Zeitzonen zu durchreisen. Aber ich hatte das Staunen verlernt, mit dem ich 1946 den Atlantik zum erstenmal überquert hatte, als die Nacht im Flugzeug kein Ende zu nehmen schien. In Gander auf Neufundland hatten wir bei Tagesanbruch das Flugzeug während des Auftankens verlassen dürfen. Alles sah so weit, so leer aus für mich, die ich aus einem Land kam, in dem die Berge einen Vorhang bildeten, hinter dem die Außenwelt nur in der Vorstellung zu sehen war. Seltsam, daß es von den vielen Transatlantikflügen, die ich bereits hinter mir hatte, gerade dieser eine war, an den ich mich jetzt mit einer Deutlichkeit erinnerte, als sei es gestern gewesen.

Ich wurde damals in La Guardia von meiner Tante erwartet, die auch die eidesstattliche Erklärung besorgt hatte. Da ich keine der Fragen beantworten konnte, die mir der Einwanderungsbeamte stellte, fragte man nach der Person, die »dieses Kind« – ich war zwanzig – abholte. Tante Beate wurde nach hinten gebeten, um als meine Dolmetscherin zu fungieren. Sie war mittlerweile, wie sie mir danach wiederholt erklärte, *perfekt in Englisch*, was jedermann bestätigen könne. Sie umarmte mich und sagte immer wieder: »*Mein armes Kind, ach Gott, ach Gott, mein armes Kind!*« Es waren sehr tränenreiche Augenblicke; man ließ mich sofort passieren. Ich hatte zu dieser Zeit keine Ahnung, was sie den Beamten erzählt hatte. Später erfuhr ich, daß sie mich als ihre verwaiste und verkrüppelte Nichte bezeichnet hatte.

Sie wird ihre Freude haben, wenn sie mich besucht, dachte ich, während ich das Essen von seiner Plastikverpackung befreite. Ich sah sie schon von den Brechtüten bis zu den Bestecken aus rostfreiem Stahl alles einstecken, als »Souvenirs« – eine ihrer Umschreibungen für Sparsamkeit. Aber ich zweifelte, ob ich sie überhaupt dazu bringen konnte, diese Reise zu machen. Sie war niemals wieder in Europa gewesen; sie betrachtete sich als hundertprozentige Amerikanerin, ungeachtet ihres deutschen Akzents und ihres deutschen Denkens, das noch im Kaiserreich geprägt worden war. Sie hatte in Anpassung an ihre neue Staatsbürgerschaft ihren Vornamen Beate in Beatrice geändert. »Nicht unseren Familiennamen«, was in Erwägung zu ziehen ihr der Beamte vorgeschlagen hatte – aus »*Pietät*«, wie sie es nannte, gegenüber ihren toten Angehörigen.

Sie war sieben Jahre vor mir amerikanische Staatsbürgerin geworden und weit patriotischer, als ich es je sein könnte. Obwohl die Einbürgerungszeremonie schon ein Jahr vor meiner Ankunft stattgefunden hatte, beschrieb Tante Beate sie mir immer wieder. »Als ich vereidigt wurde, traten mir Tränen in die Augen, und ich konnte den Eid kaum lesen. Der Richter mußte mir helfen. Nicht weil mein Englisch so schlecht gewesen wäre, sondern weil ich so tief bewegt war. Mir zitterten die Hände, als ich die zehn Dollar überreichte. Aber wie froh war ich, sie geben zu dürfen und dafür die beste Staatsbürgerschaft der Welt zu bekommen«, pflegte sie zu sagen und sich dabei die erinnerten Tränen fortzuwischen.

Da sie ernsthaft an den »amerikanischen Traum« glaubte, hatte sie den Optimismus der Zeit in sich aufgesogen. »Hier kannst Du alles erreichen, was Du erreichen willst«, hieß es in ihren Briefen. »Du mußt kommen, sobald ich Dir die eidesstattliche Erklärung besorgt habe. Du bist alles, was mir von meinem eigenen Fleisch und Blut geblieben ist ...«

Eine Zeitlang sträubte ich mich. Aber dann zeigten die Ereignisse, daß es keinen Platz für mich gab in dem Land, in dem ich aufgewachsen war. Außerdem war sie rührend in ihrem Verlangen nach mir. Sie emigrierte 1939, nachdem ihre Eltern – die sie gepflegt hatte, wie man es von einer gehorsamen Tochter erwartete – gestorben waren. Amerika, so hoffte man, würde ihr nicht nur bessere Möglichkeiten bieten als Europa, sondern auch eine Zuflucht vor dem Nationalsozialismus. Aber sie war schon vierzig Jahre alt und hatte mit Anfang Zwanzig wegen einer Eierstockzyste eine totale Hysterektomie gehabt. Ihre Aussichten auf ein konventionelles Glück waren nicht eben günstig, da ihre Unfähigkeit, Kinder zu bekommen, eine Ehe weitgehend ausschloß. Weil sie keinen sichtbaren physischen Defekt hatte, betrachtete sie ihren körperlichen Zustand allerdings nie als eine Behinderung, die der meinen gleichgekommen wäre – und ganz gewiß nicht als Grund, auf taktlose Bemerkungen zu verzichten.

Ohne einen Ehemann gefunden zu haben, arbeitete sie ganztags als Maschinennäherin in einer Kleiderfabrik, wo sie einen bescheidenen Lebensunterhalt verdiente. Aber sie hatte überlebt, so wie ich durch eine Laune des Schicksals überlebt hatte – anders als der Rest unserer Familie: mein Vater und meine Schwester Amalia. Meine Mutter war kurz nach meiner Geburt eines natürlichen Todes gestorben: an Lungentuberkulose.

Die Lichter waren abgeblendet worden. Ich schaltete die Kopfhörer aus und deckte mich mit einer Decke zu. Die Worte und die Melodie des letzten Liedes hallten mir noch in den Ohren: Bing Crosbys samtene Stimme, mit der er von »weißer Weihnacht« träumte. Die Melodie war hübsch und einschmeichelnd, der Text albern und sentimental. So hatten sie sich in jenen frühen Tagen, an jenem ersten Weihnachtsfest in New York für mich angehört. »Mögen alle deine Weihnachten weiß sein«, hieß es im Text weiter. Ich hatte gedacht: Hier verwandelt sich der Schnee fast sofort in Matsch, wenn er mit den schwarzen Straßen in Berührung kommt. Was wissen die Leute hier von Weiße – von weißen Himmeln, weißen Betten, der weißen Pest?

Durch das mit feinen Kratzern bedeckte Fenster konnte ich ein Stück Himmel sehen. Die Sterne waren sehr hell, aber mein begrenztes Blickfeld, vielleicht die Tragfläche des Flugzeugs, hinderte mich daran, die Venus ausfindig zu machen, die – so hatte man mir als Kind erzählt – der Stern von Bethlehem war und zu dieser Jahreszeit am deutlichsten zu sehen ist.

Als ich klein war, glaubte ich, daß Fliegen ein Aufsteigen in den Himmel bedeute. Wenn man hoch genug aufstieg, würde man Engeln begegnen. Im Französischen und im Deutschen werden Firmament und Himmelreich mit ein und demselben Wort bezeichnet. Für mich bedeutete *Himmel* beides.

Vor langer Zeit, als ich in Péniel einen scheinbar endlosen Wintertag lang auf der Terrasse lag – die Hände unter der Decke, Spielzeug gab es nicht, weil es zum Spielen zu kalt war –, konnte ich nichts anderes tun, als in die undurchdringlichen Wolken zu schauen ...

Sie sah die Schneeflocken fallen, fallen, fallen. Wenn sie lange genug auf einen Fleck starrte, würde sich nach einer Weile das Gefühl einstellen, sie steige empor, immer höher, als stünden die Flocken still. Es war eine lange, lange Reise dort hinauf, wo der Schnee gemacht wurde. Eine Ewigkeit. Genau das ist der Himmel, sagte man ihr. Der Himmel ist endlos, ewig. Die Ewigkeit ist blau oder weiß, die Farbe des Himmels. Das Himmelreich ist noch höher, es ist ganz im Innern der Ewigkeit.

»Wenn ihr brav seid, kommt ihr in den Himmel.«
Einige sicher. Wir wissen nicht, wer.

Ein plötzliches Absacken des Flugzeugs in einer Fallbö brachte mich auf die Erde zurück. Auf die Erde? Wo war ich? Irgendwo in einem Luftraum zwischen zwei Ländern, in denen Englisch gesprochen wurde, eine Sprache, die ich gelernt hatte, nachdem ich volljährig geworden war. Ich entdeckte, daß vertraute Wörter in der Übersetzung oft keine genauen Entsprechungen haben, daß sie mehr als eine Bedeutung oder überhaupt keine Bedeutung haben, daß durch den Wechsel der Präposition ein neues Verb entstehen kann oder eine andere Schreibweise ein neues Wort ergibt, obwohl sich beide gleich anhören. Als ich die neue Sprache beherrschte, fragte ich mich, ob Sprache die Wahrnehmungen und Vorstellungen des Kindes von Anfang an bestimmen könne, wenn sein Vokabular beispielsweise zwei Wörter enthält, die Firmament und Himmelreich voneinander unterscheiden. Bei denen, die von Kind auf Englisch sprachen, gab es keinen Anlaß zur Verwirrung. Ist unsere Identität von der Sprache geprägt, in der wir sprechen, der Sprache, in der wir denken? Bin ich im Deutschen dieselbe Person, die ich im Französischen, im Englischen bin?

Diese Fragen hätte ich am Anfang nicht zum Ausdruck bringen können. Wir Flüchtlinge fühlten uns alle – und keiner mehr als ich, die in ihrer Kindheit keine Schulbildung erhalten hatte – als denkende Wesen reduziert, weil wir nur für die einfachsten Begriffe Worte finden konnten. In den Ohren einheimischer Zuhörer hörten wir uns naiv, unartikuliert, oft sogar mißtönend an.

Zunächst besuchte ich einen Englischkurs in einer lokalen Grundschule, an dem nur ich und fünf Rabbis teilnahmen. Die Rabbis hockten zusammen, während ich, bloß eine Frau, ganz hinten im Raum saß, zwischen uns leere Reihen. Ich beneidete sie um ihr Zusammengehörigkeitsgefühl. Wir sprachen nie miteinander. Sie unterhielten sich auf jiddisch, bis der Lehrer sie freundlich daran erinnerte, daß sie in einer Englischklasse seien.

Ich ging jeden Tag in eines der vier Kinos in unserer Nachbarschaft. Ich liebte es, wenn die Lichter langsam erloschen und sich mir eine andere Welt offenbarte als die, die ich so unbefriedigend fand, eine Welt, an der ich nur stellvertretend teilhaben konnte. Das meiste von dem, was ich sah, war so albern wie die Songs, die ich in jener Weihnachtsnacht im Kopfhörer hörte.

Schon nach sechs Wochen verstand ich die Sprache meiner neuen Heimat besser als Tante Beate – was sie natürlich nicht zugeben konnte, da sie *»perfekt in Englisch«* war. Tatsächlich hielt sie sich für qualifiziert, mir die sprachlichen Feinheiten beizubringen: »Man sagt nicht ›Meine Eltern sind tot‹«, pflegte sie mich mit traurigem Nachdruck zu korrigieren. »›Sie sind dahingegangen‹ muß es heißen.« Oder: »Man bedankt sich nicht nur bei den Leuten, wenn man eingeladen war. Man muß ihnen sagen, daß es ›ganz wundervoll‹ war. Sonst denken Amerikaner, daß es dir nicht gefallen hat. Und frag nach dem Bad – sag niemals ›Toilette‹! Das gilt als unfein.«

Auch als ich schon voll ausgebildete Dolmetscherin war, kritisierte sie gelegentlich noch meine Sprache. »Richtige Amerikanerinnen sagen nie ›mein Mann‹. Sie würden von ›Mr. Burton‹ sprechen, wenn sie ihn erwähnen. Hat John dir das nicht beigebracht?«

Mit Hilfe ihrer in Amerika geborenen Nachbarin wurde ich über korrekte »amerikanische Manieren« instruiert. Mir wurde gesagt, wie man richtig ißt, nur mit der Gabel, daß man keine Hände schüttelt, »wie man es drüben macht«. Und: »Zieh jeden Tag ein anderes Kleid an als am Tag zuvor. Sonst sieht es so aus, als hättest du drin geschlafen. Hier in Amerika legt man großen Wert auf Reinlichkeit.«

Hier in Amerika! Ich haßte diese Redensart. Aber es waren nicht nur die Vereinigten Staaten, die mir fremd waren. Ich hatte das Gefühl, in einer fremden Umgebung an zwei Fronten in der Falle zu sitzen: das riesige Land und Tante Beates winziges Apartment. Für sie bedeutete gerade seine Kleinheit *Gemütlichkeit*, wie sie es mit diesem unübersetzbaren deutschen Ausdruck für Behaglichkeit nannte.

Ich, die seit ihrer frühen Kindheit niemals eine Familie erlebt hatte, war auf diese physische Nähe nicht vorbereitet. Ich mußte auf dem Sofa im Wohnzimmer schlafen, das auch allgemeiner Durchgangsraum war und es mir unmöglich machte, jemals allein zu sein, mich jemals gehenzulassen, zu weinen, wonach mir die ganze Zeit zumute war. Auf andere Weise als die Kinos wurde das Bad zu meinem einzigen Zufluchtsort.

Es gab jedoch Zeiten, in denen sich auch die Kinos und das Bad als unzureichend erwiesen. Dann mußte ich mich in die City flüchten: Ich ging durch die Straßen von New York, zwischen diesen gigantischen Gebäuden, die mich in jener düsteren, stinkenden, hitzespeichernden Masse von Stein, Ziegeln und Beton einschlossen, die Manhattan war. Ich fuhr mit dem Bus in der City herum, von Washington Heights zur Unteren East Side, nach Harlem, Queens und Brooklyn und wieder zurück. Ich fühlte mich von Menschen umgeben und doch allein. Ich versuchte, mir auf diese neue, diese »normale« Welt einen Reim zu machen. Ich verstand sie nicht, und sie verstand mich auch nicht. Wußten diese lächelnden Menschen um mich herum, daß man jederzeit unerwartet von Schmerz überwältigt werden konnte? Daß der Tod auch Kinder bedroht? Daß Liebe Grenzen hat? Durch die Eintönigkeit meines New Yorker Lebens hinkend, fand ich die Lichter zu hell, die Farben zu grell, die Geräusche zu laut, die Musik zu fröhlich und die Sprache undeutbar.

Zuerst hielt ich die oberflächliche Freundlichkeit, der ich überall begegnete, für echt und empfand Verwirrung, als ich feststellte, daß es sich nur um Konventionen handelte, die das tägliche Miteinander erleichtern sollten. Komplimente wie »Sie sehen gut aus, Ihr Kleid gefällt mir« mußten mit einem förmlichen »Vielen Dank« beantwortet werden.

Warum? Und warum schien in der U-Bahn niemand seinen Platz einer älteren Frau überlassen zu wollen, obwohl gutes Benehmen angeblich soviel zählte?

Nun, weil dies eben Amerika war. Man machte hier alles anders, besser. Vergiß, wie es anderswo war.

Vergiß! Die Ermahnung, die alle anderen Ermahnungen einschloß: Vergiß die Vergangenheit, und fang ein neues Leben an, ein glückliches Leben.

Auch Tante Beate, die, sobald sie den Mund aufmachte, jeden daran erinnerte, daß sie ein Leben gehabt hatte, bevor sie in die Staaten gekommen war, wußte eines genau: Das Amerika, in dem wir lebten, verkörperte das Glück. Ihr war es gelungen, den *Zeitgeist* zu ihrem eigenen zu machen. »Erzähl ihnen nie, was für eine Krankheit du hattest, sonst wird man dir aus dem Weg gehen. Die Leute brauchen nicht alles zu wissen. Du hattest das Glück, in der Schweiz zu leben und der Verfolgung zu entgehen. Aber das ist vorbei, und du bist geheilt, also vergiß Péniel.«

Die Botschaft war dieselbe in der Sprachenschule, auf dem College, während meiner Ehe. Vergiß alles, was du durchgemacht hast. Menschen, die in Lagern gelebt hatten, sagte man, sie sollten vergessen. Menschen, die ganze Familien verloren hatten, sagte man dasselbe. Vergiß, sei positiv, und alles wird gut.

Ich dachte an eine verlorene, brutalere Welt, die niemals meine gewesen war und die ich dennoch mit schmerzlicher Verzweiflung vermißte. Ich trauerte um die Gestorbenen und um das, was man ihnen genommen hatte, und ich fragte mich: Warum bin ich am Leben und nicht sie? Warum wandele ich auf Erden und nicht sie? Ist es das, was ich vergessen soll?

Ja, lautete die Antwort, alles!

Und so leerte ich mein Gedächtnis oder versuchte es zumindest. Mit meiner neuen Einstellung kam das, was ich für Glück hielt.

Meine Berufswahl ergab sich eher zufällig: Ich brauchte Geld. Und ich war mehrsprachig. So verdiente ich mir schon als Studentin meinen Lebensunterhalt mit Übersetzungen. In der Graduate School, *faute de mieux*, nahm ich an Dolmetscherkursen teil, übte zu Hause mit Hilfe von Radio und Tonbandgerät und übernahm als Freiberuflerin jede einschlägige Arbeit, die sich mir bot. Diese Zeit, diese fünf Jahre waren meine Lehrzeit.

Dann hörte ich eines Tages von GAIT, lernte John kennen und versuchte, durch Arbeit und Ehe den amerikanischen Traum für mich wahr zu machen.

Ich wickelte mich fester in meine Decke, weil mir plötzlich kalt war. Am Horizont zeichnete sich bereits Land ab. Die Kabine erwachte wieder zum Leben.

Die Stimme im Lautsprecher ließ sich erneut mit Instruktionen und Informationen vernehmen. Als wir die Landebahn in Heathrow erreicht hatten, dankte sie uns im Namen des Kapitäns und seiner Mannschaft herzlich dafür, daß wir mit der Pan Am gereist waren, und wünschte uns allen »sehr fröhliche Weihnachten« und ein »glückliches neues Jahr«.

Wenn ich diese Botschaft 1946 verstanden hätte, hätte mich ihre offenkundige Aufrichtigkeit verwirrt. Im Lautsprecher ertönte wieder *Jingle Bells*. In meinen Ohren klang es so wie an meinem ersten Weihnachtsfest in den Vereinigten Staaten: wie die fröhliche weltliche Nachahmung eines Weihnachtsliedes, wie ein Symbol all dessen, was fremd und falsch war.

Diesmal aber klopfte ich mit meinen Fingern fröhlich den Rhythmus an das Plastikfenster.

Ich war lange unterwegs gewesen!

VIER

London schien sich fast vollständig im Winterschlaf zu befinden, was meine Wiederbegegnung mit Europa zu einer angenehm beiläufigen Angelegenheit machte. Binnen kurzem war ich imstande, die Stadt zu Fuß zu erkunden – trotz des unvermeidlichen Jet-lags mit einem herrlichen neuen Gefühl der Freiheit. Die Straßen waren leer, prangten jedoch im Weihnachtsschmuck; es gab die üblichen einzelnen Bummler, einzelnen Betrunkenen, sehr wenig Verkehr und keine Busse, nur ein paar rasch vorbeifahrende Autos.

Hier werde ich sehr angenehm leben können, dachte ich.

Dieser optimistische Eindruck hatte weniger mit der Stadt selbst als mit dem Kontrast zu meiner ersten Emigration zu tun.

Ich hatte keine besonderen Erwartungen, weder positive noch negative. Es gab niemanden, der mich abholte; ich kam mit einem Beruf, als selbständige Erwachsene, beherrschte die Sprache – wenn auch nicht all ihre subtilen Abweichungen –, kannte mich in der Literatur aus und war, dank der Medien, mit britischer Art und britischem Denken vertraut.

Mein Wirklichkeitssinn hatte mich indessen nicht völlig verlassen. Zwar erschien es mir undenkbar, daß die Engländer verlangen könnten, man solle seine Vergangenheit vergessen – ihre eigene sprang ja überall ins Auge: Geschichte, Denkmäler, Traditionen –, doch ich war mir sicher, daß jeder Neuankömmling seine Vergangenheit hier so strikt für sich behalten mußte wie in den Vereinigten Staaten. Hätte ich es leichter gehabt, wenn dieses Land nach dem Krieg meine neue Heimat geworden wäre?

Unwahrscheinlich. Ich hätte gewiß nicht das erreichen können, was ich in den Staaten erreicht hatte, da mir seit frühester Kindheit der notwendige schulische Hintergrund fehlte, ohne den man in dieser Gesellschaft nur schwer einen Platz fand. Ich wußte einiges über die Engländer, hatte von ihrem rigiden Klassendenken gehört, von ihren rassistischen Vorurteilen, ihrem Kult des Privaten. Ich sollte die Art und Weise noch kennenlernen, in der hier die nationale Herkunft den Ausländer untilgbar prägte, weitaus mehr als in den Vereinigten Staaten, wo die Ausbildung egalisierend wirkte, selbst wenn sie – wie in meinem Fall – erst im relativ fortgeschrittenen Alter von zwanzig Jahren begonnen wurde. Der Umstand, daß Englisch nicht meine Muttersprache war, würde hier in England stets Zweifel an meiner Fähigkeit wecken, die Sprache korrekt zu sprechen und zu schreiben.

Größere Diskrepanzen als diese sollten mir – in diesem Land zwischen Europa und Amerika – so manchen Ärger und manchen Kummer bereiten, aber nichts würde entfernt so schockierend auf mich wirken wie meine frühe Begegnung mit der Neuen Welt. Und auf diesem ersten Bummel, der mir nur einen allgemeinen Eindruck von einem menschenleeren, schläfrigen London vermittelte, fühlte ich mich durch dieses neue Land sogar seltsam befreit: ein Gefühl, das auch kaum beeinträchtigt wurde, als ich entdeckte, daß hier bis Neujahr praktisch alles geschlossen war. Das ließ mir Zeit für ziellos-gemächliche Erkundungsgänge.

Eines hatte ich mir zu erledigen versprochen, bevor ich anfing. Es handelte sich um eine für meine Verhältnisse beinahe luxuriöse Anschaffung, die sowohl Muße als auch eine gewisse Leichtfertigkeit erforderte. Ich wollte mir einen dieser wunderschönen antiken Spazierstöcke zulegen, um meiner neuen, schlanken, silberhaarigen Eleganz den letzten Schliff zu verleihen! Ich benutze einen Stock nur auf der Straße, zur Sicherheit, um das Gleichgewicht ein wenig abzustützen. Mein jetziger Stock, alt und arg mitgenommen von allzu vielen Zusammenstößen mit harten Kanten, hatte ausgedient – mein Ehe-Stock, wie mir später in den Sinn kam.

Als ich durch die Portobello Road bummelte – ein Ziel, das in einer von meinem Hotel zur Verfügung gestellten Broschüre empfohlen wurde –, kam ich an einem der vielen Antiquitätengeschäfte zu beiden Seiten der Straße vorbei, einem der wenigen, die geöffnet waren. Durch die Glastür sah ich, direkt vor einer eindrucksvollen Möbelausstellung, ein Gestell, das ein Sortiment von Stöcken mit Tier- und Vogelgriffen enthielt, Stöcke mit Knäufen aus unterschiedlichem Material, sogar Stöcke, die an den erinnerten, den ich loswerden wollte. Und in der Mitte entdeckte ich ihn: einen Damenspazierstock aus schönem schwarzen Ebenholz mit silbernem Griff.

Im Laden zog ich ihn sogleich aus dem Gestell. Er fühlte sich leicht, aber stabil an, das Holz verjüngte sich nach unten ein wenig. Auch die Höhe war richtig. Der anmutig geformte Silbergriff paßte perfekt in meine Hand.

»Wieviel?« fragte ich einen Mann, der, in ein Buch vertieft, halb verborgen hinter einer gläsernen Ausstellungsvitrine saß.

»Keine Ahnung. Ist da kein Preis dran?« antwortete er und blätterte eine Seite um, ohne aufzublicken.

Ich untersuchte das am Stock befestigte Schildchen: »Birmingham, 1889« stand darauf, dann folgten lediglich drei Buchstaben des Alphabets. »Ich finde keinen.«

Der Mann stand auf, löste sich ein wenig zögerlich von seinem Buch und trat näher heran. Er war mittelgroß, mittleren Alters, salopp gekleidet in graue Flanellhosen und einen weißen Pullover mit Kabelmuster. Sein Haar war aschblond – oder mausfarben, was eine sehr englische Haarfarbe ist, wie ich später von meinem Friseur belehrt werden sollte. In dieser Schattierung fallen graue Strähnen nicht auf, was auch in seinem Fall zutraf. Er trug eine Brille, die seine sehr blauen Augen irgendwie zu betonen schien. »Sehen wir mal, was sie draufgeschrieben hat. Der Laden gehört meiner Schwester. Ich habe eingewilligt, mich um ihn zu kümmern, während sie mit ihrer Familie im Skiurlaub ist – unter der Bedingung, daß alle Preise deutlich ausgezeichnet sind.« Mit gerunzelter Stirn untersuchte er das Schildchen eingehend. »Lassen Sie mich nachdenken, was sie mir über den Code gesagt hat – denn darum handelt es sich nämlich bei diesen Buchstaben. Kommen Ihnen hundertfünfundzwanzig Pfund angemessen vor? Hm, scheint ein ziemlich hoher Preis zu sein. Die Alternative wäre zweihundertsechsunddreißig, aber das wäre unverschämt, selbst wenn es sich um ein Sammlerstück handelt.« Er sah mich an, und wir begannen beide plötzlich zu lachen. Mir gefiel seine offene, freundliche Art; sein Gesicht verriet Intelligenz und Humor.

Nun war es an mir, zuzugeben, daß ich keine Ahnung hatte, wieviel ein solcher Stock wert war, da ich mich zum erstenmal auf den Kauf eines antiken Gegenstands einließ. »Ich bin keine Sammlerin. Ich möchte ihn haben, weil ich einen Stock zum Laufen brauche. Der Griff ist aus Silber, nicht wahr?« fragte ich, während wir einander etwas unsicher ansahen. Nicht die Frage war der Grund.

»Ja. Hier ist ein Stempel, sehen Sie?« Ich trat noch ein wenig näher, um den winzigen getriebenen Löwen am Rand des Griffs zu betrachten. Der Mann hatte angenehme Hände: groß, aber glatt. Womit immer er seinen Lebensunterhalt verdiente, körperliche Arbeit konnte es nicht sein.

»Möchten Sie ihn für hundertfünfundzwanzig nehmen? Wenn

ich Ihnen zu wenig berechne, ist meine Schwester selbst schuld – sie hätte mir statt dieses Codes richtige Preise hinterlassen sollen. Oder möchten Sie lieber warten, bis sie übernächste Woche zurück ist?«

»Ich möchte ihn gerne jetzt kaufen, aber ich will natürlich keinen Familienstreit heraufbeschwören.«

»Nein, es wird keinen geben. Sie ist froh, mich hier zu haben. Ich gebe zwar keinen guten Verkäufer ab, aber meine Anwesenheit im Laden verhilft ihr immerhin zu einer menschlichen Alarmanlage.«

Während ich meinen American-Express-Scheck ausschrieb, fragte ich ihn, ob er wisse, wo ich noch eine Gummispitze für den Stock kaufen könne.

»Manche Apotheken führen so etwas. Ich würde es mal in der Apotheke ein Stück die Straße hinunter versuchen.« Wir wechselten einen Blick. Seine blauen Augen sahen in meine, und er fügte mit einem leichten Stottern hinzu: »Bevor Sie gehen – m-möchten Sie eine Tasse Tee? Ich mache gerade eine für mich.«

Aus irgendeinem Grund nahm ich diese sehr britische Einladung ohne Zögern an. Wenn ich sie abgelehnt hätte, wäre mein Leben in England völlig anders verlaufen ...

Während er sich im Hintergrund, wohl einem Raum, der Büro, Küche und Lager in einem zu sein schien, zu schaffen machte, stöberte ich ein wenig ziellos herum. Auf einem Tisch lagen einige interessante kleine Objekte. Ich nahm einen Spiegel in die Hand. Seine Rückseite bestand aus dem Material, das ich als Schildpatt oder eher als *écaille* zu bezeichnen pflegte, war aber vielleicht auch nur aus Zelluloid. Der Griff, den ich umfaßte, war Teil des Ganzen: oval, geschwungen, angenehm zu halten. Mit dem Rücken zum Fenster stehend hob ich ihn hoch und blickte auf die Straße draußen, die sich in dem vom Alter fleckigen Glas spiegelte.

Wer war das, der zu dieser Tageszeit auf der Straße lachte? Sie holte ihren Spiegel hervor, den sie unter ihrem Kissen verwahrte. Rasch einen Blick, bevor es jemand merkte.

»T'as envie d'être punie, Rachel? Si je t'attrappe encore avec cette glace pendant le silence, je vais t'la prendre.«

Nein. Sie durfte ihr den Spiegel nicht wegnehmen. Niemand durfte einem die Augen wegnehmen. Es war so: Ihre Augen überbrückten die Entfernung nicht direkt, sondern in einem Winkel – sie sahen in den Spiegel, der den Blickpunkt draußen reflektierte.

»Nonante degrés«, *hatte Monsieur Lapent gesagt. Egal, wie lang die Linie vom Spiegel zur Straße ist, viel länger als die Linie von ihren Augen zur Straße. Es ist der Winkel von neunzig Grad, nicht die Linie der Entfernung.*

»T'as compris, Rachel?« *Monsieur Lapents Stimme hörte sich verärgert an.*

»Oui.« *Sie verstand vollkommen: Worauf es ankam, war der Winkel, der Spiegel. Den durfte man ihr niemals wegnehmen.*

»Es tut mir leid, wenn ich Sie erschreckt habe.«

Ich legte den Spiegel hin und griff nach der Tasse. »Nein, überhaupt nicht. Ich habe mich nur an etwas erinnert, das lange zurückliegt. Als ich sehr klein war, hatte ich einen Spiegel genau wie diesen – er war mein kostbarster Besitz ...«

Der Kauf des Spazierstocks markierte einen jener Wendepunkte in meinem Leben. Ich blieb länger als nur auf eine Tasse Tee – lange genug, um seinen Namen und einiges über ihn zu erfahren: Trevor Rayford, ein Statistiker, der für so etwas wie »eine Quango« arbeitete. Er erzählte mir, daß er eine Frau und zwei heranwachsende Kinder habe, die mit seiner Schwester in den Skiurlaub gefahren seien, und daß er »dieses kalte weiße Zeug, auf dem sie mit Vergnügen herumrutschen, nicht leiden« könne, daß er auf dem Lande lebe, aber in London eine Zweitwohnung habe. Er konnte zufällig »gerade ein bißchen Zeit« erübrigen, was seine Aushilfe hier im Laden erklärte. Seine Art bewirkte, daß ich zum erstenmal seit Jahren über mich selbst sprach. Ob es wirklich stimmte oder nicht, ich hatte den Eindruck, daß er an dem, was ich berichtete, lebhaft interessiert war.

Bis ich mich verabschiedete, hatte ich ihm nicht nur meinen Namen und den meines Hotels genannt, sondern ihm auch erzählt, was ich in England vorhatte. Und als ich den Laden nach fast zwei Stunden verließ, fand ich, daß mein neuer Spazierstock unendlich viel attraktiver aussah als der, den ich nun ausrangieren würde.

Bei meiner Rückkehr ins Hotel stellte ich zu meiner Überraschung und Freude fest, daß dort Hanka, ganz plötzlich in der für sie typischen Art, eingetroffen war. »Um endlich ein bißchen an deinem Leben teilzunehmen«, erklärte sie reumütig, als wir uns im Hotelcafé niedergelassen hatten. »Ich habe deine Tante angerufen. Sie war ganz versessen darauf, mir zu erzählen, daß dein Mann dich wegen einer jungen Schickse verlassen hat ... Ich will nicht behaupten, daß mich das überrascht hat.«

Hanka hatte John nie gemocht; sie fand ihn oberflächlich und arrogant. Er hatte sie wie eine unbedeutende Person behandelt, zugleich aber auch wie eine potentielle Rivalin. Ich hatte die gegenseitige Abneigung gespürt, aber da ich meine Ehe, meine Stellung – ja –, meine Position nicht gefährden wollte, waren diese mir wichtiger als die alte Loyalität und hinderten mich daran, Ehefrau und Freundin zugleich zu sein. Ich wollte das Hanka eigentlich erklären und sie um Verzeihung bitten, brachte statt dessen aber nur ein paar Korrekturen zu Tante Beates Version der Geschichte hervor.

Hanka hörte kommentarlos zu.

Nach einer Weile fragte ich: »Wie müde bist du? Hast du im Flugzeug schlafen können?« Sie schien ausgeruht zu sein und sich wohl zu fühlen. Niemand hätte ihr die unstete Lebensweise angesehen.

»Da du nicht da warst, als ich ankam, hatte ich drei Stunden Zeit zum Regenerieren. Wir sollten nun aber keine Zeit verschwenden. Wir haben nur diesen Abend. Zum Schlafen habe ich morgen im Flugzeug ausreichend Gelegenheit. Laß uns also ein bißchen spazierengehen.«

Im Lift erzählte sie mir, daß sich die Zentrale der Organisation, für die sie jetzt arbeite, in London befinde, so daß sie mehrmals im Jahr herkommen werde. Diese Nachricht verbesserte meine bereits von der Begegnung am Nachmittag gehobene Stimmung noch mehr.

»Was macht dein Buch – ist es bald fertig?« Seit dem College-Abschluß hatte Hanka in verschiedenen Ländern gelebt und sich zu einer Spezialistin für Flüchtlingsfragen entwickelt. Sie arbeitete für verschiedene Menschenrechtsorganisationen und schrieb nebenher.

Sie seufzte tief. »Es ist ein nicht enden wollendes Projekt. Von Tag zu Tag werden in aller Welt immer mehr Menschen vertrieben. Laß dir von niemandem erzählen, daß Probleme wie unsere nach dem Krieg ein Ende gefunden hätten.«

Ich berichtete ihr von dem Abend, an dem John über mich hergefallen war, weil ich es gewagt hatte, eine Meinung zu diesen Dingen zu äußern. »Für ihn zählen meine Erfahrungen als Flüchtling in der Schweiz überhaupt nicht.«

»Er ist ein ausgemachter Ignorant. Erinnerst du dich daran, was meine Mutter über die Sicherheit der Schweiz während des Krieges gesagt hat? Länger als jeweils einen Tag konnte man sie nicht als selbstverständlich voraussetzen.«

»Wie geht es deiner Mutter?«

»Oh, sie ist vor einem Jahr an einem Schlaganfall gestorben.«

Daß wir die Zeit in solchen Etappen wie Krankheit, Scheidung und Tod maßen, machte mir plötzlich bewußt, wie lange wir uns nicht gesehen hatten.

»Sie hat oft nach dir gefragt«, sagte Hanka mit abgewandtem Gesicht.

Sie trug einen dunkelgrünen Wollmantel von sehr schlichter Eleganz und keinerlei Make-up – das tat sie nie. Ihr schwarzes Haar wies silberne Strähnen auf, die Augenpartie war faltiger als früher, und sie hatte zugenommen. Ansonsten aber war sie ganz die alte. Wenn sie lächelte, hellten sich ihre eher düsteren Gesichtszüge auf. Sie engagierte sich immer noch leidenschaftlich für ihre Arbeit, und obwohl sie die einzige mir bekannte Person war, die mit derselben Leichtigkeit Sprachen lernte wie John, war sie nicht daran interessiert, diese Begabung um ihrer selbst willen zu nutzen. »Na und?« pflegte sie zu sagen. »Was ist daran so eindrucksvoll? Ich wünschte, ich könnte etwas wirklich Wichtiges tun – zum Beispiel der Kinderarbeit in der Welt ein Ende machen.« Sie bemühte sich immer noch um dieses Problem und um sehr viel mehr. Ja, meine Freundin war die geblieben, die sie gewesen war, während ich versucht hatte – wenngleich ohne Erfolg –, eine andere zu werden. Ich sagte ihr das, während wir durch die Straßen einer fremden Stadt schlenderten.

Ein wenig später, als wir es uns in meinem Hotelzimmer auf dem Bett bequem gemacht hatten, fragte sie, warum. »Hast du je daran gedacht, zu einem Analytiker zu gehen, um es herauszufinden?« Hanka hatte im Hauptfach Psychologie studiert, und ab und zu schlug das noch durch. »Du müßtest deiner Kindheit ins Gesicht sehen. Könntest du das?«

»Dazu müßte ich nach Péniel fahren, und das ist eher unwahrscheinlich.« Ich war in vielen Ländern gewesen, aber nie wieder in den beiden, denen ich meine ersten Sprachen verdankte: in Deutschland und in der Schweiz. Etwas hatte mich stets zurückgehalten.

Wir schwiegen einen Augenblick. Dann erinnerte ich mich an eine ganz banale Frage, die ich jemandem stellen wollte, der England gut kannte. »Weißt du zufällig, was ›Quango‹ bedeutet?«

»Quasi-autonomous non-governmental organization«, antwortete sie auf der Stelle. »Ich habe mit einigen zu tun gehabt. Warum willst du das wissen?«

»Ich habe heute nachmittag jemanden kennengelernt, der für eine ›Quango‹ arbeitet. Es hörte sich an, als hätte ich wissen müssen, was das ist. Mir war nicht klar, daß es sich um ein Akronym handelt.« Akronyme stellen einen weiteren Typ Vokabular dar, den man lernen muß, wenn man in ein anderes Land geht.

Vom ersten Tag im College an, als wir uns in einer Sprachklinik kennenlernten, in die man diejenigen schickte, die das *th* und das englische *r* nicht aussprechen konnten, hatten Hanka und ich Erfahrungen mit Sprachproblemen ausgetauscht. Wir waren beide im Abstand von wenigen Monaten nach New York gekommen.

Unsere Vergangenheit hätte nicht unterschiedlicher sein können. Hanka hatte den größeren Teil ihrer Kindheit in Konzentrationslagern ihres Geburtslandes Tschechoslowakei und in Polen verbracht. Zusammen mit ihrer Mutter war sie aus dem Arbeitslager entkommen, in das man sie »zu ihrem Glück« geschickt hatte, obwohl dieses Glück nur eine Gnadenfrist gewesen wäre. Sie hatte in den Abgrund geblickt, an einer Stätte, die einzig zum Zweck des Tötens geschaffen worden war. Ich dagegen war aus Péniel gekommen, einem Ort, der sich der Heilung einer der gefürchteten Krankheiten der damaligen Zeit verschrieben hatte.

Daß ich Hanka in diesem Labyrinth New York – sie nannte es die »Normalität«, ich »die Ebene« – gefunden hatte, war für mich das erste glückliche Ereignis in jenen einsamen frühen Tagen dort gewesen. Gemeinsam mühten wir uns durch unseren Kurs und versuchten, unsere neue Welt zu begreifen. Gemeinsam lernten wir neue Vokale, neue Konsonanten und ein neues Vokabular. Mrs. Fuchs' und Tante Beates stark vereinfachenden Vorschriften folgte ein weit komplizierteres Regelwerk, das wir lernen mußten, bevor wir unsere Examen machten und uns für die amerikanische Staatsbürgerschaft qualifizierten – und bevor wir von all jenen auf scheinbar gleicher Stufe akzeptiert wurden, die uns den besseren Start voraushatten.

Dennoch fanden wir uns damit ab, daß wir uns niemals wie jeder andere nette Durchschnittsamerikaner anhören würden oder gar so sein könnten. Immer gab es noch dieses andere Leben, das wir ebensowenig verleugnen konnten und wollten wie die Sprachen, mit denen wir aufgewachsen waren. Wir bewältigten diese uneingestandene Identitätskrise, indem wir in einem Sprachengemisch miteinander redeten, ständig eine Sprache mit der anderen verglichen und darüber diskutierten, was man sagen oder übersetzen konnte und was nicht.

»Wir« – das waren Hanka, ich und, wenig später, Gisela beziehungsweise Gail, wie sie sich damals nannte; auch sie war Flüchtling, jedoch schon in den dreißiger Jahren, als kleines

Kind, nach Amerika gekommen. Uns beiden schien sie die Amerikanerin schlechthin zu sein, nicht nur weil sie das Englische längst besser beherrschte, sondern weil sie alles sehr viel positiver sah und ihr Leben im Griff hatte. Auch sie hatte man für eine Sprachklinik vorgesehen, nicht aus den Gründen, die uns dorthin gebracht hatten, sondern weil sie das »zischende *s*« des New Yorker Akzents sprach, den sie in der Grundschule angenommen hatte. Aber sie weigerte sich, an dem Kurs teilzunehmen. Als glühende Zionistin verlegte sie sich lieber darauf, Hebräisch zu lernen, statt ihr Englisch zu verfeinern.

Sie waren meine Freundinnen, mein Anker. Was uns vor allem zusammengebracht hatte, war die uns gemeinsame Entfremdung von unseren Familien. Hankas Mutter hatte ihren Mann und ihren Sohn im Holocaust verloren – für sie war die Welt seither trostlos und abweisend. Zum Ausgleich versuchte sie, für sich und ihr überlebendes Kind einen schützenden Kokon zu schaffen. Hanka empfand dies als erdrückend.

Gails Eltern ähnelten meiner Tante insofern, als sie ohne Unterlaß priesen, was ihre neue Heimat ihnen alles geboten hatte. Im Unterschied zu Aunt Beatrice hatten sie es materiell zu etwas gebracht. Ihre Tochter, ihr einziges Kind, für das der Vater angeblich so schwer arbeitete, wollte jedoch an dieser Erfolgsstory nicht teilhaben. Unmittelbar nach dem College-Abschluß ging sie nach Israel, und aus Gail, die Gisela gewesen war, wurde Gila.

»Gail. Hast du etwas von ihr gehört?«

Hanka hatte damals Verständnis für ihren Wunsch gehabt, nach Israel zu gehen, wenngleich es ihr schwerfiel zu akzeptieren, daß man jetzt unser schmerzliches und doch kostbares Erbe, die Diaspora, geringschätzen und ablehnen sollte. Gail hingegen betrachtete dies als eine Krankheit, die nur durch eine Rückkehr in die angestammte Heimat geheilt werden konnte. Nach dem Jom-Kippur-Krieg hatte sie sich der Orthodoxie zugewandt, und in dieser Zeit schlief die Verbindung zwischen uns ein.

»Sie ist Nationalistin geworden«, sagte Hanka.

»War sie das nicht schon immer?«

»Sie gehört den Gush Emunim an und lebt, wie sie es nennt, in Judäa.«

»Das war ja wohl zu erwarten«, sagte ich schroff.

Wir drei repräsentierten ein Spektrum eigentlich unvereinbarer Elemente des Judentums: Gails extremen Zionismus, Hankas engagierten aufgeklärten Humanismus, der in der Gemeinschaft wurzelt – dafür hatten die Lager gesorgt –, und meines, eine abnorme Variante, nicht festgelegt, ambivalent, agnostisch.

Gail und Hanka waren Jüdinnen in einem Sinne, in dem ich es nie sein könnte. Was Hanka einmal im Zusammenhang mit meiner Behinderung geäußert hatte, daß ich anders sei, weil ich mich anders bewege, galt auch hier. Ich hatte niemals in einem jüdischen Getto gelebt, nicht einmal in einer Umgebung, in der die gesellschaftlichen Beziehungen vornehmlich jüdisch geprägt waren – anders als meine Freundinnen, die dies für selbstverständlich hielten. Unsere Einstellungen zu Israel spiegelten diese Unterschiede wider. Für Hanka war das jüdische Stammland ein Ideal, ein Traum, von der Realität zwar beschädigt, aber nicht zerstört; für Gail eine Festung, aus der alle Außenstehenden ausgeschlossen wurden; für mich ein fremdes Land, das zwei Völker als Heimat beanspruchten. Gegenwärtig vertrieben die Menschen, die man als mein Volk bezeichnen könnte, gerade ihre Mitbewohner.

Ich habe stets alle Formen des Nationalismus – einschließlich seiner modernen Ausprägung der ethnischen Klassifizierung – als zutiefst verstörend empfunden. Obwohl ich meine Jugend als Außenseiterin in einem Land verbracht habe, dessen Nationalismus man nur als milde bezeichnen könnte, lernte ich sein Schadenspotential sehr früh kennen. Unvermeidlich wurde eine Welt geschaffen, die aus *ihnen* und *uns*, *Fremden* und *Einheimischen*, *uns* und *den anderen* bestand, in der dieses andere so leicht herabgewürdigt, ausgeschlossen und abgetan wurde. Von der Position ausgehend, die ich, ein Kind der Diaspora, damals einnahm, sah ich die patriotische Welt aus der Perspektive eines Wurms. Deshalb habe ich nie geglaubt, daß Israel sich als anders oder gar besser erweisen würde. Das sagte ich jetzt auch zu Hanka – nicht zum erstenmal. Sie, die mich deswegen nie kritisierte oder ablehnte, nickte schweigend. Wir waren Freundinnen, in dem Sinne, in dem ich das Wort verstanden hatte, bevor ich seine unterschiedslose Verwendung in Amerika kennenlernte. In meiner früheren Welt unterschied man zwischen Freund und Kamerad. Freunde lieben einander, Kameraden nicht. Mit Sex hat das nichts zu tun.

Wieder mit ihr zusammen, auf derselben Wellenlänge, über Dinge reflektierend, an die ich lange nicht mehr gedacht hatte, erkannte ich, daß sie nicht verschwunden waren, wie ich mir vorgemacht hatte. Was wirklich zählt, kann niemals ausgelöscht werden.

Péniel ...

Ich weiß nicht, wie ich auf Trevor Rayfords Einladung reagiert hätte – sie erwartete mich, als ich in mein Hotel zurückkehrte –, wenn mich nicht Hankas Abreise, so kurz nachdem wir uns wiedergefunden hatten, sowohl anfällig als auch empfänglich gestimmt hätte. Ich hatte seinen Anruf erwartet – man spürt solche Dinge –, wenngleich mit gemischten Gefühlen. Wozu ließ ich mich womöglich wieder in einen Sumpf von Emotionen, potentiellen Reibereien oder Kränkungen und begrenztem Einvernehmen hineinziehen? Ich zögerte ein paar Sekunden, aber die Einsamkeit führte mich in Versuchung, und Versuchungen trotzen der Vernunft. Außerdem hatte mein Selbstverständnis einen schweren Schlag erlitten; daß mich noch einmal ein Mann attraktiv fand, konnte mir einfach nicht gleichgültig sein.

Er holte mich in der Hotelhalle ab. Ich sah, daß sein Blick auf mir ruhte – auf meinem Gesicht. Er hielt mir die Autotür auf und ließ mir Zeit zum Einsteigen – eine meiner unbeholfensten und gehemmtesten Bewegungen. Es gelingt mir nie, mein steifes Bein einigermaßen graziös im Auto zu verstauen.

Er führte mich in ein französisches Restaurant unweit seiner Wohnung. Die Tische waren jeweils von Wandschirmen und Pflanzen umgeben, die Lichter angenehm gedämpft. Pflegte er seine Eroberungen hierher zu führen? Vorsicht, das ist nicht das erste Mal, ermahnte ich mich. Er erzählte mir, daß er in der Nähe von Windsor wohne, seine Frau die City hasse und sich ihr so gut wie nie auch nur nähere. Aus beruflichen Gründen müsse er fünf Tage in der Woche in der Stadt sein.

»Was arbeiten Sie?«

»Wenn ich es Ihnen erzählte, würden Sie sich zu Tode langweilen«, wehrte er meine Frage ab.

Ich sagte ihm, ich wisse nun, was »Quango« bedeute.

»Oh, das wußten Sie nicht?« Er beugte sich ein wenig vor. »Heißt das, daß Sie über mich nachgedacht haben?«

Ich murmelte etwas von beruflichem Interesse an Wörtern, und während ich meinen *coq au vin* tranchierte, wechselte ich das Thema, um meine Verlegenheit zu verbergen. »Ist Ihre Schwester wieder zurück im Laden?«

»Ja. Sie hofft, Sie sind mit Ihrem Kauf zufrieden.«

»Sehr.«

Ich langte nach dem glatten Griff meines Stocks, den ich sorgfältig hinter meinem Stuhl in eine Ecke gelehnt hatte. »Wenn sich nur alle meine Erwerbungen als so leicht erweisen würden! Als nächstes werde ich mich nach einer Wohnung umsehen müssen.«

»Kann ich Ihnen dabei behilflich sein?« Er wollte wissen, wo mein Büro lag, und schrieb mir eine Reihe von Immobilienmaklern in der Nähe auf. »Denken Sie an eine unmöblierte Wohnung?«

»Ich weiß nicht recht. Ich habe mein Apartment in New York behalten, vielleicht gehe ich ja auch zurück.«

Er gab mir einen Überblick, nicht nur über die Wohngegenden – was mir zu diesem Zeitpunkt wenig sagte –, sondern auch über den Immobilienmarkt. »Einen Mietwohnungsmarkt, wie Sie ihn in den Staaten haben, gibt es hier nicht. Ich würde Ihnen raten zu kaufen. Also, sehen wir mal ...«

Während er sprach, dachte ich, wie unwirklich es doch war, hier mit diesem mir unbekannten Engländer zu sitzen, dem ich nicht einmal vorgestellt worden war. Während wir uns zögernd an Gesprächsthemen herantasteten, musterte ich seine Augen, die Falten um seinen Mund, wenn er lächelte. Was sagten sie mir über seine Person? Nichts. Was wußte ich wirklich? Daß er verheiratet war. Das sollte mich zumindest davor schützen, mich auf eine weitere enttäuschende Beziehung einzulassen. Oder doch nicht?

Wir durchstreiften unsere Vergangenheit. Ich erzählte ihm, wo ich geboren war, wo ich gelebt hatte. Er erwähnte, daß er während des Krieges in der Armee gewesen sei.

Was mich erstaunte, als ich ihm zuhörte, war, daß er die traumatischen Ereignisse, die meine Jugendjahre verdunkelten, mehr oder weniger nur als drohende Schatten am Horizont erlebt hatte. Ja, Menschen waren getötet worden, Städte waren bombardiert worden, Leben waren ruiniert worden. Er sprach sogar von einer Explosion des Bösen im feindlichen Land. Aber das war auch alles: ein Feind – nicht das, was es für mich gewesen war: Ein naher Verwandter wurde zum mörderischen Ungeheuer, dessen Sprache meine Muttersprache sein sollte. Trevors Interesse galt dem Blitzkrieg, der Invasion in der Normandie, den V-Waffen, der Aufnahme verbündeter Armeen, der Ankunft der Amerikaner, und immer war England der Angelpunkt von Widerstand und Strategie, von Siegen und Heldentum.

Vor allem Heldentum! Dünkirchen zum Beispiel. Mit Heldentum hatte ich Dünkirchen nie in Verbindung gebracht und schon gar nicht das nahe Frankreich, mit dessen Leiden ich in jenen Tagen in enge Berührung gekommen war. »Merkwürdig, daß Sie gerade Dünkirchen erwähnen. Ich habe mich einmal um einen kleinen Jungen von dort gekümmert, kurz nach dem Rückzug. Er hatte während der Schlacht seine ganze Familie verloren – er war wie ein kleiner Zombie. Da begriff ich zum erstenmal das ganze Ausmaß der Katastrophe. Hier nennt man das wohl nicht so, nicht wahr?«

Er schüttelte stumm den Kopf. Mir wurde bewußt, daß ich redete, wie ich seit Jahren außerhalb meines Berufs nicht geredet hatte. Er aber nahm vermutlich an, daß ich mich immer so verhielt – Worte waren schließlich mein Leben.

Wie dem auch sei, unsere künftige Beziehung zeichnete sich von Anfang an ab. Obwohl wir uns der unüberwindlichen Hindernisse deutlich bewußt waren, überquerten wir später am selben Abend die Brücke von Fremden zu Liebenden. Es war nicht geplant. Keiner von uns beiden hatte gewollt, daß aus unserer kurzen Bekanntschaft etwas anderes würde als das, was sie im Augenblick unserer ersten Begegnung war: ein simpler Fall gegenseitiger Anziehung. Dennoch ...

Bevor ich, sehr spät an jenem Abend, seine Wohnung verließ, überreichte er mir ein längliches, flaches Päckchen. »Nur ein ganz kleines Geschenk. Ich hoffe, du nimmst es nicht übel.«

Ich öffnete es, während er mich beobachtete: Es war der Spiegel, den ich im Laden seiner Schwester in die Hand genommen hatte. »Wie lieb von dir!« Ich war gerührt, weil er bemerkt hatte, daß er etwas für mich bedeutete. »Als kleines Mädchen war ich von einem Spiegel wie diesem völlig abhängig.« Wofür sollte ich ihn jetzt benutzen?

Als ob er meine Gedanken gelesen hätte, flüsterte er: »Jetzt kannst du ihn zu dem Zweck benutzen, für den Spiegel eigentlich gedacht sind.« Und sanft fügte er hinzu: »Was für ein schönes Gesicht er spiegeln wird.«

Es schien mir widersinnig, daß mein verkrüppeltes Bein, Anlaß für den Kauf des Stocks, der uns zusammenbrachte, keine Rolle spielte, während andere Dinge von Bedeutung waren, sogar bevor wir einander kennenlernten. Ich blickte auf den Spiegel, den ich immer noch in der Hand hielt. Der Spiegel meiner Kindheit hatte mich die Welt außerhalb meines Bettes sehen lassen. Was würde dieser mir zeigen? fragte ich mich, während ich ihn zu mir umdrehte.

FÜNF

Natürlich war ich nicht nach London gekommen, um mein Spiegelbild zu betrachten, sondern um zu arbeiten. Die Arbeit erwies sich als noch langweiliger als das, was ich im vergangenen Jahr in New York zu tun bekommen hatte. Ich sollte mein Büro mit einer anderen Dolmetscherin teilen, die im Augenblick beruflich unterwegs war. Evelyn, meine neue Chefin, war eine Frau fast in meinem Alter, mit rosa gefaßter Brille, stark dauergewelltem gelblich-grauen Haar, schlecht sitzenden Kostümen, über denen sie einen Kamelhaarmantel oder einen marineblauen Burberry trug – je nach der Wettervorhersage am Abend zuvor, wie mir meine jüngeren Kolleginnen mit einer Spur Bosheit erklärten. Sie hatte weder Humor noch irgendwelche anderen erkennbaren Tugenden oder Laster. Es hieß, ihr Leben ende, wenn sie ihr Büro verlasse. Sie kam stets als erste und ging als letzte. Wann immer ich erschien, saß Evelyn bereits an ihrem Schreibtisch.

Sie gab sich ungeheure Mühe, den richtigen Leuten die richtigen Aufträge zuzuweisen, und sorgte dafür, daß jede Minute der Arbeitszeit mit einem nicht enden wollenden Vorrat an Bagatellsachen ausgefüllt war, die übersetzt werden mußten. Beispielsweise erhielt ich als Dauerauftrag einen zweimonatlich erscheinenden Industriereport, in dem es um Teile für verschiedene Maschinen ging, die exportiert werden sollten. Ich hatte nicht die geringste Ahnung, was das für Teile waren, und kam mir vor, als stünde ich selbst am Fließband.

Ich mußte hauptsächlich vom Englischen ins Deutsche übersetzen, seltener ins Französische und nie vom Französischen oder Deutschen ins Englische. Da ich die einzige Mitarbeiterin mit deutscher Vergangenheit war, ließ sich nichts dagegen einwenden, aber es machte die Arbeit nicht eben fesselnd. Sicherlich hatte man mich nicht dafür den weiten Weg von New York hierher machen lassen.

Ich fragte mich auch, was über mich wohl erzählt worden war, als man mich der Londoner Niederlassung avisierte. Ich sah Tom

Anderson vor mir, wie er – im Drehstuhl zurückgelehnt, einen Arm hinter dem Kopf, in der anderen Hand den Hörer, die Knöpfe seines Hemdes über dem Kugelbauch gefährlich gespannt – telefonisch »ein Wort« mit seiner Kollegin auf dem Londoner Chefsessel redete: »Rachel Burton – ich meine Bernstein, wie sie sich jetzt nennt –, Sie sollten sie lieber mit Samthandschuhen anfassen. Hatte einen Zusammenbruch, war vom Simultandolmetschen fix und fertig. Nicht schlecht, wenn sie auf der Höhe ist. Aber ist sie das?« Irgend etwas in dieser Richtung mußte man Evelyn gesagt haben, denn sie behandelte mich, bildlich gesprochen, als bestünde ich aus feinstem chinesischem Porzellan.

Tatsächlich war ich in diesem Stadium ganz froh, einen Job zu haben, der mich nicht allzusehr in Anspruch nahm, weil ich emsig damit beschäftigt war, mich in meinem neuen Wohnort einzurichten. Wenn ich damit fertig war, würde ich Evelyn wissen lassen, daß ich von der Rolle der psychisch Angeschlagenen inzwischen genug hatte.

Das Unterfangen, in London eine Wohnung zu kaufen, erwies sich auf unerwartete Weise als interessant. Es machte mich mit einem Englisch vertraut, das mir bis dahin völlig fremd gewesen war. Ein als »Kleinod« bezeichneter »Wohnsitz« bedeutete drangvolle Enge; »leicht renovierungsbedürftig« bedeutete völlig heruntergekommen; »Spielraum für Modernisierung« bedeutete, daß alles erneuert werden mußte; »Luxusbad« bedeutete, daß es heißes und kaltes Wasser, eine Badewanne, eine Toilette und ein Waschbecken gab. Das war der Beweis, daß es bei mir, die ich in drei Sprachen über ein erschöpfendes Vokabular zu verfügen glaubte, immer noch ein ganzes Gebiet des Unwissens gab. »Welche Sprache beherrschen Sie am besten?« wurde ich oft gefragt. Meine Antwort lautete, daß es wohl Englisch sein müsse. In dieser Sprache hatte ich mich erwachseneren Dingen gewidmet wie Steuern zahlen, Autofahren lernen, Liebe machen. Dem konnte ich nun eine weitere Aktivität hinzufügen: das Suchen, Kaufen und Einrichten einer Wohnung in London.

Ich kaufte eine »charismatische, großzügig wirkende, zentral gelegene Luxuswohnung mit zwei Doppelschlafzimmern in historischem Gebäude, nur wenige Gehminuten von allen Bequemlichkeiten und Verkehrsmitteln entfernt, mit Blick auf Gärten; nur Schönheitsreparaturen notwendig, herrlicher Empfangsraum mit erhaltenen Originalteilen, Luxusbad und Einbauküche«. Ich war imstande, mir das zu übersetzen, und hatte sogar – noch vor der Besichtigung – eine ziemlich gute Vorstellung von dem, was mich erwartete.

Dank Trevor beziehungsweise mittelbar dank seiner Schwester war ich imstande, mir die richtige Art von Möbeln auszusuchen. Jahrelang hatte ich Antiquitäten für mich abgelehnt, weil sie mir überhaupt nicht entsprachen. Ich fühlte mich so sehr als Geschöpf des 20. Jahrhunderts, daß der Wunsch, mich mit Gegenständen zu umgeben, die nicht Teil des Hier und Jetzt, nicht leicht zu beseitigen oder wenigstens leicht zu transportieren waren, mir völlig unangemessen erschienen wäre. Unter Trevors Anleitung aber lernte ich, die Schönheit von Dingen zu schätzen, die einer anderen Zeit angehörten. Und damit lernte ich auch wieder, in einer traditionelleren Welt zu leben, die weniger auf alles Neue vertraute. Ich kann mich nicht ganz dazu durchringen, vom »häuslichen Einrichten« zu sprechen, da ich ständig das Gefühl hatte, daß das, was ich in London kaufte, nicht ganz mir gehörte – anders als die anziehend funktionalen, aber wertlosen Dinge, die ich in New York besaß. Die Qualität meiner neuen Besitztümer entsprach so gar nicht meiner Wurzellosigkeit. Sie waren traditionell und solide – wie Trevor. Vorsicht war angesagt: Ich mochte sie mehr, als gut für mich war.

Trevor war sehr belesen und tief im englischen Leben verwurzelt, das er mir mit Hingabe erklärte. Er brachte mir ständig Bücher und Artikel, lenkte meine Aufmerksamkeit auf das, was ich seiner Meinung nach wissen sollte, erklärte, zeigte und kommentierte. Er war für mich der Schnellkurs zum Verständnis Englands.

Nach jener ersten spontanen Umarmung sahen wir uns mit sorgfältig geplanter Unregelmäßigkeit. Es war wichtig, daß wir unsere Unabhängigkeit bewahrten – nicht nur wegen seiner familiären Verpflichtungen –, und das bedeutete, daß wir uns Grenzen setzten. Beruflich war er viel unterwegs, und obwohl meine Arbeit einstweilen noch nicht wieder mit Reisen verbunden war, wußte ich, daß ich es wiederaufnehmen würde. Unsere Arbeit hatte nichts Gemeinsames: Ich arbeitete mit Wörtern, er mit Zahlen. Wir hatten keine gemeinsamen Freunde; unsere Treffen waren völlig geheim. Nicht einmal Hanka hatte ihn kennengelernt, obwohl sie von seiner Existenz wußte.

»Warum kannst du ihn mir nicht vorstellen? Was stimmt mit dem Kerl nicht?« wollte sie wissen, als sie im Mai wieder in London war.

»Nichts«, sagte ich unsicher. »Es ist eben nicht die Art Freundschaft, die sich für größere Geselligkeiten eignet.«

»Rechnest du mich dazu?«

»Natürlich nicht! Ich meine, es ist besonders privat.«

»Therapeutischer Sex? Ist es das?« fragte sie mit einem anzüglichen Lächeln.

Ich schüttelte verlegen den Kopf, doch diese taktlose Bemerkung enthielt ein Körnchen Wahrheit.

»Existiert er, oder ist er bloß eine Einbildung?« Sie blickte mich spöttisch an.

»Natürlich existiert er. Aber irgendwann wird er aus meinem Leben wieder verschwinden – wir sind viel zu verschieden.« Ich sagte ihr nicht, daß er verheiratet war. Vielleicht vermutete sie das. Ja, ziemlich sicher sogar.

Trevor und ich waren Teilzeitliebende ohne gesellschaftliche Einbindung. Es wäre angenehm, ja wohltuend gewesen, wenn ich mir erlaubt hätte, im Gefühl vollkommenen Behagens zu schwelgen, hätten mich nicht frühere Erfahrungen gewarnt, mich vor einer Scheinwelt traulicher Häuslichkeit zu hüten. In dieser Phase, muß ich zugeben, dachte ich an seine Frau überhaupt nicht. Ihre Existenz war nahezu bequem – denn sie hielt uns auf gewisse Distanz. Nein, weder er noch sein Land sollten mein Leben beherrschen. Dies zuzulassen hätte einen Rückfall in die Illusion bedeutet. Aus der ich doch gerade erst aufgetaucht war!

Dann veranlaßte mich eine Reihe von Zufällen – die schon mit meiner Rückkehr nach Europa begonnen hatte –, in die Vergangenheit einzutauchen. Als ich an einem kalten und regnerischen Septembermorgen mein Büro betrat, fand ich den anderen Schreibtisch besetzt. Janina Roszowska war aus Helsinki zurückgekehrt, wo sie vor meiner Ankunft in London einen Auftrag übernommen hatte. Sie war eine auffallend aussehende rothaarige Frau mit großen grünlichen Augen, viel unnötigem Make-up und sehr guter Figur, einige Jahre jünger als ich, Flüchtling aus Osteuropa und meines Wissens die einzige Ausländerin – zumindest im Bereich europäische Sprachen –, die bei GAIT London angestellt war.

Mit der Weisheit derer, die ihr ganzes Leben im eigenen Land verbringen, hatte Evelyn beschlossen, die beiden Dolmetscherinnen nichtbritischer Herkunft, die wurzellose Jüdin und die entwurzelte Polin – in der Annahme, daß sie viel miteinander gemeinsam hätten –, im selben Raum unterzubringen.

»Ich freue mich sehr, Sie kennenzulernen«, sagte Janina und reichte mir zur Begrüßung die Hand. »Ich bin Polin, aber Spezialistin für Russisch. Leider wird Polnisch nicht oft gebraucht; damit muß man sich abfinden«, seufzte sie. »Möchten Sie Kaffee?« Eine altmodische Kaffeemaschine auf der Fensterbank gab brodelnde Geräusche von sich. Aus einer Schublade ihres Schreibtischs holte sie Becher, Löffel und Milchpulver hervor. »Schwarz oder weiß?«

»Weiß, bitte.« Auch das hatte ich in England lernen müssen: Weiß ist nicht weiß, sondern Kaffee mit Milch!

»Zucker?«

»Nicht, wenn ich Milch haben kann.« Es ist mir unmöglich, meinen Kaffee zu trinken, ohne eine weitere Substanz hinzuzufügen, um einen eingebildeten Geschmack von Rizinusöl zu überdecken.

Die durchsichtigen Tropfen schwammen oben – wie Haut auf Milch, die sie ebenfalls haßte. Aber Öl ließ sich nicht mit den Spitzen von Daumen und Zeigefinger entfernen. Der Kaffee klebte am Gaumen, eine dicke, schleimige Flüssigkeit, schwer zu schlucken.

»Schwarzer Kaffee überdeckt den Geschmack«, behaupteten sie.

Das stimmte nicht; sie schmeckte ihn hinterher, immer.

Auch jetzt.

Und während Janina und ich an der undurchsichtigen, bernsteinfarbenen Flüssigkeit nippten, unterhielten wir uns vorsichtig und bedachtsam, versuchten uns gegenseitig in das Puzzle des europäischen 20. Jahrhunderts einzuordnen, waren uns beide unserer gemeinsamen und doch auseinanderstrebenden Geschichte bewußt, beide durch unvermeidliche Vorurteile miteinander verbunden. Waren wir repräsentativ für die Völker, denen wir angehörten? Sah Janina in mir eine Mörderin Christi? Oder eine Schwester im Geiste jener, die sie für das Elend ihres Landes intellektuell verantwortlich machen könnte: Marx, Trotzki und andere, jüngere »Unmenschen«, die nur sie kannte? Wie nationalistisch oder wie katholisch war sie?

Janina sah auf ihre Uhr. »Vielleicht wissen Sie schon Bescheid: An jedem ersten Montag im Monat informiert Evelyn die Mitarbeiter über die anstehenden Aufträge. Es ist sicher auch für Sie wichtig, dabeizusein. Da haben wir Gelegenheit, uns die Arbeit ein bißchen auszusuchen.«

Diese Besprechungen waren mir neu; man hatte mir nicht gesagt, daß sie stattfanden, zweifellos weil man meine Aufgaben vorab so ausgewählt hatte, daß meine labile psychische Balance nicht gefährdet würde. Wenn Janina nicht gekommen und mich darauf aufmerksam gemacht hätte, wäre ich wohl nie …

Wir nahmen gemeinsam an dem großen Konferenztisch in dem Raum Platz, der an Evelyns Büro anschloß. Er wirkte und roch unbenutzt. Evelyn begann, indem sie laufende Arbeiten rekapitulierte, Übersetzungen, die kurz vor dem Abschluß standen, Konferenzen, die sich ihrem Ende näherten. Dann wandte sie sich einer anderen Liste zu: »GAIT ist gebeten worden, sich an folgenden Veranstaltungen außerhalb des Vereinigten Königreichs zu beteiligen: In Nairobi findet Ende des Jahres eine Konferenz des Reiseveranstalters ›Ferien mit Programm‹ zur Organisation von Safaris statt. Man erwartet von uns, daß wir eine bislang noch nicht genannte Zahl von Dolmetschern und Übersetzern zur Verfügung stellen. Für dasselbe Unternehmen ist eine weitere Konferenz in Agadir geplant – über Wüstentrips. Auch in diesem Fall sind wir noch nicht darüber informiert worden, wie viele Leute wir schicken sollen. In ein oder zwei Wochen werde ich Bescheid wissen. Und dann: Im nächsten Monat findet eine internationale Tagung über Tuberkulose unter der Schirmherrschaft von ›Holistic Medicine‹ in Péniel statt, einem Erholungsort in den Schweizer Alpen. Dafür werden zwei Dolmetscher gebraucht. In England sind wir zur Teilnahme an ...«

Ich hörte nicht mehr zu. Péniel ... Eine Tagung über Tuberkulose ausgerechnet in Péniel!

Als wir in unser Büro zurückkehrten, hörte ich mich Janina fragen: »Glauben Sie, daß ich eine Chance hätte, diesen Auftrag in der Schweiz zu bekommen?«

»Sie könnten es versuchen.«

»Es werden nur zwei Dolmetscher gebraucht«, überlegte ich.

»Vermutlich, weil die Schweiz für ein englisches Spesenkonto zu teuer ist. Polen wäre viel billiger, aber leider finden dort keine Konferenzen statt. Fragen Sie Evelyn doch. Wenn Sie's nicht tun, kriegen Sie den Auftrag nicht. Warum wollen Sie in die Schweiz? Weil's dort so schön ist?«

»Ich habe als Kind in Péniel gelebt.«

»Oh, dann haben Sie Familie oder Freunde dort? Erzählen Sie das Evelyn. Es könnte die Kosten senken.«

»Sie hat noch nicht gesagt, welche Sprachen gebraucht werden«, gab ich zu bedenken.

»Was sind Ihre Sprachen? In welche übersetzen Sie?«

Ich sagte es ihr.

»Aber was ist Ihre Muttersprache?«

Ich habe diesen Begriff wegen seiner emotional belasteten

Ungenauigkeit noch nie leiden können. »Ich habe keine ... Ich bin wie ein Eindringling in einem fremden Haus, der die Habseligkeiten seiner Bewohner benutzt.«

»Bei mir ist es genauso, aber Polnisch ist nach wie vor meine Muttersprache. Wo sind Sie denn geboren?«

»In Deutschland. Aber das zählt nicht. Nicht mehr, als es für Französisch oder für Englisch zählen würde. Warum sind angeeignete Sprachen nicht gut genug?«

Janina mußte lachen. »Nun, wir arbeiten hier ja alle mit angeeigneten Sprachen. Aber Evelyn glaubt felsenfest an die Familienstruktur: Muttersprache und Vaterland. Für sie müssen Sie Deutsche sein, da bin ich sicher.«

Deutsche? Es war mir bisher nicht aufgefallen, daß Evelyn mich säuberlich in eine Schublade eingeordnet hatte. Nicht einmal staatliche Behörden würden dies tun, ohne nach meiner Zustimmung zu fragen. Aber ja – das erklärte, warum man mir diese langweiligen Arbeiten und keine Übersetzungen ins Englische zugeteilt hatte. Ich begann das Spiel zu durchschauen. Da konnte ich mir auch gleich darüber klarwerden, was man hier von meiner Arbeit hielt. Und wenn ich schon dabei war: akut herausfinden, welche Chance ich hatte, eine Aufgabe zu übernehmen, die gerade deshalb so verlockend war, weil sie mich an eben den Ort bringen würde, den niemals wieder zu betreten ich mir geschworen hatte. Verrückt!

»Die Konferenzsprachen werden Englisch und Französisch sein«, erklärte Evelyn, als ich sie am nächsten Tag aufsuchte. »Außer diesen Sprachen müssen die Dolmetscher Deutsch, Spanisch, Portugiesisch und Italienisch können.«

Ich meldete mein Interesse an und sagte ihr, daß diese Thematik in der Vergangenheit oft meine Arbeit gewesen sei, da ich Medizin zu meinem Spezialgebiet gemacht hatte. Ich war froh, daß ich meine erste Bitte an Evelyn überhaupt für diese Gelegenheit aufgehoben hatte.

»Wir haben nur ein knappes Budget; möglicherweise steht für drei Dolmetscher nicht genug Geld zur Verfügung.«

»Drei Dolmetscher?« Ich glaubte, ich hätte sie »zwei« sagen hören.

»Jemand, der Französisch und Deutsch ins Englische übersetzt, jemand, der Englisch und Deutsch ins Französische übersetzt, und jemand, der dasselbe für Spanisch und Portugiesisch übernimmt. Man hat dort offenbar jemanden, der Italienisch kann. Sie könnten aus dem Deutschen und Englischen ins Französische übersetzen, wenn uns schon kein dreisprachiger englischer Muttersprachler zur Verfügung steht. Vielleicht werde ich New York konsultieren müssen«, sagte sie mit aufgesetzter Umsichtigkeit.

Mit ebenso aufgesetzter Gelassenheit – in jenem Ton, den ich im Verlauf meiner Ehe vervollkommnet hatte – entgegnete ich: »Ich bin dreisprachig. Ich sehe das Problem nicht ganz.« Was nicht stimmte, denn ich verstand es nur zu gut. Was sie mir praktisch sagen wollte, war, daß ich, die Englisch nicht von Kindesbeinen an sprach, nur ins Deutsche oder, höchstens, ins nicht so wichtige Französische übersetzen könne.

»Vielleicht wäre es sinnvoll, wenn ich mich selbst mit Tom Anderson in Verbindung setzte?« Mir war sofort klar, daß ich damit das Falsche gesagt hatte. Aber ich war mittlerweile verärgert, sie unterlief schließlich die Bedingungen meines Vertrags.

»Ich bin für die Arbeitsverteilung in diesem Büro zuständig. Wir können die Zentrale um Rat bitten, aber man gibt uns keine Anweisungen«, sagte Evelyn frostig. Dann erhob sie sich von ihrem Schreibtisch und schritt an mir vorbei. »Ich gebe Ihnen Bescheid, sobald ich mir die Optionen angesehen habe.« Sie öffnete die Tür. Damit war das Gespräch beendet.

Wahrscheinlich hatte ich die Sache verpatzt, was auch nichts schadete. Es war ohnehin Wahnsinn, daß ich nach so langer Zeit dorthin zurückkehren wollte, nach allem, was geschehen war, nach allem, was ich gesagt hatte ...

»Wie höre ich mich an? Wie jemand, dessen Englisch unzulänglich ist? Sag mir ehrlich, was meinst du?« fragte ich Trevor später an diesem Abend.

»Wenn einem überhaupt etwas auffällt, dann daß du es zu gut sprichst. Daran und an der Spur eines Akzents merkt man, daß Englisch nicht deine Muttersprache ist.«

»Aber wenn ich müde oder aufgeregt bin, mache ich idiomatische Fehler. In allen meinen Sprachen.« Und wenn es wirklich ganz schlimm kommt, kann ich überhaupt nicht sprechen. Aber das sagte ich ihm nicht.

»In welcher Sprache zählst du?« wollte er wissen.

»Warum? Ich zähle nicht oft. Auf französisch, glaube ich. So habe ich's gelernt: *un, deux, trois*.«

»Nun, dann muß Französisch deine Muttersprache sein.«

»Das sagst du, weil du mit Zahlen arbeitest; ich arbeite mit Wörtern. Mag sein, daß ich auf französisch zähle, aber andere Dinge tue ich auf deutsch oder auf englisch. Was berechtigt Evelyn, meine Mehrsprachigkeit zu bestreiten? Ich arbeite für GAIT, nicht für die UNO!«

»Es überrascht mich, daß du dich von Evelyns kleinkarierter Beschränktheit verunsichern läßt. Mach dir nichts draus. Bekenn auf jeden Fall Farbe, aber nimm das Ganze nicht so schwer.« Er hob mit einer Hand mein Kinn, damit ich ihn ansah.

Aber ich hielt den Blick gesenkt. Doch, ich nahm es schwer; er konnte nicht verstehen, warum – er, der seine Sprache mit so unbefangener Gewandtheit sprach, der sich in seiner Welt so selbstverständlich zu Hause fühlte, der immer gewußt hatte, wer er war und woher er kam. Wie sollte er überhaupt verstehen können, wie man sich fühlte, wenn man linguistisch an die Fessel gelegt wurde, weil man als jemand galt, der sich als Erstsprache eine Sprache anmaßte, die er nicht von Kindesbeinen an gesprochen hatte?

Sein Erstaunen half mir nicht. Ich suchte Trost und bekam Komplimente, in denen Tadel mitschwang. Daß ich Ermutigung brauchte, wäre ihm nie in den Sinn gekommen. Ich war die Starke und Unabhängige. Nicht wie eine Ehefrau, die im Unterschied zu einer Geliebten Ermutigung brauchte. Er war sie ihr schuldig.

Ich wußte so gut wie nichts über seine Frau, außer daß sie Rosemary hieß, daß die beiden schon in ihrer Jugendzeit ein Paar gewesen waren und sehr früh geheiratet hatten, noch bevor Trevor zur Armee ging. Während er in ihrer Heimatstadt studierte, versorgte sie das Haus und die kleinen Kinder. Ich hatte keine Ahnung, was sie sonst noch getan hatte, ob sie irgendwelchen anderen Interessen nachging, wie sie ihre Zeit ausfüllte, nun, da die Kinder größer waren.

Er sprach nur einmal von ihr, weil ich ihn direkt gefragt hatte: »Wie ist sie? Sag's mir!«

»Ich weiß nicht, ob ich das kann«, antwortete er verlegen. »Sie ist zu sehr Teil von mir. Ich darf nicht unfair sein und sie so beschreiben, als ob mir an ihr nichts läge. Sie ist hübsch und zierlich, eine gute Ehefrau und Mutter. Sie ist intelligent und intuitiv, nicht intellektuell. Ich kann nicht einmal behaupten, daß sie mich nicht versteht. So ist es überhaupt nicht ...« Er blickte mich mit ernstem Gesicht an. »Sie ist emotional sehr labil.«

Er hatte meine Hand genommen und zog mich zu sich herüber. »Und ich möchte auch dir nicht weh tun, aber trotzdem tue ich es. Ich weiß, daß ich sie nicht verlassen könnte. Sie braucht mich einfach ...«

»Auch wenn du frei wärest, würde ich es mir zwischen uns nicht anders wünschen, als es ist.«

»Wenn das nur wahr wäre«, sagte er, halb fragend.

»Es ist wahr«, sagte ich mit allem mir zu Gebote stehenden Nachdruck.

Aber ich verstand nun ein bißchen besser, warum er sich zu mir hingezogen gefühlt hatte. »Chemie« hatte er es einmal genannt. Das war es nicht ganz: Ich leide an Wurzellosigkeit, kann sein, daß er an einer Überfülle von Wurzeln erstickt. Gab es so etwas? Bei Topfpflanzen vielleicht? Rosemary, die Topfpflanze, mokierte ich mich.

Eine solche Person war ich geworden!

Zwei Tage später landete eine Notiz auf meinem Schreibtisch, die mich davon in Kenntnis setzte, daß die Veranstalter des Kongresses »Holistic Medicine« die Vorträge so schnell wie möglich übersetzt haben wollten. Da die Zeit zum Hin- und Herschicken vor Kongreßbeginn zu knapp war, wurden die Übersetzer/Dolmetscher gebeten, sofort nach Péniel zu kommen und das Material in der Reihenfolge seines Eintreffens zu bearbeiten. Ich sollte meine Flug- und Bahntickets am nächsten Tag in Empfang nehmen, ein Zimmer war für mich im *Holiday Inn* in Péniel reserviert. Von Problemen war nicht mehr die Rede. Vielleicht hatte Evelyn Tom gleich um Rat gebeten, weil sie argwöhnte, daß ich ihn selbst einspannen würde; vielleicht war sie auch allein zu der Entscheidung gekommen, nachdem sie die Kosten durchgerechnet hatte. Wie dem auch sei – ich hatte den Job bekommen!

Ich war überwältigt. Nach und nach war das Unmögliche möglich geworden – nun war es unausweichlich. Ein Magnet zog mich mit immer größerer Kraft nach Péniel.

Janina freute sich für mich. »Sehen Sie, die Mühe hat sich gelohnt«, sagte sie. »Vielleicht wird auch ein Polnisch- und Russisch-Dolmetscher gebraucht?«

»Vielleicht«, lachte ich, »aber es war leider nicht die Rede davon.«

Am Abend vor meiner Abreise aßen wir zusammen im polnischen Klub in Kensington. Sie erzählte mir von ihrer Flucht in den Westen. Ihre Lebensgeschichte stimmte mit ihrem Background vollkommen überein, was man von meiner eigenen nicht sagen konnte. Im Alter von neunzehn Jahren hatte sie sich in einen fünfundzwanzig Jahre älteren Mann verliebt und ihn geheiratet. Sie wäre ihm bis ans Ende der Welt gefolgt, behauptete sie. Vor vier Jahren hatte er einen Schlaganfall gehabt, und seither war er nicht mehr derselbe. »Er spricht jetzt ständig vom Tod. Und er benutzt dabei die erste Person Plural! Er vergißt, wie jung ich immer noch bin.« Sie hatte einen Liebhaber, gestand sie mir, »nur um das Blut warm zu halten. Trotzdem«, sagte sie, »mein Mann wird immer an erster Stelle stehen, aber man muß auch an sich selber denken. Wenn wir's nicht tun, wird es niemand tun. Wir Flüchtlinge wissen das, nicht wahr?«

»Und ob!«

Janina und ich entdeckten so etwas wie ein gemeinsames Band: Gemeinsam hoben wir uns vom einheimischen Hintergrund ab. Jeder Ausländer, der in unser Unternehmen eintrat, mußte damit rechnen, ein Fremder zu bleiben. Evelyns Vermutungen waren letztlich richtig gewesen.

»Aber genug von meinen Problemen«, sagte Janina. »Morgen reisen Sie also ab. Bald werden Sie zu Ihren glücklichen Kindheitserinnerungen zurückkehren.«

»Glücklich?« Ich stockte. »Aber ja – ja, ich werde zurückkehren.«

Was immer mich trieb – ein Impuls, zum Teil von einem Gefühl der Ungerechtigkeit genährt –, diesmal war es nicht wie einst das Bedürfnis nach Heilung, nach einem Zufluchtsort. Sehr viel welterfahrener, sehr viel verbrauchter als bei meiner Abreise 1946 kehrte ich, ohne von den Gespenstern meiner Jugend gerufen worden zu sein, dorthin zurück, wo meine Erinnerungen mein Leben gewesen waren.

PÉNIEL

Tu verras revivre et franchir la porte
Des joies, des douleurs que tu croyais mortes
Car la vie et la mort ont les mêmes frissons.
…
O ma chère maison,
Mon nid, mon gîte,
Le passé t'habite,
O ma chère maison.

Schweizer Lied
Emil Jacques Dalcroze

SECHS

Solange der Zug durch die Städte und Dörfer zwischen dem blaugrünen Farbenspiel des Sees und den gleichmäßig gemusterten goldenen Hängen der Weinberge fuhr, solange die Berge in sicherer Entfernung lagen – bleiche, körperlose, dekorative Konturen – und die herbe Schönheit der Schweizer Ebene hervorhoben, solange meinem Blickfeld nichts zu nahe kam oder zu lange in ihm blieb, empfand ich nur ein leichtes Unbehagen. Was mir zu tun bevorstand, hatte ich schließlich schon oft getan, sagte ich mir, um mir Mut zu machen.

Doch dieser Auftrag war nicht wie jeder andere. Seit jenem Tag in New York, als ich zusammengebrochen war, hatte ich nicht mehr als Dolmetscherin gearbeitet: Konnte ich noch frei sprechen? Mein Briefing war vage gewesen. Ich wußte nur, daß der Kongreß – in einem mir heute fremden Péniel – von einem Unternehmen veranstaltet wurde, dessen Ziele eher Jenseitiges als Wissenschaft vermuten ließen, und daß das Diskussionsthema Tuberkulose war, eine durchaus reale Infektionskrankheit, die jedoch – so hieß es – weitgehend besiegt sei.

Vielleicht war ich in Erwartung der vor mir liegenden Aufgabe einfach nur müde, vielleicht schob ich auch das Unausweichliche von mir fort – jedenfalls kauerte ich mich, nachdem ich mein Gepäck aufgegeben hatte, auf einem Eckplatz am Fenster zusammen und verbrachte lange Strecken der Reise mit geschlossenen Augen. Doch als der Schaffner durch den Waggon ging und rief: »*Changer pour Villier, Larendaz, Péniel*«, erhob ich mich rasch, stieg mit größter Leichtigkeit aus dem Zug, ging den Bahnsteig entlang und überquerte das Gleis im nicht überdachten Bereich des Bahnhofs. Ich tat dies so selbstverständlich, als hätte ich noch nie etwas von Unterführungen oder Brücken gehört.

Während ich auf die Ankunft des Anschlußzuges wartete, veränderte sich plötzlich mein ganzes Bewußtsein. Ich hatte mich auf eine überdachte Bank gesetzt, um mich vor dem eisigen Wind zu schützen, der über das offene Gelände fegte. »Das bedeutet Schnee«, sagte eine Stimme aus ferner Vergangenheit. Etwas Hartes und Unebenes drückte schmerzhaft gegen meinen Rücken. Als ich mich umdrehte, sah ich, daß ich mich an eine natürliche Felswand gelehnt hatte, an der man die Sitzbank aus glatten Holzplanken befestigt hatte. Unwissentlich hatte ich die Realität, die rauhe Struktur des Berges berührt. Das hatte nichts mit den bleichen, durchsichtigen Schatten zu tun, die nur wenige Minuten zuvor in einer fotogeneren Landschaft jenseits des Abteilfensters an mir vorübergeglitten waren.

Im selben Augenblick fühlte ich mich von einem entsetzlichen Gefühl der Panik überwältigt. Mit ungeheurer Anstrengung versuchte ich, die plötzlichen Magenschmerzen unter Kontrolle zu bekommen, damit sie sich nicht in Krämpfe verwandelten.

Es war nicht nur der Gedanke an die vor mir liegende Arbeit, der mich in Angst versetzte; es war etwas Älteres, Primitiveres, etwas, das – zusammen mit anderen Emotionen, die ich für bewältigt gehalten hatte – jahrelang begraben gewesen sein mußte. Für den Bruchteil einer Minute wußte ich nicht, was ich tun oder wohin ich mich wenden sollte. Jenseits der Gleise konnte ich die Wipfel der Kiefern sehen, immer höher hinauf, bis man keine einzelnen Bäume mehr ausmachen konnte, nur noch eine zusammenhängende dunkle Masse, die hier und da von grau-braun gesprenkelten Musterungen unterbrochen wurde, von denen ich wußte, daß sie das Gesicht des Felsens waren, aber sie sahen aus wie Ausschlag auf der Haut der Erde. Dort oben schlängelte sich eine weißliche Linie durch das Dunkel. Zu scharf und zu regelmäßig, als daß sie das Bachbett hätte sein können, handelte es sich vermutlich um eine Straße oder um den Schienenweg, auf dem ich reisen würde. Flecken frühen Schnees und die schweren grauen Wolken darüber vertieften das Dunkel.

Ich erzitterte, als ich den Brechreiz spürte. Das Bild, von höhnischem Gelächter begleitet, das sich mit der Übelkeit stets einstellte, war wieder da:

»Quelle sale gosse! *Hier, iß es auf, das wird dir eine Lehre sein!* Regardez la petite youpine, que'elle est drôle! *Seht sie an! Sieht sie nicht komisch aus, die kleine Jüdin?*«

Ein creme- und kastanienfarbener, aus zwei Wagen bestehender Zug glitt heran, so lautlos wie die Segelboote auf dem Genfer See. Seine Farben glänzten. »Straßenbahn nach Péniel!« rief jemand.

Eine Straßenbahn! Zu meiner Zeit war es eine *crémaillière*, eine Zahnradbahn, die jedermann fälschlich *funiculaire*, Drahtseilbahn, nannte, obwohl es kein Seil zur Unterstützung der Bergfahrt gab. Vor langer Zeit, bevor Péniel seinen Platz auf der Landkarte erhielt, hatte eine solche Bahn eine kurze Gleisstrecke befahren. Der Name war an ihrer Nachfolgerin hängengeblieben, die sich mit ungeheurer Mühe bewegte, sich keuchend und ächzend den Weg hinaufkrallte, bis sie kreischend zum Stehen kam. Sie war im Bewußtsein eines jeden präsent: Von unbestimmter Identität, erbittert gehaßt von den Kranken, die sie den Berg hinauf transportierte, war sie zugleich das Vehikel und das Symbol der Befreiung, wenn das Urteil verkündet worden war und man – vielleicht geheilt – in die Normalität zurückkehren konnte, die wir *»La Plaine«* nannten. Diese Ebene konnten wir uns nur vorstellen und in weiter Ferne undeutlich erspähen – an einem klaren Tag oder nachts, wenn die Lichter unten in der Dunkelheit schimmerten. Eine Straßenbahn war etwas ganz anderes. Sie gehörte zur Stadt, zur realen Welt. Wir hätten uns nicht so in der Falle, so abgeschnitten gefühlt, wenn dieses schnelle neue Gefährt den Berggipfel mit dem Tal verbunden hätte.

Mich am Haltegriff festklammernd, um mich hochzuziehen, lehnte ich die Hand des Schaffners dankend ab. Ich blieb einen Augenblick stehen und versuchte mich zu erinnern, in welche Richtung wir fahren würden, damit ich mir einen Platz aussuchen konnte, auf dem ich mich bei der steilen Bergfahrt zurücklehnen konnte, statt unsicher auf der Bankkante zu hängen und fürchten zu müssen, auf die gegenüber sitzende Person zu purzeln. Das war nicht so leicht, wie es aussah. Der Zug würde in der kleinen Stadt mehrmals vor und zurück rangieren, bevor er die Auffahrt in Angriff nahm. Einheimische wußten das. Ich auch.

Eine Handvoll Fahrgäste, alles Frauen, hatte sich auf zwei Abteile verteilt, die durch eine Glastür voneinander getrennt waren. Es handelte sich um Einheimische, die vom morgendlichen Einkauf zurückkehrten: Das verrieten ihre prall gefüllten Taschen, der altmodische Stil ihrer Garderobe, die frische Farbe und die lederartige Haut ihrer Gesichter, durch die sich Bergbewohner von gelegentlichen Besuchern oder Urlaubern unterscheiden. Während letztere eine tiefe, gleichmäßige Sonnenbräune kultivieren und keine Flecken dulden, sind erstere selten so braun, es sei denn sie arbeiten unter freiem Himmel als Bauarbeiter, Skilehrer oder dergleichen. Obwohl ich mich, wie mir bewußt war, mit meiner amerikanischen Garderobe, dem Make-up auf meinem blassen Stadtgesicht und dem strengen Haarschnitt von allen Mitreisenden unterschied, bedachte man mich allenfalls mit einem flüchtigen Blick. Die Außenwelt war offenbar in diesen entlegenen Winkel vorgedrungen wie überall sonst auch.

Die Glocke ließ den vertrauten Zweiklang zur Abfahrt erklingen.

Mir blieb immer noch Zeit – mein Magen hob sich – ich sollte aussteigen ... Aber mir fiel mein Gepäck ein, das ich bis zur Endstation aufgegeben hatte, und die Tatsache, daß ich für eine Arbeit bezahlt wurde, die mit dem alten Péniel absolut nichts zu tun hatte. Also blieb ich wie festgeklebt auf meinem Platz sitzen, wie damals vor langer Zeit, als die alte *funiculaire* langsam und schwerfällig eben diesen Bahnhof verließ, endlose einundsechzig Minuten brauchte, bis sie äußerst erschöpft ihr Ziel erreichte und ein letztes Tuten von sich gab, das sich anhörte wie ein Stöhnen, wie ein letztes Erbeben, bevor es verstummte. Das hatte etwas so Endgültiges gehabt wie das Ende eines Leichenzugs.

Während sich die Bahn geräuschlos vom Bahnhof entfernte und die Fahrt begann, die nur fünfundzwanzig Minuten dauern würde, kehrte das Gefühl zurück, das ich vor so vielen Jahren gehabt hatte – daß ich in der Falle saß, daß der Berggipfel in Wirklichkeit ein Gefängnis war, daß dieser kleine Kasten aus Stahl und Glas, der mich gegen meinen Willen in die Höhe trug, meine letzte Verbindung zur Außenwelt war.

Um ein Gefühl für die Gegenwart zurückzugewinnen, blickte ich aus dem Fenster, während wir unseren Weg durch die engen Straßen nahmen, an Leuten vorbei, die ihren Geschäften nachgingen, vorbei an den von großen Parks umgebenen, gediegen prunkvollen Hotels aus der Zeit vor dem Zweiten Weltkrieg, an Häusern und Gärten mit Wäscheleinen voll flatternder farbenfroher Wäsche, den vielen Autos, die sich die Straße mit der Bahn teilten. Sie hielt an.

Ein Postwagen fuhr vor, und Säcke wurden umgeladen. Zwei weitere Fahrgäste stiegen ein. Offenbar neigte sich die Touristensaison ihrem Ende zu. Noch zwei Wochen etwa, dann war sie vorüber, obwohl ich den Oktober als die schönste Zeit des Jahres in Erinnerung hatte. Die Luft war dann kühl, die Landschaft klar und hell, das Laub der Bäume und Sträucher immer noch golden und rot gefärbt, der See wie ein Spiegel, der Himmel ein tiefes Blau. Aber nicht heute, dachte ich und blickte zu den dunklen Wolken auf. Ich hörte das hallende Schlagen von Zahnrädern, die herabgesenkt wurden, um die Bahn für die steile Bergfahrt vorzubereiten. Also war es trotz aller Ähnlichkeit mit einer Straßenbahn immer noch eine *crémaillière*.

Mir war warm geworden. Ich stand auf, um meinen Mantel auszuziehen. Während ich ihn abstreifte, begegnete mein Blick dem einer alten Dame, die eben eingestiegen sein mußte und hinter mir Platz genommen hatte. Irgend etwas an ihr kam mir bekannt vor – oder war es nur eine Ähnlichkeit? Einen Augenblick sahen wir uns an. Dünnes weißes Haar, das einst dicht und schwarz gewesen war, streng in den Nacken frisiert und zu einem Chignon gebunden, das Gesicht ein breites Oval wie bei vielen Frauen der Region. Das Wiedererkennen geschah gleichzeitig.

»*Excusez-moi, Madame*, wir kennen uns, nicht wahr?« Als sie lächelte, wurde ihr Gesicht weicher und wirkte jünger.

»Madame Lapent?« fragte ich zögernd, aus uralten Erinnerungen einen Namen hervorkramend.

»*Mais c'est Rachel ...*« Sie sprach meinen Namen französisch aus. So wurde ich nicht mehr oft angesprochen.

»Bernstein«, ergänzte ich.

»*Oui, Rachel Bernstein, mais alors!*« Sie setzte sich mir gegenüber auf die freie Bank und nahm meine Hand in die ihre. »*Les Papillons,* nicht wahr? Sie sind nach dem Krieg nach Amerika gegangen – oder sollten zumindest dorthin? Oder bringe ich Sie mit jemand anders durcheinander?« Ihr Blick wanderte von meinem Gesicht zu meinem Stock, zu meiner Garderobe. Nein, ein Irrtum war ausgeschlossen.

Nun, da ich sie getroffen hatte und von ihr wiedererkannt worden war, fühlte ich mich besser. Ich hatte weder das eine noch das andere erwartet. Sie hatte Falten, die früher nicht dagewesen waren; ihr Haar hatte die Farbe gewechselt und war dünner geworden, aber ihr Gesicht sah eigentlich so aus, wie ich es in Erinnerung hatte. »Sie sehen genauso aus wie damals«, sagte ich.

Sie lächelte ein wenig verlegen und beteuerte, daß sie sehr viel älter geworden sei. Ihr Mann sei vor über zwanzig Jahren in den Ruhestand gegangen, fügte sie hinzu, als ob sein Ruhestand eine Erklärung für ihr Alter sei.

Er lebte also noch, mein einstiger Lehrer! Unsere erbarmungslosen pubertären Streiche – bei denen wir vom Sanatorium sogar noch erfindungsreicher waren als die Dorfschüler, weil wir mehr Zeit hatten – vergifteten ihm das Leben. Eine Zeitlang hatte er einige Stunden in der Woche geopfert, um uns nebenher die Grundlagen des Lesens und Schreibens beizubringen. Eine dieser Stunden stand mir lebhaft vor Augen; ich war damals dreizehn Jahre alt.

Der Raum zwischen den Betten war so schmal, daß sein Rükken, den er ihr zuwandte, während er Jacqueline unterrichtete, Rachel so nahe war, daß sie die braunen, beigen und grauen Wollfäden voneinander unterscheiden konnte, aus denen der Stoff seines Jacketts bestand.

Eine nach der anderen befestigte sie die Kletten auf dem rauhen, filzigen Gewebe und schuf ein Mosaik, das einen Hasen darstellte. Nie zuvor hatte ihr so lange eine so einladende Leinwand zur Verfügung gestanden.

Zita, die »es nur an den Drüsen hatte« – das bedeutete Lymphdrüsen-Tuberkulose – und laufen konnte, hatte mich mit dem geeigneten künstlerischen Material versorgt und die Kletten am Morgen für mich gesammelt. Das Bild war eine Anspielung auf seinen Namen gewesen, *Lapent*, der sich, im örtlichen Dialekt nachlässig ausgesprochen, wie *lapin* anhörte, Hase. Und genauso lautete der Spitzname, den ihm die Schulkinder des Dorfes gegeben hatten. Man verdächtigte mich, mit ihnen gemeinsame Sache gemacht zu haben, aber ich kannte kaum eines von ihnen. Sanatorium und Dorf waren völlig getrennte Welten. Da gab es bloß Véra, die Tochter des Mannes, der orthopädische Hilfsmittel anfertigte, und die war viel zu brav; und die anderen vier – Frédéric und Mathieu besuchten eine Ganztagsschule, Solange und Chantal fuhren jeden Tag nach Genf in ein *collège* für Mädchen – standen außerhalb jeden Verdachts. Geholfen hätten sie mir sowieso nicht.

Nein, ich hatte dieses Kunstwerk ohne fremde Hilfe geplant und ausgeführt. Zita, mit ihren sechs Jahren vom Vernunftalter noch ein Stück entfernt, tat nur, was die älteren Kinder ihr sagten. Ich, die in *le trois*, ein für Missetäter reserviertes Zimmer, in Einzelhaft gesteckt wurde, bis ich einen Entschuldigungsbrief geschrieben hatte, wußte sehr gut, daß mein Mosaik einige Aufmerksamkeit und viel Spott auf sich ziehen würde, sobald *le maître* die Straße betrat.

Nach diesem Vorfall war es mit seinem Altruismus vorbei, und er weigerte sich, uns jemals wieder zu unterrichten. Wir waren nicht die auf ihren Schmerzenslagern dahinsiechenden bedauernswerten Geschöpfe, für die er uns gehalten hatte, sondern genauso undankbar und niederträchtig wie die anderen kleinen Scheusale, die zu ertragen sein Los war.

Seine Frau indessen, die auf freiwilliger Basis Blockflötenunterricht gab, kam weiterhin ins Sanatorium. Als ich nicht mehr Patientin war, sondern als sogenannte *volontaire* beschäftigt wurde – als nicht ausgebildete Krankenschwester, Beschäftigungstherapeutin und Mädchen für alles, ohne Rechte, ohne Bezahlung, ohne irgendwelche Aussichten, denn mehr erlaubte die *Police des Etrangers* registrierten Flüchtlingen nicht –, legte Madame Lapent häufiger ein gutes Wort für mich ein. Sicher, ihre Fürsorglichkeit mochte herablassend gewesen sein, aber in meiner Lage fragte man nicht nach den Motiven, wenn man freundlich behandelt wurde.

»Leben Sie immer noch in Amerika?« fragte sie.

»Ich habe dort gelebt, über dreißig Jahre. Aber Weihnachten letzten Jahres wurde ich nach London versetzt.«

»Dreißig Jahre haben Sie gesagt? *Comment le temps passe!* Dabei sehen Sie noch so jung aus. Was haben Sie die ganze Zeit gemacht? *Racontez-moi un peu.* Wollen Sie in Péniel Urlaub machen?«

Ich erzählte ihr von meinem Leben, einfach und knapp, ohne Höhen und Tiefen zu erwähnen, wie man eine Landkarte zeichnet, auf der Berge und Täler nicht eingetragen sind. Ich erzählte ihr, daß ich neuere Sprachen studiert hatte, daß ich für ein internationales Unternehmen arbeitete und aus beruflichen Gründen hierher zurückkehrte. Ich überging die Jahre des Kampfes, den emotionalen Tribut, die Verluste, den Verrat, das Vergessen, das Vergeben – manches hatte Jahre gedauert, manches würde noch kommen, manches vielleicht nie. Sind solche Narben sichtbar? Madame Lapents Blick ruhte auf meiner linken Hand. Ich trug keinen Ring, nicht mehr. Ich hatte John in meinem Bericht überhaupt nicht erwähnt.

»Rachel Bernstein, *la petite Rachel*, ist Dolmetscherin geworden! *Tiens, tiens. C'est merveilleux!* Mein Mann wird sich freuen, wenn ich ihm das erzähle.«

Da hatte ich meine Zweifel; er war der Meinung gewesen, mir sei nichts beizubringen und aus mir würde nichts Rechtes werden. Wie konnte er zugeben, daß er sich geirrt hatte? Er war nie ein hochherziger Mann, sondern stets nachtragend gewesen. Ich war eben Teenager geworden, als ich die Untat beging, die ihn beleidigte, und war danach noch sieben Jahre in Péniel geblieben. Er sprach nie wieder mit mir. Er hatte sich im Alter gewiß nicht verändert.

»Es muß großartig sein, drei Sprachen gleich gut zu beherrschen.« Mit echter Bewunderung brachte Madame Lapent diese weitverbreitete Überzeugung zum Ausdruck.

»Nicht gleich gut. Das hängt davon ab, um welchen Stoff es sich handelt.« Immer noch an Evelyns Beleidigung meiner beruflichen Ehre krankend – ganz zu schweigen davon, daß Trevor nicht zu verstehen vermochte, warum dies bei mir einen so empfindlichen Nerv getroffen hatte –, kam ich auf technische Probleme zu sprechen, ein emotional unverfänglicheres Thema.

Die Stadt lag nun unter uns. Nur die Bäume und Büsche, die das Gleis auf einer Seite säumten, waren zu sehen. Die Wolken, die sich nach und nach in Nebel verwandelten, je höher wir kamen, hüllten alles in geheimnisvolle Dämmerung. Ich spürte Enge in der Brust – war das die Höhe oder nur Einbildung? Wir näherten uns Péniel. Ich war froh, daß Madame Lapent bei mir war. Sie sagte etwas.

»Pardon, ich habe eben nicht zugehört.«

»Ich sagte, wir müssen Ihnen sehr altmodisch vorkommen.«

Ich schüttelte den Kopf. Was bedeutete altmodisch? Was war dann ich, wenn man schon so fragte?

Die Bahn hatte nun den steilsten Teil der Steigung erreicht. Madame Lapent saß sehr aufrecht, um die Position ihres Platzes auszugleichen. Ich lehnte mich auf meinem Sitz weit zurück wie in einer Chaiselongue, verlagerte das ganze Gewicht in den Rükken, während meine Füße kaum den Boden berührten. So hatte Péniel für mich begonnen: in der Schräge, ohne Boden unter den Füßen.

»Ich nehme an, Sie wissen, wieviel sich hier oben verändert hat?«

»Ja. Aber war das nicht unvermeidlich und eine Wendung zum Guten, als es endlich Antibiotika gab?«

»*Naturellement*, aber der Unterschied ist enorm. Beispielsweise haben wir jetzt nur noch sehr wenig Ausländer und nur Kurzzeitpatienten wie jeder andere Kurort. Die Arnauds und die Cherbiers sind natürlich immer noch da. Aber das dürfte Ihnen bekannt sein«, fügte sie rasch hinzu, und ihr Gesicht verriet, daß sie auf der Hut war. »Werden Sie bei ihnen wohnen?«

»Ich muß an dem Kongreß teilnehmen. Bislang weiß niemand, daß ich hier bin – nur Sie.« Ich lachte. »Aber ich werde mich bei ihnen melden, sobald ich meinen Dienstplan kenne.« Auf Weihnachtskarten wurde ich regelmäßig zu Besuchen eingeladen, aber ich vermutete, daß alle ehemaligen Patienten mit solchen wohl selbstverständlichen Einladungen bedacht wurden. Meine Situation war jedoch anders gewesen. Als »Nicht-Arierin aus Deutschland« war ich länger geblieben als alle anderen – abgesehen von den beklagenswerten Opfern in Péniel, die nirgendwo anders zu leben vermochten. Ich war lange genug dort gewesen, um … Jetzt war es an mir, sie auszuhorchen. Was wußte sie?

»Sicherlich haben Sie erfahren, daß Monsieur Mathieu unser Dorfarzt ist?« fragte sie und blickte dabei aus dem Fenster.

Ich war froh, daß sie nicht sah, wie ich bei der Erwähnung des Namens errötete, weil wir gerade in den Tunnel einfuhren, wo der Lärm der Bahn mich daran hinderte, zu sagen, daß ich das durch seine Schwester erfahren hatte.

Als wir wieder herauskamen, hatte sich die Landschaft völlig verändert. Der Nebel lag jetzt unter uns, und das Licht der Sonne blendete. Wir hatten die grünen und goldenen Bäume und Büsche hinter uns gelassen und befanden uns nun in der Region der riesigen Kiefern, deren Konturen ich von unten gesehen hatte. Vor uns erhob sich *Le Grismont* wie ein gewaltiges Ungeheuer, das uns entgegenzukommen und uns zu sich heraufzuziehen schien. Dasselbe Gefühl hatte ich gehabt, als ich als noch nicht vierjähriges kleines Mädchen zum erstenmal hinauf nach Péniel gekommen und mir der Berg so nahe erschienen war, daß ich versucht hätte, ihn zu berühren, wenn das erlaubt gewesen wäre. Ein Sicherheitsgeländer bewahrte die Bahn vor dem Sturz in die Schlucht – ich wußte, daß sie da war –, die der Nebel verbarg, während wir uns langsam hinaufschlängelten.

Abrupt erhob ich mich, um frische Luft zu schöpfen.

»Haben Sie Schwierigkeiten mit dem Bein, wenn Sie zu lange sitzen?« fragte Madame Lapent fürsorglich. Es war schon ziemlich lange her, daß man mich das mit soviel wissendem Verständnis gefragt hatte.

Ich schüttelte den Kopf. Der Wind, der durch das teilweise geöffnete Fenster wehte, fühlte sich auf meinem Gesicht eisig an. Zum erstenmal seit Monaten dachte ich plötzlich an John. Wie ich ihn in diesem Augenblick beneidete! Er, der Manöverkritik haßte, hätte sich nie in eine Situation begeben, die alte Wunden aufriß. Für ihn gehörte jede Beziehung zu einer in sich abgeschlossenen Zeitspanne wie ein Büroordner mit der Aufschrift *Erledigt*. Warum verdarb ich mir mit solchen Gedanken mein neues, zufriedenes Leben? Ich habe Trevor. Ihn haben? Er gehört mir nicht. Ich will nicht, daß er mir gehört. Das führt zu Bitterkeit, wie immer. Was tat Péniel mir schon jetzt an?

Erste, vereinzelte Chalets tauchten auf, dunkelbraun mit weißen Aufschriften und grünen oder roten Fensterläden. Eine alte Frau mit einem Kopftuch rechte die Hangwiese. Sie warf das Gras gabelweise auf einen Haufen, so wie man es hier seit altersher machte. Wir kamen an den ersten Sanatorien mit ihren Nebengebäuden vorbei. Die meisten waren jetzt, wie mir Madame Lapent erklärte, Hotels oder Privathäuser. Ich versuchte zu erkennen, ob sich jemand auf den Terrassen aufhielt, wo wir so viele Stunden unseres Lebens verbracht hatten. Aber die Bahn fuhr zu schnell. Abgesehen von der Strecke über der Schlucht war sie in der Tat sehr viel schneller geworden. Früher hatte man sich von den Terrassen her mit den Fahrgästen unterhalten können, wenn die Bahn vorbeikroch.

»Péniel-Village!« verkündete der Schaffner.

Wie Madame Lapent erhob ich mich. Auf dem Weg nach *Les Papillons* war ich immer hier ausgestiegen. Wir reichten uns die Hand. »Wenn Sie Zeit haben, kommen Sie und besuchen Sie uns.«

Es sei schön gewesen, sie wiederzusehen, sagte ich ihr, aber ich würde nicht lange in Péniel bleiben. Wo denn mein Gepäck ausgeladen werde? »Wohin wollen Sie?« fragte der Schaffner, der meine Unschlüssigkeit bemerkt hatte.

»Zum *Holiday Inn*. Wo liegt das?« Ich hatte keine Ahnung.

»Oben in Larendaz, das ist die Hauptstation.« Er war noch jung. Er konnte nicht wissen, daß mir das bekannt war.

Erneut läutete die Glocke. Mit mir war jetzt eine Gruppe heimkehrender Schulkinder im Abteil. Sie redeten alle auf einmal, ohne einander zuzuhören. Als wir an einer Ansammlung von Chalets vorbeikamen, begannen sie in kindlich leierndem Tempo und Rhythmus *»Le vieux chalet«* zu singen. Auch ich hatte es so gesungen, ohne je über den Text nachzudenken – bis jetzt: wie Schnee und Fels das alte Haus erdrückten, wie Jean es schöner als zuvor wieder aufbaute ... Das Kirchendach reflektierte immer noch den Himmel in funkelnden blauen Lichtern. Überall sah ich Blumenkästen, und alles wirkte frisch gestrichen. Péniel erschien viel einladender als früher.

Wir erreichten Larendaz. Außer weißen Trögen, die etwas erschöpft anmutende Geranien enthielten, einem Zeitungskiosk neben dem Eingang zur Station und einer Reihe Taxis sah hier alles unverändert aus. Es dauerte ein wenig, bis mein Gepäck ausgeladen wurde, und ich mußte warten. Ich schlenderte zu dem Eisengeländer, das offenbar einen Parkplatz abgrenzte, und blickte über das Dorf hinweg zu den Bergen, die teilweise hinter Wolken verborgen waren. Die Ebene in der Tiefe schien unter einer Baumwolldecke zu liegen. Dieser Anfang erinnerte mich an das Ende.

Madame Ronsard, eine Teilzeitschwester, war mit ihr zur Bahnstation gekommen; niemand sonst hatte Zeit gehabt. »N'est-ce pas, tu vas revenir?« *fragte sie.*

»Jamais!« *hatte sie leidenschaftlich hervorgestoßen.* »Je ne reviendrai plus jamais!« *Sie würde niemals zurückkommen.*

Madame Ronsard hatte nur gelächelt und sehr sanft gesagt: »›Fontaine, fontaine, je ne boirai pas de ton eau.‹ *Du darfst das nicht sagen. Du weißt nie, welches Wasser du trinken wirst.«*

Sie hatte recht gehabt.

Die Sonne stand immer noch hoch am Himmel, aber weder sie noch mein warmer Mantel schützten mich vor der Kälte, die ich empfand. Ich ging zu dem Taxi, in dem ein Träger mein Gepäck verstaute, nur wenige Schritte entfernt. Und obwohl ich außer meiner Handtasche nichts zu tragen hatte, schlug mein Herz heftig, und mein Bein fühlte sich an, als sei es aus Blei.

SIEBEN

Ganz erschlagen von der Fülle der Informationen und Instruktionen, mit denen mich Mr. Paul Rossi – der Organisator des Kongresses und, so stellte er sich vor, »Zweiter Direktor von ›Holistic Medicine‹, Europa« – in der Hotelhalle bombardiert hatte, ging ich in mein Zimmer, um auszupacken. In meinem Gepäck befand sich auch der Spiegel, den ich aus irgendeinem Grund mitgebracht hatte – mit Trevor hatte das, wie ich wußte, wenig zu tun. Der alten Gewohnheit aus Sanatoriumszeiten folgend, schob ich ihn zuerst unter das Kopfkissen, dachte dann aber, daß die Zimmermädchen das ein bißchen sonderbar finden könnten, und legte ihn in die Nachttischschublade.

Auf meiner Uhr war es fünf: zu spät, um noch mit der Arbeit anzufangen, und zu früh fürs Abendessen. »Der Höhenwechsel ist eine starke Belastung für den Organismus und erfordert zunächst einmal Ruhe.« Wer hatte das gesagt? *Le Docteur* höchstwahrscheinlich, aber jeder in Péniel hätte diese einleitende Therapie verordnen können. Warum eigentlich nicht? Ich warf mich aufs Bett, dessen Steppdecke die Farbtöne eines gerahmten Drucks an der Wand mit dem Titel *Alpenglühen* wiederholte.

Das Hotel war – um den englischen Immobilienmakler-Jargon zu benutzen – »in einer behutsam modernen Interpretation der lokalen Architektur« erbaut worden. Mit anderen Worten: reichliche Verwendung von Naturholz, dunkel gebeizt, um dem tiefen Braunton nahezukommen, den jahrhundertelange Sonneneinwirkung altem Bauholz verleiht. Die *Holiday Inns* waren besser geworden, seit sie sich in Ländern versuchten, in denen Bauvorschriften die Anpassung an örtliche Besonderheiten verlangten. Die Terrassen, hieß es in der mehrsprachigen Broschüre, die ich auf dem Schreibtisch fand, seien in dem »für Péniel charakteristischen Stil« erbaut – ohne Hinweis darauf, wie dieser Stil entstanden war. Um die Sonne maximal nutzen zu können, mußte jedes Sanatorium nach Süden liegen und über Terrassen verfügen, die sich über die ganze Frontseite hinzogen, so daß man die Betten jeden Tag für die *cures d'air* und die *cures de soleil* – wie diese unentbehrlichen Rituale genannt wurden – hinausfahren konnte.

Dennoch war die Broschüre, von derlei kleinen Versäumnissen abgesehen, ansprechend gemacht – jedenfalls für das Auge: elegante Möbel, geschickte Beleuchtung, natürliche Farbtöne mit einigen aprikosen- und korallenfarbenen Akzenten, die einen Eindruck von Geräumigkeit und Wärme hervorriefen.

Mein Quartier lag am Ende eines langen Ganges und bestand aus zwei Zimmern, die durch eine *porte intercommunicante* miteinander verbunden waren. Eines hatte man in ein Büro verwandelt und mit einem großen Schreibtisch, einer Schreibmaschine und einem Bücherregal ausgestattet, das bereits eine Reihe von Büchern über Tuberkulose und Medikamente zu ihrer Heilung enthielt. Ich stellte meine Wörterbücher dazu. Die Betten hatte man zu Sofas umfunktioniert und im rechten Winkel zueinander plaziert, in der Mitte stand ein runder Couchtisch mit zwei bequemen Lehnsesseln. Eine Standardlampe verbreitete angenehmes indirektes Licht.

In dieser attraktiven Umgebung sollte ich also die nächsten zehn Tage verbringen und den dicken Stapel von Kongreßbeiträgen übersetzen, den mir Mr. Rossi überreicht hatte. »Nennen Sie mich einfach Paul, Raich«, hatte er mit einem gewinnenden Lächeln gesagt, das eine Reihe strahlend weißer Zähne enthüllte, Zeugnis ganzheitlichen Lebens oder Beweis für die Kunstfertigkeit amerikanischer Zahnärzte.

Der Kongreß würde eher klein sein: Nur fünfundneunzig Personen hatten sich angemeldet, die meisten aus dem Ausland. Auch einige hiesige Ärzte würden sich sehen lassen. Sie waren »im Interesse der Werbung« eingeladen worden, hatte mir Mr. Rossi, nein, Paul, vertraulich mitgeteilt.

Ich wußte nicht genau, ob die niedrige Teilnehmerzahl beabsichtigt oder eher auf die Skepsis jener Fachleute zurückzuführen war, die eine wissenschaftlichere Annäherung an das medizinische Problem dieses Kongresses einer vage philosophischen vorzogen.

Über den Charakter des Unternehmens, für das ich tätig wurde, war ich mir immer noch nicht im klaren. Nachdem ich Paul kennengelernt hatte, stellte ich fest, daß man hier mit direkten Fragen nicht weiterkam. Seine braunen Augen schweiften dann ins Weite, während er lächelnd einen Schwall von Ausflüchten von sich gab. Vermutlich folgte er einer Anweisung von oben, die Geheimnisse eines Unternehmens für sich zu behalten, bei dem es sich offenbar um die europäische Tochtergesellschaft eines amerikanischen Konsortiums mit unklaren Besitzverhältnissen und Sitz irgendwo in Südkalifornien handelte. Die europäische Niederlassung war in der Schweiz ansässig, bei St. Gallen, in der Luftlinie nicht weiter als einen privaten Hubschrauberflug von Vaduz entfernt. Ich hielt es für möglich, daß dieser Standort auf eine jener Verbindungen nach Liechtenstein und undurchsichtige finanzielle Verflechtungen hinwies, nach denen man sich besser nicht eingehender erkundigte. Andererseits konnte die Gesellschaft durchaus auch ein Vorbild an Rechtschaffenheit und Idealismus sein, wer weiß, und die Zweifel nicht verdient haben, die meine Einstellung zu den Medizinern so leicht heraufbeschwor.

»Was für ein Glück, daß Sie im Französischen genauso gut zurechtkommen wie im Englischen«, hatte Paul freundlich gesagt. »Sicherlich freut es Sie zu hören, daß nicht simultan, sondern konsekutiv gedolmetscht werden wird.« Und ermutigend hatte er hinzugefügt: »Ich bin sicher, daß Ihnen die Arbeit leichtfallen wird.«

Leicht? Mag sein. Aber die Menge der Übersetzungen und die Kürze der Zeit, in der ich sie bewältigen mußte, ließen mich doch nach Luft schnappen. Einige der Hauptvorträge waren entweder von den Verfassern selbst oder von deren Institutionen übersetzt worden. Doch die Kommentare hatte man weitgehend mir überlassen. Ich sollte sowohl deutsche als auch französische Beiträge ins Englische übersetzen und die englischen und deutschen ins Französische. Einige Texte, so hieß es, lägen noch nicht vor und würden zu Beginn des Kongresses von den Teilnehmern persönlich abgeliefert werden.

»Ihr Kollege Al wird für Spanisch und Portugiesisch zuständig sein.«

»Aber er wird doch auch einige der Übersetzungen vom Französischen ins Englische und umgekehrt übernehmen?« Ich hatte realisiert, daß sie den Löwenanteil ausmachten.

»Nein. Ihre Agentur hat uns mitgeteilt, daß das Ihre Aufgabe ist. Das gehört nicht zu Als Vertrag.«

»Aha, ich verstehe. Welche Sprachen werden sonst noch vertreten sein?«

»Nun«, Paul blähte seine Brust ein wenig auf, als er bescheiden fortfuhr, »ich bin natürlich kein Linguist, aber ich komme mit Italienisch zurecht, wenn es drauf ankommt. Ich bin ein bißchen aus der Übung, spreche es im Grunde aber fließend. Es wird ohnehin nicht sehr oft vorkommen.« Dann stellte er klar, daß wir Dolmetscher sowohl bei den öffentlichen Diskussionen als auch beim informellen Gedankenaustausch stets anwesend zu sein hätten. Mit anderen Worten: Sobald der Kongreß begann, hatte ich die ganze Woche jeden Tag Dienst – morgens, mittags und abends!

Ich hatte zwar um diesen Job gebeten, doch mußte man Evelyn eines lassen: Rechnen konnte sie. Daß ich die Arbeit für zwei, wenn nicht gar drei Leute tat, sparte GAIT in London Geld. Und nachdem ich den Job – gegen Evelyns Skepsis – nun einmal bekommen hatte, würde sie keinen Finger rühren, um mir die Arbeit zu erleichtern.

Da ich soviel Zeit und Mühe investieren mußte, würde Péniel

also nur den Hintergrund für den Kongreß abgeben, wie ein Bühnenprospekt für ein Schauspiel, und nicht das Stück selbst, komplett mit Geistern à la Pirandello, die meine Aufmerksamkeit erzwingen und beschäftigen würden. Eigentlich sollte ich Evelyn dankbar sein, dachte ich, als ich in meinem Zimmer im obersten Stock des sechsstöckigen Gebäudes auf meinem Bett lag und durch die große Glastür über die Terrasse hinwegblickte, die zu beiden Seiten durch hölzerne Trennwände geschützt war. Die Aussicht war atemberaubend. Ich konnte die Alpen in ihrer ganzen erhabenen Großartigkeit sehen, unbeeinträchtigt von irgendwelchen Hindernissen außer den ziehenden Wolken, die ein ständig wechselndes, aber stets postkartenperfektes Bild entstehen ließen. Ich hatte die Glastür offen gelassen, und die Herbstsonne, die gleich hinter den fernen Gletschern verschwinden würde, erfüllte das Zimmer mit goldenem Licht.

Flach auf dem Rücken liegend, das gesunde Bein angezogen, das andere ausgestreckt wie damals, schloß ich die Augen und versuchte, mir statt dieses schönen, professionell dekorierten Zimmers mit den hübschen durchsichtigen Gardinen, die sich in der frühen Abendbrise sanft bewegten, jenen blau und weiß getüpfelten *dortoir* mit dem Märchenfries an der Wand vorzustellen, in dem ich meine frühe Kindheit verbracht hatte, oder *le onze*, die Station für Jugendliche, in die ich zu Beginn der Pubertät verlegt wurde. Es gab noch eine weitere Station, *le treize*, die den *jeunes filles* gehörte, jungen Mädchen unterschiedlichen Alters ohne Begrenzung nach oben. Aber bevor ich mit fünfzehn Jahren die körperliche Reife erlangt hatte, die mich für diese Station qualifiziert hätte, sperrte Deutschland die Geldüberweisungen meines Vaters, und die Verwandlung der Patientin in ein Mitglied des Personals vollzog sich praktisch über Nacht.

Mit immer noch geschlossenen Augen stellte ich mir vor, ich läge auf jenem brettartigen Bett, umgeben von Metallstangen voller unregelmäßiger schwarzer Flecken, wo das Email abgesprungen war. Wir hatten unsere beweglichen Käfige grob behandelt. Oft hatten wir beim Spielen die Hände durch die Stangen gestreckt, uns gegenseitig gepackt und so unsere Betten zusammengezogen, ohne Rücksicht auf den krachenden Zusammenstoß, zu dem es dann meist kam. Ich glaubte die fünf Leinengurte zu spüren, die mich ans Bett fesselten – drei hielten meine Brust fest, zwei meine Schultern, eine als *corset* bekannte Erfindung –, und fühlte mein linkes Bein in der Streckvorrichtung. Ich hatte alles vor Augen, jedes einzelne Detail, das zerknüllte Kopfkissen, das sich ständig unter meinem Kopf verdrehte, das Laken, das eigentlich hätte glatt sein sollen, es aber nie war, die Daunendecke, die immer wegzurutschen drohte, weil ich mich trotz meiner Unbeweglichkeit immer noch zuviel bewegte.

Es ist erstaunlich, was man in der eingeschränkten Rückenlage, im Unterschied zur Bauchlage, alles tun kann. Letztere galt als sehr viel günstiger: Es ging einem besser, und man konnte ohne Spiegel sehen. Die Rückenlage erforderte viel Geschicklichkeit. Ich kann heute noch im Bett Ballfangen spielen, wie ich einmal im Haus eines Freundes festgestellt habe, als ich im Schlafzimmer meinen Mantel deponieren wollte und dort in einer Ecke einen Ball fand. Ich mußte mich einfach mal schnell auf die Mäntel legen und ihn in die Luft werfen. Und ich kann immer noch im Liegen essen, ohne den Kopf zu heben, und sogar aus einer vollen Tasse trinken. Ich bin auch ziemlich sicher, daß ich, wenn es sein muß, immer noch in eine Bettpfanne pinkeln kann, ohne daß etwas danebengeht. Ich konnte ein Spielzeug oder einen Stift vom Fußende meines Bettes mit den Zehen meines gesunden Beins in Reichweite meiner Hände transportieren. Ich konnte aus kleinen Papier-, Pappe-, Draht- oder Bindfadenstücken – sogar aus nichts – alles mögliche machen. Man mußte in jeder Situation erfinderisch sein. Wenn es sehr kalt war auf der Terrasse, mußten wir dort bis zum Hals zugedeckt liegen, die Hände unter der Decke, ohne Spielzeug, stundenlang darauf wartend, daß man uns wieder hineinbrachte und wir spielen durften, wenn die Zeit dazu noch reichte und es den Schwestern genehm war.

Um mir die Langeweile zu vertreiben, hatte ich ein Spiel erfunden: Ich bestrich mein Eisenbett an Stellen, wo das Metall freilag und deshalb kälter war als das Email, mit Speichel, um Eis zu machen – meine höchst eigene physikalische Entdeckung.

Sie tat ein bißchen Spucke auf ihre Fingerspitzen und schmierte den weißen Schaum auf die rauhen schwarzen Flecken. Die Bläschen platzten und verwandelten sich in winzige weiße Tüpfelchen, die sie dann als dünnes, durchsichtiges Eis abkratzte. Und noch einmal. Und noch einmal hier. Und hier.

»Ich kann aus Spucke Eis machen! Kannst du sehen, was ich mache? Kannst du das an deinem Bett auch? Ich baue ein Puppenhaus aus Eis. Ein Eispuppenhaus. Guck mal!«

»Tu deine Hände unter die Decke, Rachel. Es ist viel zu kalt. Kannst du denn keinen Augenblick still liegen, ohne ungezogen zu sein? Que c'est dégoûtant ce que tu fais là! Petite cochonne!«

Der Augenblick, in dem ich mich dieser »ekelhaften« Beschäftigung widmete und dafür gescholten wurde, war mir ganz gegenwärtig. Wie alt war ich damals? Unmöglich zu sagen. Erinnerungen sind so, einige kristallklar, andere verschwommen. Ich kann sie nur selten in einen genauen zeitlichen Zusammenhang einordnen. Wenn meine normalen Freunde eine Geschichte aus ihrer Kindheit erzählen, beginnen sie in der Regel mit Äußerungen wie »Als ich in der dritten Klasse war«, »In jenem Sommer war ich in den Ferien bei meinen Großeltern« oder »An dem Geburtstag, zu dem ich mein erstes Fahrrad bekam«, als ob die Zeit genauso wichtig sei wie das Ereignis selbst. Nicht bei mir. Die einzigen Ereignisse, an deren zeitliche Reihenfolge ich mich erinnern kann, sofern ich ein bißchen mogele und ein paar Lükken fülle, sind diejenigen seit meiner Pubertät, wenn sich erinnerte Vorkommnisse mit rekonstruierbaren Daten und Fakten verbinden lassen, das heißt, wenn die ungefähre Zeit durch »große« Augenblicke bestimmt werden kann. Selbst dann muß ich mich fragen: War das, bevor oder nachdem ich diese traumatische Blasenspiegelung über mich ergehen lassen mußte? Bevor oder nachdem ich wieder laufen lernte? Vor oder nach dem Sommer, in dem ich zu Besuch in Deutschland war – einem Sommer, dem ich sogar ein reales Datum geben kann: 1937? War das, bevor mein Vater zum letztenmal kam oder als er gar nicht mehr kam? Aber ich nähere mich schon den Jahren, die ich mehr oder weniger deutlich umreißen kann, indem ich sie mit der Zeitgeschichte – Erwachsenengeschichte – verbinde.

Weil ein Tag so voraussagbar langweilig war wie der andere, weil es keine anderen Bezugspunkte zu meinem frühen Leben gibt als die Höhepunkte, die sich ebenfalls ständig wiederholten – Weihnachten, Ostern, der Schweizer Nationalfeiertag, die Röntgentage –, finde ich in meiner Erinnerung meist nur Fragmente von Bildern oder Geräuschen: manchmal sehr deutlich, stets episodisch, selten durch irgend etwas anderes miteinander verbunden als durch diesen einzigen, endlosen, monotonen Augenblick, der meine Kindheit war. Meine Erinnerungen tauchen wie aus einem geschlossenen Zeitsystem auf, ohne ein Davor oder Danach, ohne ein Gestern oder Morgen. Sie sind eigenständig wie ein Gedicht oder ein Gemälde, außerhalb jeden Zusammenhangs. Nur die Ereignisse, die Gegenstände, die Leute, die etwas sagen oder einfach nur da sind, begleitet von einem Gefühl, einem Eindruck oder einer Wahrnehmung dessen, wie es war – für mich, Rachel, das Kind. Wenn ich zurückdenke, ist es, als sei es *jetzt*, auch wenn dieses *Jetzt* vor vierzig oder fünfzig Jahren war. So *sieht* es aus – nicht *sah* es aus. So *hört* es sich an – nicht *hörte* es sich an. Mit geschlossenen Augen bin ich hier, vor langer Zeit, in der Gegenwart.

Ich erinnere mich an die anderen Kinder – an alles über sie oder nur an ein einziges Detail. Mein inneres Auge sieht irgend jemandes Haarfarbe, sommersprossige, pickelige, makellose oder von Lupus entstellte Haut, blaue, braune, grüne, graue, hervortretende oder blutunterlaufene Augen. Meine Erinnerung sagt mir, aus welchem Land ein Kind kam, welcher Teil seines Körpers von der Krankheit befallen war. Wenn ich von meinen Gefährten fast nichts mehr weiß, die Krankheit fällt mir immer ein. Schließlich war sie das einzige, das Wichtigste, was uns Bedeutung verlieh, unsere eigentliche *raison d'être.*

Da ist Amos mit Tb in der Wirbelsäule, ein dunkelhaariger kleiner Junge aus einem Land namens Palästina, flach auf dem Rücken liegend, der jeden Tag Grapefruits bekam; seine Mutter ließ mich zum erstenmal in meinem Leben von dieser Frucht kosten. Yvette aus Frankreich, die wie ich Tb in der Hüfte hat, ist ein Kleinkind. Sie weint viel. Ihre Mutter arbeitet in der *haute couture*, und einmal hat sie mir einen Knopf meines Schlafanzugoberteils wieder angenäht. Oder Lithuanian Danuta, die ihr Haar geflochten trägt, auch im Bett, das sie haßt. Und Jelka aus Jugoslawien, die kleine Ohrringe mit Steinen wie winzige Vergißmeinnichte trägt, weil Ohrringe angeblich gut für ihre Augen sind. Ich weiß heute noch nicht, warum. Während der *cure du soleil* benutzt sie ihren Spiegel, um das Sonnenlicht auf ihr Knie zu reflektieren, weil sie glaubt, daß es mit doppeltem Sonnenlicht doppelt so schnell heilen wird. Da ist die Deutsche Waltraud, die aus einem anderen Frankfurt kommt als ich, mit tuberkulöser Bauchfellentzündung – sie erfindet gerne Schauergeschichten, wenn das Licht aus ist. Und Gusta, eine Ungarin, die immer noch Süßigkeiten hat, wenn alle anderen ihre längst vernascht haben. Thérèse, die in Lourdes gewesen ist, bringt mir bei zu sagen: *»Sainte Marie, mère du Dieu, priez pour nous pauvres pécheurs.«* Und Ludowic aus Polen weiß genau, daß ich in die Hölle komme, weil ich Christus getötet habe.

Rosenkränze, Grammophone, merkwürdig schmeckende Süßigkeiten, Spiegel in jeder Form. Zaubersprüche, Mütter und Väter in ungewohnten Trachten, Namen von Ländern und Städten, deren Klang mir gefiel, wie etwa Montevideo und Sansibar. Viele Lieder, aber wenig Worte. Zu viele fremde Wörter, zu wenig Bücher. Sprachfetzen von anderen Kindern, die Hauptstädte jedes Landes, die Farben ihrer Fahnen.

Aber Farbe ist nicht immer Farbe. Sœur Anastasia, Ludmilla und Igor sind »weiße« Russen. Und Russen können auch rot sein. Aber nicht in Péniel – »Das hat uns gerade noch gefehlt!« sagt Madame Arnaud. Culdips Vater ist ein Maharadscha, Renatos Onkel Kardinal; Elisabeth hat königliches Blut. Von welchem Königshaus? In welchem Land? Und warum Blut? Was meint man damit, wenn man sagt, ihres sei »königlich« und meines »jüdisch«? Elisabeth hat braune Augen und eine Pagenfrisur; an ihr Gesicht kann ich mich nicht erinnern. Sie hat eine tuberkulöse Infektion in einem Ohr und kann laufen. Das kann auch

Pamela aus Schottland mit Tb am Ellbogen, die Charlie Chaplin und Chamberlain imitiert. Wer diese beiden Clowns mit Spazierstock und Regenschirm waren, lernte ich erst, nachdem ich Péniel verlassen hatte. Was lernte ich überhaupt? Nach normalen Maßstäben wenig, von anderen Kindern eine ganze Menge – aber nichts wurde mir systematisch beigebracht.

Episoden, die im Bewußtsein auftauchen, ihm entgleiten und wiederkehren: eine Fahrt zum Röntgen, der Vorgang selbst und dann nichts, bis ich mich auf einer Bahre wiederfinde, im Wagen auf dem Rückweg zum *dortoir*. In welchem Alter? Wann? Ich konnte es nicht unterscheiden – es gab zu viele derartige Ausflüge, die ich nur als einen einzigen in Erinnerung hatte. Und nur ein Weihnachten, ein Ostern, einen Ersten August, einen Geburtstag … Und *Le Docteur*, der mir sagte, ich dürfe jetzt nicht aufstehen, und dann, jetzt dürfe ich es. Wieviel Zeit lag dazwischen? Wochen, Monate, ein Jahr? Wie viele Jahre? Keine Ahnung! Die Jahre waren lang und kurz, eine Ewigkeit oder ein paar Sekunden. Und doch ist etwas geschehen in jener Ewigkeit oder in jener Sekunde, kann plötzlich wiederauftauchen, wenn ein Name erwähnt oder ein Wort benutzt wird oder wenn ich eine für mich scheinbar völlig bedeutungslose Szene beobachte. Könnte ich, wenn ich mich ernstlich bemühte, Erinnerungen nach Belieben heraufbeschwören? Könnte ich das? Jede Erinnerung?

Nein, ich konnte es nicht. Einige Dinge lassen sich nicht vergegenwärtigen, etwa der Schmerz, den ich in der Zeit des schwersten Leidens empfand. Ich kann mich an die Umstände, an jedes Detail erinnern. Ich erinnere mich daran, wie alles diesem einzigen, überwältigenden, vernichtenden Gefühl des Schmerzes untergeordnet war. Und dennoch bin ich nicht imstande, es jetzt nachzuempfinden, obwohl ich doch so viel wieder wachrufen kann.

»Ich kann eine Menge aushalten«, habe ich einmal zu einem Zahnarzt in New York gesagt, der auf meine irrationale Angst vor dem sich nähernden Bohrer mit Bestürzung reagierte, »wenn der Schmerz von innen kommt.« Aber wenn er mir zugefügt wird, von außen, irgendeine Stelle meines Körpers trifft, kann ich ihn nicht ertragen. Die Vorstellung versetzt mich in Panik, und ich, die sich etwas darauf zugute hält, stets rational zu sein, werde zum zitternden Wrack. Dennoch kann ich mich nicht dazu bringen, nachzuempfinden, welcher Art dieses entsetzlich beängstigende Gefühl war. Nicht einmal das Gewicht der Streckvorrichtung, das mich zum Fußende des Bettes zog, obwohl ich mich daran erinnere, daß ich schrie, wenn es abrupt abgenommen wurde oder wenn eine Schwester unachtsam gegen mein schlimmes Bein stieß. Ich erinnere mich an das Gesicht, das sich zu mir herunterbeugte und mir befahl, mich nicht so anzustellen, mehr Willenskraft zu zeigen, still zu sein. *»Halt's Muhl! Und sei do' nidde so verruckt wehleidig«*, brüllte der Arzt, *»oder laß es dir von eme verdammte Jud i' Dütschland mache.«* Oder hatte das der Urologe gesagt, den ich als Zehnjährige, wahnsinnig vor Entsetzen, während der Blasenspiegelung ohne Betäubung gebissen hatte, als er seine in einem Gummihandschuh stekkende Hand auf meinen Mund gelegt hatte, um meine Schreie zu ersticken? Beide Ereignisse hatten in Bern stattgefunden.

Und auch hier ist das einzige, was ich wieder wachrufen kann, die Angst, die stumme Verlassenheit im Schmerz, die Gleichgültigkeit der anderen, ob zufällig oder »zu deinem eigenen Besten«. Ich erinnere mich an Grausamkeiten, wenn sie absichtlich geschahen – das kam gelegentlich vor.

Und ich erinnere mich an die tröstende Güte einer Stimme, die sagte: »Ma pauvre petite chérie, *das geht vorbei, bald tut es nicht mehr weh, du wirst sehen*«, oder ähnliche Worte, die nicht nur Bedauern ausdrückten, sondern das, was man in Deutschland *Mitleid* nennt – mit jemandem leiden. Daß jemand mich gern zu haben schien, den Schmerz mit mir teilte, machte ihn etwas weniger schrecklich.

Aber an den Schmerz selbst kann ich mich nicht erinnern. Denn was noch lange danach schmerzt, ist die seelische Qual. Unsere Glieder haben kein Gedächtnis. Und auch die seelische Qual kann verdrängt werden, wenn sie zu schmerzlich ist. Ich weiß es. Ich habe es getan.

Ich erhob mich ein wenig steif und trat, bevor ich mich frisch machte und mein Reisehabit mit etwas Geeigneterem vertauschte, auf die Terrasse hinaus. Es war jetzt klar und schneidend kalt. Ich atmete tief ein. Die Luft roch nach Péniel: dieser besondere Geruch, der anders war als jeder andere. Ob er nun von den Feldern aufstieg oder mir das nur so vorkam, weil ich die Luftverschmutzung der Städte gewöhnt war, ich füllte meine Lunge mit der reinen Bergluft.

»Tief einatmen ... und ausatmen. Noch einmal! Einatmen und ausatmen ...«

Sie bewegte sich mit den Teilen ihres Körpers, die nicht am Bett festgezurrt waren, ihrem gesunden Bein, ihren Armen, ihrem Kopf.

Zur Musik aus dem Grammophon konnte sie gut tanzen.

Schneebälle aus weißer Wolle waren Armbänder an ihren Handgelenken, wie das Rüschenröckchen einer Tänzerin, die sie in einem Bilderbuch gesehen hatte. Sie stellte sich vor, daß sie die Schneebälle nicht nur an ihren Armen, sondern überall an ihrem Körper trug.

Wenn sie ein großes Mädchen und geheilt war, würde sie Tänzerin werden ...

Das war es, was der Geruch wachrief, jene Augenblicke der Freiheit, in denen es nicht nur erlaubt war, sondern von uns sogar verlangt wurde, daß wir uns bewegten, und ich wenigstens eine Weile von dem nörgeligen Befehl »Rachel, lieg still, wenn du geheilt werden willst« verschont blieb, dem ich in den neun langen Jahren gehorchen mußte, als ich nicht laufen, mein Bett nicht verlassen durfte und Bewegungslosigkeit meine einzige Pflicht war.

Das Klingeln des Telefons ließ mich zusammenfahren.

Es war Paul, der mich einlud, mit ihm und dem anderen Dolmetscher zu Abend zu essen.

Zehn Minuten später führte mich der Oberkellner zu dem Tisch, an dem die beiden bereits Platz genommen hatten. Sie erhoben sich, als ich mich näherte.

Paul rückte den Stuhl für mich zurecht. »Raich, das ist Al.«

»Alfredo«, korrigierte der spindeldürre junge Mann, als wir uns die Hand reichten. »Ich freue mich, Sie kennenzulernen, Raich.«

»Rachel«, entgegnete ich. »Ich freue mich, Sie kennenzulernen, Alfredo.«

Paul nahm diesen kurzen Wortwechsel nicht zur Kenntnis. Bis zum Ende des Kongresses sollte er uns »Raich« und »Al« nennen, während Alfredo und ich uns mit unseren richtigen Vornamen anredeten.

Beim Essen unterhielt uns Paul von der Vorspeise bis zum Dessert mit einem Überblick über sein bisheriges Leben. Er hatte nicht immer für »Holistic Medicine« gearbeitet, sondern war früher Priester der Pfingstbewegung gewesen. Zur Suppe erzählte er uns, wie er als Teenager religiös bekehrt worden sei, was seine katholischen Eltern ebenso entsetzt habe wie seine frühe Eheschließung mit einer Angehörigen seiner neuen Kirche. »Ich hätte auf meine Eltern hören sollen«, seufzte er. Während wir uns dem Hauptgang widmeten, vertraute er uns an: »Ich dachte, die Ehe diene einzig der Fortpflanzung, bis ich entdeckte, daß Sex auch Spaß macht.« Da hatte er sich von seiner religiösen Berufung wie von seiner Frau und den vier pflichtgemäß gezeugten Kindern verabschiedet. Beim Dessert lamentierte er darüber, wie belastend und ungerecht es sei, so hohe Unterhaltszahlungen leisten zu müssen.

Da ich mit der Arbeit anfangen wollte, entschuldigte ich mich und überließ Paul seinen Kümmernissen. Alfredo, der dasselbe vorhatte, schloß sich mir an. Er war Brasilianer und hatte unlängst an der Dolmetscherschule in Genf Examen gemacht. Péniel war sein erster Job. Evelyn hatte ihn telefonisch engagiert.

»Ich dachte, hier gäbe es eine Anlage für simultanes Dolmetschen. Ich hatte mich darauf gefreut – das wäre eine gute Übung für mich gewesen. Ich frage mich, warum es keine gibt. Paul hat mir gesagt, ohne Kopfhörer und das ganze Zeug wäre es zwangloser. Was meinen Sie?«

Ich kam mir alt und zynisch vor: »Vor allem ist es billiger. Die Anlage und das erforderliche zusätzliche Personal hätten die Sache ganz erheblich verteuert. ›Zwanglos‹ bedeutet, daß man uns beide nach Strich und Faden ausnutzen wird«, erklärte ich – dem offenkundig weltunerfahrenen Alfredo eine Sprache übersetzend, die ihm einstweilen noch fremd war. Der bedauernswerte junge Mann blickte ziemlich gequält drein, als wir uns unseren verschiedenen Fluren zuwandten, vor uns einen langen und einsamen Abend.

Um mich mit dem Thema vertraut zu machen, in dem ich mich nur partiell auskannte, sah ich zunächst die Bücher durch, die man mir zur Verfügung gestellt hatte. Es handelte sich durchweg um Fachbücher, die für mich nur insofern von Interesse waren, als sie mir eine Vorstellung vom »Stand der Wissenschaft« vermittelten, wie Paul sich ausgedrückt hatte. Dann sah ich rasch die Kongreßbeiträge durch: »Die Chemotherapie der Tuberkulose«, »Nebenwirkungen der Chemotherapie«, »Leberschäden und Chemotherapie«, »Silikose und Tuberkulose«, »Krebs und Tuberkulose«, »Resistenz gegen Anti-Tuberkulose-Medikamente«, »Reicht Chemotherapie bei der Behandlung von Tuberkulose aus?«. Und dergleichen mehr.

Zwei Texte weckten mein Interesse, und ich übersetzte sie als erste. Mr. Naresh Patel, ein indischer Medizinjournalist, hatte einen Beitrag mit dem Titel »Tuberkulose, eine Verschwörung des Schweigens« geschrieben, in dem er darlegte, daß die Krankheit, die in den Ländern der dritten Welt immer noch weit verbreitet sei, in kürzester Zeit ausgerottet werden könne, wenn die dort immens teuren Medikamente kostenlos zugänglich gemacht würden. Diese Investition würde sich in der Zukunft als Ersparnis erweisen.

Der zweite Beitrag stammte von einem Franzosen, Monsieur François Badoux, einem Medizinökonomen. Sein Titel lautete: »Tuberkulose, eine Schweizer Investition.« Der Verfasser behauptete, da die Krankheit der Schweiz wirtschaftlich lange sehr förderlich gewesen sei, habe die Entdeckung von Anti-Tuberkulose-Wirkstoffen den Wohlstand des Landes gefährdet.

Als ich nach den Namen der Kommentatoren zu diesem Beitrag suchte, stellte ich fest, daß es sich um einen Monsieur Claude Balmont handelte, der weder Arzt noch Medizinökonom, sondern ein Schweizer Bankier war, während als zweiter der Arzt Mathieu Arnaud, Allgemeinmediziner aus Péniel, genannt wurde.

Diese Entdeckung war so etwas wie ein Schock für mich. Ich hatte überhaupt nicht daran gedacht, daß Mathieu Teilnehmer dieses Kongresses sein könnte. Und wenn sein Englisch nicht ausreichte, müßte ich seinen Kommentar übersetzen und vor der ganzen Versammlung vortragen. Wie es wohl sein würde, ihn wiederzusehen? Ach, was sollte es mir schon ausmachen, nach so vielen Jahren?

Dann fiel mir ein, daß weder er noch irgend jemand sonst aus seiner Familie von meiner Anwesenheit in Péniel wußte, da man mich so kurzfristig mit diesem Job beauftragt hatte. Vielleicht sollte ich die Arnauds anrufen, bevor wir uns begegneten? Ich schlug die Telefonnummer und die Adresse im örtlichen Telefonbuch nach. Die Adresse war, wie ich vermutet hatte, immer noch dieselbe: *Le Rocher*.

Langsam nahm ich den Hörer ab, um ihn sofort wieder aufzulegen. Es war elf Uhr, viel zu spät bei den hier üblichen Schlafgewohnheiten. Meine Feigheit war also entschuldbar! Der Anruf konnte warten, morgen ist auch noch ein Tag – wie meine Kollegin Janina sagen würde –, und ich beschloß, früh zu Bett zu gehen.

Im Bad, neu, blitzblank und mit dem, was ich aus meiner Jugendzeit kannte, nicht entfernt zu vergleichen, ließ ich Wasser in das Waschbecken laufen. In meiner Kindheit galt die allgemein akzeptierte Regel, daß man nicht baden müsse, um sauber zu sein. Man wurde auch sauber, wenn man sich bloß wusch. Vor meinem geistigen Auge erschien *Mademoiselle*, vielmehr *M'zelle* – wie die *volontaires* oder Schwesternhelferinnen genannt wurden –, *M'zelle* Violette, die im *onze* Dienst tat, eine große, dicke Frau, deren Knauserigkeit beim Füllen unserer Waschschüsseln eine Quelle ständigen Ärgers für uns war, die wir uns eben unserer Körper und ihrer Gerüche bewußt wurden.

»*Das ist zu wenig. Geben Sie mir mehr Wasser.*«

»Eh bien, dis donc, t'en veux toi! *Wenn ich jeder von euch eine volle Kanne gäbe, würde ich mit meiner Arbeit überhaupt nicht fertig.*«

Sonderbar, wie ein Raum, eine bestimmte Umgebung, Bruchstücke eines früheren Lebens heraufbeschwören konnte, sogar die Worte, die gesprochen wurden. Ich war mir mittlerweile darüber klar, daß ich mich nicht in der Gegenwart verstecken konnte, daß ich gezwungen werden würde, über Dinge nachzudenken, die ich lieber vergessen hätte. Meine Vergangenheit holte mich bereits ein. Wie umfangreich und anspruchsvoll auch immer meine Arbeit sein würde – ihr konnte ich nicht mehr ausweichen.

ACHT

Für die Übersetzungen brauchte ich nicht soviel Zeit, wie ich zunächst gedacht hatte. Auf meine abgeschiedene Suite beschränkt, die, vom großartigen Ausblick auf die Gebirgskette abgesehen, überall in der Welt hätte sein können, bewältigte ich alle mir vorliegenden Texte in nur neun Tagen. Ich arbeitete von Tagesanbruch bis nach Mitternacht, gönnte mir keine Muße und dachte an nichts anderes als an den Job, den ich in Rekordzeit beenden mußte. Den Kopf voller Begriffe wie *Streptomycin, Para-Aminosalicylsäure, Isoniazid, Ethambutol, Isopropylisoniazid, Rifapicin* – die ich alle wieder vergessen würde, sobald der Kongreß vorbei war –, hastete ich zu den Mahlzeiten nach unten, wo ich mich kurz mit Paul und Alfredo traf, und wieder zurück zu meiner Schreibmaschine.

»Sie müssen was essen, Raich«, predigte Paul. »Nur so bleiben Sie gesund. Und genießen Sie es!«

Alfredo, der weit weniger Beiträge zu übersetzen hatte als ich, war einige Tage früher fertig und konnte abends mit Appetit zulangen, während ich kaum etwas anzurühren vermochte. Sein Englisch und sein Französisch waren sehr gut; er hätte mir leicht einen Teil meiner Arbeit abnehmen können. Aber er tat es nicht.

Die einzige Unterbrechung, die ich mir leistete, war eine hastig gekritzelte Postkarte an Tante Beate. Ich hatte bislang weder die Zeit noch den Mut gehabt, meine Anwesenheit in Péniel bekannt werden zu lassen, das mir so weit entfernt zu sein schien wie London oder New York. Doch sobald ich aus meiner Arbeit auftauchte, würde ich mich – dessen war ich mir bewußt – an einem Ort wiederfinden, in dem mir sogar die Wolkenformationen vertraut waren.

Die erste Gelegenheit bot sich am Donnerstag nach dem Abendessen. Es war ein sehr klarer Abend, typisch für den späten Oktober, und ich beschloß, einen Spaziergang zu machen. Vor mir lagen nun drei freie Tage, in denen ich Péniel wiederentdekken und erkunden konnte, bevor der Kongreß meine ganze Aufmerksamkeit beanspruchte. Ich hoffte, daß bis dahin keine neuen Übersetzungen mehr eintreffen würden – vielleicht aber auch genau das Gegenteil.

Jetzt, um kurz vor acht, war es draußen bereits völlig dunkel. Die Straße unmittelbar vor dem Hotel schien eben und gut beleuchtet zu sein. Doch sobald ich mich ein paar Meter entfernt hatte, fühlte ich mich unsicher. Eine einzige Straßenlaterne warf einen schwachen Schein, der kaum die Mitte der Straße beleuchtete. Hier und da ließen ein erhelltes Fenster, Stimmengeräusche, wohl ein Radio oder Fernseher, sowie ein fernes Gemurmel auf Leben schließen. Ansonsten schien das Dorf von Neuerungen unberührt geblieben zu sein.

Unsicher meinen Stock umklammernd, ständig ein Straucheln fürchtend, ging ich die abschüssige Straße hinunter und bemühte mich, Gesteinsbrocken und Schlaglöchern auszuweichen, die reichlich vorhanden, aber schwer zu sehen waren. Ich kam an häßlichen Betonbauten vorbei, die nach meiner Zeit entstanden waren und den einst vertrauten Weg zum Ortszentrum versperrten. Auf einem kleinen Schild, das an einem Pfahl befestigt war, wies ein Pfeil seitwärts – darunter stand in kleinen Buchstaben »Place de la Cure«. Erst da bemerkte ich den schmalen, hinter einer Hecke verborgenen Fußweg. Als ich ihn entlangging, wurde das murmelnde Geräusch lauter.

Was für ein Unterschied, als ich die Wegbiegung hinter mir hatte und die andere Seite erreichte! Die Rückseite des Gebäudes wirkte ziemlich schäbig, doch die Vorderseite, die den Platz säumte, war in einem strahlenden Weiß gestrichen, das durch das grelle, fluoreszierende Licht auf dem Dach noch leuchtender wirkte. *Hôtel du Sud* verkündete ein blendender Neon-Schriftzug. Zu meiner Zeit hatte es bescheidener existiert. Damals ging das Gerücht, es sei eine Lasterhöhle und werde von Lungenpatienten frequentiert, die uns gegenüber den dreifachen Vorteil hatten, daß man ihnen die Krankheit nicht ansah, daß sie laufen konnten und Erwachsene waren.

Sein neues Erscheinungsbild, komplett mit uniformiertem Türsteher, war auf eindrucksvolle Weise vulgär. Durch die große Glastür sah ich üppige tropische Vegetation. Sie erinnerte mich an etwas: vielleicht an die Palmenhof-Szenen meiner Kinozeit in New York? Orchestermusik war zu hören. Unter den roten und weißen Lampen, mit denen die glasgedeckte Terrasse dekoriert war, saßen – vor der Kühle des Oktoberabends geschützt – viele Gäste essend und trinkend an kleinen Tischen. Sie hatten Ausblick auf den Platz, wo eine Wasserfontäne in wechselnden Regenbogenfarben tanzte.

Das Läuten der Glocke vom Kirchturm her wollte zur Szenerie nicht recht passen. Andere Geräusche erfüllten die Dunkelheit, Geräusche, die ich in Péniel um neun Uhr abends nie gehört hatte: das Dröhnen von Automotoren, Türenschlagen, lachende, lärmende Leute. Eine schrille amerikanische oder englische Frauenstimme rief »Maureen« oder »Doreen«. Touristengruppen schlenderten herum, ohne sich überhaupt recht bewußt zu sein, wo sie eigentlich waren – und um welche Zeit.

La cure de silence wurden die Stunden zwischen ein und drei Uhr mittags und nach acht Uhr abends genannt, in denen kein Lärm erlaubt war, in denen sich Patienten, Personal und Besucher der strengsten Regel von allen unterwerfen mußten. Dann und wann hörte man gedämpftes Lachen oder das Klappern von Schritten auf dem Pflaster, das einen zusammenfahren ließ, weil das Geräusch so selten war. Und es galt als Sakrileg wie das Lachen in der Kirche.

»Wer war das, die da gerade gesprochen hat? Ich will kein Wort mehr hören. Verstanden, Rachel? Ich weiß, wer die Anstifterin ist. Wenn du nicht den Mund hältst, wirst du zur Strafe für die Ruhestörung den ganzen Nachmittag allein und ohne Spielzeug in le trois *verbringen.* T'as compris? Plus un mot!«

Auf der anderen Seite des Platzes stand *Les Papillons* mit seinen von Holzgeländern umschlossenen Terrassen, das fast siebzehn Jahre mein Zuhause gewesen war. Abgesehen von dem Lärm, hatte ich hier das Gefühl, die Zeit sei stehengeblieben. Ich ging hastig vorbei. Ich wollte es nicht ansehen – nicht heute abend. Die Erinnerung an jenes Zimmer, *le trois*, war zu lebendig. Es hatte sehr dunkel getäfelte Wände, schwarze Vorhänge und fließendes Wasser, weil es gelegentlich zum Entwickeln von Filmen benutzt wurde. Man konnte dort ein tragbares Röntgengerät anschließen. Dorthin wurde man verbannt, wenn man ungezogen war, nicht richtig aß, log, während der *cure de silence* sprach oder sich berührte – ein Euphemismus für Masturbation, wofür meist Jungen dort landeten – oder andere ähnlich schwere Vergehen beging.

Le trois war mir sehr vertraut. Ich hatte ziemlich viele Stunden dort verbracht, um meine Sünden zu büßen. Es hatte eine Zeit gegeben, in der ich fast jeden Tag dorthin gefahren wurde. Zum letzten und längsten Aufenthalt kam es, nachdem ich mein Kunstwerk auf Monsieur Lapents Rücken geschaffen hatte.

Meine Verbannung dauerte so lange, bis ich einen Entschuldigungsbrief geschrieben hatte, der so schwer zu ersinnen war: Erst am zweiten Tag gelang es mir, Reuegefühle zum Ausdruck zu bringen, die ich nicht empfand und die Monsieur Lapent mir auch nicht abnahm.

Und plötzlich wußte ich, woran mich diese fröhlichen, lauten Straßen erinnerten – an den Ersten August, die einzige Gelegenheit des Jahres, an dem alle Ruhe- und Schweigeregeln aufgehoben waren und Péniel den Schweizer Nationalfeiertag mit einem ungeheuren Freuden- und Begeisterungstaumel festlich beging. Statt nur auf die Terrasse gekarrt zu werden, wurden unsere Betten einige Stufen in den Garten hinuntergetragen. Dort gab es überall Dekorationen, Girlanden und Lampions in Weiß und Rot, den Farben der Nationalflagge, die zusammen mit anderen Fahnen an allen Gebäuden flatterte. Es gab Hühnchen und Pfirsicheis zu essen, und abends konnten wir das Feuerwerk bestaunen, das auf dem runden Hügel über dem alten Dorf veranstaltet wurde, und wir bekamen Wunderkerzen, wenn wir brav waren.

Was ich wegen einer beschämenden Angewohnheit nicht war. Jede Nacht machte ich unweigerlich ins Bett. Wenn *le trois* nicht von anderen Sündern besetzt war, landete ich zur Strafe fast täglich dort für mindestens eine halbe Stunde. Aber als ich sieben Jahre alt geworden war – ich weiß es deshalb genau, weil das in Péniel das »Vernunftalter« genannt wurde –, änderte sich etwas.

Sie wachte auf und spürte, wie die warme Flüssigkeit ihr Nachthemd und das Bettlaken durchnäßte, und danach fühlte sie sich von innen und außen kalt. Sie haßte den Geruch, sie haßte es, an dem nassen Gummi unter dem Bettlaken festzukleben, und sie haßte die Art, wie die anderen Kinder sich über sie lustig machten …

Die neue volontaire *sagte: »Dis, Rachel, wenn dein Bett heute nacht trocken bleibt, darfst du dir etwas wünschen. Was möchtest du gern haben?«*

»Des allumettes en couleurs!«

»Also gut. Aber denk dran, Streichhölzer sind nichts für Babys.«

Rachel lag die ganze Nacht wach ...

Und dann bekam sie ihr bengalisches Feuer, nicht nur eine Wunderkerze, sondern zwei Schachteln voll, grüne, deren Licht die Leute schreckenerregend aussehen ließ, und rote, in deren Licht alles zu glühen schien. Und alle nannten sie ein großes Mädchen.

Sie war so müde, daß sie einschlief, bevor sie alle Wunderkerzen abbrennen konnte. Am zweiten August, als das Fest vorbei war, nahm man sie ihr fort ...

Nach und nach lernte ich, meine Blase zu kontrollieren, und solche Unglücke kamen nicht mehr vor. Aber noch jahrelang bekümmerte mich der Verlust jener so schwer verdienten Lichter, die nur am Ersten August erlaubt waren. Die Verbannungen ins *trois* wurden seltener. Einige Zeit später jedoch machte eine Dauerinfektion eine ärztliche Untersuchung und eine Therapie notwendig. Vielleicht war mein Bettnässen doch physisch bedingt gewesen. Oder wie sonst? Im Péniel meiner Jugend hatten noch nicht viele Leute etwas von Kinderpsychologie gehört. Die Art der Behandlung moralischer, physischer und psychischer Probleme hing davon ab, wer sich mit ihnen befaßte und sie zu lösen versuchte.

Als ich den Hügel hinaufstieg, fand ich mich in der Avenue du Docteur wieder, dem Zentrum des Reichs der Sanatorien mit ihren Nebengebäuden. Ich wußte nicht mehr, wie sie alle hießen. Früher hatte ich die Namen jedes einzelnen gekannt. Sie waren Orientierungspunkte gewesen, bedeuteten soviel wie rechts und links, Norden und Süden. Wenn ich lange genug blieb, würden sie mir wieder einfallen, so wie die Namen von Leuten, deren Gesichter ich wiedererkannte.

Wie die Place de la Cure wimmelte diese Straße von Menschen und Autos. Ein großes Gebäude, das alle anderen klein erscheinen ließ, stand auf der rechten Seite des abfallenden Geländes: Es war *Les Platanes*, das alte Flaggschiff. Früher hatte es eine Art-déco-Fassade gehabt, die wohl zu sehr an eine Klinik erinnerte, denn man hatte sie mit dunkel gebeiztem Kiefernholz verkleidet. Die Vergangenheit mußte zugedeckt werden. So wie sie in mir zugedeckt worden war …

Dieser mit Terrassen verschönerte Bau war ursprünglich streng funktional entworfen worden, seine Bestimmung – wenn man von dem poetischen Namen absah, der an alte Chalets denken ließ – offenkundig gewesen. Etwas anderes vortäuschen zu wollen wäre frivol erschienen, eine Untugend, die nicht geduldet wurde im alten Péniel, dem strahlenden Licht in der Dunkelheit. Das galt allerdings nur im übertragenen Sinne: Die Straßen waren damals spärlich beleuchtet, weil nur ein einziges nächtliches Verhalten akzeptiert wurde: schlafen. Die Finsternis wurde während des Krieges, als totale Verdunklung obligatorisch war, noch tiefer. Jetzt tauchte das gelbe Licht der hohen Lampen alles in unterschiedliche Schattierungen von Gelb und Braun, und Péniels berühmte Monstrositäten gaben sich als architektonische Meisterwerke aus.

Nur ein Haus nicht. Ich stand davor. Separat, auf einem Hanggrundstück erbaut, zu beiden Seiten von Bäumen und Büschen flankiert, erschien es wie ein schwarzer Schatten vor dem Dunkel der Nacht. Es sah wie eine Festung aus. Die Rückseite, die zur Straße lag, hatte Fenster mit massiven Eisengittern. Vor dem Eingang und den Garagentoren verstärkte ein weiteres Gitter, ebenfalls aus Schmiedeeisen, das solide Eichenholz. Niemand hatte je den Zweck dieser Gitter herausgefunden. Manche meinten, sie dienten einzig der Dekoration, während andere auf Kostbarkeiten im Hause tippten, um deren Sicherheit Madame Arnaud besorgt sei. Niemand wagte je zu fragen. Was man wußte, war, daß Madame Arnaud in den frühen zwanziger Jahren das Haus im wesentlichen selbst entworfen hatte. Sie, eine ausgebildete Krankenschwester, war als junge Witwe und Mutter dreier kleiner Kinder auf Bitten von *Le Docteur*, dessen Patentochter sie war, nach Péniel gekommen, um die Leitung von *Les Papil-*

lons zu übernehmen. Sie hatte es nicht nötig, ihren Lebensunterhalt zu verdienen, da sie eine gute Witwenpension bezog und privates Vermögen besaß. Aber Frauen ihrer Herkunft und ihres gesellschaftlichen Rangs hielten wohltätige Dienste für eine heilige Pflicht. Zu Lebzeiten ihres Mannes war sie seine Gehilfin gewesen. Nach seinem Tod stellte sich ihr eine neue Aufgabe.

In Péniel hatten sich bereits andere Mitglieder ihrer Familie fest etabliert. Ihr älterer Bruder, François Cherbier, war Pastor der Dorfkirche. Ihr jüngerer Bruder, Docteur Pierre Cherbier, war gerade zum Assistenten und Radiologen des *Docteur* ernannt worden. Aber es war der Bruder ihres verstorbenen Mannes, Monsieur Guillaume Arnaud, der *chef médical*, der unbestrittene Geschäftsmann in dieser frommen Familie, der ihr das Grundstück verschafft hatte. Sie entwarf das Haus oder, genauer, sie diktierte ihre Wünsche einem Architekten, der ihr zunächst geraten hatte, an dieser Stelle überhaupt nicht zu bauen. Er hielt den Hang für zu steil und zu gefährlich. Doch Madame Arnaud wischte seine Einwände beiseite: »Große Bäume stehen aufrecht; ihre Wurzeln tragen sie, nicht wahr? Im Mittelalter hat man Burgen auf sehr viel steileren Bergen gebaut. Haben wir denn seitdem nichts dazugelernt? Das Haus wird eben gute Fundamente haben müssen.«

Und so wurde *Le Rocher* erbaut, ein Monument der Willenskraft und der Verwurzelung. Vor allem der Verwurzelung. Es sah aus, als klammere es sich unsicher an den Berg und drohe jeden Augenblick abzustürzen, aber es stand fest, so fest wie sein Name, tief in den Felsen eingebettet. Madame Arnaud wußte, was richtig war, was sie wollte und wohin sie ging. Hier und auch im nächsten Leben.

»Leute wie Madame Arnaud wissen, daß sie in den Himmel kommen.«

»Sie muß einen direkten Draht zum Allmächtigen haben«, lachte M'zelle Mireille.

»Was für einen Draht?« fragte Rachel, bekam aber keine Antwort.

»Wenn das so ist, lande ich lieber in der Hölle«, sagte M'zelle Mireille.

Sœur Madeleine flüsterte, aber Rachel hörte es trotzdem: »Red nicht so vor den Kindern.«

Warum nicht? Die Kinder wußten doch, daß es M'zelle Mireille dort nicht gefallen würde. Die Hölle ist sehr heiß und der Himmel groß und unendlich. Dort würde sie vielleicht Ginette begegnen, die dorthin gegangen sein mußte, als sie starb.

Plötzlich hatte ich genug. Ich ging rasch zum *Holiday Inn* zurück, nahm die Abkürzung durch den Bahnhof, der nun verlassen aussah, kaum benutzt und kaum beleuchtet. Ich war froh, als ich die hell erleuchtete Front des Hotels wiedersah.

»Raich!« hörte ich Paul rufen, als ich durch die Halle zum Aufzug ging. »Madame Arnaud wollte Sie wegen irgendwelcher Übersetzungen sprechen.«

Madame Arnaud war mir zuvorgekommen. Woher wußte sie, daß ich hier war? »Hat sie sonst noch etwas gesagt?«

»Ihr Mann hätte sie gebeten, anzurufen. Und ob Sie morgen früh mit ihr telefonieren könnten. Wie auch immer, kommen Sie und setzen Sie sich zu uns.«

Natürlich, es war Chantal, Madame Arnauds Schwiegertochter und Nichte, die mir die Nachricht hinterlassen hatte. Unter diesem Namen hatte ich von ihr noch nie gehört; für mich war sie nach wie vor Chantal Cherbier.

Als ich mich zu Paul und Alfredo setzte – sie sahen aus, als ob sie sich gegenseitig ein wenig langweilten –, verbreitete sich unser Chef noch weiter über das Telefongespräch. »Sie sollen nach neun Uhr nicht mehr anrufen. Stellen Sie sich das bloß vor! Die gehen offenbar mit den Hühnern ins Bett. Wissen Sie, diese Arnauds waren VIPs, als der Ort Behandlungszentrum für Tb war. Wir konnten nicht umhin, sie an einem Kongreß zu diesem Thema teilnehmen zu lassen. Ich bezweifle ja, daß sie zur Summe der Erkenntnisse etwas beitragen werden, aber irgend jemand in der Firma war der Meinung, daß wir ihnen die Ehre erweisen sollten, sie einzuladen. Was möchten Sie trinken?«

»Nichts, danke. Ich bin gerade von meinem ersten Erkundungsgang zurückgekommen«, sagte ich, ohne meine Vertrautheit mit Péniel, seinen Bewohnern und deren Gewohnheiten auch nur anzudeuten.

»Das kann nicht lange gedauert haben. Was tun die Leute eigentlich in diesem Nest, wenn kein Kongreß stattfindet?« fragte Alfredo verdrossen.

»Darüber weiß ich nicht mehr als Sie.« Oder vielleicht doch. Nachdem ich das verwandelte *Hôtel du Sud* gesehen hatte, hätte ich ihm sagen können, daß sich, im Vergleich zu früher, in Péniel eine ganze Menge tat. Doch ich wechselte, wie ich fand, geschickt das Thema, indem ich Paul bat, mir zu erklären, was genau man eigentlich unter ganzheitlicher Medizin zu verstehen habe. Alfredo, der schon den ganzen Abend mit ihm verbracht hatte, deutete durch ein Kopfschütteln einen etwas verspäteten Protest an. Als Paul sich für sein Thema erwärmte, wurde mir klar, warum es Alfredo lieber gewesen wäre, wenn ich nicht gefragt hätte. Keiner von uns beiden konnte dem philosophischen Geschwätz ganz folgen, das er mit der Inbrunst eines Predigers von sich gab: Seine Priesterausbildung war wahrlich nicht umsonst gewesen.

Aber während ich seinen frommen Ergüssen zuhörte, man müsse den ganzen Menschen behandeln, es sei unmöglich, für jeden Menschen, für jede Krankheit ein einziges Wundermittel zu finden, erkannte ich, daß trotz aller umwälzenden medizinischen Entdeckungen die hier und jetzt gestellte Frage – zumindest in dieser leicht verrückten Richtung, die Paul vertrat – den Fragen sehr nahe kam, die ich vor langer Zeit gehört hatte.

Als ich wieder in meinem Zimmer war, studierte ich das Programm, das mir Paul erst jetzt ausgehändigt hatte. Ich stellte – unter anderem – fest, daß Alfredo nur mit sechs Übersetzungen aus dem Spanischen und zwei aus dem Portugiesischen vertreten war. Hatte der ein Glück! Die vier Tage von Dienstag bis zum späten Freitagabend würde ich voll beschäftigt sein – ganz zu schweigen vom Montagabend, an dem alle Kongreßteilnehmer eintreffen sollten. Aus früheren Kongreßerfahrungen wußte ich, daß dabei Probleme ausgebügelt werden mußten, die keineswegs alle sprachlicher Natur sein würden.

Dann fielen mir zwei Programmpunkte ins Auge. Ich wußte bereits, daß Mathieu den Beitrag »Tuberkulose, eine Schweizer Investition« kommentieren würde. Aber er war auch als unser Führer für eine Besichtigung des alten Péniel beziehungsweise dessen, was davon noch übriggeblieben war, vorgesehen. Außerdem stand für Mittwoch ein besonderer Vortrag über Péniels Medizin- und Sozialgeschichte auf dem Programm. Ich stellte fest, wer ihn halten würde. Nein, keiner der ehemaligen oder heutigen Ärzte, wie man es für diese Aufgabe erwartet hätte. Es war niemand anders als die frühere *directrice* von *Les Papillons*: Madame Arnaud.

NEUN

Der Himmel war weiß und opak, mit durchsichtigen Flecken gesprenkelt. Schnee bedeckte die Terrasse, auch ihr Bett. Er fiel auf ihr Gesicht, drang ihr in die Nase, die Augen. Sie war blind, als sie höher und höher zum Himmel hinaufglitt.

Plötzlich zerriß die weiße Undurchdringlichkeit wie dicke Baumwolle in Fetzen rauchigen Nebels und enthüllte eine Landschaft, die feucht und grau war. Über ein dünnes, wackliges Gleis, das zwei Berge miteinander verband, bewegte sie sich auf den rauhen Felsen zu. Schluchten, schwarze Spalten, schleimige braune Flecken, die teilweise mit einem Verband von Schnee bedeckt waren. Rohes, purpurnes Fleisch, wo ein Mund hätte sein sollen.

Lupus!

»Spiel mit Kirsten. Sie ist ein kleines Mädchen, das Freundinnen haben möchte, genau wie du. Gott hat sie geschaffen, so wie er dich geschaffen hat.«

Warum hatte Gott ihr ein solches Gesicht geschaffen? Rachel konnte es nicht über sich bringen, die Hand zu berühren, die diese Haut angefaßt hatte. Sie konnte es nicht ertragen, die schauerliche Maske anzublicken, die Kirsten trug, die Maske, die ihr Gesicht war. Kirsten konnte nicht lächeln: Sie hatte keinen Mund. Sie konnte nicht riechen: Sie hatte keine Nase. Wo Augen hätten sein sollen, waren tiefe, rotgeränderte Schlitze. Aber Kirsten konnte sehen. Sah sie, was Rachel empfand? Sie konnte weinen. Ihre Tränen rollten die unebene, schwärende, faulige Fläche hinab.

Das Geräusch der Tränen hörte sich an wie Wasserfälle, die den Berg herunterstürzten; es wurde immer lauter.

Am Rande des Bewußtseins, kalt bis auf die Knochen, aber in Schweiß gebadet, wurde mir klar, daß das Wassergeräusch real war. Ich setzte mich auf: Es war Regen, strömender Regen. Ich konnte ihn auf das Dach, auf die Terrasse vor dem Fenster trommeln hören. Immer noch benommen stieg ich aus dem Bett und ging durch die Terrassentür, die wie immer in Péniel über Nacht offenstand. Der Regen floß in Strömen die Straße hinunter und führte Steine mit sich, Schotter, Erdklumpen. Ich fühlte, wie der Schweiß auf meinem nylonumhüllten Körper zu Eis wurde. Meine Uhr zeigte fünf nach halb sechs. Frühstück wurde erst ab sieben Uhr serviert. Ich schlüpfte wieder unter die Decke, die sich nun kalt und feucht anfühlte.

Der Traum hatte die Erinnerung an etwas längst Vergessenes zurückgebracht: Kirsten, ein schwedisches Kind, das im Dorf wohnte. Wegen ihres Gesichts, entstellt von der Krankheit, die bei uns im Körper oder in den Gliedern verborgen war, hatten ihre bäuerlichen Eltern sie verstoßen. Von hinten sah sie ganz normal aus, wenn sie ihren stets mit einem Hut bedeckten Kopf zu ihrer liebevoll lächelnden Adoptivmutter hochreckte, die sie trotz des scheußlichen Lupus im ganzen Gesicht und am Hals zu lieben vermochte.

Fröstelnd lag ich in meinem Bett, bis mir einfiel, daß ich meine Zeit mit einem warmen Bad besser nutzen könnte. Ich mußte mich auf meine Begegnung mit den Arnauds vorbereiten, denen ich gelassen und beherrscht gegenübertreten wollte. Sie hatten das kaum nötig. Warum sollten sie sich meinetwegen Gedanken machen? Auf Péniel war eine Menge Regen gefallen, seit ich es verlassen hatte.

Ich hatte unrecht – oder recht oder beides. Es machte mich traurig, aber es war auch lustig, wie eine Verwechslungskomödie. Als ich zu angemessener Zeit um neun Uhr bei den Arnauds anrief, eröffnete ich das Gespräch etwas ungeschickt mit der Feststellung, das Hotel habe mir die Nachricht übermittelt. Chantal – Gott sei Dank war sie es, die den Anruf entgegennahm – sagte mir, daß sowohl *le docteur* Arnaud als auch ihre Schwiegermutter, Madame Arnaud, mit der Dolmetscherin zusammentreffen wollten, die man ihnen avisiert habe. Sie hatte nicht die leiseste Ahnung, daß diese Madame »Rège«, wie sie mich anredete, ihr bekannt war.

Das Gespräch mit Paul mußte ungefähr so verlaufen sein: »Die Dolmetscherin ist im Augenblick nicht im Hotel. Sobald sie zurück ist, sage ich ihr, sie solle Sie anrufen.«

»Wie heißt sie?«

»Raich«, mußte er geantwortet haben. Was sonst?

Jetzt fragte sie mich in jenem leicht herrischen Ton, den alle Arnauds gegenüber Leuten anschlagen, die für sie arbeiten – oder, wenn ich es recht bedenke, generell anderen gegenüber: »Wann können Sie Madame Arnaud aufsuchen? Sie pflegt nach dem zweiten Frühstück zu ruhen.«

»Zwischen zehn und elf. Würde das passen?« Chantal war im Begriff aufzulegen, als ich, immer noch etwas verwirrt, beschloß, mich doch lieber vorzustellen. »*Attends* … ich bin es – Rachel. Ich bin die Dolmetscherin.«

Am anderen Ende der Leitung herrschte bestürztes Schweigen, bevor Chantal stammelte: »Rachel? … *Mais comment?* … Das ist ja nicht zu glauben!«

Ich selbst war auch nicht eloquenter. »Ich sehe dich in einer Stunde« war alles, was ich sagte.

Als sie aufgelegt hatte, sah ich auf den Hörer in meiner Hand und dachte: So leicht ist das! So findet man den Anschluß wieder. Man braucht nur ein Flugzeug, einen Zug, ein Telefon, um dort weiterzumachen, wo man einst aufgehört hat. Was könnte einfacher sein?

Es regnete immer noch, als ich denselben Weg nahm wie am Abend zuvor. Der Pfad, voller gelockerter Kieselsteine und Schlamm, der sich teils in Lehm verwandelt hatte, war noch unsicherer geworden. Als ich in die verborgene Abkürzung zur Place de la Cure einbog, stieß ich auf zwei spielende Buben. Sie hatten eine Rinne in den weichen, unebenen Boden gescharrt, um ein kleines Flußbett zu schaffen, und dann das schmutzige Wasser in einer rostigen Blechdose gesammelt, die sie in die Grabensohle gestellt hatten. Dann und wann wurde ein Hindernis hinzugefügt, ein Stein oder ein Stück Holz. Die beiden waren ganz in ihre Beschäftigung vertieft und äußerst konzentriert. Jetzt hob einer von ihnen den Kopf. In dem verschmierten Gesicht nahm ich einen Ausdruck reinen Vergnügens wahr.

Wir hatten niemals auf der Straße mit schmutzigen Dosen und Regenwasser gespielt. Unsere Umgebung war antiseptisch und steril, weiße Laken und abwaschbares Spielzeug – so etwa die geltende Theorie. Aber wir erzeugten unseren eigenen speziellen Schmutz: den Schmutz von Bettpfannen, von übelriechenden Körpern und ungewaschenen Händen. Im Vergleich dazu erschien der Schmutz der Straße fast verlockend sauber.

Mathieu brachte ihr eine Raupe und tat sie in ihr Zahnputzglas. Zuerst hatte sie Angst, das Tier anzufassen, aber dann tat sie es doch. Es kitzelte ihre Hand. Mathieu hatte etwas Erde und ein Blatt in seinem Taschentuch. Sie preßte die Erde in das Glas, wollte den kühlen, feuchten, rauhen Lehm spüren, der voll winziger Steinpartikel war.

»Enlève donc cette saleté!« *In Sœur Andrées Gesicht malte sich Ekel. Sie drohte Mathieu, sie werde es seiner Mutter sagen, wenn er die Raupe nicht fortschaffe. Sie entriß Rachel das Glas und ließ es Mathieu im Garten ausleeren.*

Ich konnte den Garten von meinem Bett aus sehen, durch das Seitenfenster des *dortoir*, sogar ohne den Spiegel zu Hilfe zu nehmen. Aber ich konnte die Schritte dorthin nicht tun, um den Boden mit den Füßen zu berühren oder mit den Händen zu fühlen. Damals jedenfalls nicht, nicht als ich im Alter dieser Buben war. Ich hatte plötzlich die größte Lust, mitten in eine Pfütze zu treten, mit beiden Schuhen, aber da mir wieder einfiel, zu wem ich unterwegs war, tat ich es nur mit der Spitze meines Stocks.

Ein wenig beklommen stand ich vor *Le Rocher*, doch bevor ich den langen schwarzen Griff der altmodischen Türglocke gezogen hatte, öffnete Chantal die Tür. Sie war stattlicher geworden, breiter, aber sie vermittelte weniger den Eindruck von Korpulenz als den von Stärke. Ich bin durchschnittlich groß, doch neben ihr fühlte ich mich klein. Ihr dunkles, leicht silbergesträhntes Haar war nach hinten zu einem langen, dicken Chignon gebunden, der ihren anmutigen Hals betonte. Was war es nur, was mir an ihr fremd und trotzdem vertraut vorkam? Chantal war schön gewesen, war es immer noch, auf statuenhaft klassische Weise. Eine Aura extremer Tüchtigkeit hatte jene elegante Anmut ersetzt, die sehr groß gewachsene Mädchen manchmal haben, wenn ihre Größe sie nicht unsicher macht. Man hatte das als ihre *manière de princesse* bezeichnet. Ja, sie erinnerte jetzt eher an ihre Tante, ihre Schwiegermutter, Madame Arnaud, als an das Mädchen, das ich gekannt hatte, das einmal meine Freundin gewesen war.

Den Arm um meine Schulter legend, sagte sie mir, wie *merveilleux* es sei, mich wiederzusehen, und wie überrascht sie gewesen sei, als sie entdeckt habe, wer sich hinter dieser »Rège« verberge! »Komm, meine Liebe. *Allons voir Tante Aline.*«

Sie nannte sie tatsächlich immer noch so! Ich hatte schon darüber nachgedacht.

Wir stiegen die Treppe zu den Wohnräumen hinauf, die im oberen Stock des Hauses lagen. So wie es gebaut war, praktisch mit der Rückseite nach vorn, war das Haus noch größer, als es von der Straße her erschien. Die Halle wirkte wie eine Kunstgalerie: An den hohen weißen Wänden hingen Aquarelle, alte Stiche und Ölgemälde in schweren Goldrahmen. Einige Skulpturen standen auf Sockeln, umgeben von gepflegten Grünpflanzen. Der Terrakotta-Fußboden war mit Orientbrücken bedeckt.

Auf dem Treppenabsatz blieben wir vor einer Doppeltür aus Räuchereiche stehen. Chantal öffnete die äußere Tür und klopfte an die innere.

»*Entrez!*« ließ sich eine dünne Stimme vernehmen.

Der Raum war unverändert: Die Louis-Philippe-Möbel schienen alle noch an ihrem alten Platz zu stehen, so wie ich es in Erinnerung hatte. Der gläserne Kronleuchter war eingeschaltet – zweifellos wegen des schauerlichen Wetters – und ließ alles so hell erscheinen, daß ich sekundenlang blinzeln mußte. Zumindest glaube ich, daß das der Grund war. Ein großer verglaster Bücherschrank nahm eine ganze Wand ein. Über dem steinernen Kamin hing ein fast zwei Meter hohes Porträt jenes merkwürdig geisterhaften Mannes, der nie in Péniel gelebt hatte. Er hatte an einer der Universitäten in der Ebene Theologie gelehrt, bevor seine Witwe die Leitung von *Les Papillons* übernahm. Ich war mir darüber klar, daß die meisten Entscheidungen, die mein Leben betroffen hatten, von seiner unsichtbaren Präsenz abhängig gewesen waren. Diese dunkle, hoch aufgerichtete Erscheinung war Madame Arnauds *éminence grise* gewesen und mußte einen starken Einfluß auf sie gehabt haben – einen Einfluß, der seinen Tod lange überdauerte: Im Leben wie im Gebet und in der Arbeit folgte sie seinen Prinzipien, die nach den Normen ihrer Welt unfehlbar waren.

Sie saß in einem großen Lehnsessel, das Gesicht voller Runzeln, das Haar so weiß wie die Wand. Wie alt sie aussah und wie krumm, dachte ich, als ich mich ihr näherte. Ohne zu lächeln, streckte sie eine blau geäderte Hand aus. Impulsiv hatte ich meinen Stock auf den Boden gelegt, um beide Hände frei zu haben, ergriff ihre Hand mit der Rechten und bedeckte sie mit der Linken. Madame Arnaud war zusammengeschrumpft, sie sah jetzt so klein aus. Aber ihre Augen waren, wie sie immer gewesen waren: kalt und durchdringend. Sie blickten mich an, doch ich hatte den Eindruck, daß sie mich nicht wahrnahmen.

»Bonjour, Madame, avez-vous fait bon voyage?« Sie fragte, als sei ich gerade von einem Wochenendausflug zurückgekehrt.

Ich dankte ihr. Wußte sie, wer ich war?

»Et votre tante, elle va bien?«

Wenn sie nach Tante Beatrice fragte, kannte sie mich sicherlich. Meine Kehle verengte sich – wie früher.

Sie zeigte auf einen Stuhl am anderen Ende des Zimmers und wies mich mit einer Handbewegung dorthin. Einen Augenblick dachte ich daran, den Stuhl zu nehmen und näher heranzurükken, aber dann setzte ich mich einfach hin. Wir blickten einander an, mehrere Meter voneinander entfernt, doch es war nicht nur die räumliche Entfernung, die uns trennte, sondern auch die Distanz der Zeit und der Beziehung. Ich fragte mich, wo Chantal abgeblieben war.

»Erzählen Sie mir von sich, was Sie tun«, forderte sie.

Das tat ich – oberflächlich. Ich konzentrierte mich auf Tante Beate, die entzückt gewesen wäre, wenn sie mir hätte zuhören können. Ich sprach über meine Arbeit, den Grund meiner Anwesenheit in Péniel, daß ich gegenwärtig nicht in New York, sondern in London lebte. Da ich vermutete, daß sie von meiner Ehe wußte, erwähnte ich meine Scheidung. Im Grunde war es egal, was ich ihr erzählte – sie hörte höflich zu, unterbrach mich nur dann und wann, um sich irgend etwas genauer erklären zu lassen. Aber war sie wirklich interessiert?

Nach zwanzig Minuten erschien Chantal, wurde aber sogleich wieder fortgeschickt. »Bring uns bitte etwas Obst.« Ihre Abwesenheit schien eine Ewigkeit zu dauern. Als sie mit einer Schale voll Äpfeln, Birnen und Pflaumen und drei kleinen Tellern zurückkehrte, kamen wir endlich auf den Kongreß zu sprechen. Ich brauchte die Frage gar nicht zu stellen. Die Antwort kam schon vorher. »Mathieu konnte heute morgen nicht kommen. Es tut uns leid, daß du mit ihm nicht über seinen Vortrag sprechen kannst«, sagte Chantal, die mir den Rücken zuwandte, während sie Madame Arnaud die Obstschale hinhielt. »Er hätte seinen Kommentar gern hier für dich bereitgelegt, aber er hat noch keine Zeit gehabt, ihn zu schreiben. Er ist nicht eben glücklich darüber, daß er englisch sprechen soll. Er möchte gern wissen, wie das läuft, wenn nicht simultan gedolmetscht wird.«

Hier fühlte ich mich auf sichererem Boden. Ich erklärte ihnen, daß ich seinen Beitrag in Übersetzung vorlesen würde, entweder in vereinbarten Intervallen oder am Ende als ganzen, je nachdem, was leichter zu verstehen sei. Das schien Chantal zu befriedigen.

Unser Gespräch stockte. Ich blickte auf den Boden und wartete. Ich überlegte, wie ich meine Frage nach Madame Arnauds eigenem Beitrag formulieren sollte, doch wieder erwies sich meine Frage als überflüssig. Madame Arnaud würde ihren Vortrag auf französisch halten und mich danach ins Englische übersetzen lassen. Er würde sehr einfach sein, ein vorbereiteter Text sei unnötig. Sie brauche keinen, und auch sonst brauche niemand einen. Ich sei Dolmetscherin und wisse, wie man das mache, *»n'est-ce pas?«* Dann stellte sie ihren Teller auf den Tisch neben ihrem Sessel. *»Eh oui«*, sagte sie, ein verbaler Manierismus, den ich immer mit ihr in Verbindung gebracht hatte, »ich werde Sie also am Mittwoch in Ihrer beruflichen Eigenschaft erleben.«

Ich war entlassen.

Ich erhob mich und streckte zögernd die Hand aus, was ich, wie man mir einst beigebracht hatte, bei einer Person, die älter oder bedeutender war als ich, niemals als erste tun durfte.

Sie nahm sie kraftlos. Und ohne mich anzusehen, wandte sie sich an Chantal und befahl ihr, mich in mein Hotel zurückzufahren, da es wieder regnete.

»Natürlich«, sagte Chantal, *»viens, ma chère«*, und begleitete mich hinaus.

Im Auto fragte sie: »Kann ich dich zu uns zum Mittagessen einladen?«

Ich antwortete, daß ich, wenn am Montag die Kongreßteilnehmer einträfen, tagsüber unmöglich wegkönne.

»Wärest du nicht vorher mal frei? Vielleicht Sonntag? Wollen wir uns in der Kirche treffen, nach dem Gottesdienst?« Sie setzte voraus, daß ich in die Kirche ging; jeder tat das in ihrer Welt.

Warum eigentlich nicht? Ich konnte auch in diese Kirche zurückkehren. Es gehörte ja alles zu meiner Rückkehr nach Péniel, nicht wahr? *»Eh oui, et pourquoi pas?«*

Ich fühlte mich fast kindlich gerührt von Chantals Einladung. Es war immer so gewesen: Man freute sich über die Brosamen! Aber sobald ich allein war, überkam mich ein sonderbares Gefühl von Leere. Die Begegnung mit Madame Arnaud hatte mich zutiefst verstört. Es war, als ob ich niemals fort gewesen wäre, zugleich aber auch, als ob ich nie hier gelebt hätte. Was hatte ich erwartet? Schließlich erinnerte ich mich nur allzu gut an die Verhaltensregeln gegenüber Patienten.

Wir dürfen uns mit den uns Anvertrauten nicht einlassen. Wo kämen wir hin, wenn wir das täten? Dafür sind wir nicht da. Sie kommen und gehen. Wir bleiben. Wir sind nur dazu da, ihre Körper zu heilen, und damit wir bei dieser Aufgabe Erfolg haben, müssen ihre Seelen gestärkt werden, so daß sie eines Tages unabhängig von uns allein bestehen können.

Ich hatte gewußt, daß man mich nicht mit offenen Armen empfangen würde. Aber Worte wie *Madame, vous* und ein Satz wie *Avez-vous fait bon voyage?* stellten einen bewußten Distanzierungsversuch dar und wirkten ähnlich wie die Aufforderung, man solle dorthin zurückkehren, wo man hergekommen war. Ich, die ich die Kühnheit besessen hatte, etwas anderes anzunehmen, hielt Péniel immer noch für meine Heimat, womit ich den Ort meinte, von dem ich ausgegangen war – auch wenn es kein Ort der Liebe war, kein Ort, in dem ich Liebe erfahren hatte, sondern ein Ort, in dem mir Leid zugefügt worden war.

Und plötzlich geschah etwas in mir, etwas, das mir in der Ebene auch bei übelster Provokation niemals widerfahren war, etwas, das Tante Beate mit ihren schlimmsten Herausforderungen nicht hervorzurufen vermochte, etwas, das während meiner ganzen Ehe und während der Scheidung in Schach gehalten worden war, etwas, das ich seit meinem Abschied von Péniel niemals an die Oberfläche hatte dringen lassen: Ich fühlte, wie ein unkontrollierbarer Zorn in mir aufstieg, ein Augenblick so heftiger Wut, daß ich imstande gewesen wäre, alles zu tun – wie ich es zu meinem Schaden einmal erlebt hatte.

Zum Glück war ich in diesem Augenblick allein und konnte nur im Geist einen imaginären Dialog wiederholen, einen Dialog, der niemals stattfinden würde, in dem ich Madame Arnaud unverblümt ins Gesicht sagte, was ich von ihr hielt, und in dem *ich* das letzte Wort haben würde.

»Warum nennen Sie mich nie bei meinem Namen?« Zuerst war ich *la petite* gewesen, dann *Mademoiselle* und jetzt *Madame*.

»Sie gehören nicht zu uns, Fremde, und Sie sind kein Kind, auf dessen Namen es ankommt. Ich rede Sie in einer Weise an, die unmißverständlich den Unterschied zwischen uns deutlich macht.«

»Aber Sie kennen mich schon so lange, länger und besser, als meine Eltern mich gekannt haben. Und trotzdem mochten Sie nicht Tante Aline genannt werden, nur von ihren Neffen und Nichten, die mir als vierjährigem Kind sagten, daß ich niemals das vertrauliche *tu* benutzen dürfe und Sie immer mit *vous* anreden müsse.«

»Ich bin nicht Ihre Mutter. Wir wünschen keine Vertraulichkeit mit Ihnen. Sie gehören nicht zu uns. Wir vertreten diesen Standpunkt zu Ihrem eigenen Besten.«

»Und Sie wußten, was zu meinem Besten war? Wie Gott selbst! Als Sie mich fragten: ›*Madame, avez-vous fait bon voyage?*‹, erwarteten Sie, daß ich leichthin antworten würde: ›*Oui, merci. J'ai fait très bon voyage.*‹ Sie wären vor Abscheu zurückgewichen, wenn ich ehrlich geantwortet hätte, daß meine Reise alles andere als einfach war, voller Hindernisse und Unfälle, daß die Straße häufig unpassierbar war, daß mir oft der Schiffbruch drohte. Haben Sie, bevor ich meine Reise antrat, überhaupt darüber nachgedacht, wohin ich gehen würde? Oder war das für Sie ohne jede Bedeutung?

Nun, ich weiß etwas, das Sie nicht wissen: Sie, die Sie glauben, Gott habe Sie auserwählt und diese Wahl habe Ihnen eine besondere, nahezu göttliche Weisheit verliehen, Sie haben die furchtbarste aller Sünden Ihres calvinistischen Glaubens begangen: die Sünde des Stolzes. Und was noch schlimmer ist: Wie eine Heidin sind Sie sich dessen nicht bewußt!«

ZEHN

»*...nés dans l'esclavage du péché, enclins au mal, incapables par nous-mêmes de faire le bien, nous transgressons tous les jours et de plusieurs manières tes saints commandements, attirant sur nous, par ton juste jugement, la condamnation et la mort ...*« Die strenge calvinistische Auffassung von der bösen und verderbten Natur des Menschen, die unweigerlich die furchtbare Vergeltung Gottes herausfordert, wurde mit kummervoller Stimme von der Kanzel verkündet.

»*O Christ, Agneau de Dieu, qui ôtes les péchés du monde ... Aie pitié de nous misérables pécheurs!*«

Einen quälenden Augenblick lang falteten sich meine Hände zu stummem Gebet, während die dissonanten Stimmen singend um Vergebung flehten, ein langgezogenes polyphones Wimmern von einer halben Note zur anderen. Auch die Erwählten Gottes müssen Augenblicke der Ungewißheit ertragen, so wie Christus im Garten Gethsemane. Dann schlug eine Schar vorwiegend marineblauer und grauer Rücken vereint gegen das knarrende Holz der Banklehnen.

»*Il n'y a donc maintenant aucune condamnation pour ceux qui sont en Jésus Christ!*« Mit bebender Stimme, in der fromme Freude und göttlicher Triumph schwangen, verkündete der Pastor einer erleichterten Gemeinde der Erwählten die Gnadenbotschaft: Nun war alles gut für diejenigen, die ihr angehörten. Das Paradox des Christentums war wieder einmal auf ein Happy-End reduziert worden. Von der Sünde gereinigt, konnten wir uns nun, da der unbehagliche Teil des Gottesdienstes vorüber war, entspannen und dem Wort Gottes lauschen. Alles übrige hing nicht von uns ab, es würde sich ergeben – wenn man zum Glauben berufen war.

»Der Kern der Sünde ist, daß es dem Menschen an Glauben mangelt. Nur dies. Nur der Glaube erlöst, nichts sonst. Nicht einmal Leiden, nicht einmal Güte. Gott allein ist vollkommen, und wir werden vollkommen durch Ihn. Wenn ihr glaubt, werdet ihr gerettet. Betet zu Gott, daß Er euch Seine Gnade schenkt. Betet, daß euch Glauben gegeben wird.«

Nein! Ich will keinen Gott, der lediglich Leichtgläubigkeit von mir fordert.

Die Zeit hatte stillgestanden. Die letzten vierunddreißig Jahre waren verschwunden, und wieder saß ich in der kleinen Bergkirche, ein angestrengt nachdenkendes, schwächliches, mutloses Mädchen, abhängig vom guten Willen aufrechter Männer und Frauen wie denen, die die heutige Gemeinde bildeten. Es waren dieselben farblosen Wände, die gedrungenen, plumpen Steinpfeiler, das geschwungene Gewölbe, das sich zu den Fenstern neigte, durch die wie damals auf der einen Seite ein schmaler Sonnenstrahl tanzende Staubkörnchen beleuchtete. Nichts an der Architektur milderte die Strenge, die zu den Worten paßte. Nicht einmal ein Kreuz. Denn ein Querholz über einem Langholz hätte von manchen für ein Götzenbild gehalten werden können.

Aber heute schmückten Herbstblumen zusammen mit Getreidegarben, Früchten und Gemüse beide Seiten des Abendmahlstisches, auf dem das grob geschnittene Brot und der Silberkelch bereitstanden. Seit ich anderswo lebte, in der Ebene, hatte ich den christlichen Kalender fast ganz aus den Augen verloren. Bis zu dem Augenblick, als ich den *temple* betrat und man mir ein grünes Blättchen in die Hand drückte, hatte ich nicht realisiert, daß Erntedankfest war, die einzige Feier, die für alle Religionen, alle Glaubenden gleichermaßen akzeptabel ist. Sie waren von überallher gekommen, stellte ich fest, als ich mich umsah, Leute, zu denen ihr Sonntagsstaat nicht recht passen wollte: Es waren Bauern, die Erzeuger der Produkte, die wir hier gemeinsam segnen sollten.

Der Pastor verkündete, daß der heutigen Predigt ein Text aus dem Johannesevangelium, Kapitel sechs, Vers dreiunddreißig, zugrunde liege: »*Car le pain de Dieu est celui qui descend du ciel, et qui donne la vie au monde.*«

Voller Unbehagen lehnte ich mich gegen das harte, blanke Holz der letzten Bank am äußersten Ende der Kirche, »*le banc des curieux*«, wie Madame Arnaud sie verächtlich zu nennen pflegte. Dorthin setzten sich die Leute in der Regel, wenn sie, aus welchem Grund auch immer, den *temple* besuchten, ohne ganz am Gottesdienst teilzunehmen: weil sie sich vorm Abendmahl drücken wollten, weil sie einer anderen Konfession oder Religion oder überhaupt keiner angehörten oder weil sie nur eben hereingekommen waren, um dem Geschehen zuzusehen. Es waren Madame Arnauds Worte in meinem Gedächtnis, die mich dazu veranlaßt hatten, diesen Platz zu wählen, nicht nur eine Haltung kindlichen Trotzes, sondern weil ich das Gefühl hatte, dorthin zu gehören, zu den Zuschauern, den Außenseitern, wenn man so will, zu den *curieux*. Ich hatte immer noch im Ohr, was sie auf dem Weg zu ihrem angestammten Platz unterhalb der Kanzel zu sagen pflegte, wo sie auch jetzt sitzen mußte: »Was glaubt ihr, was der Pastor empfindet, wenn er zu den hinteren Reihen predigen muß, während die vorderen leer bleiben?«

Madame Arnaud wußte natürlich, was Pastoren empfanden. Sie war schließlich die Witwe, Mutter, Tochter, Enkelin, Nichte, Schwester, Tante und der Himmel weiß, was sonst noch, von Pastoren. Auch Solange hätte, wäre sie ein Sohn gewesen, mit ziemlicher Sicherheit ein geistliches Amt angetreten wie fast alle männlichen Mitglieder der Familie Arnaud-Cherbier in Vergangenheit und Gegenwart. Die ganze Sippe konnte man der Elite der Erwählten zurechnen: gestern, heute und immerdar. Amen! Es kam vor, daß die göttliche Gnade mal einen Verwandten überging, darunter bemerkenswerterweise Madame Arnauds Bruder, das schwarze Schaf Docteur Pierre Cherbier, von dem es zu meiner Zeit hieß, er sei wie wir übrigen der Verdammnis anheimgegeben. Doch galt in der Regel ein Cherbier oder ein Arnaud als Quell göttlicher Gnade.

Ich hatte zwei der professionellen Gottesmänner der Familie siebzehn Jahre lang gekannt – ein bloßes Nichts im Vergleich zur Ewigkeit. Zu ihnen zähle ich nicht Leute wie Mathieu, der in einer Lebensphase, in der man sich für einen Beruf entscheidet, die Medizin dem geistlichen Amt vorzog und vorübergehend in gefährlich gottlose Gesellschaft geriet. Das würde eine völlig andere Liste ergeben. Ich meine nur die Mitglieder der Familie, die schließlich geweiht wurden.

An erster Stelle war Madame Arnauds »guter« Bruder Vincent zu nennen – Chantals Vater –, der Pastor dieses *temple* war, als ich noch sang: *»Je suis petit, mais que m'importe! Du bon berger, je suis l'agneau.«* Er starb, bevor ich zu den Erwachsenen-Chorälen übergegangen war, lange bevor ich das Singen oder andere künstlerische Betätigungen wie das Anfertigen von Mosaiken auf dem Rücken anderer Leute aufgegeben und begriffen hatte, wie man die Sprache ebenso leicht zur Selbstverherrlichung mißbrauchen kann wie zu theologischen Zwecken.

Der andere war Frédéric, Madame Arnauds ältester Sohn, der gezögert hatte, bevor er sich entschied, welche Berufung Gott für ihn bestimmt haben mochte: Körper oder Seelen zu retten. Man wußte nichts Konkretes. Es hieß, daß er sich an der medizinischen Fakultät allzu intensiv mit ersteren – mit weiblichen Körpern, um genau zu sein – beschäftigt hätte, so intensiv, daß er bei den Examen durchfiel. Doch wurde sein Versagen weder auf diese Neigung noch auf Unfähigkeit oder Faulheit zurückgeführt, wie dies bei Sprößlingen weniger bevorzugter Familien der Fall gewesen wäre. Man hielt es wohl für ein göttliches Zeichen. Er verzichtete auf alles Körperliche, um Geistlicher zu werden – ein Schritt, der ihm durch die Beziehungen der Familie nicht nur zum Allmächtigen selbst, sondern auch zu theologischen Fakultäten erleichtert wurde. Nachdem er geweiht worden war, wurde er nach einem kurzen Zwischenspiel in Péniel dazu berufen, das Wort Gottes unter den Heiden in Afrika zu verbreiten, wo er meines Wissens für immer blieb.

Als ich einmal eine Gruppe frankophoner Afrikaner in halboffizieller Funktion begleitete, lernte ich einen jungen Mann aus dem kamerunischen Dorf kennen, von dem ich wußte, daß Freddys Mission dort angesiedelt war.

»Sind Sie ihm schon mal begegnet?« fragte ich.

»Sie meinen den mit der Vorliebe für junge Mädchen?«

»Ach ja? Erzählen Sie mal ...« Er war also zu seinen alten Gewohnheiten zurückgekehrt.

»Er erging sich in langen und langweiligen Predigten, als ich noch zur Schule ging«, lautete die ausweichend taktvolle Antwort.

Diese Beschreibung traf auch auf den heutigen Vortrag zu. Der Pastor, der die Liturgie so eindrucksvoll gesprochen hatte, redete in einer weitschweifig monotonen und zusammenhanglosen Art, griff auf Anekdoten und Klischees zurück. Zugegeben, ich war nicht sonderlich konzentriert; meine Gedanken, angeregt von der Umgebung, wanderten respektlos um den Stammbaum der Arnauds. Ich bezweifle jedoch, daß ich dem Gedankengang des Gottesmannes hätte folgen können, selbst wenn ich es versucht hätte. Im Unterschied zu einem Arnaud oder Cherbier schien ihm irgendwie die Gewißheit zu fehlen – trotz des aufmunternden Lächelns, mit dem er uns bedachte, als er das Brot mit der Gnade Gottes verglich, »bei dem alle Dinge möglich sind«.

Als die Predigt endlich vorüber war, kramten die Gemeindemitglieder in ihren Taschen nach Münzen. Ich blieb während des Abendmahls auf meinem Platz. Die meisten Leute erhoben sich und gingen, von leiser Orgelmusik begleitet, nach vorn, um an der *Sainte Cène*, dem Abendmahl, teilzunehmen. Durch die Lücken der verlassenen Plätze hatte ich nun einen guten Blick. Einige Leute kamen mir bekannt vor, obwohl ich den Gesichtern keine Namen geben konnte. Doch da war auch Madame Lapent. Sie wurde von einem sehr alten Mann begleitet, so krumm, daß sein Kinn die Brust berührte; es konnte sich nur um meinen einstigen Lehrer handeln. Ich sah ihn zur Seite treten, um ihr den Vortritt zu lassen, eine knöcherne Hand in einer beiläufigen Geste der Vertrautheit und hilfloser Gebrechlichkeit auf ihrer Schulter. Wie viele Generationen undankbarer Schüler, fragte ich mich, mochten zu diesem Aussehen beigetragen haben?

Andere kehrten bereits zu ihren Plätzen zurück. Eine bleichgesichtige Frau unbestimmten Alters, die ein graues Kammgarnkostüm von irgendwie männlichem Schnitt und das Haar in strengen Flechten um den Kopf trug, kam in meine Richtung. Als sie in ihre Reihe schlüpfte, bemerkte ich ein blondes Mädchen mit der gleichen milchigen Gesichtsfarbe, den gleichen schieferblauen Augen, das aufstand, um sie vorbeizulassen. Das Kind erinnerte mich mehr als die Mutter daran, wer die Frau war: Véra Drieux, deren Vater der für die orthopädischen Hilfsmittel zuständige Fachmann gewesen war: die Krücken, die Schuhe und all die Mechanismen, die uns an unsere Betten fesselten oder uns mit Gewichten festhielten. Er war auch Kirchenältester – oder war es gewesen. Er mußte längst tot sein.

Véra und ich waren Freundinnen gewesen, wenn man eine Beziehung zwischen Ungleichen Freundschaft nennen konnte. Mit Billigung ihres Vaters besuchte sie uns, bot uns an, Besorgungen für uns zu machen, uns Bücher und Süßigkeiten zu bringen. Sie war voller sogenannter christlicher Nächstenliebe. Und das war das Problem. Sie gab sich die größte Mühe, mich zu bekehren. Mein Seelenheil wurde zu einer Herausforderung, von der, so schien es, ihr eigenes abhing. Um Véra Gerechtigkeit widerfahren zu lassen: Sie unterschied sich von all den anderen, die meine Seele retten wollten, die bereit waren, ihren Jesus mit mir zu teilen, aber stets sorgfältig darauf achteten, daß zusammen mit Ihm nichts wirklich Wichtiges in ihrem Leben – ihr Zuhause, ihre Freizeit oder ihr Ansehen – mit mir in Berührung kam. Ich wäre Véra mit Freuden gefällig gewesen, wenn es nur darum gegangen wäre, sie glücklich zu machen. Aber wie konnte ich das, wenn die Voraussetzung dafür die göttliche Gnade war?

»Que la grâce de notre Seigneur Jésus Christ, et l'amour de Dieu le Père, et la communion du Saint Esprit soient avec vous tous. Amen!« Nach dem Segen ließ der Pastor wie ein riesiger Rabe, der seine Flügel schließt, die flatternden Ärmel seines

Talars senkrecht herunterfallen. Dann erklang der Erntedank-Choral, den wir Kinder früher als Tischgebet gesungen hatten, »*Toi qui dispose, de toute chose*«, worauf der Pastor mit einstudierter Feierlichkeit die Stufen hinabstieg und dann zur Tür schritt, die unterdessen weit geöffnet worden war.

Während die triumphierende Orgelmusik nun selbst dem Zuklappen von Gesangbüchern und dem Schlurfen von Füßen noch Würde verlieh, schob sich die Gemeinde, ein wenig benommen von der Atmosphäre nachklingender Frömmigkeit, mit blinzelnden Augen langsam in den Sonnenschein hinaus.

Ich sah zu, wie sie im Gänsemarsch an mir vorüberzog, und überlegte, wo ich auf Chantal warten sollte. Aber als Véra ganz nah an meinem Platz vorbeiging, erhob ich mich rasch und berührte sie am Arm.

Sobald sie meiner ansichtig wurde, malten sich Wiedererkennen und Überraschung in ihren Zügen, aber keine Freude. »*Tiens, Rachel!* Was machst du denn hier?«

Das fragte ich mich auch, als wir zusammen der kleinen Vorhalle zustrebten, in der sich die Leute drängten, um nacheinander dem Raben die Hand zu schütteln.

»Ich muß hier auf meinen Mann und auf meine Tochter warten und außerdem mit ein paar Leuten reden. Macht dir das etwas aus?« Ihr Blick wanderte an meiner Schulter vorbei. »*Bonjour, Madame*«, sagte sie mit einer angedeuteten linkischen Verbeugung, offenbar zu einer Frau, die hinter mir vorbeiging. Ihre Hand ruhte zwanglos auf der Glasfront einer Nische, in der ein paar Bücher und Broschüren ausgestellt waren. Offenkundig warteten – in höflicher Entfernung – Leute darauf, mit ihr sprechen zu können.

»Es tut mir leid, daß ich dich ohne Vorwarnung überrascht habe. Leb wohl.« Ich wollte nur fort.

Sie wandte sich mir nun voll zu, nahm sogar die Hand von der Nische, um sie auf meine Schulter zu legen, und sagte freundlich, kaum merklich herablassend: »Du brauchst nicht zu gehen. Du solltest mich besser kennen, Rachel.«

Nur zu gut, dachte ich. Nicht einmal Madame Arnaud hatte

mich so frostig empfangen. Ich sagte, daß Véra sich von anderen Bekehrern unterschied, weil sie nicht nur ihren Gott, sondern auch sich selbst schenken wollte. Das stimmte. Aber ihre Zuneigung war als Kopplungsgeschäft dahergekommen, und mir fehlten die notwendigen Mittel, um den doppelten Preis zu bezahlen.

Ich blickte in ihr zartes Gesicht, das den trügerischen Eindruck von Feinfühligkeit erweckte. Ungeachtet des blütenhaften Teints, der feingezeichneten Züge, der sanften Augen und der vibrierenden Lippen bestand Véra im Innern aus Granit.

Es kam nun alles wieder, der Schmerz, den ich darüber empfunden hatte, von ihr als unrettbar verworfen, zu einem geistigen Krüppel gestempelt zu werden, der ihrer Aufmerksamkeit nicht mehr würdig war. Mit brutaler Unschuld hatte sie gesagt: »Für mich muß Gott in jeder Begegnung von zwei oder mehr Menschen anwesend sein, wie Christus es gesagt hat. So wie du über Ihn zu denken behauptest, haben wir uns außer Plattheiten nichts zu sagen. Und ehrlich gesagt, damit will ich mein Leben nicht verbringen.«

Der schwere Ernst der Einwohner Péniels hatte mich erschreckt und eingeschüchtert, so daß ich mich flapsig gab, was mir den Ruf der Oberflächlichkeit einbrachte. Ich erinnerte mich an den Schmerz, den ich zu verbergen versuchte, als ich mit einem lässigen Schulterzucken reagierte, um Gleichgültigkeit vorzutäuschen.

Véra war nicht die einzige, die sich so verhielt. Aber sie war die erste, von der ich lernte, daß Liebe an Bedingungen geknüpft ist – fast immer.

»Du siehst so gut aus und so jung. Wie machst du das nur? New York scheint dir zu bekommen – ich nehme an, es liegt an deiner Lebensweise. Du lebst nicht wie wir. Wir kennen keine Ruhe und arbeiten viel zu schwer.«

Schwere Arbeit war eine weiterer Aspekt im Selbstverständnis der Bewohner von Péniel.

»Ich will damit natürlich nicht andeuten, daß du nicht arbeitest, aber wir scheinen nichts anderes zu tun.«

Ich bemerkte, wie rauh ihre Hand war, die wieder auf der Glasfront der Ausstellungsvitrine etwa in Höhe der Bibel ruhte. Manchmal glaube ich, daß Frömmigkeit, Arbeit und Sauberkeit die wahre christliche Dreieinigkeit bilden. Gegen Véras Aussehen war nicht das Geringste einzuwenden, wenn man von ihrer uneleganten, schlecht sitzenden Garderobe und der unvorteilhaften Frisur absah. Sie trug keine Spur Make-up in ihrem schön geschnittenen Gesicht, in dem sich die glatte Haut immer noch straff spannte. Sie hätte umwerfend aussehen können, wenn ihr daran gelegen gewesen wäre. Aber Spiritualität und tägliche Mühsal mußten für alle sichtbar zur Schau gestellt werden wie Orden auf einer Uniform.

»Was bringt dich hierher zurück?« fragte sie.

Ich war mir nicht darüber klar, ob ihre Frage meiner Anwesenheit in Péniel im allgemeinen oder hier in der Kirche galt, aber ich wollte Véra – für den Fall, daß sie eine neue Chance witterte – über meine unveränderte Haltung nicht im Zweifel lassen. »Ich bin beruflich hier, als Dolmetscherin auf einem Kongreß, und ich bin heute morgen in den *temple* gegangen, weil ich hier Chantal Arnaud treffen soll, die mich zum Mittagessen eingeladen hat.«

»Dann wohnst du also nicht bei den Arnauds? Wo logierst du denn, solange du hier bist?«

Ich sagte es ihr und fügte hinzu, ich hätte Chantal und Madame Arnaud noch nicht gesehen. Ob sie denn nicht im Gottesdienst gewesen seien?

»Doch – wo sind sie nur? Irgend jemand aus der Familie ist fast jeden Sonntag da.« Véra reckte ihren anmutigen Hals, um die Menge zu überblicken.

Mir lag die Bemerkung auf der Zunge, daß nach meinem Eindruck von der heutigen Veranstaltung die Arnauds nicht viel versäumt hätten, wenn sie weggeblieben wären, als eine voluminöse Dame mit einem unglaublichen Hut auf dem Kopf Véra packte und an ihren gewaltigen Busen drückte. »*Ma chère Madame Pernod. Comme votre mari a bien parlé.* Was für eine wunderbare Predigt!«

Alles kann läuternd wirken. Ich hatte die Predigt für abgedroschen gehalten, dabei aber vergessen, welche Gefühlsintensität von einer so nüchternen Veranstaltung wie dem calvinistischen Gottesdienst heraufbeschworen werden konnte. Erschüttert von diesem einzigartigen Beweis für die Behauptung, daß Schönheit immer im Auge des Betrachters liege, mehr noch von der Erkenntnis, daß ich gerade noch rechtzeitig vor einem peinlichen *faux pas* bewahrt worden war, wandte ich mich Véra zu und sagte – voll Dankbarkeit auf den Hut der aufdringlichen Dame blickend, dessen Arrangement glänzender Plastikfrüchte über der Krempe zweifellos einen Tribut an das Erntedankfest darstellte – mit etwas schwacher Stimme: »Also ist dein Mann der Pastor hier. Das habe ich gar nicht gewußt. Es muß sehr schön sein ...«

»Oh, das ist es für uns. Was für ein Pastor, was für ein Redner!« drang es emphatisch unter den bebenden Erdbeeren, Kirschen und Aprikosen hervor. Mit diesem Zeugnis verließ sie uns, um dem Hauptgegenstand ihrer Bewunderung zu huldigen, vor dem nur noch ein paar Leute Schlange standen und darauf warteten, seine Hand zu berühren.

Véras Gesicht glühte vor Stolz. »Ja, es lohnt sich, die Gefährtin eines Mannes zu sein, der zu dieser Aufgabe berufen worden ist. Wir sind jeden Tag dankbar dafür, daß Gott uns erlaubt, Ihm zu dienen.«

Ihre Worte waren durchaus demütig und sollten sich vermutlich nicht so selbstgefällig anhören, wie sie mir in den Ohren klangen, wo sie eine ganze Kette von Reaktionen auslösten, die ich nach so langer Zeit überwunden zu haben glaubte. Wie deutlich konnte ich mir immer noch die Befehle vergegenwärtigen, die sie von sich gab oder empfing, wenn sie nicht bei uns war: »Besuch die kleinen Kinder im Sanatorium, die armen Jungen und Mädchen, die weder das Gottesgeschenk heiler Glieder und Rücken noch die Gnade haben, die Er dir verliehen hat. Hilf ihnen, zum Glauben zu finden, durch den allein das Seelenheil zu haben ist. Vielleicht hat Gott sie hierhergebracht, damit du ihnen den Weg zeigst. Geh. Um Jesu Christi willen.« Nicht um unseretwillen.

Ich haßte diese herablassende Überlegenheit, die gegenstandslose Liebe, die sich in der Geste der Krankenbesuche offenbarte. Véra kam und ging, wie es ihr beliebte, wobei wir, die wir von ihres Vaters orthopädischen Erfindungen aus Leder, Leinen oder Metall festgehalten wurden, im Nachteil waren. Um ihren gierigen, selbstsüchtigen, ungerechten Gott zu besänftigen, hatten wir uns bereitwillig damit abzufinden, daß wir nur die beiläufigen Schritte auf dem Weg zu ihrem, Véras, Seelenheil waren, damit sie und andere wie sie in der Heiligung ihrer verkehrten Selbstsucht den Segen Gottes empfangen konnten. In diesem Augenblick hatte ich den Impuls, das zu tun, was ich als invalides Kind getan hatte, das nicht weglaufen konnte – mir die Decke über den Kopf zu ziehen. Aber jetzt war ich in einer anderen Position, einer Position der Gleichheit, die ich genoß: Ich lag nicht mehr im Bett, und sie blickte nicht mehr auf mich herab. Obwohl uns Welten trennten, standen wir uns nun von Angesicht zu Angesicht gegenüber, und ich unterdrückte einen Sarkasmus über christlichen Egoismus – individuell, *à deux* oder kollektiv –, indem ich nur stumm mit dem Kopf nickte.

Glücklicherweise nahm unser *tête à tête* danach ein rasches Ende. Chantal erschien durch den Haupteingang. »Da bist du ja. Ich habe draußen nach dir Ausschau gehalten. *Bonjour*, Véra, ich bin so froh, daß ihr beiden euch wiedergefunden habt«, sagte sie erfreut, während sie uns nacheinander die Hand schüttelte.

In diesem Augenblick kam das kleine Mädchen, mit dem Véra im Gottesdienst gewesen war und das so brav auf der Kirchenbank gewartet hatte, während ihre Mutter das Abendmahl nahm, auf sie zugerannt. »*Papa a fini. On part?*«

»Ich bin noch nicht ganz fertig, *mon chou*, ich muß noch mit diesen Damen sprechen.« Es warteten immer noch zwei Frauen geduldig auf sie.

»Véra, ich habe dich lange genug aufgehalten.« Und mich dem Kind zuwendend, das im selben Alter zu sein schien wie Véra und ich, als wir uns kennenlernten, sagte ich: »*Bonjour et au revoir, jeune fille!* Véra, deine Tochter sieht genauso aus wie du damals.«

»Das sagt mir jeder. Janine, sag der Dame auf Wiedersehen.

Aber bevor du gehst, Rachel, möchte ich dich gern noch mit meinem Mann bekannt machen.«

Der Pastor stand bereits neben mir. Ich hatte sein Herantreten nicht bemerkt. Er war ein gedrungener, dicklicher Mann mit blaßbraunen Augen und nußbraunem Haar. Die geistliche Aura begründete wohl den Sex-Appeal, den er ganz offenkundig in Véras Augen hatte, dachte ich ein wenig respektlos, als wir einander die Hand reichten. Er beäugte mich mit unverhüllter Neugier, wie jemand, der eine Menge von seinem Gegenüber weiß und dieses Wissen nicht verbirgt. »Ich bin erfreut, Sie endlich kennenzulernen. Ich habe schon so viel von Ihnen gehört. Werden Sie eine Weile hierbleiben? Véra, warum lädst du deine Freundin nicht zu einem Besuch bei uns ein?«

Es war ein Befehl, auf den sie sofort reagierte, allerdings ohne Begeisterung. Ihr Stammeln verriet, daß sie mich von sich aus nicht eingeladen hätte: »*M-mais oui … certainement.* Rachel, wann würde es dir am besten passen? Wie lange bist du hier? Sehen wir mal… abends ist es für uns schlecht, weil wir Bibelkreis und andere Versammlungen haben, nur Freitag und Samstag nicht, und diese Abende müssen wir frei halten, damit Gérard seine Predigt vorbereiten kann.«

Gérard kräuselte die Lippen. »So ist es. Aber vielleicht kann Madame es zu irgendeinem anderen Zeitpunkt einrichten?«

Madame konnte nicht, zu keinem anderen Zeitpunkt – ihre Arbeit ließ es nicht zu. Damit waren wir alle aus dem Schneider.

Chantal wurde allmählich etwas ungeduldig. »Rachel, wir müssen gehen. Tante Aline wird das Essen fertig haben – sie konnte heute morgen nicht in die Kirche kommen. Und Mathieu ist sicherlich von seiner Morgenvisite zurück.«

Als ich dem Pastor und Véra die Hand schüttelte, war ich beinahe froh, daß es jetzt nach *Le Rocher* ging. Wenigstens wußte ich, was mich dort erwartete.

ELF

Doch ich hatte mich getäuscht.

Nach der kurzen, bitteren Begegnung mit meiner einstigen Freundin, die ja nur die Tochter eines Lohnhandwerkers gewesen war, trat ich zum zweitenmal über die Schwelle eines Anwesens, das in meiner Kindheit irgendwo auf halbem Wege zum Olymp gelegen hatte. Ich war durchaus darauf gefaßt, daß dieser Besuch so verlaufen würde wie mein erster, daß man mich mit *politesse*, wenn auch nicht mit größerer Herzlichkeit begrüßen würde. Beide Vermutungen erwiesen sich als nicht ganz zutreffend. Mein Empfang, sofern dies das richtige Wort ist, gestaltete sich einigermaßen sonderbar, da ich wie ein körperloser Geist oder ein unbelebter Gegenstand Zeugin ihres Privatlebens wurde.

Das Telefon läutete in dem Augenblick, als Chantal die Tür öffnete. Madame Arnaud, den Hörer in der Hand, winkte ihr heftig zu, den Anruf zu übernehmen. Chantals Hast bewirkte, daß sich die innere Tür zu mir hin schloß. Im selben Augenblick gesellte sich Solange, Madame Arnauds Tochter, die ich hier nicht erwartet hatte, zu ihrer Mutter am Fuß der Treppe, wo nun Chantal sprach oder eher zuhörte. Ihre Antworten bestanden ausschließlich aus einsilbigen Wörtern wie »*oui*«, »*non*«, »*tiens*«, »*quand*«. Dann hörte ich sie fragen: »Willst du damit sagen, daß du nicht zum Mittagessen kommst?« Eine Pause. »Was, jetzt gleich? Denk dran, Rachel ist hier ... Ja, ich werde es ihr sagen ... Ja, natürlich mußt du das ... *A ce soir, adieu.*« Sie legte den Hörer mit einem Seufzer auf und sagte, ihre Mutter anblickend: »Mathieu ist zu einer Steißgeburt gerufen worden – er muß die Patientin nach Genf begleiten. Es hört sich nicht gut an.«

Es war unheimlich, wie sehr die drei Frauen in diesen Minuten der Bewegungslosigkeit einander glichen, während sie sich auf den Anruf konzentrierten. Plötzlich waren die drei Augenpaare, in Farbe, Form und Ausdruck einander so ähnlich, auf mich gerichtet. Endlich war meine Anwesenheit – ich stand immer noch an der Tür – bemerkt worden.

Madame Arnaud löste sich als erste aus diesem *tableau vivant*. Ihre Begrüßung war kurz, ihr Lächeln matt. Tadel schwang in ihrer Stimme, als sie sagte: »*Bonjour, Madame. Alors, ça va?* Sie kommen spät! Die Kirche wird Sie wohl kaum so lange aufgehalten haben. Wir wollen sofort essen. Mathieu kann nicht kommen, aber das ist das Schicksal von Ärzten.« Damit eilte sie davon, bemerkenswert schnell für ihr Alter, bevor ich die Chance hatte, mich zu verteidigen oder zu entschuldigen.

Während Chantal mir den Mantel abnahm, sagte sie, es tue Mathieu leid, aber er könne es nicht ändern.

Solange begrüßte mich mit angenehm entwaffnender Offenheit: »*Salut, ma chère Rachel!* Verzeih bitte die Verspätung, aber der Anruf meines Bruders hat mich ein bißchen abgelenkt, so daß ich dich nicht gleich bemerkt habe.« Mit diesen Worten küßte sie mich nach französischer Sitte auf beide Wangen, ohne sich zu meiner unangemeldeten Anwesenheit zu äußern.

Ein wenig benommen folgte ich ihnen in das Speisezimmer mit den hohen Fenstern und der hohen Decke, wo ich zusah, wie Chantal ein Gedeck vom Tisch räumte. Es war ein sonderbarer Augenblick der Entspannung: Ich hatte mich gegen Mathieus Anwesenheit gewappnet. Trotzdem, ich war froh, daß ich das Telefongespräch mitgehört hatte, weil ich sonst sicherlich – mit zuviel Ichbezogenheit – geglaubt hätte, er versuche mir aus dem Wege zu gehen.

Als ich das Zimmer zum erstenmal mit kritischem und geübtem Blick betrachtete, fiel mir sein diskreter Stil auf. Alles war würdevoll, bedeutsam, aber dennoch unaufdringlich: das exquisite Mobiliar mit geschnitztem oder eingelegtem Dekor, der dicht gewebte Teppich mit kompliziert verschlungenem Muster auf dem blanken Parkettboden, das feine weiße Leinentischtuch, ein wenig fadenscheinig vom häufigen Waschen, schweres Silber, aufeinander abgestimmte Stücke alten Chinaporzellans, funkelndes Kristall. Nicht ein einziges Objekt wirkte demonstrativ ausgestellt oder zufällig in das Zimmer geraten. Alle Gegenstände waren, das schien mir sicher, Familienerbstücke, überwiegend unbezahlbar, wurden aber unprätentiös und beiläufig benutzt. Die Arnauds waren Aristokraten von Geburt und Rang: Göttliche Gnade und schöne Antiquitäten genossen sie mit derselben Nonchalance.

Wir nahmen rund um den Tisch Platz. Chantal senkte den Kopf und sprach das schlichte Segensgebet: *»Mon âme, bénis l'Éternel et n'oublie aucun de ces bienfaits. Amen.«*

Eine leicht angeschlagene Schale mit einem Rand aus Porzellanspitze, auf der sich ungepellte Kartoffeln türmten, wurde vor mich hingestellt. Madame Arnaud drehte den geflochtenen Silbergriff des großen Servierlöffels in meine Richtung und sagte beinahe liebenswürdig: »Bedienen Sie sich. Wie Sie sehen, halten wir Diät. Erinnert Sie das nicht an alte Zeiten? Ich lege nach wie vor Wert darauf, einfach und gesund zu essen. Dazu werde ich mich auch auf Ihrem Kongreß äußern: Wenn die Menschen äßen, was gut für sie ist, würde es auf der Welt besser aussehen.«

Was wollte sie damit sagen? Daß durch Genügsamkeit das Hungerproblem in der Welt gelöst werden könnte? Wohl kaum. Zu essen, was gut für uns ist, stellte ein Ziel an sich dar. Nicht einmal sie glaubte, eine spartanische Lebensweise helfe »allen Kindern in der Welt, die viel dafür geben würden, das essen zu dürfen, was du fortwerfen willst«. Wie oft hatte man mir das gepredigt, wenn ich meinen Teller nicht leer essen wollte?

Vorsicht, sagte ich mir, während ich meine Gabel in ein dickes Wurststück stieß, was dem gemalten Tausendschönchen auf dem Teller ein dumpfes Kreischen entlockte; du hast es geschafft, deine Zunge bei Véra im Zaum zu halten. Madame Arnaud ist eine alte Frau, Grund genug, still zu sein.

Glücklicherweise nahm Solange die Herausforderung an: »Aber *Maman*, du kannst doch von den Leuten, die hier ihren Urlaub verbringen, nicht erwarten, daß sie sich mit dieser Art von *cuisine* zufriedengeben. Die Leute wollen sich amüsieren, und dazu gehört auch, daß sie besser essen wollen als zu Hause. Ich kann daran nichts Schlechtes finden.« Sie sprach in dem ruhigen Singsang, der für die Arnauds typisch war.

»Ich weiß das nur zu gut, daran braucht man mich nicht zu erinnern.« Und ohne Angriffslust erklärte mir Madame Arnaud in sonderbar vertraulichem Ton: »Sie können sich nicht vorstellen, wie sehr sich hier alles verändert hat. Ich bin wahrscheinlich zu alt, um das zu verstehen. Aber es ist sehr traurig, mit anzusehen, wie man über ein Lebenswerk hinweggeht, als ob es nie von Bedeutung gewesen wäre.«

Es folgte ein kurzes, unbehagliches Schweigen. Doch ich konnte nicht umhin, die beiden jüngeren Frauen zu bewundern: Mit erstaunlichem Geschick lenkten sie die Obsession der alten Dame in eine neutralere, emotional weniger belastete Richtung, wobei sie sich einer Methode bedienten, die meinem Umgang mit Tante Beate nicht unähnlich war.

»Da wir von Lebenswerk sprechen, Rachel, erzähl uns ein bißchen von deiner Arbeit«, sagte Chantal. Und Solange fügte hinzu: »Ja – gehe ich recht in der Annahme, daß du für die Vereinten Nationen arbeitest?«

»Nein, nicht für die UNO. Ich arbeite für eine private internationale Organisation von Übersetzern und Dolmetschern.« Der Ausdruck der Erleichterung in ihren Gesichtern verriet mir, daß jedes Thema, das nichts mit Péniel zu tun hatte, ungefährlich war. Also erzählte ich ihnen von meinem Beruf. Sie hatten natürlich schon von simultanem Dolmetschen gehört, aber sie wollten wissen, wie das in der Praxis funktionierte. Als ich ihnen die Phasen intensiver Konzentration beschrieb, von der unerläßlichen Genauigkeit und Schnelligkeit sprach, wußte ich, was sie dachten, noch bevor sie es zum Ausdruck brachten.

Es war Solange, die sagte: »Ich wäre damals nie auf die Idee gekommen, daß du einmal diesen Beruf ergreifen würdest.«

»Warum nicht?« fragte ich unaufrichtig.

»Ich weiß nicht genau, wie ich es ausdrücken soll, aber es paßt nicht ganz zu deinem Temperament, hätte ich damals gesagt.«

Ich konnte es für sie ausdrücken. Mein Temperament war auf unterschiedliche Weise beschrieben worden. Das freundlichste Adjektiv hatte »künstlerisch« gelautet. Ich wußte nie genau, was das bedeutete – gewiß nichts Schmeichelhaftes. Es war ein allgemeiner Euphemismus für leichtlebig, schlampig, undiszipliniert, impulsiv und – am allerschlimmsten – sinnlich. Sicher, ich hatte immer davon geträumt, Künstlerin zu werden, in welcher Kunst, schien fast nebensächlich. Zuerst wollte ich Tänzerin werden, aber das erwies sich ja als völlig ausgeschlossen. Dann Choreographin, doch auch da hatte ich kaum eine Chance. Dann wollte ich sehr lange Malerin werden. Da ich auf Bett, Zimmer und Terrasse beschränkt war und mir kein Material zur Verfügung stand, zeichnete ich mit Buntstiften Miniaturen. Wenn ich die Dinge mit den Augen meines früheren Ichs betrachtete, schien es unglaublich, daß ich mich dafür entschieden hatte, Wörter zu übersetzen, statt Bilder zu malen ... Ich verschob das vor mir stehende geschliffene Glas ein Stückchen, so daß es von der Sonne beschienen wurde. Auf dem weißen Tischtuch erschien eine Reflexion wie ein riesiges Juwel, das von tiefem Gold zu hellstem Bernstein changierte, umgeben von einem dünnen Kreis in allen Regenbogenfarben.

»Kann sein. Ich hätte damals meine berufliche Zukunft auch nicht voraussehen können. Aber bedenkt bitte, daß ich damals schon das wesentliche Rüstzeug besaß: meine Sprachkenntnisse. Es lag dann eigentlich nahe, sie zu nutzen.«

Solange setzte eine ostentativ finstere Miene auf. »Bist du dir eigentlich darüber klar, was für ein Glück du hattest, daß du Sprachen auf die leichte Tour gelernt hast? Wenn ich daran denke, wie wir Vokabeln büffeln und mit der Grammatik kämpfen mußten, während du das alles bloß nach und nach aufnehmen mußtest, weil du an Orten gelebt hast, in denen drei Weltsprachen gesprochen werden! Ach, was für ein Glück, drei Muttersprachen zu haben!«

Ein Glück? Auf die leichte Tour? Bloß aufnehmen? Drei Muttersprachen? Ich brauchte eine Weile, bevor ich eine Antwort fand. »Nun, ganz so ist es nicht ...«, sagte ich zögernd, während ich nach den richtigen Worten suchte. »Ich habe keine drei Muttersprachen, nicht einmal eine. In keiner von ihnen kann ich mich zu jedem Thema perfekt ausdrücken. Die eine ist besser für dies, die andere besser für jenes.« Und etwas weniger freundlich fügte ich hinzu: »Du irrst dich, Solange – natürlich mußte auch ich Grammatik und Vokabeln lernen.«

Mir blieb wirklich nichts erspart! Wie sollte ich ihnen nur klarmachen – ihnen, die nicht begreifen konnten und nicht begreifen wollten –, in welcher Weise Französisch und Deutsch die Sprachen meiner Kindheit gewesen waren, daß sie einander abwechselten, jeweils mein Denken, mein Lernen, mein Ich bestimmt hatten? Die Einsprachigkeit hatte Chantal und Solange mit einer verbalen Gewißheit, mit einer Sicherheit ausgestattet, die ich nie besessen habe. Einmal, vor langer Zeit, als ich sagte, *je t'aime*, hätte Französisch mehr für mich werden können als die eingeschränkte Sprache meiner Kindheit.

So wie eine Leinwand beim Malen durch die Farben zum Leben erweckt wird, muß man in einer Sprache geliebt haben – nicht nur die eigene Mutter –, damit die Worte Schönheit gewinnen, Substanz annehmen.

Wie konnte ich ihnen erklären, daß Sprache verdorren kann, bis sie nur noch aus leeren Worten besteht, daß Zurückweisung einem die Ausdrucksfähigkeit rauben kann und man verstummt? Und wie konnte ich über meine ambivalente Beziehung zum Englischen sprechen, das für mich keine affektiven Assoziationen gehabt hatte – jedenfalls zunächst nicht. Nein, dafür fehlte ihnen jedes Verständnis.

Statt dessen erzählte ich ihnen, wie ich die Krücke der Grammatik, das Formulieren eines korrekt strukturierten Satzes zu schätzen begann, welche Befriedigung ich schließlich empfand, als ich Bedeutung und Klarheit von einer Sprache in die andere zu übertragen vermochte. Mit keinem Wort deutete ich an, wie unsicher ich manchmal war, sondern ich präsentierte mich als höchst selbstbewußte Dolmetscherin, die das Rüstzeug ihres Metiers perfekt beherrscht. Und wieder erzählte ich nichts von jenem Tag, an dem meine unsichere Herrschaft über meine geborgten Schätze zusammengebrochen war.

Danach räumte Chantal schweigend die Teller zusammen, um Platz für das Dessert zu schaffen, das aus einem großen Korb mit Früchten der Jahreszeit bestand. Ich hatte einmal ein Bild von einem solchen Korb gezeichnet, gefüllt mit gelbem und scharlachrotem Sommerobst. Wo das Bild jetzt wohl sein mochte?

»Bist du die Wortklauberei von morgens bis abends nicht manchmal leid?« Ich glaube, die Frage kam von Chantal. Jede von ihnen hätte sie stellen können. Worte zum Argumentieren zu benutzen hatte bei den Arnauds stets als suspekt und schädlich gegolten – wie Bücher, die sich mit weltlichen Ideen befaßten, von denen man glaubte, sie könnten das geistliche Ethos von Péniel untergraben.

»Ja, manchmal schon, aber es ist nicht schlimmer als in anderen Berufen. Oh, es ist ein schöner Beruf. Man lernt so viele Leute kennen. Die rhetorischen oder politischen Argumente stören mich wirklich nicht, auch wenn ich mit dem, was ich höre, nicht einverstanden bin.« Und lachend fügte ich hinzu: »Dafür habe ich hier in Péniel schon früh ausgiebig trainiert.«

Bei der Erwähnung Péniels richtete sich Madame Arnaud, die über ihren Teller gebeugt gesessen und den Eindruck erweckt hatte, sie schlafe fast ein, kerzengerade auf. »Das kann ich nicht glauben. Wir haben immer darauf bestanden, daß Politik unter unseren Patienten nicht geduldet wurde. Sie waren hier, um gesund zu werden. Das war unsere Aufgabe, so wie es Ihre war. Ihre politischen Gespräche können ohnehin nicht sehr weit gegangen sein.«

Ganz recht! Sehr weit gingen sie nicht. Und niemals über den Bereich der Terrasse hinaus oder, als ich heranwuchs, des Solariums – wie das Flachdach genannt wurde –, wo wir während der *cure de soleil* alle zusammen in der Sonne brieten. Und selbst dort ließen einige wenige scharfe Worte unsere Debatten sofort verstummen, so wie ich eben zum Schweigen gebracht worden war.

Nicht daß unser naives Gerede irgend jemandem geholfen, irgend jemanden gerettet hätte. Nur reale Politik konnte einem helfen, Gesundheit und Geld oder Beziehungen. Manche wurden in den sicheren Tod geschickt, weil ihr Geld verbraucht war. Ich nicht. Man behielt mich hier und rettete mich auf diese Weise vor der wirklichen, der großen Politik. Was die kleine Politik betraf, so stellte sie, was immer Madame Arnaud auch glaubte, ein Gesprächsthema dar, das in Péniel ebenso fest etabliert war wie das Thema Sex, obwohl beide als tabu galten.

Sie lag auf dem Sonnendach, und ihr nackter Körper wirkte sehr dunkel über den blendend weißen Laken ihres Bettes. Weder ihre Nacktheit noch die Nähe der Jungen auf der anderen Seite der Trennwand ließ sie etwas anderes empfinden als zu große Hitze. Noch eine Stunde in der Sonne. Sie schien endlos.

»O sole mio ...«, sang Guido in furchtbarstem Falsett.

»Sei still, du heisere Nachtigall! Wir sind hier, um gesund zu werden. Willst du uns krank machen?« beklagte sich eine deutsche männliche Stimme weiter hinten jenseits des Wandschirms.

»Warum bist du von mir getrennt wie ein Mädchen?«

»Weil ich Besuch hatte, der mich unter vier Augen sprechen wollte.«

»Aha – wußt ich's doch! Nur eine Frau verlangt so was. Oder war es der Priester? Hast du deine Sünden gebeichtet? Du mußt ein schönes Konto haben.« Guidos gicksende Stimme rutschte bei jedem Fragezeichen in einen tiefen Bariton.

»Ich brauchte bloß meine nationalsozialistischen Sünden zu bekennen.«

»Und was sind das für welche?«

»Unser kleiner ›Gauleiter‹ war hier, um meine Rassereinheit zu überprüfen – mit wem ich Umgang habe –, du verstehst schon, was ich meine. Bist du sicher, daß du Arier bist, du dunkelhäutiger Italiener? Obwohl das nichts ausmacht, da sich unsere Völker ja miteinander verbrüdert haben.«

Guido und Helmut brüllten vor Lachen. Doch auf dem Sonnendach stimmte niemand in das Gelächter ein.

Die cure de soleil *war vorüber. Man hatte ihr Bett in der Nähe des Fahrstuhls abgestellt, bis es an der Reihe war, zurück ins* numéro onze *gerollt zu werden. Der große, gutaussehende Mann, einige Schritte entfernt, hatte vor Sœur Anastasia forsch die Hacken zusammengeschlagen. Er sagte – nach einer tiefen Verbeugung –, er bitte darum, daß Helmut Weber, ein patriotischer Deutscher, aus dem Zimmer entfernt werde, den er mit »Israel oder wie immer der heißt« teile.*

Er meinte David Labansky, einen sehr schüchternen kleinen Jungen aus Lwow.

Sœur Anastasia gab sich kokett, sie verstehe Monsieurs Bitte vollkommen. Tatsächlich empfinde sie ganz ähnlich, könne nicht sagen, warum, aber an David und allgemein an diesen Leuten störe sie etwas eindeutig Biologisches, ein gewisser unverkennbarer Geruch. Als ausgebildete Krankenschwester kenne sie sich in diesen Dingen aus. Sie wolle sehen, was sie tun könne, aber versprechen könne sie nichts, sie sei dafür nicht zuständig.

Dem Mann immer noch zulächelnd, zog sie mein Bett in den Fahrstuhl. »Was ist denn los, Rachel? Du hast ja eine Gänsehaut. Siehst du, das kommt davon, wenn du dich nach dem Sonnenbad nicht richtig anziehst. Das wird dir eine Lehre sein. Nein, sprich jetzt nicht, zieh nur sofort dein Hemd an. So ist es brav!«

Ich war kein braves, kein gutes Mädchen. Und ich hatte nichts gesagt, obwohl ich es hätte tun sollen. Ich erinnere mich sogar an ein Gefühl der Erleichterung bei dem Gedanken, daß ich im Unterschied zu David mit meinem Geruch nicht auch diesen biologischen Abscheu hervorrief. Und Helmut gegenüber empfand ich Dankbarkeit, weil er dem »Gauleiter« nichts von mir erzählt hatte.

Ich versuchte, meinen Verrat auf andere Weise wiedergutzumachen. Ich half David in Französisch, zeigte ihm, wie man den Spiegel benutzte, sagte ihm, daß er den Kopf heben konnte, wenn er die Ecken des Kopfkissens zur Mitte hin umschlug. Aber es nutzte nichts. Ich hatte immer noch das Gefühl, unrecht getan zu haben.

Die Geschichte wirbelte Staub auf. Madame Arnaud war empört, als die Bitte an sie herangetragen wurde, die beiden Jungen zu trennen. Was für eine Unverschämtheit, *ihr* zu sagen, was sie zu tun habe!

Und so mußte David, der Angst vor Helmut hatte, aus allerhöchstem Prinzip mit ihm zusammenbleiben. Madame Arnaud hatte klargestellt, daß in einer von ihr geleiteten Institution für Politik kein Platz war. Ich bewahrte mein schuldhaftes Geheimnis dessen, was ich mit angehört hatte, und schwieg, statt mich für David einzusetzen, *mon semblable, mon frère*!

Damals war Französisch leichter für mich als Deutsch, und beides war viel leichter, als Jüdin zu sein. Zum erstenmal in meinem Leben verriet ich bewußt das, was für uns in Péniel der »Kodex« war – Regeln, die uns Kinder zusammenschmiedeten und unser Verhalten bestimmten.

Helmut und David blieben in der unfreiwilligen Gemeinschaft von Péniel, bis sie beide zu Beginn des Krieges abreisten, ihren unterschiedlichen Bestimmungsorten beziehungsweise ihrem gemeinsamen Schicksal entgegen: Beide starben nicht lange danach, einer bei einem Bombenangriff auf Hamburg, der andere irgendwo in einem Lager in Polen, wie ich sehr viel später erfuhr.

Ich blieb, wenngleich nicht mehr als Patientin. Noch vor Kriegsausbruch kamen keine Geldüberweisungen mehr von meinem Vater, nur noch Briefe. Und bald auch sie nicht mehr. Es gab keinen Ort, wo ich hätte hingehen können, es sei denn, ich wäre nach Deutschland zu meinem Vater zurückgekehrt. Also behielt man mich da. In Sicherheit. Das war vor allem Madame Arnauds Entscheidung gewesen. Ihr, die der Meinung war, Politik ginge uns nichts an, verdankte ich mein Leben!

Beim letzten Gang hatten wir alle geschwiegen, während wir unsere Birnen und Äpfel schälten. Nun schob Madame Arnaud ihren Stuhl zurück und kam etwas mühselig auf die Beine. Man bat mich, in den angrenzenden *salon* vorauszugehen, während die Familie den Tisch abräumte und den Abwasch erledigte – das Mädchen hatte am Sonntag seinen freien Tag. Mein Angebot, ihnen behilflich zu sein, wurde abgelehnt. Drei Frauen in der Küche seien mehr als genug, versicherte man mir.

Mir selbst überlassen, blickte ich mich um. Vor zwei Tagen war es draußen dunkel und trübe, das Zimmer vom harten Licht des Kronleuchters erhellt gewesen. Jetzt, in warmes Sonnenlicht getaucht, sah es völlig anders aus. Die vorherrschenden Farben,

Grau und ein bläuliches Grün, fügten sich auf subtile Weise zur Landschaft hinter den großen, weit geöffneten Fenstern. Doch lag dem Ganzen kein Entwurf zugrunde. Im Unterschied zu meinem Hotelzimmer war dieser Raum nicht nach dem meisterhaften Plan eines Innenarchitekten entstanden. Wer hätte beim Anblick der abweisenden, eisenbewehrten Granitfassade dieses schöne Interieur vermutet? Eine kühle Brise bewegte die schweren Samtvorhänge, und die üppigen Zimmerpflanzen schimmerten wie glasiert im Sonnenlicht.

Dann aber fiel mein Blick auf das düstere Porträt von Pasteur Arnaud über dem Kamin, wanderte zur Bücherwand, die überwiegend Erbauungsliteratur und Biographien frommer Persönlichkeiten enthielt – einige von ihnen hatte dieser strenge, gedankenschwer dreinblickende Mann selbst geschrieben, der, obwohl ich ihm nie persönlich begegnet war, meine Kindheit beherrscht hatte, so wie sein Porträt jetzt das Zimmer beherrschte. Es war so eindringlich, daß ich mich wie hypnotisiert fühlte. Seine Augen von unbestimmbarer transparenter Farbe sahen mich an, egal wo ich stand. Mit einiger Mühe wandte ich den Blick ab, um die anderen Gemälde anzusehen, denen ich nie viel Beachtung geschenkt hatte, so stark war die magnetische Kraft dieser Augen.

Und da sah ich es: das Porträt der anderen dominierenden Persönlichkeit, jedermann als *»Le Docteur«* bekannt, den ich mit der stummen Liebe eines Kindes geliebt hatte. Das Bild war nur einen Bruchteil so groß wie das des Pastors. Es hing so, daß seine Oberfläche das volle Sonnenlicht reflektierte und deshalb fast unsichtbar war. Ich trat nahe heran und vertrieb das Licht mit meinem Schatten. Die erbarmungslose Kraft der ultravioletten Strahlen und, wie ich vermutete, die Beschaffenheit der Materialien hatten das Bild nahezu zerstört. Was einst ein weißer Arztkittel gewesen sein mußte, war nun eine gelblich-blasige Schmutzfläche. Das Gesicht und die Hände sahen krank aus. Wieder mußte ich an Lupus denken.

Wer ihn wohl gemalt haben mochte? In der linken Ecke entdeckte ich eine Signatur. Ich versuchte sie zu lesen, aber sie war unmöglich zu entziffern. War dieses kleine Bild möglicherweise eine vorbereitende Studie zu einem größeren Werk, das nie so weit gediehen war? Oder existierte dieses größere Werk doch irgendwo, vielleicht bei einem Mitglied seiner Familie? Ich erinnerte mich vage daran, daß man jemanden beauftragt hatte, ihn zu irgendeinem Jubiläum zu malen. Vielleicht war es die Jubiläumsfeier, an der ich teilgenommen und die Papiergirlande gehalten hatte, das Symbol für die glückliche Schar genesender Kinder.

Anders als der Pastor, der Modell gestanden zu haben schien, konnte *Le Docteur* für einen Maler kein leichtes Sujet gewesen sein. Ich hatte selbst einmal versucht, ihn zu zeichnen, gab aber auf, nachdem Mathieu mir über die Schulter gesehen und lachend hervorgestoßen hatte: »Bei dir sieht *Oncle Jean-Jacques*«, so pflegte er ihn zu nennen, »wie eine Figur auf einer unserer Ikonen aus, die bei uns unten hängen.« *Le Docteur* war kaum ein Sujet für eine Miniaturistin. Auch dieses Bild war viel zu klein, um die Kraft dieses Mannes zu vermitteln. Was jedoch in den bloßen Umrissen der kräftigen Gestalt – mit geneigtem Kopf, zweifellos einem Patienten zugewandt – zum Ausdruck kam, waren die ungewöhnliche Eindringlichkeit und die Güte, die alle beeindruckten, die ihn kennenlernten. Und so sehe ich ihn heute noch, für immer an meinem Bett sitzend, meine kleine Hand in der seinen haltend und mich mit meinem Namen anredend.

»Rachel, ma petite – nimm meine Hand, drück sie ganz fest … Das hilft, nicht wahr?«

Seine riesige braune Hand, trocken und warm, griff nach der ihren, die winzig war im Vergleich zu seiner, feucht von Tränen und Angst.

Was war er für ein Mensch gewesen, dieses fast göttliche Wesen? Das, anders als der tote Pastor, real gewesen war. Das Gesicht auf der kränklichen Leinwand sagte mir nichts. Ich berührte es. Es fühlte sich rauh und uneben an, als hätte die Firnisschicht, die das Gemälde schützen sollte, dazu beigetragen, es zu zerstören, bis nichts erkennbar Menschliches mehr übrigblieb ... So wie Kirstens Gesicht gewesen war ...

Wieder riß ich mich los und wandte mich einer Gruppe von gerahmten Familienfotos zu, die auf einem Beistelltisch standen. Eines zeigte Chantal und Mathieu Hand in Hand. Aber wo war ihr Kind? Ich hatte doch eine Geburtsanzeige bekommen, genau ein Jahr nach der Hochzeit.

Ich dachte noch immer darüber nach, als die drei Frauen zurückkehrten. Nur Solange blieb bei mir. Madame Arnaud entschuldigte sich und brachte sogar ein Lächeln geheimen Einverständnisses zustande: »Sie werden gewiß verstehen, daß ich eine Stunde *silence* haben muß, ein Brauch, der mittlerweile verschwunden ist. In meinem Alter ist es nicht nur unmöglich, mit alten Gewohnheiten zu brechen, sondern unbedingt notwendig, an ihnen festzuhalten.« Mit diesen Worten ging sie und sah plötzlich sehr alt und sehr erschöpft aus.

Chantal sagte, wir würden gemeinsam Kaffee trinken, sobald Tante Aline von ihrer Mittagsruhe zurück sei. In der Zwischenzeit habe sie ein paar wichtige Telefonanrufe zu erledigen, ich möge sie für eine Weile entschuldigen.

Solange und ich blieben allein zurück.

ZWÖLF

»Komm, laß uns draußen sitzen. Dieser Blick tut einem immer wieder gut. Man wird seiner nie überdrüssig, findest du nicht auch?«

Schweigend folgte ich meiner Gastgeberin durch die Glastür zu einer Gruppe von Korbsesseln, die um einen runden Tisch standen, und suchte mir einen Platz außerhalb des direkten Sonnenlichts. Von hier aus hatte ich einen vollkommenen Blick auf den Viadukt. Einst hatte er für uns, zusammen mit der Bergbahn, das Entkommen aus der Gefangenschaft symbolisiert. Solanges

Gesicht war dem Sonnenlicht und *Le Grismont* zugewandt. Der Berg hatte sie nie bedrückt, so wie er uns bedrückt hatte, die wir jahrelang im Bett lagen, ihn stets vom selben Fleck aus sahen und uns seiner unwandelbaren, klaustrophobischen Präsenz unterwerfen mußten, tagein, tagaus.

»Ich freue mich immer so für *Maman*, wenn ehemalige Patienten wie du sie besuchen kommen.«

Diese anerkennende Bemerkung, vordergründig so freundlich – freundlicher sogar als der sonderbare Empfang vorhin –, weckte alten Groll in mir: War das alles, was ich war, eine ehemalige Patientin, eine von Hunderten, die das Sanatorium durchlaufen hatten? Meine letzten und wohl wichtigsten Jahre in Péniel hatte ich nicht in dieser Eigenschaft verbracht. Zählten sie denn nicht?

Nichtsahnend fuhr Solange fort: »Dir ist sicher aufgefallen, daß sie immer mehr in der Vergangenheit lebt. Natürlich muß man in ihrem Alter damit rechnen. Sie kann sich nicht damit abfinden, daß Péniel bloß noch ein Ferienort unter vielen ist.«

»Was hätte deiner Meinung nach hier passieren sollen, nachdem die Antibiotika entwickelt worden waren und *Le Docteur* nicht mehr lebte? Warum akzeptierst *du* denn die Veränderungen so bereitwillig?« Meine Frage wäre weniger aggressiv gewesen, wenn mich ihre unschuldige Bemerkung nicht ein wenig verletzt hätte.

»Weil ich glaube, daß Péniel seinen Zweck erfüllt hat. *Maman* und viele andere haben den Sanatorien ihr Leben gewidmet. Aber das ist vorbei, und wir sollten mit der Zeit gehen. Warum sollen nicht auch andere Leute Péniels Schönheit genießen?«

Solanges Glaube an das Mit-der-Zeit-Gehen hätte mich mehr beeindruckt, wenn ich sie nicht so gut gekannt hätte. Sie hörte sich an wie ein russischer Aristokrat mit Tolstoischen Überzeugungen, der das alte Regime bis zu einem gewissen Grade bekämpft, aber trotzdem geliebt hat und dann seinen Grundbesitz großzügig den Bauern anbietet. Was immer die beruflichen Verdienste oder Fehler Madame Arnauds gewesen sein mochten, die innere Wirklichkeit Péniels hatte ihre Tochter nie berührt. Was konnte leichter sein für sie, die hier auf ihrer sonnenüberfluteten Terrasse saß, als im Geist von Toleranz und Großzügigkeit mit dem Besitz anderer freigebig umzugehen? Wenn sie etwas opfern müßte, das ihr wirklich teuer war, würde sie sich – davon war ich überzeugt – ganz anders verhalten. Sie würde der Belastung durch eine Veränderung ebensowenig standhalten wie das kostbare Mobiliar in diesem Hause, das sein vollkommenes Aussehen nur bewahren konnte, wenn es in der ihm angemessenen Umgebung blieb, geschützt vor jeder Beanspruchung und Bewegung. Sobald man es anderswohin verfrachtete, würde es schwere, ungeahnte Mängel offenbaren; es würde sich als so wenig standfest erweisen wie Solange, als sie auf einer Urlaubsreise New York besuchte.

Sie und ihr Mann, Roland, waren die einzigen Mitglieder der Familie, die ich seit meinem Abschied von Péniel wiedergesehen hatte. Das mußte in dem Jahr gewesen sein, bevor Nancy auf der Bildfläche erschien. Beide waren von John sehr beeindruckt, der den perfekten Gastgeber spielte. Wir hatten sie – an einem schönen, klaren Spätsommerabend, an dem man New York am besten hinter dreifach geschichtetem Glas in einem klimatisierten Raum erlebt – zum Essen ins *Waldorf-Astoria* eingeladen. Um diese schwere Prüfung zu bestehen, mußte sich Solange ganz auf die Weltläufigkeit ihres Mannes verlassen.

»Ist deine Freundin immer so unschlüssig?« fragte John später, als wir kurz darauf zu sprechen kamen, wie Solange ihr Menü gewählt hatte – ein Unternehmen, das schließlich damit endete, daß sie dieselben Gerichte bestellte wie Roland.

Mit plötzlicher Sympathie hatte ich an Tante Beate gedacht. Ihr war es gelungen, trotz allem zu überleben. War der Wechsel zu einem albernen Patriotismus aus zweiter Hand der Preis, den man zu zahlen hatte? Das wäre niemals Solanges Problem. Unter ihresgleichen, stets den richtigen und vernünftigen Standpunkt vertretend, war sie unbesiegbar. Das hatte ihr schon im Alter von siebzehn Jahren den Ruf der Klugheit und Reife eingetragen, im Unterschied zu mir, die ich – nur ein Jahr jünger – stets wie ein unberechenbares und unzurechnungsfähiges Kind behandelt wurde.

Außerdem war sie besonders schön. Auch jetzt noch, mit Mitte Fünfzig, sah sie makellos aus, wie sie dort saß mit erhobenem Kopf, in einer Haltung entspannter Anmut den Nacken leicht gegen den Rand des Sessels gelehnt. Diese Anmut war ein Familienmerkmal. Auch Chantal besaß sie, wenngleich sie bei ihr wegen ihrer ungewöhnlichen Größe nicht so ins Auge fiel wie bei Solange. Eine heitere Ruhe ging von Solange aus, die kaum jemals schwand, auch nicht, wenn sie lächelte und eine Reihe vollkommener, strahlender Zähne enthüllte; sie erweckte den Eindruck nicht so sehr der Fröhlichkeit, sondern innerer Gelassenheit.

Normale Sterbliche wie ich sahen in dieser Vollkommenheit Selbstzufriedenheit. Es war immer viel Aufhebens darum gemacht worden, daß Solanges Vater starb, als sie zu klein war, um sich an ihn erinnern zu können; daß nach seinem Tod ihre Mutter Pflichten übernahm und damit zwangsläufig ihren Kindern einen guten Teil ihrer Zuwendung und ihrer Zeit entzog. Glaubt ja nicht, daß nur ihr leidet, lautete der unausgesprochene Vorwurf der Arnauds: Was ist mit uns? Mit uns, die wir uns aufopfern zu eurem Wohl, das ihr für selbstverständlich haltet? Aber wir wissen um euer Elend, und wir sind dazu da, es zu lindern – im Namen Gottes.

Uns erschien diese Gleichsetzung ihres Leids mit dem unseren – da es ja ihr Gott sein mußte, der uns zu Passivität verurteilt hatte – ungerecht und über die Maßen unfair. Solange war eindeutig ein Mensch, den das Schicksal von Geburt an bevorzugt hatte. Sie konnte kommen und gehen, wann sie wollte, und lebte im Zentrum ihrer Welt, gehegt, gefördert, bewundert.

Dieser privilegierten Jugend folgte ein ähnlich privilegiertes Erwachsenenleben, in dem es kaum Unwägbarkeiten gab. Sie hatte jung geheiratet, aus Liebe, einen Mann, der sie anbetete. Die beiden hatten sich auf einem Empfang für Offiziere kennengelernt, als die ersten Patienten aus der französischen Armee in Péniel eingetroffen waren, kurz nachdem Pétain die Regierung übernommen hatte. Roland Sénart, ein junger Rechtsanwalt und Katholik, dessen Lunge – ebenso wie seine politische Einstellung – nur leichte Schatten aufwies, schien eigentlich nicht ganz der richtige Bewerber um die Hand der einzigen Tochter Madame Arnauds zu sein. Doch ich erinnere mich daran, daß Solange ein brennendes Interesse an allen Glorifizierungen der neuen französischen Ordnung entwickelte: Ständig zitierte sie heldische und prophetische Verse aus dem Werk Charles Péguys, eines zu jener Zeit vielgelesenen Dichters. Immer wieder versicherte sie mir, das französische *débâcle* von 1940 sei einzig auf den verderbten moralischen Charakter der Dritten Republik zurückzuführen. »Roland sagt über sein geliebtes Vaterland: ›Leider bedurfte Frankreich einer Läuterung.‹« Diese Ansichten harmonierten mit denen der Familie Arnaud so wie die seines Landes mit denen der Schweiz. Von einem älteren, mir intellektuell überlegenen Mitpatienten lernte ich ein neues Wort, *Zeitgeist*: Es stand für die unabwendbare Ausbreitung eines totalitären Nationalismus.

Bis zum Ende des Krieges war der *Zeitgeist* geschwunden. Rolands politische Überzeugung verlagerte sich von Vichy in den *maquis*, aus dem Kollaborateur-Soldaten wurde ein französischer Widerstandskämpfer. Er war konvertiert, war Protestant, Schweizer und – allem Anschein nach – ein guter Demokrat geworden.

Er war nicht der einzige, der seine Vergangenheit revidierte. Viele hatten unschlüssig abgewartet, um sich dann, je nach den Umständen, in diese oder jene Richtung zu wenden, nicht nur in Frankreich, sondern auch in der Schweiz. In Péniel zeichnete sich dies 1945 ab, als schließlich auch ehemalige Angehörige der *Wehrmacht* hier Heilung suchen mußten. Dieser Balanceakt erwies sich als allzu heikel für örtliche Empfindlichkeiten. Im Licht der jüngsten Vergangenheit war niemand bereit, sich um Deutsche zu kümmern, auch nicht um kranke. Dafür wurden Freiwillige gesucht.

Es war dann Sœur Anastasia, die weißrussische Antisemitin – von der es hieß, ihr Haar sei über Nacht weiß geworden, als ihr Verlobter vor ihren Augen von jüdischen Bolschewiken erschossen wurde –, die sich bei der Pflege von Patienten aufopferte, die sie, anders als David, nicht mit unangenehmen Gerüchen belästigten. Dieser Akt bürgerlicher Menschlichkeit war schon zur Legende geworden, bevor ich Péniel verließ.

Solange sprach nun von ihrem Mann, ihrem gemeinsamen Leben, ihren vier Kindern, die alle glücklich in verschiedenen Berufen etabliert seien, von ihren fünf Enkelkindern. Ich sehe sie noch immer am Fenster stehen, an das sie mich kurz vor ihrer Hochzeit gezogen hatte, das Licht der Abendsonne im Haar und auf der Haut, um mir einen Stapel selbst gestickter Leinenhandtücher für ihre Aussteuer zu zeigen. Die Arbeit sah kompliziert aus, bestand aus winzigen Kreuzstichen, die sie mit Hilfe einer Lupe gestickt hatte. Für mich war das eine ungeheure Leistung verschwendeter Energie, schlimmer als alles, was man uns zu tun aufgab, als ich gefangen und ausgeliefert war.

»Meinst du, daß ein Dutzend genug ist?« fragte sie ausgerechnet mich!

»Mehr als genug.« Meine Stimme war heiser gewesen vor unterdrückten Tränen; ich hatte Bitterkeit empfunden, aber auch eine Art von Mitleid für das, was noch vor ihr liegen mochte, und Zorn darüber, daß wir in so unterschiedlichen Welten lebten.

Die Beziehung zwischen Solange und mir – als Freundschaft möchte ich sie eigentlich nicht bezeichnen, weil sie nicht immer harmonisch war, nicht einmal in unserer Kinderzeit – reichte weit in die Vergangenheit zurück. Als Madame Arnauds Tochter war sie immer dagewesen, anders als Freddy und Mathieu, die auf ein Internat geschickt wurden, anders auch als Chantal, die zu einem späteren Zeitpunkt zu den Arnauds zog, nachdem ihr Vater, der Pastor von Larendaz, an einer chronischen tuberkulösen Krankheit gestorben war. Chantals Mutter hatte sich – das war ein offenes Geheimnis – das Leben genommen, nachdem sie jahrelang immer wieder in psychiatrischen Krankenhäusern behandelt worden war.

Chantal habe ich stets lieber gemocht. Irgendwie schien ihre Last der unseren zu gleichen. Es hatte eine Zeit gegeben, in der beide Mädchen – sagen wir mal: davon abgehalten wurden, mit mir zu verkehren. Das geschah ausschließlich in meinem Interesse: Meine Religion, meine Heimat, meine Zukunft, mein Leben – all das liege anderswo, gab man mir zu verstehen. Zu diesen Menschen, bei denen ich lebte, gehörte ich nur vorübergehend, als ich geheilt werden mußte und später zu meiner Sicherheit bleiben durfte. War das nicht nobel? War das nicht selbstlos? War das nicht genug?

Solange hielt sich gehorsam von mir fern, nicht aus Feindseligkeit, da war ich sicher, sondern aus Gleichgültigkeit. Chantal dagegen gehorchte nicht. Das habe ich nie vergessen!

»Abgesehen von deinem Beruf, Rachel, was machst du sonst so?«

»Du weißt, daß ich geschieden bin, nicht wahr?«

Sie nickte. »Ja, Chantal hat es mir erzählt. Dein Mann machte einen so netten Eindruck. Es tut mir sehr leid für dich, *ma pauvre.*«

»Das muß es nicht.« Ich wußte, daß sie befremdet sein und mich für die Schuldige halten würde. Dafür würde Roland mit seinem legalistischen Denken schon sorgen. »Unsere Ehe gehörte zu denen, die einfach nicht funktionieren. Sie war nicht wie eure. Nicht einmal am Anfang.« Ich ließ meine Ehe jetzt sogar noch wertloser erscheinen, als sie gewesen war. Ihre war rundherum romantisch, vom ersten Augenblick an, mit Orangenblüten und weißer Spitze. Die Hochzeit hatte wenige Monate vor meiner Abreise aus Péniel stattgefunden. Ich war eingeladen – zunächst. Irgend jemand überlegte es sich dann anders und überließ es der Braut, mich über eine »kleine Veränderung der Pläne« zu informieren: »Nur nahe Verwandte beider Familien werden teilnehmen und einige wenige Freunde.« Die Hochzeitsgesellschaft war dann die Avenue du Docteur hinabgeschritten, insgesamt hundertfünfzig Personen. Aber ich verstand. Es war üblich, den Weg zur Kirche paarweise zurückzulegen. Chantal und Mathieu waren ein Paar. Und es gab niemanden, der geeignet gewesen wäre, Rachel zu begleiten.

»Wie hat dir der Gottesdienst heute morgen gefallen?«

Wie sonderbar sprunghaft dieses Gespräch zu sein schien. Waren ihre Gedanken zufällig in dieselbe Richtung gegangen wie meine? Ich hatte meine eigene Meinung über Solanges Interesse an religiösen Dingen: Es ähnelte ihrer Einstellung zu Péniel. Aber als Tochter ihrer Eltern war sie mit der Kirche aufgewachsen. Darum antwortete ich mit Gegenfragen: »Ich wußte gar nicht, daß Véra Drieux einen Geistlichen geheiratet hat. Wie ist er? Macht er seine Sache gut?«

»Er ist bei den Dorfbewohnern sehr beliebt. Er und Véra waren nicht mehr jung, als sie heirateten. Sie haben ein nettes, spätes Kind, Janine.« Mit einem unerwarteten Anflug von Ironie fügte sie hinzu: »Du würdest wohl nicht viel von ihm halten.«

»Und warum nicht?« fragte ich, ohne zu bekennen, daß ich mir meine Meinung bereits gebildet hatte.

»Er schätzt es gar nicht, über Glaubensfragen zu debattieren. Ich glaube schon, daß er soweit in Ordnung ist, aber Roland mag ihn nicht besonders.«

Wenn das der Fall war, schien es unwahrscheinlich, daß sie selbst den Pastor mochte. Es war unwichtig für sie – Meinungsverschiedenheiten gab es zwischen den beiden nur in untergeordneten Fragen. Roland konnte in den Augen Solanges nichts Falsches tun oder denken und vice versa. Ich erinnerte mich an den plötzlichen Ausdruck von Zärtlichkeit, der sein langes, strenges Pferdegesicht zu verwandeln vermochte. Das glich manches aus.

»Schade, daß Roland heute nicht mitkommen konnte. Oder eines der Kinder. Ich hätte sie schrecklich gern gesehen«, sagte ich und meinte es auch so. Ich hatte nichts gegen Roland persönlich – wie etwa gegen Sœur Anastasia. Er war, wie ich, zu Anfang ein Fremder gewesen, doch sein Fremdsein hatte sich im Klima der damaligen Zeit als eine Art Verwandtschaft erwiesen.

»Mir tut es auch leid. Vielleicht kannst du uns auf dem Weg zum Flughafen besuchen? Normalerweise bringe ich eines von unseren Enkelkindern mit. *Maman* freut sich immer so darüber; sie bringen ihr ein bißchen Leben ins Haus. Aber sie sind alle auf einer Ausstellung und nehmen dort an einem Zeichenwettbewerb teil. Und Roland konnte es nicht schaffen, weil er an einem dringenden Fall arbeitet.«

Der von ihr erwähnte Zeichenwettbewerb erinnerte mich daran, wie wir selbst einst an einem solchen Wettbewerb teilgenommen hatten. Der Anlaß war ein Erster August gewesen, das Thema *Ma patrie*. In *Péniel* wurde dieser Tag – mit Ausnahme der Kriegsjahre – nicht als ausschließlich schweizerisches Ereignis begangen: Jeder konnte seine patriotischen Gefühle für sein Vaterland, egal welches, zum Ausdruck bringen, und auf allen Terrassen sah man jede nur denkbare Fahne flattern. Madame Arnauds Tochter hatte sich unserem Völkerbund im *dortoir* angeschlossen.

Sie zeichnete die Schweizer Fahne, das weiße Kreuz genau in der Mitte des roten Feldes vor einem leuchtend blauen Himmel.

Rachel kritzelte Zickzacklinien und Strichmännchen.

»Los, zeichne auch eine«, drängte Solange, während sie ihren Rotstift heftig kreisen ließ.

»Welche denn?« fragte Rachel.

»Die deutsche Fahne natürlich.«

Aber Jacqueline sagte: »Das darf sie doch nicht mehr.«

»Ach ja, ich hab' nicht dran gedacht. Dann zeichne die Schweizer Fahne. Mach sie zu deiner. Man muß einfach eine Fahne haben.«

»Muß man nicht!«

Symbole dieser Art, das wußte ich schon mit zwölf, waren nichts für mich. Wie Véra versuchte Solange mich zu bekehren, aber zu einer weltlichen Überzeugung. Während Véra aufgab, als sie feststellte, daß ich nicht zu missionieren war, blieb Solange hartnäkkig – sie bestand darauf, daß jeder eine Nische im Leben brauche, in die er hineingehöre. Irgendeine Nische.

Wieder kam es mir unheimlich vor, wie sich unsere Gedanken in derselben Richtung bewegten, denn plötzlich bemerkte sie: »Weißt du, was ich eben gedacht habe? Wie schön, daß du endlich eine *patrie* hast! Seit du Amerikanerin geworden bist, mußt du doch das Gefühl haben, eine Heimat gefunden zu haben.«

»Nicht in diesem Sinne.«

»Was meinst du damit? In welchem Sinne sonst?«

»Ich bin naturalisierte Bürgerin Amerikas. Abgesehen davon bin ich das, was ich immer gewesen bin: bloß Rachel. Sonst nichts.«

»So was wie nichts gibt es nicht. Du warst damals immerhin so etwas wie eine Kommunistin, oder?«

Ich glaubte Tante Beate zu hören, die mich tadelnd gefragt hatte: »Also, was empfindest du? Sag es mir!«

»Nichts. Ich bin einfach nur ein Mensch«, hatte ich geantwortet.

»Nichts? *Das gibt es nicht.*«

Natürlich mußte es jemanden, der wie Solange unerschütterlich an Fahne und Vaterland glaubte, befremden, wenn ich bekannte, daß meine Fähigkeit zum Patriotismus nach wie vor unterentwickelt war. Ich erzählte ihr, daß ich mich erst um die amerikanische Staatsbürgerschaft bemüht hatte, als ich schon sieben Jahre in New York lebte. Ich hätte das früher tun können, vertrat aber den nicht ganz aufrichtigen Standpunkt, daß Staatenlosigkeit meine wirkliche Identität repräsentiere. Das Problem war, daß man damit nicht sehr weit kam, nicht einmal bis nach Kanada. Zwar muß man nicht unbedingt eine Fahne haben, aber doch wenigstens einen Paß, besonders als international beschäftigte Dolmetscherin.

Es war Zeit, das Thema zu wechseln. Ich fragte Solange nach Chantals und Mathieus Kind. »Hat mich meine Erinnerung getäuscht? Ich dachte, ich hätte irgendwann eine Geburtsanzeige bekommen.«

Solange schwieg einen Augenblick und sah mich nur an. »Du weißt nichts davon? Ich dachte, alle wüßten es, ich hätte dir davon erzählt ...« Sie hielt inne.

»Was sollte ich wissen, Solange?«

»Sie hatten – haben – ein Kind, einen Sohn, Fabien. Er ist mittlerweile ein junger Mann. Aber er ist so retardiert und hat so viele

Probleme, daß er nicht zu Hause leben kann, es niemals konnte, nicht einmal bei solchen Eltern. Er lebt in einem Behindertenheim. Es ist eine Tragödie ...«

Das war es also! Warum hatte ich nicht früher gefragt? Während unserer kurzen Begegnung in New York, die von Roland und John beherrscht worden war, hatte ich darauf gewartet, daß Solange mir von den verschiedenen Familienmitgliedern erzählen würde. Sie hatte mir Bilder von der Hochzeit ihrer ältesten Tochter gezeigt. Aus irgendeinem Grunde kamen Mathieu und Chantal auf den Fotos und im Gespräch kaum vor; ich erfuhr nur, daß beide wieder in Péniel arbeiteten.

Wir saßen in völligem Schweigen – ich hörte die Kirchenglocke die halbe Stunde schlagen, welche, wußte ich nicht –, bis Madame Arnaud und Chantal sich wieder zu uns gesellten. Da erhoben wir uns beide. Chantal schob einen Servierwagen vor sich her, auf dem eine Kaffeekanne und Tassen standen. Ich wollte unbedingt etwas tun, egal was. Ich hatte in diesem Augenblick den Impuls, sie zu umarmen, ihr zu sagen, wie leid es mir tue, aber ich brachte nicht mehr zustande, als ihr dabei zu helfen, den Servierwagen über die Stufe auf die Terrasse zu heben. Solange half ihrer Mutter in den Sessel. Es war so schön gewesen draußen auf der Terrasse an diesem strahlenden Oktobertag. Aber nun veränderte sich der Himmel. Dünne weiße Wolken trieben über *Le Grimont* und verdunkelten die Sonne. Es paßte zu meiner Stimmung.

In dem verdrossenen Ton sehr alter Leute kam Madame Arnaud wieder auf ihr Lieblingsthema zu sprechen. »*Eh oui*«, seufzte sie, »wie anders war es zu Ihrer Zeit. Es gibt keine Disziplin mehr heute. Wenn unser Haus nicht so friedlich wäre, könnte man nicht einmal mehr eine richtige Mittagsruhe halten bei all dem Lärm, den die Leute Tag und Nacht veranstalten. Ja, so weit ist es gekommen! Dabei war Péniel doch eine Oase der Stille.«

»Das kann man wohl sagen! Und wie langweilig das gewesen sein muß. Ich bin sicher, daß unsere *Capucine* das bestätigen kann«, ließ sich eine Männerstimme vernehmen.

Ich drehte mich um und blickte in das lächelnde Gesicht eines alten Freundes – es war Docteur Pierre Cherbier, Madame Arnauds ungeliebter jüngerer Bruder. Zweimal im Jahr hatten wir – im Sommer auf einem von Pferden gezogenen Wagen, im Winter auf einem Pferdeschlitten – einen Ausflug nach *Les Platanes* gemacht, wo er mit einem Scherz und allerlei Naschwerk darauf wartete, daß wir auf unseren Bahren in den Röntgenraum getragen wurden. Die Tage *de la radio* waren Höhepunkte, und er verstand es, sie zu fröhlichen Ereignissen zu machen, auch wenn die Untersuchung ergab, daß man noch einmal sechs Monate warten mußte, um dann zu erfahren, ob man endlich das Bett verlassen durfte oder nicht.

»*Bonjour, Capucine.* Ich schaue nur herein, weil ich von deiner ungewohnten Anwesenheit in diesem Teil der Welt gehört habe. Man hat nur selten die Chance, seine Lieblingsblume wiederzusehen«, sagte Docteur Cherbier und umarmte mich unter dem mißbilligenden Blick seiner Schwester herzlich. Endlich jemand, der sich aufrichtig zu freuen schien, mich wiederzusehen. Er hatte das gleiche Falkengesicht wie seine Schwester, aber seine Züge waren schärfer und stärker vom Alter zerfurcht. Sein Haar, grau und dünn, wirkte, als sei er länger nicht beim Friseur gewesen. Er war gealtert, aber für mich doch unverändert. Niemand sonst hatte mich je bei diesem Kosenamen genannt: *Capucine* – Kapuzinerkresse; ich habe nie erfahren, wie er darauf kam. Nach soviel Formalität und Gezwungenheit heute tat es gut, als Individuum angesprochen zu werden.

»Ich kann leider nicht bleiben, *Capucine.* Wie wär's, wenn du an einem der nächsten Abende mit mir essen würdest? *Les Platanes* ist jetzt das *Hôtel Central.* Aber wir, die wir dazu beigetragen haben, Péniel groß zu machen, werden dort zu Vorzugspreisen bedient.«

Ich antwortete, daß ich natürlich gern kommen würde, wenn ich Zeit hätte. In Madame Arnauds Gesicht malte sich regelrechter Widerwille. »Pierre«, sagte sie eisig, »du weißt, daß ich es nicht schätze, wenn du so redest.«

Er ignorierte sie. »Nun, *Capucine*?«

»Leider bestimme ich nicht allein über meinen Stundenplan. Ich weiß es noch nicht. Tatsächlich« – ich blickte auf meine Uhr, es ging auf halb vier – »muß ich jetzt gehen.«

»Wenn das so ist – kann ich dich zu deinem Hotel mitnehmen?«

Ich nahm dankend an. Es war wirklich Zeit, aufzubrechen.

Madame Arnaud hielt Chantal zurück, die uns zur Tür begleiten wollte. Diesmal galt ihre Unliebenswürdigkeit nicht mir, stellte ich mit amüsierter Erleichterung fest. Der Anlaß dieser unchristlichen Gefühlsregung freilich schien darüber hinwegzusehen. Er hatte jahrelange Übung darin, und es machte ihm offenbar nichts aus.

Ich blieb nicht lange in Docteur Cherbiers Gesellschaft, doch lange genug, um mein Gleichgewicht wiederzufinden. Bei ihm hatte ich, anders als bei den übrigen Mitgliedern der Familie, nie das Gefühl, einem Verhör ausgesetzt zu sein. Und ich durfte ich selbst sein, ohne jede Bedingung. Als ich einmal Hilfe brauchte, half er mir, gütig, ohne zu fragen und ohne daß ich mich als Ausgestoßene fühlen mußte. Über ihn persönlich wußte ich leider sehr wenig. Sein Privatleben, so hieß es, sei sonderbar. In all den Jahren, die ich in Péniel verbrachte, habe ich nie mit seiner Frau gesprochen, und auch sonst sprach kaum jemand mit ihr. Ich erinnere mich an eine sehr dünne, bleichgesichtige Dame, die nie lächelte. Die beiden hatten keine Kinder.

Er brachte mich nicht gleich in mein Hotel, sondern führte mich zum Tee in die alte *pâtisserie*. Dort erfuhr ich mehr über Mathieus und Chantals behinderten Sohn. »Eine Ehe zwischen Geschwisterkindern kann zu solchen Problemen führen«, sagte er. »Deshalb hat man den beiden von weiteren Kindern abgeraten. Die Risiken waren zu groß, daß derselbe genetische Defekt erneut auftreten könnte.«

Ich war sehr still.

»Du siehst, *Capucine*, niemand kommt ganz davon.« Er tätschelte meinen Kopf – nicht zum erstenmal. Er meinte nicht Strafe; er sprach vom Schicksal des Menschen an sich. »Komm.«

Er erhob sich und ging zum Auto. »Und such dir einen Abend aus, an dem wir zusammen essen können.«

»Freitag«, schlug ich vor, »nach dem Ende des Kongresses?«

»Gut. Ich werde dich um sieben abholen.«

Im Auto sagte ich: »Sie müssen mir etwas erklären, was ich immer schon fragen wollte. Wo ist eigentlich der Friedhof? Ich habe überhaupt keine Ahnung. Wo hat man denn die Toten hingebracht? Es muß doch Todesfälle gegeben haben – aber man hat es vor uns verheimlicht, wenn jemand starb.«

Docteur Cherbier reagierte belustigt auf meine Frage. »Natürlich hat man euch nichts gesagt – eure Moral hätte darunter leiden können. Der Friedhof ist ein gutes Stück von hier entfernt, etwa fünf Kilometer. Man fährt hinauf nach Larendaz und nimmt den Weg links von der Haltestelle, der direkt zum Friedhof führt. Normalerweise allerdings wurden verstorbene Patienten in ihren Heimatorten begraben. Erinnerst du dich an jemanden, der damals gestorben ist?«

»Nur an Ginette. Es müssen mehr gewesen sein, aber ich weiß nicht, wer sie waren. Sie verschwanden irgendwann einfach. Das war alles.«

»J'ai tellement soif!«

Aber Sœur Rose sagte, Wassertrinken sei schlecht für Ginette.

Rachel wußte, wie Durst sich anfühlte; auch sie durfte kein Wasser trinken, weil sie davon ins Bett machen würde. Sie war zu klein, um ihre Wärmflasche zu öffnen.

Ginette hatte verschrumpelte Fingerspitzen. Niemand sonst hatte solche Finger. Kommt das vom Durst?

»Es ist das Herz«, erklärte Sœur Rose der volontaire.

Manchmal, wenn Rachel ein heißes Bad nahm, stellte sie fest, daß ihre Fingerspitzen auch so verschrumpelten. Ob das bedeutete, daß ihr Herz so krank war wie das von Ginette?

Vielleicht habe ich deshalb das Duschen immer vorgezogen. Ich erinnere mich an diese Episode, weil ich Ginette unbedingt etwas zu trinken geben wollte. Es war das erste Mal, daß ich versuchte, meine Wärmflasche zu öffnen. Ich kriegte sie nicht auf. Später, als mich der Durst überwältigte, gelang es mir. Aber da war Ginette schon gestorben.

»Es ist ein schöner Weg zum Friedhof. Aber du wirst ihn nicht sehr aufschlußreich finden«, sagte Docteur Cherbier. »Aus meiner Familie ist niemand dort begraben. Vielleicht lande ich eines Tages dort – aber mir ist es völlig gleichgültig, wo man mich hinbringt, wenn es mit mir vorbei ist.«

»Und wo liegt *Le Docteur*?« fragte ich.

»Die Familie hat eine Grabstätte irgendwo im Jura.«

Vor dem Hotel sagte er mir noch, daß er mich während des Kongresses wiedersehen würde und daß auch Mathieu und Docteur Colbert Einladungen zur Tagung erhalten hätten.

»Ich habe schon gehört, daß Mathieu dabeisein wird. Und wer ist die andere Person?«

»Olive Colbert, die Kinderpsychiaterin, eine unserer ehemaligen Patientinnen. Eure Aufenthalte hier müssen sich überschnitten haben. Du hast sie vermutlich vergessen. Sie ist ein paar Jahre älter als du.« Der Name erinnerte mich an kein Gesicht. Oder doch ...

Als ich aus dem Auto stieg, spürte ich die ersten schweren Regentropfen. Das Wetter, das den ganzen Tag über so schön gewesen war, hatte sich dramatisch verändert. Es war noch nicht einmal fünf Uhr und bereits ganz dunkel.

»Ich werde mir mit Interesse anhören, was diese *soit-disant* Experten so alles zu sagen haben«, verkündete Docteur Cherbier, bevor er das Fenster hochkurbelte und davonfuhr.

DREIZEHN

Nach diesem vollen Péniel-Tag kehrte ich in mein Zimmer zurück: Ich wollte mich mit meinen Erlebnissen beschäftigen und sie zu verstehen versuchen. Der Zorn, den ich empfunden hatte, als ich Madame Arnaud zum erstenmal wiederbegegnete, war überwunden – oder zumindest von einer gewissen Einsicht, einem gewissen Akzeptieren abgelöst worden.

Man hatte mich ja mit vorbildlicher Gastfreundschaft empfangen, und doch hatte ich bei den Arnauds – wieder einmal – keine besondere Freude über unser Zusammentreffen feststellen können. Aber warum hätte ich etwas anderes erwarten sollen? Die Arnauds waren *meine* Welt gewesen, ich jedoch nicht die ihre. Daß ich ihre Patientin und dann ihr Schützling gewesen war, hatte sich aus vorübergehenden Notwendigkeiten ergeben. Davon blieb nicht viel, als es damit vorbei war – im Unterschied zu meiner oft irritierenden, aber unauflöslichen Bindung an Tante Beate. Trotzdem. Selbst nach einer so langen Abwesenheit war eine gewisse Nähe zwischen mir und den Arnauds geblieben oder wieder aufgekommen. Instinktiv fiel ich in die Rolle zurück, die ich während meiner Reifezeit abgelegt hatte – die Rolle der Distanzierten und doch Vertrauten, die meine abhängige Position mir zugewiesen hatte. Wo sonst ließe sich eine solche Beziehung finden?

Ich glaubte es zu wissen. Als John mich attackiert hatte, um seine künftige Frau zu beeindrucken, und mir das Recht bestritt, mich mit Menschen zu vergleichen, deren Vergangenheit von Versklavung bestimmt war, hatte ich mich unangemessen verteidigt. Natürlich, ich war niemals Sklavin in dem Sinne gewesen, daß ich gekauft oder verkauft worden wäre. Daneben aber gab es – wie ich aus meinem amerikanischen Geschichtskurs wußte – eine weitere Kategorie, die sich auf mich anwenden ließ: die der Haussklavin. Ich wurde ernährt, gekleidet, hatte einen Platz zum Schlafen und mußte – im Unterschied zu Schweizer Bürgern in vergleichbaren Stellungen – unbezahlte Arbeit leisten. »Du hast keine Arbeitserlaubnis«, wurde mir ständig vorgehalten. Ich war mit Leib und Seele von denen abhängig, die mich bei sich behielten. Sie hätten mich in den Tod schicken können, wie mir sogar Solange einmal bedeutungsschwer drohte, als wir uns stritten. Aber sie taten es nicht. Ich, sagten sie, sei ein Sonderfall – und bevorzugt. Ich lebte bei ihnen, am

Rande, nicht als Teil ihres Lebens. Das definierte mich bis auf den heutigen Tag: *notre petite juive.*

Ansonsten wußte ich immer noch nicht genau, wer ich eigentlich war. Unser mittägliches Zusammentreffen machte mir bewußt, daß ich die Identitätskrise meiner Jugend niemals ganz gelöst hatte. Sogar mein Name war Ansichtssache. Madame Arnaud, die Person, die mich am längsten kannte, nannte mich jetzt *Madame.* Der Mann in New York, bei dem ich meine Einbürgerungspapiere ausfüllte, hatte mir nahegelegt, meinen Vornamen zu ändern. Meine Gesichtsfarbe wechselte von Schneeweiß zu tiefstem Rot, je nachdem mit welchen Augen und mit welchen Hintergedanken ich betrachtet wurde. Ich war in bezug auf alle wesentlichen Dinge des Lebens vollkommen ungebunden. Meine Religion, jüdisch oder christlich, wechselte oder ging verloren. Ich war Johns Exfrau, Hankas Freundin, Trevors Geliebte, Péniels ehemalige Kind-Patientin und heranreifender Schützling. Ich war Miniaturenmalerin aus Neigung, wurde aber aufgrund einer Reihe von Zufällen mehrsprachige Übermittlerin multinationaler Rhetorik. Ich reiste mit einem amerikanischen Paß, wäre aber ohne ihn auch zufrieden gewesen, vorausgesetzt ich konnte reisen, wohin ich reisen mußte. Ich war Einwohnerin zweier Länder, die in vielen anderen unterwegs gewesen war, ich glaubte an offene Grenzen, zweifelte aber an der Berechtigung dieser Zuversicht. Meine Welt war eine Welt weniger Gewißheiten und würde es immer bleiben …

Plötzlich unterbrach das Telefon meine Grübelei. Eine Mademoiselle Pérnod wolle mich sprechen – ob man sie hinaufschikken solle?

»Nein, bitten Sie sie doch, unten zu warten, ich komme sofort.« Höchstwahrscheinlich war das Pauls Sekretärin. Beim Frühstück hatte er mir gesagt: »Ich werde nicht dasein, wenn sie heute nachmittag ankommt. Ich werde dem Portier sagen, daß er Sie benachrichtigt – vielleicht können Sie sie auf ihr Zimmer bringen und so weiter. Aber machen Sie sich nicht die Mühe, hier auf sie zu warten. Sylvie ist schließlich erwachsen und kann auf sich selbst aufpassen, bis ich zurück bin.«

Als ich aus dem Fahrstuhl trat, bemerkte ich eine dunkle, schlanke Gestalt, die sich aus einem Sessel im Foyer erhob. Sie trug das nonnenhafte marineblaue Straßenkleid einer altmodischen Schweizer Krankenschwester. Ihr graues Haar war kurz geschnitten und nach hinten gebürstet. Ein Paar tiefliegende braune Augen blickten mich an. Sie lächelte herzlich, als sie beide Hände nach mir ausstreckte. »Rachel … *Que ça me fait plaisir de te revoir*. Verzeih, daß ich unangemeldet komme.«

Ein paar Sekunden rührte ich mich nicht von der Stelle. Ich spürte, wie mir das Blut in die Wangen schoß, und hörte mich mit heiserer Stimme flüstern: »*Sœur Madeleine!* Sie? *O Sœur Madeleine …*« Dann stürzte ich auf sie zu, ergriff ihre ausgestreckten Hände und legte meinen Kopf auf ihre Schulter.

Ich hatte sie vergessen! Ich hatte vergessen, daß sie hier war, hatte sogar ihren Nachnamen vergessen. Nicht das Gesicht, das dem einzigen erwachsenen Menschen gehörte, den ich damals wirklich geliebt hatte – außer *Le Docteur*, der so zurückhaltend war, was man von ihr nicht sagen konnte. Ich erinnerte mich an ihren intensiven, eindringlichen Blick, offen und klar, aber nicht naiv. Dafür hatten diese Augen zuviel wahrgenommen, nicht nur flüchtig hingesehen. Jetzt musterten sie mich prüfend, wie sie es vor langer Zeit getan hatten. Vergessen hatte ich, bewußt oder wie immer, daß die Person, an deren Augen ich mich so lebhaft erinnerte, zu Péniel gehörte. Ich erinnerte mich an Sœur Madeleine, aber außerhalb jeden Zusammenhangs; an sie hatte ich nicht gedacht, als ich mich auf meine Rückkehr vorbereitete. Als ob sie nie existiert hätte. Als ob es Güte in Péniel nicht gegeben hätte.

Ich hörte sie sagen, von weit her – ihre Stimme war sehr leise: »Vor ein paar Tagen habe ich Françoise Lapent getroffen, und sie sagte zu mir: ›Denken Sie nur, wer in Péniel ist.‹ Und deshalb bin ich heute an meinem freien Tag hergekommen, um zu sehen, ob ich dich finden kann.« Wieder umfing sie mich mit ihrem herzlichen Lächeln. Dann fügte sie ein wenig entschuldigend hinzu: »Aber ich möchte deine Zeit nicht in Anspruch nehmen, du mußt eine Menge zu tun haben. Sicher wirst du hier viele Leute treffen wollen, die sich freuen, dich wiederzusehen.«

Ich erzählte ihr, daß ich gerade von einem Besuch in *Le Rocher* zurückgekommen sei.

Sœur Madeleine, die immer noch meine Hände hielt, ließ mich nun los und sagte: »Ich wollte dich eigentlich zu mir einladen, ich habe den ganzen Abend frei. Aber wenn du gerade erst zurückgekommen bist, wirst du arbeiten oder dich ausruhen wollen. In puncto Gastlichkeit kann ich mit den Arnauds ohnehin nicht konkurrieren.« Wie schüchtern sich das anhörte!

»Aber natürlich, ich komme gern!« Ja, die Arnauds waren sehr gastlich gewesen, und ich beschloß, Sœur Madeleine nicht von meinen Grübeleien vor ihrem Eintreffen zu erzählen – es hätte grämlich und undankbar gewirkt. »Ich habe heute abend auch frei.«

»Fein! Dann laß uns gehen.«

Draußen – es regnete nun stark – spannte Sœur Madeleine einen riesigen braunen Regenschirm auf: »Mein bewegliches Zelt«, lächelte sie. »Er ist nicht besonders elegant, aber er erfüllt noch seinen Zweck.« Der Schirm kam mir bekannt vor. Ich war früher schon unter ihm gegangen. Wie Jahrzehnte zuvor bot sie mir ihren Arm, damit ich im Ausschreiten die Balance halten konnte. Ich nahm ihn, obwohl ich dieses ohnehin nicht häufige Angebot bei anderen normalerweise ablehne. »Wohin gehen wir? Wo wohnen Sie?«

»Im Versicherungs-Sanatorium, wo ich auch arbeite. Das Gebäude ist erst nach deiner Zeit entstanden, es ist das einzige seiner Art, das noch übriggeblieben ist. Es liegt in der Nähe des Sees, auf der anderen Seite von *La Libellule*.«

»Und was ist mit all den anderen passiert?«

»Sie sind von Touristikfirmen übernommen worden. *Le Soleil, Le Palais* und natürlich *Les Platanes* sind heute sogenannte Luxushotels. *Les Gentianes* und *La Libellule* bieten sich dem Gruppentourimus an, Busgeschäft nennt man das. Du solltest mal einen Blick darauf werfen, das kann sehr interessant sein – man begreift was vom Fortschritt.«

»Oh, gestern abend habe ich das *Hôtel du Sud* und *Les Platanes* gesehen, nur von außen zwar, aber das hat gereicht. Mir kam das

Alte so neu vor, so herausgeputzt, vertraut und trotzdem verändert.«

»In vieler Hinsicht haben sich die Dinge sehr verbessert. Mehr, als wir alten Experten oft zuzugeben bereit sind. Nur wenige unserer Patienten leiden heute an Tuberkulose, und diese Kranken bleiben nur kurze Zeit – normalerweise sechs Monate, nicht länger –, mit modernen Medikamenten ist es rasch vorbei. Hier wird heute ein vollkommen neues Spektrum von Krankheiten behandelt. Ganz anders als zu deiner Zeit.«

»Trägt das auch zu einer besseren Moral oder einer fröhlicheren Atmosphäre bei?«

Sie lachte. »Da bin ich nicht so sicher. Der Zeitfaktor macht natürlich weniger Probleme, aber in gewisser Hinsicht sind unsere Patienten fast genauso isoliert, wie ihr es damals wart.«

»Warum denn?« fragte ich verwundert. »Bei all dem fröhlichen Treiben?«

»Das ist eben das Problem. Vermutlich höre ich mich an wie Madame Arnaud, dabei habe ich nichts gegen Fröhlichkeit. Aber früher saßen alle in einem Boot. Jetzt ist es anders. Wie du sagst, herrscht hier ganz in der Nähe fröhliches Treiben, doch unsere Patienten können daran nicht teilnehmen.«

»Aber sicher doch später, wenn sie wieder laufen können?«

»Nicht einmal dann, selbst wenn sie nicht ansteckend sind.« Sœur Madeleine blickte grimmig geradeaus.

»Wollen Sie damit sagen, daß die Urlauber hier nicht mit den Kranken und Behinderten in Berührung kommen wollen?«

»Ja! Das Fremdenverkehrsamt behauptet es jedenfalls.«

Ich ließ Sœur Madeleines Arm los und blieb stehen. »Ich hatte das nicht ernst gemeint.«

»Ich weiß. Aber verstehst du, wenn sich Patienten ... nun, Leute mit Krücken, außerhalb des Sanatoriumsgeländes zeigen, könnte das Image des neuen, gesunden Péniel Schaden nehmen. Ein paar mogeln sich immer durch, besonders solche, die keine sichtbaren Krankheitszeichen haben. Aber die meisten akzeptieren halt die Beschränkungen. Sie werden das Dorf allenfalls dann betreten, wenn sie später einmal als Touristen wiederkommen.«

Ich war schockiert. Nicht nur darüber, was sie sagte, sondern auch darüber, wie sie es sagte. Mein Blick wanderte von ihrem Gesicht zu meinem Stock. Eine neue Facette, dachte ich, der alten Klage, die man zu meiner Zeit so oft gehört hatte: »Wenn ich bloß eine Krankheit hätte, die man nicht sieht.«

»Wollen Sie damit sagen, daß es dazu ein Gesetz gibt?«

»Nein, kein Gesetz, nicht einmal eine Vorschrift. Es ist nur eine feste Gewohnheit, der sich die Leute halt aus Anstand anpassen.«

»Funktioniert das auch umgekehrt – werden die Touristen von den Patienten ferngehalten?«

»Nein, aber es kommen auch nicht viele. Das Fremdenverkehrsamt erlaubt Schilder mit dem Wort ›Sanatorium‹ nicht. Wir sind als *Le Repos* bekannt, vergiß das nicht. Es ist ziemlich schwierig, wenn Leute uns zu finden versuchen und den Namen nicht kennen.«

»Ich stelle mir vor, daß die Art meines Gehens hier Anstoß erregen könnte. Ich glaube fast, ich würde mich verstecken. Wer erfindet bloß solche ... Gewohnheiten?«

»Wer weiß? Das Fremdenverkehrsamt könnte seinen Einfluß beim Versicherungs-Sanatorium geltend gemacht haben. Wie auch immer ... Manche Sünden werden in vollkommener Unschuld begangen, einfach aus Mangel an Phantasie.«

»Spiel mit Kirsten. Sie ist ein kleines Mädchen, das Freundinnen haben möchte, genau wie du. Gott hat sie geschaffen, so wie er dich geschaffen hat.«

Kirsten, vor der ich zurückgeschreckt war, trug immer eine Kopfbedeckung, so daß niemand ihre Haarfarbe kannte. Ich stellte sie mir blond vor. Wenn meine Phantasie über die Farbe ihres Haars hinausgegangen wäre, hätte ich hinter der schrecklichen Maske vielleicht auch das verletzte kleine Mädchen zu sehen vermocht.

»Was ist los? Du bist plötzlich so still. Habe ich dich aus der Fassung gebracht?« fragte Sœur Madeleine. »Du darfst mich nicht so ernst nehmen.« Und mit einem Lächeln fügte sie hinzu:

»Dein Stock ist ganz in Ordnung – und so schön! Wir sind ja sehr tolerant.«

»Danke!« Ich lachte beklommen bei dem Gedanken an Kirsten, die ich damals nicht zu tolerieren vermocht hatte.

Mittlerweile hatten wir uns einem ziemlich neuen Haus genähert – ockerfarben mit braunen Holzläden an den Fenstern. Es stand hoch auf dem Hügel. Voller Unbehagen streifte ich es mit einem Blick und sah dann rasch weg.

»Ja, er wohnt immer noch hier«, sagte Sœur Madeleine, als hätte ich etwas gefragt. Sie sah mich weiterhin an. »Du wirst ihn wohl kaum besuchen wollen, nicht wahr?«

»Ganz bestimmt nicht!« Das Haus gehörte Monsieur Guillaume Arnaud, Madame Arnauds Schwager, dem ehemaligen medizinischen Direktor. Ich hatte vorübergehend bei ihm gewohnt. »Ist er zufällig jetzt der Direktor Ihres neuen Sanatoriums?«

»Er wäre es gern geworden. Wir sind im Besitz einer Versicherungsgesellschaft, und die bestand darauf, daß unser Haus von jemand mit einer richtigen medizinischen Ausbildung geleitet werden sollte.«

»Aber die besaß er doch!« Zu meiner Zeit hatte er oft genug darauf angespielt – trotzdem fanden wir, daß die Bescheidenheit, mit der er den Titel *Docteur* vermied, nicht ganz zu ihm paßte.

»Ich verrate dir ein Geheimnis: Er hat Medizin studiert, aber die Examen nicht bestanden. Den Titel *Directeur médical* hat er sich selbst verliehen. Was glaubst du, warum Pierre Cherbier als Assistent des *Docteur* fungieren mußte? Aber die Versicherungsgesellschaft war dann bei ihren Nachforschungen sehr gründlich.«

Erstaunlich. »Und was macht Arnaud jetzt?«

»Er ist immer noch ein einflußreiches Mitglied des Fremdenverkehrsamts und dabei ein sehr guter Geschäftsmann. Er hat Péniel nach der Einführung der Antibiotika vor dem Bankrott gerettet.«

Wir hatten die Bäume hinter uns gelassen und standen nun vor einem Eisentor: Es unterbrach eine Steinmauer, die sich zu beiden Seiten erstreckte, so weit das Auge reichte. Sœur Madeleine zog einen Schlüssel aus ihrer Tasche.

»Wie eine Nervenklinik«, bemerkte ich, »oder ein Gefängnis.«

Sie nickte. »Aber wir haben wenigstens den schönsten Blick für uns behalten. Sieh nur.« Wir hatten die Mauer passiert, und vor uns dehnte sich der See: ein dunkles Silbergrau, gesäumt von schneebedeckten Bergen, die sich von einigen vereinzelten Bäumen abhoben. Sie waren nicht erst vor kurzem gepflanzt worden. Von hier aus sah sogar der *Grismont* sanfter aus, weniger bedrohlich.

Die Szenerie war so schön, daß ich das Sanatorium kaum zur Kenntnis nahm, ein unregelmäßig gegliedertes Glas-Stahl-Gebäude im internationalen Stil öffentlichen Bauens, dem – offenbar ein nachträglicher Einfall – eine Veranda aus knotigem Kiefernholz hinzugefügt worden war. Von seinem protzigen Nachbarn überragt, doch durch einen glasumschlossenen Gang mit ihm verbunden, duckte sich ein kleines, bescheidenes Chalet. Obwohl es nicht wie ein Neubau aussehe, sei es weitgehend aus Bestandteilen alter Chalets neu errichtet worden, erklärte mir Sœur Madeleine.

»Es scheint, als sei ganz Péniel von dem legendären Jean wiederaufgebaut worden, der« – ich begann leise zu singen – »*d'un cœur vaillant, l'a reconstruit, plus beau qu'avant.*«

»Ja, aber ich glaube nicht, daß es schöner ist als das alte. Ich wohne hier – eine beträchtliche Veränderung im Vergleich zur Pension Pâture. Denk mal darüber nach, wie aus dem Sanatorium ein Hotel und aus dem Hotel ein Schwesternheim wurde!«

Jetzt erinnerte ich mich: Mein Vater hatte dort immer gewohnt, wenn er mich besuchte. Er liebte den Blick, in dem sich Gebirge und Wasser miteinander verbanden. Wir betraten das Haus durch einen Nebeneingang.

»Was ist mit den Arnauds – Madame und ihrer Familie? Haben sie etwas mit dem Sanatorium zu tun?«

»Mathieu und Pierre Cherbier sind die zuständigen Ärzte;

Chantal kümmert sich um die Fürsorge. Sie organisiert auch freiwillige Aktivitäten, außerdem Beschäftigungstherapie. Hat sie dir nicht davon erzählt?«

Ich schüttelte den Kopf. »Und Madame Arnaud?«

»Sie ist zu alt. Aber es gefällt ihr, daß wir vom Modernen und Neuen abgeschnitten sind. Sie meint, daß wir auf diese Weise eine bessere Chance haben, rein und unberührt zu bleiben. Arme Madame Arnaud! Sie ist von allem und jedem enttäuscht. Sie lehnt sogar die medizinischen Neuerungen ab. Und Mathieu meint – aber lassen wir das. Komm, das ist mein Zimmer.«

Sie trat zur Seite, um mich einzulassen. »Ich habe hier das beste«, sagte sie ernst, »wegen meines hohen Dienstalters.«

Ich hätte das Zimmer als das Sœur Madeleines identifiziert, auch wenn sie es mir nicht gesagt hätte. Ich erkannte ein paar in Ehren gehaltene Gegenstände wieder: einen geschnitzten heiligen Franziskus mit einem Vogel auf der Schulter, eine blauweiße chinesische Schale, einige Aquarelle, die von ihrem Vater stammten, einem Maler. Auf dem Kaffeetisch stand eine Tonvase mit einem Arrangement von Zweigen und Gräsern. Als Bett diente ihr eine Couch an der Wand; auf der naturfarbenen handgewebten Tagesdecke lagen einige bestickte Kissen verstreut. All diese Dinge waren Erinnerungsstücke aus ihrem Leben, Geschenke oft, die sie von ehemaligen Patienten bekommen hatte. Ich erkannte auch eine kleine Zeichnung von mir wieder, ein Rotkehlchen, das ich durch meinen Spiegel beobachtet hatte.

In einer Nische stand ein Tisch mit drei Stühlen an der Wand. Darüber hing eine niedrige Lampe mit einem Stoffbezug. Ein leuchtend bunter kaukasischer Teppich fügte dem Ganzen Farbe hinzu. Gegenüber befanden sich zwei Fenster im rechten Winkel zueinander; die Vorhänge waren zur Seite gerafft und gaben den Blick auf den See mit seiner Krone von Bergen frei.

»Wie schön das ist!« Ich setzte mich in den gemütlichen Lehnsessel, der mit tief rostrotem alten Samt bezogen war.

»Erzähl mir von deinem Leben. Was machst du jetzt – und wo?«

Ich begann mit der langen John-Episode, wie ich es nannte, und erwähnte sogar meinen Zusammenbruch.

Sie hörte aufmerksam zu. Gelegentlich stellte sie eine Frage: »Du bist jetzt in London. Was meintest du damit, als du sagtest, du hättest lange nicht wirklich in Amerika gelebt, obwohl du doch dreißig Jahre in New York gewohnt hast?«

»Oh, ich muß viel reisen. Und außerdem ist die Agentur, für die ich arbeite, ein bißchen wie Péniel früher war mit seiner Nationalitätenmischung. Deshalb liegt mir die Arbeit auch.«

»Das verstehe ich.«

»Auch in dem Apartment-Haus, in dem ich wohne, geht es sehr gemischt zu. Wenn ich abends heimkomme, riecht es nach allem – von Curry über Schisch-Kebab bis zu geräuchertem Fisch.«

»Solche Sachen hast du hier nie gegessen!« lachte sie. »Und du wirst sie hier auch jetzt nicht vorgesetzt bekommen. Mit der Internationalität ist es vorbei. Das neue Péniel ist sehr viel begrenzter. Manchmal vermisse ich die alte Atmosphäre. Sie hat mir zu manchen Einsichten verholfen.«

Ich wußte, daß sie sich nie länger außerhalb der Schweiz aufgehalten hatte, wenn man von gelegentlichen Urlaubsreisen und dem Jahr nach dem Krieg absah, in dem sie und Chantal als Mitglieder einer Rote-Kreuz-Mission in DP-Lagern in Deutschland gearbeitet hatten. Sie war in ihrem Leben sehr viel weniger herumgekommen als die meisten anderen. Doch davon merkte man ihr nichts an. Ich kannte Leute, die weiter gereist waren als Sœur Madeleine und sich doch eine Welt jenseits ihres Horizonts nicht vorzustellen vermochten. Sœur Madeleine sah über den *Grimont* hinaus, weit über ihn hinaus.

»Warum sind Sie damals eigentlich zurückgekommen und hiergeblieben?« fragte ich vorsichtig. Sie hatte Péniel zu meiner Zeit zweimal verlassen. Das erste Mal für drei Jahre, um eine Schwesternschule in Fribourg zu besuchen und sich formal zu qualifizieren, und dann 1939, um für ihre alten Eltern zu sorgen.

Sie antwortete nicht gleich. Dann sagte sie fast unhörbar: »Irgend jemand mußte doch bleiben.«

»Ich bin so froh, daß Sie geblieben sind«, sagte ich ebenso leise.

Ihre Augen waren immer noch schön: groß und klar. Sie wirkte hagerer, als ich sie in Erinnerung hatte. Sie war nicht mehr jung, und jung war sie noch gewesen, als ich sie das letzte Mal gesehen hatte. Vermutlich würde sie bald in den Ruhestand gehen. Sie war älter als ich – wie viele Jahre wohl? Zehn, zwölf? Nicht mehr. Aber zu meiner Kinderzeit war sie unendlich viel älter gewesen als ich!

Sie erhob sich. »Internationale Küche kann ich dir natürlich nicht anbieten, aber wir sollten jetzt vielleicht eine Kleinigkeit essen.«

»Oh, internationale Küche wird mir morgen abend wohl vorgesetzt werden, glaube ich.«

»Bist du eigentlich gerne Dolmetscherin?« Sie stellte die Frage, die ich so oft beantworten muß, ohne zugleich auf meine Muttersprache zu kommen.

Ich habe natürlich stets passende Antworten parat, wie ich sie beiläufig auch Madame Lapent und den Arnauds gegeben hatte. Sœur Madeleine aber wollte ich so nicht antworten. »Ja. Sprachen bieten mir Sicherheit. Es hat etwas sehr Ermutigendes, wenn man beim Übersetzen das richtige Wort trifft. Zunächst hat mich die Literatur gereizt – als Ersatz für die Malerei. Aber der Umgang mit Sprache als Kunst kann gefährlich sein, wenn Emotionen im Spiel sind. Ich fühle mich sicher, wenn ich dolmetsche, wenn ich mit dem mir zur Verfügung stehenden Vokabular zwischen zwei Personen Bedeutung vermittle, Kommunikation herstelle. Drücke ich mich verständlich aus?« fragte ich, ein wenig verlegen über diesen Vortrag.

»Ich glaube, ich habe dich verstanden«, sagte sie.

Wir setzten uns gemeinsam zu einem schlichten Imbiß, der aus Brot, Butter und Käse bestand. »Die Arnauds müssen sich gefreut haben, dich wiederzusehen.«

»Docteur Cherbier schon, glaube ich«, sagte ich matt. »Ich stolpere hier nach einem halben Leben einfach in das Leben von anderen hinein. Was hätten sie für einen Grund haben sollen, mich wiedersehen zu wollen?« Ich erzählte ihr von meinem Mittagessen bei den Arnauds und meinen Gesprächen mit Véra und Solange.

»Du hast nicht mit Chantal und Mathieu gesprochen?« Sie hörte sich überrascht an.

»Mit Chantal ja, ein bißchen. Aber sie war ziemlich beschäftigt, und Mathieu machte einen Krankenbesuch. Ich habe erst heute von ihrem behinderten Sohn erfahren.«

Sie nickte schweigend.

Nach dem Essen setzten wir uns ans Fenster. Es war dunkel draußen, und es regnete immer noch.

»Stört es dich, wenn ich ein bißchen stricke?« fragte sie. »Ich möchte diesen Pullover nämlich zum Geburtstag meiner Nichte fertig haben.«

Die Farbe der Wolle war ziemlich grell. »Wir nennen diese Farbe Schockpink, wie heißt sie hier?«

»Genauso, glaube ich – ja, so steht's auf dem Etikett, man benutzt den englischen Ausdruck. Kannst du das für mich halten? Hier.« Sie schob einen Strang Wolle über meine Hände und begann, sie zu einem Knäuel zu wickeln.

Ich bewegte die Hände von links nach rechts und wieder zurück.

Sie hingen über ihrem Kopf, dünne farbige Fäden. Jeder Farbton von Schneeweiß bis Kohlschwarz: cremefarben, gelb, orange, rot, purpur, hellblau, marineblau, grün, schwarz und wieder weiß. Alle Farben der Welt, ein langer tanzender Fransensaum.

»Kann ich ein Stückchen von diesem leuchtenden Pink haben?« Sie würde es zwischen die purpurrote Wolle und die rosa Seide hängen.

»Als ich sehr klein war, bevor Sie kamen, habe ich Garnstücke gesammelt und an der obersten Stange meines Bettes befestigt. Ich wollte jede Farbe haben, die es gibt.«

»Und das hat man dir erlaubt? Es sah bestimmt ein bißchen unordentlich aus, nicht wahr?« meinte Sœur Madeleine mit einem Lächeln.

»Vermutlich. Aber ich durfte sie eine Weile behalten. Ich habe sie ja bloß gestreichelt und sie nie abgenommen, um mit ihnen zu spielen.«

»Was ist aus deiner Sammlung geworden?«

»Du bist jetzt ein großes Mädchen und willst nicht mehr wie ein kleines Kind spielen.«

Ich hatte diese Formel immer noch im Ohr, mit der sie mich auch von anderen Gewohnheiten abbringen wollten, vom Bettnässen etwa. »Ich habe sie einem neuen Mädchen überlassen, das mein Bett bekam, als es für mich zu klein wurde.«

»Wußte deine Nachfolgerin dein Geschenk denn zu schätzen?«

»Oh, sie hat es am Ende gar nicht bekommen. Nachdem das Bettzeug desinfiziert und das Bett neu gestrichen war, kam es makellos, weiß und über die Maßen ordentlich zurück.«

Sœur Madeleine hatte mit dem Wollewickeln aufgehört.

Auch meine Hände bewegten sich nicht mehr. »Seit ich hierher zurückgekommen bin, tauchen ständig solche Erinnerungsfetzen in mir auf. Ich erinnere mich wieder an Dinge, die ich vergessen zu haben glaubte, an Ereignisse aus der Zeit, als ich ganz klein war. In all diesen Jahren habe ich überhaupt nicht an sie gedacht. Und jetzt, wieder in Péniel, sehe ich überall Gespenster. Kirsten zum Beispiel, die kleine Schwedin, die Lupus hatte. Als Sie mir vorhin erzählt haben, wie man Patienten davon abhält, mit Touristen zusammenzutreffen, weil etwaige Behinderungen oder Entstellungen deren empfindliches Feingefühl verletzen könnten, war ich zunächst ziemlich entrüstet. Dann erinnerte ich mich auf einmal daran, wie ich mich damals fühlte, wie ich es haßte, Kirstens Hände zu berühren.«

»Immerhin hast du mit ihr gespielt.«

»Ja, aber wenn ich es tat, war es mir widerwärtig. Sie muß es gespürt haben. Können Sie sich vorstellen, wie das für sie gewesen sein muß? Ich war ja nicht besser als Ihre Touristen.«

Sœur Madeleine widersprach mir nicht. Langsam nahm sie die

Bewegung des Wollewickelns wieder auf. Ich folgte ihr und ließ den dünnen Faden über meine Hände gleiten. »War ich auch so ein Gespenst, als ich heute nachmittag zu dir kam?« fragte sie leise.

»In gewisser Weise ... Ich habe Ihnen nie geschrieben ...«

»Ich habe das nie von dir erwartet. Du mußtest dich befreien. Jede Bindung an Péniel wäre eine belastende Bindung gewesen.«

»Ich mußte mich befreien«, wiederholte ich voller Schmerz. »Ich konnte Ihnen nicht schreiben, weil ich mich Ihnen gegenüber nicht gleichgültig verhalten konnte. Und ich wollte doch, daß Péniel mir gleichgültig war ...«

»Ich weiß«, sagte sie.

»Nein, Sie wissen es nicht, jedenfalls nicht ganz. Verstehen Sie, mein Péniel sollte rundherum schlecht sein. Das Leben ist besser zu akzeptieren oder abzulehnen, wenn es entweder weiß oder schwarz ist. Ich machte es rundherum schwarz.« Ich hatte dann und wann einen Gelegenheitsbrief oder eine Karte geschrieben. Als beispielsweise *Le Docteur* starb, schrieb ich seiner Familie. Nicht aber an Sœur Madeleine.

Als hätte sie meine Gedanken gelesen, sagte sie sanft: »Ich habe natürlich indirekt von dir gehört.« Und sie fügte hinzu: »Ich bin so froh, dich wiederzusehen. Und ich bin überzeugt, daß Madame Arnaud und Solange genauso empfunden haben müssen. Sie bringen es nur nicht recht zum Ausdruck.«

»Nein, nicht genauso! Es war den Arnauds auch nicht unangenehm, mich wiederzusehen, sondern bloß gleichgültig. Gefreut hat sich nur Docteur Cherbier.«

Abermals widersprach sie mir nicht.

»Aber es macht mir nichts mehr aus.«

Es hatte mir sehr viel ausgemacht, als der bunte Fransensaum über meinem Kopf nicht mehr da war und ich in einem farblosen und kahlen Bett liegen mußte. Aber nicht sehr lange. Kurz danach war damals eine neue *volontaire* im *dortoir* erschienen: Sœur Madeleine.

VIERZEHN

Als ich am nächsten Morgen aufwachte, fühlte ich mich frisch und ausgeruht. Ich hatte ohne Alpträume geschlafen – so gut wie lange nicht.

Es hatte am Abend zuvor immer noch in Strömen geregnet, als Sœur Madeleine – es war nach elf – darauf bestand, mich nach Hause zu bringen. »Bei trockenem Wetter würde ich dich allein gehen lassen«, sagte sie, meinem schwachen Protest, ich könne sehr gut allein zurückfinden, mit Entschlossenheit begegnend. Trotzdem war ich froh über den Schutz, den ihr »Zelt« mir bot, obwohl ich daran gewöhnt war, ohne einen Schirm auszukommen – getreu einer Regel, die für alle Stockbenutzer gilt: niemals beides gleichzeitig.

Bis zum Morgen waren Nebel und Wolken vertrieben; es war, als hätte man einen Vorhang zur Seite gezogen und eine Landschaft leuchtender Farben und Strukturen enthüllt. Unter einem tiefblauen Himmel wurde die Sonne von dem gespiegelt, was Abend und Nacht hinterlassen hatten: seichte dunkle Pfützen auf der Straße, eine Million winziger Lichter von feuchten Kieseln und Steinen. Sogar der *Grismont*, so bedrohlich nahe bei schlechtem Wetter, schien in sicherer Entfernung zu liegen und wirkte sanfter durch den Dunstschleier nach dem Regen.

Mir blieben nur noch ein paar Stunden, bis der Kongreß meine ganze Aufmerksamkeit in Anspruch nehmen würde. Wenn erst die Teilnehmer eintrafen, würde ich wahrscheinlich keine Zeit mehr haben, den Ort zu erkunden, in dem ich jahrelang gelebt, aber kaum mehr kennengelernt hatte als die Ansammlung von Sanatorien und Chalets, die sein ehemaliges medizinisches Herzstück bildeten. Vielleicht könnte ich sogar versuchen, den geheimnisvollen Friedhof zu finden.

Ich ging vor acht Uhr zum Frühstück nach unten, zu früh für meine Tischgenossen. Da ich am Abend zuvor nicht im Hotel gewesen war, mußte sich Alfredo wieder einmal gefragt haben, was ich in diesem gottverlassenen Nest bloß tat. Aber vielleicht war es ihm auch gelungen, sich für ein paar Stunden in das lichterstrahlende Genf zu flüchten oder sogar die französische Grenze zu überqueren, zumal er wußte, daß Paul nicht im Hause war. Gewohnheitsmäßig erkundigte ich mich, ob es irgendeine Nachricht für mich gebe. Es gab keine. Mathieu mußte ziemlich spät nach Hause gekommen sein, aber ich ärgerte mich trotzdem ein bißchen: Die Arnauds gerierten sich immer so, als wären sie die einzigen vielbeschäftigten Leute. Bei alldem, was ich sonst noch zu tun hatte, behagte mir der Gedanke ganz und gar nicht, Mathieus Text im letzten Augenblick übersetzen zu müssen. Noch beunruhigender: Würde er wohl, wie seine Mutter, von mir erwarten, daß ich simultan dolmetschte?

Gerade als ich über diese Möglichkeit nachdachte – es würde schlimm genug für mich sein, mit ihm konfrontiert zu werden, selbst ohne mich mit den Fachtermini seines Beitrags plagen zu müssen –, wurde mir ein Brief mit einer amerikanischen Briefmarke überreicht. Bis auf den Fleck, auf dem die Briefmarke klebte, war der bauchige Umschlag fast ganz mit Tante Beates großer, in die Breite gezogener Handschrift bedeckt. Wie Tante Beate höchstselbst war er unmöglich zu ignorieren.

Nachdem ich mich mit einer Tasse Kaffee gestärkt hatte, öffnete ich ihn. Er enthielt mehrere randvolle Seiten. Der Stil, ein nicht enden wollender innerer Monolog, spiegelte ihre ganze Hemmungslosigkeit wider. Sie zitierte gern eine Binsenwahrheit, angeblich von Goethe: »*Schreibe, wie du sprichst, und du schreibst gut.*« Sie hatte sichtlich keinen Zweifel daran, daß die Weisheit dieses Satzes besonders für sie selbst galt. Der erste Teil traf zu: Sie schrieb in der Tat so, wie sie sprach. Sie drosch englische und deutsche Phrasen, verbale Entsprechungen des Kitsches, den sie mit Freuden zusammentrug: die Plastikblumen auf dem hölzernen Marmortisch, der kunstseidene Bezug auf dem Toilettensitz, der nachgemachte Ledersessel vor dem künstlichen Kamin, in dem der Holzklotz mit einem Druck auf den Schalter elektrisch beleuchtet werden konnte. »Hübsch, findest du nicht auch? Und gar nicht teuer! Ich konnte einfach nicht widerstehen. Die haben so viele gute Ideen hier in Amerika. Es ist erstaunlich, was alles gut aussehen kann, wenn man die Fähigkeit hat, das Richtige auszusuchen.« Ihre Briefe bewiesen dieses Talent.

»Das muß man deiner Tante lassen«, hatte John einmal lachend gesagt, »auf ihre Weise hat sie durchaus ein Ohr für Redensarten.«

»So nennst du das?« hatte ich ärgerlich geantwortet.

Nun las ich:

»Meine liebe Rahel!

Herzlichsten Dank für Deinen Brief aus London. Ich antworte Dir sofort, weil ich nicht weiß, wie lange die Post braucht. Ich höre von vielen Streiks, besonders in England. Ich hoffe, in der Schweiz ist es nicht so schlimm. Ist Madame Arnaud noch am Leben? Ich weiß, daß der Doktor gestorben ist, habe aber vergessen, woran. War es ein Herzinfarkt oder ein Gehirnschlag? Der todbringende Schnitter wird zu uns allen kommen, sagt man hier. Auch zu mir. Ich mache mir keine Illusionen ...«

Mit dem ausführlichen Rat, warme Unterwäsche zu tragen, wechselte der Brief ins Deutsche: *»Man darf nie leichtsinnig mit seiner Gesundheit umgehen.«* Dann folgte ein Bericht über eine Begegnung mit Sonia – einer alten Bekannten von mir aus College-Zeiten –, *»die mit der langen Nase«*. Sie sei entsetzt gewesen, zu hören, daß John mich wegen einer Schickse verlassen habe. Das hätte sie »nicht einmal ihm« zugetraut. Tante Beate verstand jetzt – nun wieder auf englisch –, »warum Du Dich von ihm hast scheiden lassen«, besonders weil er sich überhaupt nicht bemüht hatte, mit ihr Verbindung aufzunehmen, nachdem sie einander zufällig in der Stadt begegnet waren und er sie Tante Beatrice genannt hatte, als ob nichts geschehen wäre. *»Ist doch eine Unverschämtheit, muß man schon auf deutsch sagen.«* Ihre Englischkenntnisse erwiesen sich in diesem Punkt als nicht ausreichend, um ihrer ganzen Empörung Ausdruck zu verleihen.

Dem folgte die Bitte, ihrem Arzt, Dr. Brandt, eine Postkarte zu schicken, »ein hochkultivierter Mann und so ein guter Doktor, der sich sehr für Dich interessiert«. Ich hätte nichts zu befürchten, versicherte sie mir auf deutsch: *»John ist nicht der einzige Mann auf der Welt, glaub mir!«* Seine Mutter, mit der sie die Putzfrau teilte, müsse »sehr stolz auf diesen großartigen Sohn sein«.

Auf der – nun ausschließlich deutsch geschriebenen – letzten Seite erinnerte sie sich nostalgisch an *»die herrliche Natur dort oben in den Alpen«*. Aber sie hatte nicht die Absicht, mich zu besuchen: *»Péniel kannst Du Dir schenken. Ich weiß, Du hast Dich dort wohl gefühlt. Für mich aber ist es einfach ein mieser Platz. Wenn ich an Deinen lieben Vater denke, bricht mir das Herz. Er war immer so traurig, wenn er sich überlegte, was einmal aus Dir werden sollte. Aber er tröstete sich mit dem Gedanken, daß Dir dort alles erspart blieb und Du nie hast wissen müssen, was in der Welt vorging.«*

Sie verabschiedete sich auf englisch:

»Ruf mich an, wenn Du wieder in London bist, damit ich mir nicht so viele Sorgen um Dich machen muß.

Viele Grüße und Küsse
von Deiner Aunt Beatrice«

Ich starrte auf den Absatz, in dem die Worte meines Vaters standen. Ich wußte nicht immer, woher Tante Beates Zitate stammten. Aber diesmal wußte ich es – sie waren für alle Zeit in mein Gedächtnis gebrannt. Im Lichte dessen, was später geschah, wird mich ihre Schmerzlichkeit niemals loslassen. Ich werde sie immer vor Augen haben, die zittrige Handschrift auf gelb-braunem Papier, dunkel verfärbt im Lauf der Zeit, diagonal über die zerschlissene Seite verlaufend. Es war der letzte Brief meines Vaters an seine Schwester. Ich habe ihn oft gelesen. Er ist der einzige deutsche Text, den ich auswendig kann.

Ich weiß nicht, wann ich Dir wieder schreiben werde. So viel passiert eben hier. Heute wurde Amalia ganz plötzlich in ein Jugendarbeitslager abgerufen. Vielleicht wird es ihr guttun, auf eigenen Füßen zu stehen. Ich bin mir bewußt, sie verwöhnt zu haben. Doch aufgewachsen ohne ihre Mutter, ihre kleine Schwe-

ster durch Krankheit fort, was hätte ich anders machen können? Ich hoffe, bald von ihr zu hören.

Auch ich werde abfahren müssen, sagt man uns. Wohin, wurde mir bis jetzt noch nicht angegeben. Vielleicht wird es nicht allzuweit entfernt von Amalia sein. Ich tröste mich mit dem Gedanken, daß Rahel jetzt in Péniel bleiben kann. Das sind gute Menschen dort. Von wie vielen kann man das heute noch sagen? Ich machte mir immer Sorgen darüber, was einmal aus ihr werden sollte. Mein armes Kind, das als Christin aufgewachsen ist, vollkommen unwissend über ihr Judentum. Aber wenn sie durch ihre Krankheit beschützt ist, dann sehe ich es als eine Mitzwa. Sie soll nicht wissen, was in dieser Welt vorgeht.

Es bleibt uns noch so wenig Zeit. Wie lange wird es noch dauern, bis wir uns wiedersehen? Leb wohl, liebe Schwester.

Dein Albrecht

Geschrieben worden war der Brief in den Stunden zwischen Lias Aufbruch in ein *Jugendarbeitslager*, ein Euphemismus für Konzentrationslager, und seiner eigenen Deportation. Er hatte immer noch an der erschütternden Illusion festgehalten, daß diese Tochter, deren Mutter gestorben und deren kleine Schwester im Ausland in Sicherheit war, nun lernen könnte, auf eigenen Füßen zu stehen, und daß sie beide bald wieder vereint sein würden. *Jugendarbeitslager!* Wo man sie und ihn umbringen sollte.

Und ich war am Leben, um über die Wendungen nachzudenken, die meine Tante zu ihren eigenen gemacht hatte, indem sie die verzweifelte Hoffnung meines Vaters in eine vollendete Realität verwandelte. Wenn er mir vor seiner Deportation noch geschrieben hatte, so war der Brief nie angekommen. Wahrscheinlicher ist, daß er es nicht über sich brachte, dem Kind, dessen Krankheit er nun als einen Segen betrachtete und das er vor allem Wissen um das Böse bewahren wollte, zu sagen, was er befürchtete. Oder vielleicht hatte er nicht mehr genug Zeit gehabt, bevor man ihn abholte. So viele Dinge gehörten zu dieser unbekannten anderen Welt meiner Kindheit, einer Welt, der ich nie oder nur kurz angehört hatte.

Es war 1937 gewesen, als ich wieder zu laufen anfing, da hatte mich mein Vater zu einem Besuch mit nach Hause genommen. Meine Großeltern waren gestorben, und Tante Beate, die sie bis zu ihrem Ende gepflegt hatte, wartete auf ihr amerikanisches Visum. Sie kam, um mich in den sechs Wochen, die ich zu Hause verbringen sollte, zu betreuen – ich war immer noch eine Halbinvalidin, die an Krücken ging. Ich erinnere mich daran, daß ich viel Zeit damit verbrachte, aus dem Fenster zu sehen ...

Sie beobachtete, wie sie marschierten und sangen – eine riesige schwarze und braune Schlange, die sich durch ein brüllendes Kaleidoskop wand.

»Judenkind, Hinkebein!« *schrien die Kinder, und der Stein verfehlte sie nur knapp.*

Ich erinnerte mich an diese Kinder, an den Ausdruck unschuldiger Grausamkeit, als die Steine die Fensterscheibe durchschlugen. Aber ich hatte Mühe, mir die Gesichter meines Vaters und Lias ins Gedächtnis zu rufen. Ich konnte sie mir nur fixiert, statisch vergegenwärtigen, so wie sie auf den wenigen Schnappschüssen erschienen, die wir von ihnen besaßen: einen schlanken Mann in einem langen Mantel, der blind in die Kamera lächelt, weil das Sonnenlicht zu stark ist; ein kleines Mädchen, das sich mit ernsthaftem Blick über einen Puppenwagen beugt. Es gab ein Paßbild von ihm: forschende Augen, die den Betrachter durch eine Brille mit schwerem Gestell direkt anblickten, die Lippen fest zusammengepreßt, das zurückweichende Haar sorgfältig gebürstet. Und es gab eine Studioaufnahme, »Amalias erster Tanz, Winter 1936«, stand auf der Rückseite: Ihr Nacken ist entblößt, ihr Kopf von einem unsichtbaren Licht angestrahlt und nach oben einem Fleck entgegengereckt, auf den der Fotograf sie blicken ließ.

Ich kannte die beiden nicht besser, als ich meine Mutter gekannt hatte, die an der Krankheit gestorben war, von der es hieß, ich hätte sie geerbt.

Und doch ... Ich erinnerte mich an den Druck von Lias magerer, harter Hand, als sie mich bei der Schulter packte und meinen Arm hielt, damit ich an meinen Krücken das Gleichgewicht wiedergewann, an das Geräusch ihres Atems, ihre dunklen, vor Angst geweiteten Augen, als sie zischte: »Rahel, bist du verrückt? Du darfst dich nicht zeigen! Sie wissen, daß hier Juden wohnen. Wir dürfen an einem solchen Tag nicht ihre Aufmerksamkeit auf uns ziehen.«

Das Bemühen, unauffällig zu sein, hat ihnen nichts genützt. Während ich – das hinkende Judenkind – von meinem Vater sofort zurück in die Schweiz in Sicherheit gebracht wurde. Als er aufbrach, um zum letztenmal nach Deutschland zurückzukehren – daran erinnere ich mich –, lehnte er sich über das Gitter meines Bettes, und ich sah eine graue Schläfe über der blauen Ader, die sich durch die weiße Haut abzeichnete, bevor er so nahe war, daß ich nichts mehr wahrnehmen konnte, nur noch seinen Geruch, eine Mischung von Zigarrenrauch, frischer Wäsche und Rasierseife. *»Nicht weinen, Kind. Ich komm bald wieder.«*

Beides erfüllte sich nicht. Ich weinte. Und er kam nie mehr zurück.

Zusammen mit Tante Beate ging ich mir einen Film über die Lager ansehen. »Dann weißt du, wo und wie sie gestorben sind.« Danach hatte ich monatelang Alpträume, die sogar jetzt noch gelegentlich wiederkehren. Als wir das Kino verließen, nahm ihr Gesicht einen Ausdruck an, den sie allein für dieses Thema reservierte: »*Nun*, was sagst du dazu? *Das haben deine Leute uns angetan.*« Mit meinen Leuten meinte sie Christen.

Ich glaube nicht, daß sie so grausam war, mich mit denen gleichzusetzen, die am Tod unserer Familie schuld waren, aber ich hatte in ihren Augen zumindest mein Volk verraten. Als selbsternannte »gute Jüdin« bemühte sie sich, meiner Entfremdung vom Judentum, meiner Unwissenheit mit derselben Inbrunst abzuhelfen, mit der sie sich meiner Amerikanisierung gewidmet hatte. Ein guter Jude zu sein bedeutete für Tante Beate, *Pietät* zu haben. Das bedeutete nicht Frömmigkeit, sondern eine mystische Einstellung zur eigenen Familie, zur eigenen Sippe, zur Vergangenheit, so etwas wie »Soul« für einen Schwarzen. Dafür mußte man nicht unbedingt koscher essen oder den Sabbat einhalten. Sie aß Matzen an Pesach und nichts an Jom Kippur – dem einzigen Tag im Jahr, an dem sie in die Synagoge ging. Da weinte sie dann im Gedenken an die Toten. *»Überhaupt keine Pietät hast du!«* pflegte sie zu lamentieren, um mir dann vorzuhalten: *»Dein Vater selig ist leider schuld, daß du eine Schickse geworden bist.* Wenn er dich nur von dort weggeholt hätte und hier herübergekommen wäre, als ich es ihm sagte. *Aber was kann man machen?*«

Meine Krankheit war nicht der einzige Grund, der ihn von der Emigration abhielt: Er hatte seine Anwaltspraxis nicht aufgeben wollen – es waren zu viele Menschen auf ihn angewiesen.

Seine Schwester war anderer Meinung. So wie sie es nicht über sich brachte, den Namen Péniel auszusprechen, nannte sie meinen Vater niemals ausdrücklich einen *Schlemihl*, sondern deutete es stets nur an: Man spricht nicht schlecht von den Toten, schon gar nicht von den nächsten und liebsten. »Und wofür ist er geblieben? Um auf diese schreckliche Weise zu sterben – und das Kind, für das er alle diese Opfer gebracht hat, ist Antisemitin geworden!«

Das ging zu weit. Ich hatte zu Tante Beate gesagt, ich sei weder eine religiöse Jüdin, noch glaube ich an die Idee einer jüdischen Nation.

»Das ist dasselbe.«

»Nein, ist es nicht. Ich leugne keinen Augenblick, daß ich Jüdin bin, habe es nie getan und werde es nie tun.« Wie konnte ich etwas verleugnen, das mein ganzes Leben bestimmt hatte? »Im Unterschied zu dir ...«

Ich konnte nicht weitersprechen. Wie erklärt man Dinge, die man selbst kaum versteht, einer Person vom Schlag Tante Beates mit ihren simplen Gewißheiten? Ich hätte hinzufügen können, daß ich in dieser Angelegenheit gar keine Wahl gehabt hatte und daß ich, wenn ich hätte wählen können, vielleicht beschlossen hätte, etwas anderes zu sein, weder ein Krüppel noch ihre Nichte. Ich glaube nicht, daß ihr das gefallen hätte.

Sie ist im Lauf der Jahre milder, erträglicher geworden. Aber ich bedauerte alle, die sie kannten, als sie jünger war – vor allem meinen Vater. »Der arme Albrecht«, pflegte sie zu sagen, »›*ohne die gute Beate, wo wäre er?*‹ haben die Leute immer gefragt.« Zugegeben, nach dem Tod meiner Mutter, als ihre Eltern noch keine Pflege brauchten, war sie oft gekommen, um ihrem Bruder zu helfen, der mit zwei kleinen Kindern allein dastand – ein Schicksal, das er sich selbst zuzuschreiben hatte, da er jeden guten Rat in den Wind geschlagen und meine Mutter geheiratet hatte, die an dieser schändlichen Krankheit litt und starb, bevor Hitler die Möglichkeit hatte, wirkungsvoll nachzuhelfen. Was wäre aus ihrem Bruder geworden ohne Beate?

Tot wäre er! Genauso tot. Jeder, sogar seine Schwester, konnte im nachhinein klüger sein. Er starb, zusammen mit Lia, die niemals eine Chance hatte, herauszufinden, was sie hätte tun können, wenn sie die Wahl gehabt hätte. Sie wurden beide an den Ort gebracht, an dem auch ich hätte umkommen sollen, dem ich aber wegen meiner Krankheit entrann, eben der Krankheit, die einen weiteren Grund für meine Eliminierung lieferte.

Zu Hanka habe ich einmal gesagt, daß sich mir, wäre ich an ihrer Stelle gewesen, niemals die Chance zu der Art von Heroismus eröffnet hätte, den sie und ihre Mutter bewiesen, als sie die Wachen ihres Lagers überlisteten und flohen. Menschen mit körperlichen Gebrechen wie ich waren es nicht einmal wert, eine Weile am Leben gelassen zu werden, um sie in Munitionsfabriken arbeiten zu lassen.

»Richtig«, hatte Hanka zugestimmt. »Du wärest gleich an der Rampe, wo die Züge ankamen, für die Gaskammer selektiert worden.«

Ich hatte mich oft gefragt, wie es wirklich war, auch nachdem ich die Filme gesehen oder Hankas Berichte gehört hatte. Ich stellte es mir im Zusammenhang mit Péniel vor: ein Zug – die einzige Verbindung; ein Ort – angesiedelt im Nirgendwo; eine Sackgasse, die zu keinem anderen Bestimmungsort führte. Dort mußte die Außenwelt ein bißchen wie die Welt ausgesehen haben, die ich mir von meinem Platz aus hinter den Bergwänden,

den Balkongeländern, Bettgittern vorstellte, durch einen Spiegel falsch herum erspäht ...

Falsch herum. Damit endeten die Ähnlichkeiten. Dort war es unendlich viel tödlicher: Kälte, Hunger, Krankheit, Stacheldraht und das Loch im Beton, durch das Gas strömte.

Falsch herum! Warum war es nicht umgekehrt? Warum lebte ich, während Lia sterben mußte? Ihnen war so wenig Zeit geblieben, hieß es im Brief meines Vaters. Überhaupt keine Zeit für Lia. Am Ende nur der Todeskampf, davor Angst. Sie hatte keine Sœur Madeleine, die ihr beistand, keinen *Docteur*, der sie tröstete.

Desinfektionsgas, ich kannte es. Es wurde in Péniel verwendet, wann immer ein Patient das Sanatorium verließ. Es war so stark, daß jeder Spalt im Zimmer abgedichtet werden mußte. Selbst wenn man es von weitem roch, besonders wenn später die Türen und Fenster geöffnet wurden, brannten einem die Augen davon. Die kleinste Wanze verendete in den so desinfizierten Räumen. Menschen konnten ... ja, sie auch. In einer zusammengepferchten Menge. Nach Luft ringend. Allein. Im Todeskampf.

»Es ist unvorstellbar«, hieß es nach dem Krieg.

Es *war* vorstellbar. Ich, die nichts wissen sollte, hatte es gesehen, in dem schräg gehaltenen Spiegel. Das ist es, was Menschen anderen Menschen antun, die für sie nicht zählen, die sie hassen, die sie verabscheuen oder verachten. Warum?

Bloß weil sie existieren. Weil sie anders sind. Sie taten es im Namen ihres Glaubens, ihres Landes, ihres Volkes, ihres Führers.

Die Kellnerin fragte mich etwas. Verständnislos blickte ich auf.

»Noch Kaffee?« sagte sie. »Möchten Sie noch etwas Kaffee?«

»Nein danke. Ich bin fertig.« Ich tastete nach dem Silbergriff meines Stocks und sammelte die Seiten von Tante Beates Brief auf. An der Tür stieß ich beinahe mit Paul zusammen.

»Immer sachte, Raich! Was ist denn los? Irgend etwas nicht in Ordnung? Haben Sie ein Gespenst gesehen?« Er hielt meine Hand, die immer noch den Brief umklammerte. »Haben Sie schlechte Nachrichten von zu Hause?« Sein Gesicht, normalerweise heiter, zeigte Besorgnis.

Ich starrte ihn an und bemerkte die Vollkommenheit seines makellosen weißen Hemdes. Das brachte mich wieder zu mir, wie aus einer Trance. »Keineswegs. Ich war im Moment nur meilenweit weg, in Gedanken.« Ich versuchte zu lachen.

»Was immer das für Gedanken waren, sehr angenehm können sie nicht gewesen sein, so wie Sie ausgesehen haben.«

»So schlimm? Es tut mir leid, wenn ich Sie erschreckt habe.«

»Mich haben Sie nicht erschreckt, eher Sie sich selbst.«

Verlegen entzog ich ihm meinen Arm. »Sie sehen sehr elegant aus heute. Fertig für den großen Tag?«

»Ja, weitgehend. Schon gefrühstückt? Können wir uns treffen, wenn ich fertig bin? Es wird nicht lange dauern. Ich muß vor zwölf in Genf sein.«

»Ja, gerne«, sagte ich mit einem Anflug von Bedauern und blickte hinaus in die strahlend sonnige Herbstlandschaft. Damit war die Chance dahin, in die frische Luft zu gehen, solange das schöne Wetter anhielt, und den geheimnisvollen Friedhof zu suchen.

FÜNFZEHN

Mit Name, Funktion und Sprachen gut leserlich etikettiert, saß ich in der Hotelhalle und wartete auf die Ankunft der Kongreßteilnehmer. Mein spanisch-portugiesischer Kollege Alfredo, der auch zur Verfügung hätte stehen sollen, war nirgendwo zu sehen. Paul war mit Sylvie, seiner Sekretärin, nach Genf gefahren, um die Ankunft diverser Flugzeuge abzuwarten, die im Lauf des Nachmittags eintreffen sollten. Sylvie würde mit einem der gecharterten Busse zurückkommen, während der große Meister es für seine Pflicht hielt, einige »sehr wichtige Leute«, wie er sich ausdrückte, selbst in seinem Auto zu chauffieren. Ich hatte keine

Ahnung, was deren Wichtigkeit ausmachte, vermutete jedoch, daß es etwas mit finanzieller Ansprechbarkeit in bezug auf die Ideen und Produkte von »Holistic Medicine« zu tun hatte.

Es war keineswegs unangenehm, sich in einem bequemen Sessel zurückzulehnen und die Welt – oder eher die begrenzte Welt des Hotels – zu beobachten. Wenn ich die Augen schloß, konnte ich mich in den *dortoir* oder ins *onze* zurückversetzt fühlen, wo ich bei offener Tür von meinem Bett aus dem Treiben auf dem Korridor lauschte. Gesprächsfetzen, Gelächter, Gesang, damals wie heute. Hinter einer geschlossenen Tür waren die vertrauten Töne eines Volksliedes zu hören ... Wieder einmal war die Zeit stehengeblieben.

Ein bißchen verwirrt erhob ich mich. »Was ist denn da los?« fragte ich die Frau in der Empfangsloge.

»Das ist eine Tagung von Schweizer Fotografen«, erklärte sie. »Sie sind in Péniel, um Material für den Fremdenverkehr aufzubereiten. Singen versetzt sie in Stimmung.«

Mich auch. Das ist die schöne Seite des Erinnerns, dachte ich, als ich die Melodie leise mitsummte. Die lächelnde Empfangsdame schloß sich im Sopran meinem Alt an. Unser vergnügliches Duett hatte ein Ende, als wir sahen, daß ein Bus vor der Glastür vorgefahren war, dem dichtauf ein zweiter und ein dritter folgten. Was sie ausspien, sah aus wie ein Heer von Repräsentanten der Vereinten Nationen: Menschen jeder Hautfarbe, die meisten europäisch gekleidet, einige in verschiedenen Nationaltrachten. »Das müssen Ihre Leute sein«, sagte meine Mitsingerin. »Alle unsere anderen Gäste sind Europäer.«

Die Vergangenheit versank. Ich war wieder in der Gegenwart mit der üblichen Mischung von Chaos und Komödie, die für den Beginn eines jeden Kongresses typisch ist.

Sie ergossen sich durch die Drehtür, füllten die Halle, eine ungeduldige Schlange, die sich vor dem Empfang staute. Vielsprachiges Stimmengewirr übertönte den Gesang, Gepäckstücke breiteten sich überall aus. Die Kongreßteilnehmer waren in Gruppen angekommen, mit diversen Begleitpersonen, paarweise oder allein. Einige hatten offenbar ganze Familien mitgebracht, was durchaus plausibel war, weil Péniel jetzt als Ferienort auf der Landkarte firmierte.

Um die Dinge zu beschleunigen und das Gedränge zu entwirren, das durch die Anwesenheit von Kindern noch verstärkt wurde, geleiteten wir Eltern und ihren Nachwuchs in einen Nebenraum. Einige wenige Männer waren mit ihren Partnerinnen, mehr oder auch weniger rechtmäßigen, gekommen, die meist als Sekretärinnen, persönliche Assistentinnen oder mit welchen Euphemismen auch immer etikettiert wurden, um die Beziehungen zu definieren, die offenkundig anspruchsvoller waren als die Ehe – die Aufmerksamkeit jedenfalls, die der in der Regel ältere Mann seiner Partnerin zuteil werden ließ, legte diesen Schluß nahe.

Tatsächlich mußte ich, nachdem einige Schlüssel ausgehändigt und die zugeteilten Zimmer inspiziert worden waren, als erstes Problem das eines rundlichen, kahl werdenden Herrn unbestimmten Alters lösen. Er hatte seinen Schlüssel und den seiner Gefährtin mit der Bitte um eine *chambre intercommunicante* zurückgegeben. »Wie soll meine Sekretärin Telefonanrufe entgegennehmen, wie soll ich ihr diktieren, wenn sie in einem anderen Stockwerk untergebracht ist?« Die junge Frau an seiner Seite errötete und starrte unverwandt und ernst auf den Teppich.

Das wird wohl ihr erster Ausflug dieser Art sein, dachte ich. Was sieht sie in ihm? Ich wagte einen raschen, verstohlenen Blick auf seinen runden Bauch, über dem eine schwere goldene Kette baumelte. Reichtum, Position und Alter können durchaus Aphrodisiaka sein. Vielleicht aber handelte es sich wirklich nur um eine berufliche Beziehung, und ich war diejenige mit der schmutzigen Phantasie. Letztlich kümmerte es mich nicht im geringsten. Und das Hotelpersonal auch nicht.

»Selbstverständlich, Monsieur. Kein Problem! Wir können Ihnen die Zimmer zwanzig und zweiundzwanzig geben. Sie haben eine Verbindungstür, die wir öffnen werden. Ich hoffe, Sie haben einen angenehmen Aufenthalt.«

Die unterschiedlichsten Bitten wurden beharrlich vorgetragen. »Was kann ich für Sie tun, Madame?«

»Ist ein Zimmer im Erdgeschoß frei? Mein Mann kann Fahrstühle nicht ausstehen und hat Schwierigkeiten beim Treppensteigen.«

»Meine Frau ist sehr lärmempfindlich; sie kann nicht schlafen, wenn das Zimmer zu nahe bei den Gasträumen liegt.«

»Ich habe ausdrücklich Einzelbetten bestellt, kein Doppelbett.«

Wenn Tante Beate dabeigewesen wäre, hätte sie trotz des zum Zimmer gehörenden Bads wohl nach einem Nachttopf verlangt. Wenigstens kam mir von den Kongreßteilnehmern keiner mit einem solchen Sonderwunsch. Und zu meiner Erleichterung war ein Mitglied des Küchenpersonals zur Stelle, um sich mit den verschiedensten Diätwünschen, Tabus und Vorurteilen zu befassen. In diesen Fällen brauchte ich bloß zu dolmetschen.

Ich half bei den Anmeldeformularen, bei der Schweizer Währung, bei der Suche nach vermißten Koffern. Ich übersetzte Fragen, Antworten und die Wiederholung von Fragen und Antworten. Die Empfangsdamen und Sylvie wären wohl durchaus imstande gewesen, ohne mich zurechtzukommen. Aber da Dolmetschen mein Job war, erwartete man einfach von mir, daß ich es tat.

Glücklicherweise – denn von Alfredo war immer noch nichts zu sehen – wurden Spanisch und Portugiesisch nicht benötigt. Alfredo erschien erst kurz vor dem Abendessen in Begleitung einer sehr attraktiven jungen Dame. Später erfuhr ich, daß sie zu den Fotografen gehörte, mit denen ich nachmittags gesungen hatte. Alfredo machte zum erstenmal einen angeregten Eindruck und erklärte, Péniel sei »ein idealer Konferenzort, finden Sie nicht auch?«.

Wie dem auch sei, die außerplanmäßigen Aktivitäten meines Kollegen waren nicht mein Problem, sondern Pauls, und der war anderweitig beschäftigt. Wir saßen bereits bei Tisch, als er seine *grande entrée* zelebrierte, gewandet in einen auffälligen hellen beigefarbenen Anzug mit Weste, dessen Wirkung durch eine leuchtend bunte, aber modische Krawatte und einen kostspielig gestylten Haarschnitt noch erhöht wurde. Vom Scheitel bis zur

Sohle verkörperte er den Direktor eines internationalen Kongresses: zuvorkommend, charmant, mit Vollmachten ausgestattet. Durch den Speisesaal stolzierend, begrüßte er jeden Gast, fragte, ob alles zur Zufriedenheit ausgefallen sei, und brachte seine guten Wünsche für einen erfolgreichen Aufenthalt zum Ausdruck, bevor er dann mit einer Gruppe vermutlich »sehr wichtiger Leute« selbst Platz nahm.

Nach dem Essen begaben wir uns zum Kaffee in die Halle. Sogleich näherte sich mir mein erster Kunde, ein Französisch sprechender westafrikanische Herr, mit den Worten: *»Ah – voilà notre interprète!«* Auf sein Namensschildchen weisend, stellte er sich vor: »Dr. Sadji.« Wir gaben einander die Hand. Er erklärte mir, daß er einen Beitrag vorlesen müsse, den er zwar schon verfaßt habe – doch leider habe er Schwierigkeiten gehabt, eine Stenotypistin zu finden. Angesichts der Unzuverlässigkeit der regulären Briefpost sei es zu spät gewesen, den Beitrag noch rechtzeitig zu schicken. Und ein Einschreibe- oder Eilbrief wäre unerschwinglich teuer gewesen *»dans mon pauvre pays«*.

Ich machte den Entschuldigungen ein Ende: »Sie möchten, daß ich noch heute abend daran arbeite?« Da ich schon darauf gefaßt war, einen Teil des Abends mit Übersetzen verbringen zu müssen, wenn nicht Mathieus Beitrag, dann den irgendeines anderen, nahm ich es ihm nicht allzu übel.

Er nickte niedergeschlagen.

»Ist es in Ihrer Heimat sehr teuer, etwas tippen zu lassen?« fragte ich, ohne zu ahnen, welche Wirkung meine Frage haben würde. Offenkundig hatte ich einen empfindlichen Nerv getroffen.

»Alles ist teuer in meiner Heimat. Und darüber muß ich auch mit Ihnen sprechen. Kommt Ihre Organisation wohl für die täglichen Spesen während des Kongresses auf? Wenn ich gewußt hätte, daß man mir nur das Hotel und die Reise bezahlt, hätte ich nämlich nicht kommen können.«

»Ich dachte, Sie arbeiten für ein medizinisches Institut – zahlt man Ihnen da keinen Zuschuß?«

Gesicht und Stimme Dr. Sadjis verrieten Erregung: »Ich habe

nur mein Gehalt, das von der Regierung bezahlt wird. Ich versichere Ihnen, hier würde ich damit nicht weit kommen. Jedenfalls haben wir strenge Devisenbeschränkungen ... Ich brauche wirklich Geld, solange ich von zu Hause fort bin.«

Um es hier wofür auszugeben? hätte ich beinahe gefragt. Doch ich erinnerte mich daran, wie man mir selbst diese Frage gestellt hatte, als ich mich in einer vergleichbaren Situation befand.

Aus dem Stegreif hielt er mir nun einen Vortrag über vergleichende Nationalökonomie – mit diversen Fakten und Zahlen.

Seit meiner Jugendzeit freilich pflege ich abzuschalten, wenn man mit mir über Geldfragen redet, selbst wenn sie so dringlich zu sein scheinen wie in diesem Fall. Ich wartete auf eine Atempause und unterbrach ihn dann: »Ich werde mit Sylvie über Ihr Problem sprechen; sie ist Mr. Rossis Assistentin und für alle finanziellen Fragen zuständig.« Und mit einem Gefühl der Erleichterung fügte ich hinzu: »Ich bin doch nur die Dolmetscherin. Wollen Sie mir nicht Ihren Beitrag bringen?«

»Ich hole ihn sofort.«

Als er fort war, wurde mir ein weiterer Übersetzungsauftrag in die Hand gedrückt – von jemandem, der sich nicht einmal die Mühe machte, mich zu fragen, ob ich ihn übernehmen würde. »Hier, *Madame*. Wie ich eben höre, braucht man den Text auf französisch. Das hat man mir vorher nicht mitgeteilt. Ich bin ein sehr beschäftigter Mann und möchte, daß dies umgehend erledigt wird, damit ich den Text noch überprüfen kann, bevor er vorgetragen wird: Sie sollten ihn morgen früh als erstes fertig haben.« Das war alles.

Ich zog mein Programm zu Rate: »Tuberkulöse Infektion bei Wanderarbeitern«. Dr. El Sharif, der aus einem Golfstaat kam, wo man mit Frauen und Arbeitern gleich gut umzuspringen weiß, war mit seinem Vortrag erst später in der Woche dran. Ich hatte keineswegs die Absicht, ihm den Vorrang zu geben. Für solche Leute stand das Funktionieren des Personals auf einer Stufe mit der Perfektion der von ihm bedienten Geräte: Sylvie und ich hatten also nur zu spuren.

Dr. Sadji kam zurück und überreichte mir mit den Worten »Ich hoffe, es ist einigermaßen lesbar für Sie« drei handgeschriebene schmuddelige Seiten.

Ich warf einen raschen Blick darauf: ein in letzter Minute hastig verfaßter Text, vermutlich erst auf dem Flug nach Genf geschrieben. »Ich werde das abtippen und den englischen Text morgen früh bis zum Frühstück fertig haben; dann kann ihn Sylvie für Sie kopieren.« Er dankte mir überschwenglich.

Wofür? Ich tat bloß meine Arbeit. Ich sah mir die Blätter in meiner Hand noch einmal an. Vielleicht hatte er ja ein Arbeitspensum, das für uns Angehörige der westlichen Welt unvorstellbar war und ebenso unvorstellbar schlecht bezahlt wurde. Wie konnte ich, die es doch einst besser gewußt hatte, in meiner komfortablen Situation nur so vorschnelle Schlüsse ziehen! Ich warf einen Blick auf meine Uhr. »Am besten fange ich gleich an. Bis morgen dann. Und ich vergesse auch nicht, mit Sylvie zu sprechen. *Bonne nuit, Docteur.*« Ich reichte ihm die Hand, die er herzlich schüttelte.

Doch es sollte mir nicht so rasch gelingen, mein Zimmer zu erreichen. Weitere Hindernisse stellten sich mir in den Weg. Mein Etikett schien die Kongreßteilnehmer förmlich anzuziehen. Ein rotgesichtiger Herr mit strahlendem Lächeln, der wie ein zu groß geratener Schuljunge – freilich ohne Haar – aussah, hielt mich auf: »Verzeihen Sie bitte«, sagte er, »eine etwas peinliche Frage. Ich habe einen Vortrag zu halten, weiß aber nicht, wann. Meine Frau notiert alle meine Termine, aber der Terminkalender ist leider zu Hause geblieben.«

»Sehen wir mal nach. Die Programme liegen dort drüben aus.« Ich deutete auf einen kleinen Tisch an der Wand, auf dem ein Stapel lag. Ich reichte ihm ein Programm. »Wie ist Ihr Name?«

»Schmidt.«

Schmidt, Heinrich, Doktor der Medizin, Institut für Psychiatrie ... Deutschland: Donnerstag, 17 Uhr: »Gibt es eine Tuberkulose-Persönlichkeit?« Das war eine meiner ersten Übersetzungen für den Kongreß ins Englische und ins Französische gewesen.

»Oh, vielen Dank. Ich danke Ihnen sehr. Aber ...« Er bemerkte die vollgekritzelten Blätter in meiner Hand. »Sollen Sie das übersetzen?«

»Ja – um die Wahrheit zu sagen, noch heute abend.«

Er schüttelte mißbilligend den Kopf. »Heute abend? Ich habe Ihnen meinen Text sofort geschickt, nachdem man mich dazu aufgefordert hat. Ich hätte ihn leicht zu Hause übersetzen lassen können, aber man hat mir den Eindruck vermittelt, daß hier ein großer Übersetzerstab zur Verfügung stehen würde.«

»Der große Übersetzerstab besteht aus Alfredo und mir. Ich glaube, das haben sich die wenigsten so vorgestellt«, sagte ich und dachte an den Herrn vom Golf. »Allerdings«, fuhr ich fort, »verfügen einige der Gäste in ihren Heimatländern nicht einmal über unsere begrenzten Möglichkeiten.«

»Das glaube ich Ihnen«, stimmte er mir zu und wollte dann wissen, aus welcher Gegend in Deutschland ich denn käme. »Deutsch ist Ihre Muttersprache, nicht wahr?«

»Ich wurde in Deutschland geboren, habe es aber im Alter von drei Jahren verlassen.«

»Und wie kommt es dann, daß Sie es so perfekt sprechen?«

»Ich hatte Unterricht ...«, murmelte ich und versuchte voller Unbehagen der Antwort auf sein ganz aufrichtiges Interesse auszuweichen. »Ich ... ich lese sehr viel.«

Dr. Schmidt blieb hartnäckig. »Wo lebt Ihre Familie denn jetzt?«

Mir gefiel die Richtung, die das Gespräch nahm, nicht sonderlich, weil es dem Teil meiner Persönlichkeit zu nahe kam, den ich lieber verborgen hielt. »Warum sagst du den Leuten nicht einfach, daß du Jüdin bist?« hatte Hanka mir einmal geraten, als sie mich in einer ähnlichen Situation hatte herumdrucksen sehen. »Ich tue das immer.«

Ich nicht. Wie bei meiner Behinderung schätze ich es nicht, mich zu offenbaren, wenn ich nicht genauer weiß, mit wem ich es zu tun habe. Das eingeschüchterte Kind ist immer noch in mir lebendig, und eine potentielle Sœur Anastasia – wenn schon nicht ein »*Gauleiter*« – kann in jedem mitteleuropäischen Fremden schlummern. »Fast alle meine nahen Verwandten sind mittlerweile gestorben.« Ich wedelte mit dem Blätterbündel in meiner Hand. »Leider muß ich jetzt gehen. *Gute Nacht, Herr Doktor Schmidt.*«

Erneut machte ich mich auf den Weg zu meinem Zimmer, aber dann sah ich Paul auf mich zukommen. »Raich, ich habe Sie gesucht. Können wir kurz miteinander sprechen?« Wir hockten uns auf den steinernen Rand eines geschmackvoll beleuchteten Blumentrogs. »Sehen Sie den Herrn dort drüben mit dem grauen Anzug und der Brille?«

Ich folgte seinem Blick. »Was ist mit ihm?«

»Nun, es ist ein bißchen ... sagen wir: delikat. Er heißt Walter Huber. Kein Doktor, keine Universität, kein Krankenhaus, kein Institut. Er ist die einzige zur Teilnahme angemeldete Person, über die wir absolut keine Angaben haben. Wir wissen nur, daß er in Zürich in einer sehr teuren Gegend wohnt.« Als Paul das sagte, erinnerte er mich an eine Katze, die einen Vogel wittert. »Ich möchte zu gern erfahren, was er hier macht.«

»Warum fragen Sie ihn denn nicht? Da er hergekommen ist, muß er einen Grund haben. Fragen Sie ihn doch.« Nichts einfacher als das!

»Das könnte ich natürlich. Aber es wäre vielleicht besser, wenn ihn jemand anders in ein Gespräch verwickelte, jemand, der nicht direkt mit ›Holistic Medicine‹ zu tun hat. Es ist ja bekannt, daß Leute hierherkommen, um Informationen über Konkurrenzfirmen zu sammeln. Andererseits«, fuhr er fort, »falls er daran denkt, Geld in unser Unternehmen zu investieren, wär's ein bißchen ungeschickt, ihn nach seinen Plänen zu fragen. Ich würde es sehr zu schätzen wissen, Raich, wenn Sie für mich herausfänden, worum es geht. Sie wissen ja, daß mein Französisch alles andere als gut ist, und Deutsch spreche ich praktisch überhaupt nicht ...«

Seine Bescheidenheit war geradezu rührend. »Warum ich? Glauben Sie doch nicht, daß die Kongreßteilnehmer irgendeinen Unterschied zwischen uns sehen. In ihren Augen gehören wir alle zum Personal von ›Holistic Medicine‹. Ich wüßte nicht einmal, wie ich so etwas anfangen sollte.«

»Reden Sie mit ihm, ganz beiläufig. Sie müssen ja nicht auf Investitionen zu sprechen kommen, bringen Sie ihn einfach zum Reden.«

»Ist das nicht eher Sylvies Job? Ihr Französisch ist in jeder Beziehung genauso gut wie meins.« Die Aussicht, hier auch noch den Finanzschnüffler zu spielen, war mir alles andere als angenehm.

»Ja, natürlich ist es das. Darum geht es nicht. Ich bitte Sie ja nicht, ein Problem zu lösen. Nur herauszufinden, ob es überhaupt eines gibt. Ich wäre Ihnen wirklich sehr dankbar, Raich.« Er mobilisierte seinen ganzen Charme.

»Wenn Sie wüßten, wie sehr mir solche Dinge zuwider sind.«

»Bitte, Raich«, flehte er.

»Wie, sagten Sie, heißt er?« fragte ich mit einem tiefen Seufzer der Resignation. »Und wann soll ich anfangen, Spionin zu spielen?«

»Am besten gleich. Ich würde Sie ja mit ihm bekannt machen, aber das wäre zu durchsichtig. Stellen Sie sich einfach selbst vor. Okay, Raich?«

Rasch wandte sich Paul einer Gruppe von Gästen in der Nähe zu. Immer noch in Hörweite erging er sich, während ich Dr. Sadjis Beitrag zusammenfaltete und in meine Schultertasche steckte, nun über das Thema *premier cru*: »Da wir von 1970 sprechen, ein exzellentes Jahr. Château Mouton-Rothschild hat damals einen stilistisch hervorragenden Pauillac von unerhörter Eleganz produziert.«

Meine Güte! Dieser Wein mußte wirklich sehr kostbar sein, wenn Paul seiner Zunge so komplizierte Wendungen abrang. Doch Qualität hin und Niveau her – in der Zeit, die wir miteinander bei Tisch verbrachten, hatte Paul bislang überhaupt noch keinen Wein getrunken.

»Immer noch hier?« fragte Dr. Schmidt, als ich an ihm vorbei in Richtung des geheimnisvollen Mannes schlenderte.

»Oh, leider ja.«

Herr Walter Huber saß allein und schien ganz in das Studium unseres Programms vertieft zu sein. Er sah eher gediegen als »wichtig« aus. Seine Erscheinung verriet nicht viel: ein adretter Haarschnitt, konservative Krawatte, zwei Zentimeter der Manschette sichtbar. Sein Anzug war schlicht, aber teuer. Diskretion und Zurückhaltung vom Scheitel bis zur Sohle. Alles andere als die Sorte Mensch, die sich bereitwillig aushorchen ließ.

»*Bonsoir, Monsieur.*« Ich hatte mich für die direkte Annäherung entschieden.

Er erhob sich sofort und ein bißchen steif.

»Darf ich Sie fragen, was Sie hierherführt? Ich meine, was ist Ihr persönliches Interessengebiet? Sind Sie Mediziner wie die meisten Kongreßteilnehmer?« Na, dachte ich, ist das nicht ein taktvoller Anfang?

»Nein, nein«, wehrte er bescheiden ab, »ich bin kein Arzt, ich bin geschäftlich hier. Aber da ich mich sehr für homöopathische Medizin interessiere, hielt ich es für lohnend, mich auch ein bißchen mit ganzheitlicher Medizin zu befassen – natürlich als Amateur.« Sein Französisch hatte nur einen ganz leichten schweizerdeutschen Akzent.

»Was mich betrifft, so ich bin hierhergekommen, weil ich hier aufgewachsen bin und den Ort wiedersehen wollte, in dem ich als Kind gewohnt habe«, vertraute ich ihm an, um mich von dem Unternehmen zu distanzieren, für das ich arbeitete.

Bis jetzt hatte er in jener sonderbar indifferenten Art mit mir gesprochen, in der Leute auf Partys plaudern, während sie ihre Blicke schweifen lassen, ohne sich auf ihre Gesprächspartner zu konzentrieren. Nun aber sah er mich an. »Sie waren früher hier? Wann?« Seine Zurückhaltung war gewichen.

»In den dreißiger Jahren und während des Krieges – warum fragen Sie?«

»Weil ich auch hier war, vor dem Krieg, in einem Nebengebäude, das *Les Papillons* hieß. Kannten Sie es?«

Ich lachte: »Sehr gut sogar. Dort war ich auch.«

Beinahe aufgeregt fuhr er fort: »Mein Zimmer war *le cinq*.« Und um sich in alter Péniel-Manier zu kategorisieren, fügte er hinzu: »Ich hatte Tb im Knie« – was seine Steifheit beim Aufstehen erklärte.

So wie Mädchen vom *dortoir* in *le onze* umzogen, wenn die erste Menstruation die Trennung von den Jungen notwendig machte, wurde *le cinq* zum Domizil der größeren Jungen, wenn sie in den Stimmbruch kamen. Obwohl wir – im Unterschied zu den gleichaltrigen Mädchen – die Terrasse mit ihnen teilten, wollten diese Heranwachsenden mit uns Kleinen nie etwas zu tun haben.

Er beugte sich vor, um mein Namensschild zu lesen. »Rachel – lassen Sie mich überlegen ... ich weiß nicht, ob ich mich an Sie erinnern kann.«

»Ich kann mich leider auch nicht an Ihren Namen erinnern.« Walter Huber? Er sagte mir nichts.

»Man nannte mich damals Walti.«

»Walti?« Ich dachte angestrengt nach. Ja, da klingelte doch etwas bei mir: »Walti der Sieger!« sagte ich, ohne zu wissen, wo ich dieses Attribut hervorgeholt hatte. Wir blickten einander an, und ich registrierte, daß er ein bißchen errötete. Dann brachen wir in Gelächter aus. Es war ein besonderes, verschwörerisches Lachen, wie man es von Kindern hören kann. Ganz spontan war eine Verbindung zwischen uns entstanden. Doch in eben diesem Augenblick wurde ich gebeten, in einer mehrsprachigen Diskussion mit fehlendem Vokabular auszuhelfen. Sehr widerstrebend verabschiedete ich mich: »Monsieur Huber, wir haben uns viel zu erzählen. Es ist mir eine Freude, Sie hier zu treffen.« Wir schüttelten einander die Hände.

»Ganz meinerseits. Bitte, nennen Sie mich doch Walti, aber erzählen Sie's nicht weiter«, flüsterte er, immer noch ein wenig rot im Gesicht.

»Ich würde nicht im Traum daran denken.« Und ich würde einen Menschen, mit dem mich soviel verband, auch nicht ausspionieren. Das verbot der Kodex unserer Kindheit kategorisch.

Auf der Suche nach Paul hörte ich, wie eine Dame – sie wandte mir den Rücken zu – sagte: »Fotografen? Das erklärt alles! Ihr Gesang entspricht den Ansichtskarten hier. Die Schweiz hat ein großes Repertoire solcher Volkslieder. Einige sind sentimental, andere so kriegerisch, daß einem das Blut in den Adern gerinnt.«

Ich wollte einen Augenblick stehenbleiben, um vielleicht das Gesicht dieser Frau zu sehen. Hätte ich sie kennen müssen? Irgend etwas an ihrer Art zu sprechen kam mir vage bekannt vor. Aber da hörte ich Paul, der immer noch mit denselben Leuten über dasselbe Thema plauderte, mit lauter Stimme fragen: »Sagen Sie mir, welcher Weinberg in der Schweiz ist der innovativste?«

Großer Gott! Innovative Schweizer Weinberge! Pauls Worte stießen auf verdutztes Unverständnis: Die Leute hier wären nie auf die Idee gekommen, ihren seit Jahrhunderten betriebenen Anbau heimischer Reben, der vom Vater an den Sohn weitergegeben wurde, in einem solchen Licht zu betrachten. Der Kulturunterschied, der sich hier bemerkbar machte, war ein nahezu perfektes Beispiel der Nicht-Kommunikation, das den Fähigkeiten jedes Dolmetschers trotzen würde!

Weil ich befürchtete, daß man mich zur Übersetzung des Unübersetzbaren heranziehen könnte, schlich ich mich unauffällig davon, ohne etwaige Antworten abzuwarten. Sie würden sich zwangsläufig genauso bizarr anhören wie Pauls Frage.

»Sie hatten eine *coxalgie*, Madame, nicht wahr?« ließ sich eine männliche Stimme hinter mir vernehmen. Erschrocken wandte ich mich um. Der Mann, der mich angesprochen hatte, mußte um die Vierzig sein, Nordafrika – dachte ich, wegen der leicht arabischen Intonation seines Französisch.

»Ja«, antwortete ich kurz, und von der Direktheit dieser unerwarteten Frage ein wenig konsterniert, ging ich weiter. Er hatte natürlich recht, doch ich war es nicht mehr gewöhnt, daß meine Art des Hinkens auf den ersten Blick so genau diagnostiziert wurde. Ich glaubte nicht, daß er mich hatte kränken wollen, es war bloß eine – allerdings etwas unvermittelte – Feststellung, so wie man zu einem Brillenträger sagt: »Sie sind kurzsichtig, nicht wahr?« In manchen Ländern waren ja die Menschen – zumal Fachärzte – nach wie vor mit dieser Krankheit und ihren Folgen konfrontiert. Im alten Péniel hatte man mir diese Frage oft genug gestellt, aber dann nirgendwo mehr, weil die Tuberkulose, an der ich gelitten hatte, in der westlichen Welt kaum noch auftrat.

»Raich!« Paul tauchte neben mir auf, gerade als ich endlich ohne weitere Verzögerung den Fahrstuhl erreicht zu haben glaubte. »Ich habe Sie herüberkommen sehen, als ich mich mit diesen gräßlichen Wein-Snobs unterhalten habe. Sie hätten hören sollen, in welcher Sprache die über das Thema diskutieren! Aber lassen wir das – haben Sie etwas über unseren Freund in Erfahrung bringen können?«

»Er hat mir gesagt, er interessiere sich für alternative Medizin.«

»Glauben Sie, daß er Vermögen hat?« Pauls bebende Nase verriet sein brennendes Interesse. »Für mich sieht er aus wie ein Investment-Banker oder so was Ähnliches, meinen Sie nicht auch?«

Walti hatte in der Tat Geschäfte erwähnt, doch ich antwortete: »Ich habe keine Ahnung, wie ein Investment-Banker aussieht, und es interessiert mich auch nicht besonders. Es ist jetzt mein Job, Doktor Sadjis Beitrag zu übersetzen. Wie wäre es denn, wenn Sie etwas über *ihn* in Erfahrung brächten? Er hat nämlich finanzielle Probleme, über die man reden müßte.«

»Aber ich habe gesehen, daß Sie sich mit diesem Herrn Huber offenbar sehr gut verstanden haben. Was war denn in Ihrem Gespräch so komisch? Hat er Ihnen überhaupt keine Hinweise gegeben?«

»Bitte, Paul, fragen Sie ihn selbst. Sie oder Sylvie. Huber ist durchaus zugänglich.« Ich hatte genug. Meine alte Péniel-Loyalität ließ keinerlei Schnüffelei zu.

»Lassen Sie's mich wenigstens wissen, wenn Sie später etwas in Erfahrung bringen«, rief Paul noch hinter mir her, als mir die Flucht endlich geglückt war.

SECHZEHN

Sobald ich aus dem Fahrstuhl getreten war, wich meine Verärgerung über Pauls neugieriges Drängen einem Gefühl, das der Dankbarkeit nahe kam. Ohne ihn wäre ich wohl kaum mit Walti ins Gespräch gekommen. Und als mir noch einmal Pauls »innovative« Weinberge und die Verständnislosigkeit seiner Zuhörer einfielen, verwandelte sich mein Verdruß in Belustigung. Es war eigentlich kein schlechter Anfang gewesen, sofern man einen Kongreß nach dem ersten geselligen Abend einschätzen wollte. Und es lohnte sich gewiß, einige Teilnehmer näher kennenzulernen. Wer war diese grauhaarige Dame, die sich so respektlos über Schweizer Volkslieder geäußert hatte? Wieder hatte ich den deutlichen Eindruck, daß ich ihr schon einmal begegnet war. Vielleicht aber war das, was sich für mich so vertraut anhörte, bloß der spöttische französische Ton und nicht die Person.

Ich sollte mich bei dem Mann, der die Krankheit meiner Kindheit so genau identifiziert hatte, dafür entschuldigen, daß ich ihm so abrupt den Rücken gekehrt hatte. *Coxalgie!* Wie lange war es her, daß ich diesen Ausdruck zum letztenmal gehört hatte? Es war ein Spezialausdruck wie *le trois* oder *le onze* oder *le cinq*. Jeder, der einmal in *Les Papillons* gewesen war, wußte, was diese Zahlen bedeuteten und welche Heranwachsenden oder Kinder sie bezeichneten. Und jeder, der eine Zeitlang in Péniel gewesen war, kannte die medizinische Terminologie. Ich hatte damals ein höchst spezialisiertes, aber sehr begrenztes allgemeines Vokabular gelernt: *coxalgie, spondilite, tuberculose de péritoine, adénites bacillaires, tuberculose uro-génitale, mal de Pott lombaire, lupus vulgaire* – und manche andere. Im Alter von zehn Jahren kannte ich all diese Krankheiten beim Namen. Und noch heute kann ich jeder von ihnen ein Gesicht geben.

Eines stand mir nun vor Augen, das eines mageren, zerbrechlichen Mädchens mit glattem, nußbraunem Haar, das in der Mitte gescheitelt war, großen, hohlen Augen und fahler Haut. Es lachte nie.

»Aline, sois donc sensible! *Es gibt nichts, was wir medizinisch noch für sie tun können. Es wird ihr gutgehen: Ihr wird nichts geschehen, hat man mir versichert. Sie ist reinrassige Deutsche und deshalb völlig ungefährdet. Es geschieht nur wegen der finanziellen Kürzungen, hat man mir gesagt. Es ist einfach nicht möglich, daß sie hierbleibt. Wir sind ein kleines Land und nicht in der Lage, jeden zu behalten, dem das Geld ausgeht. Wir haben schon unsere kleine Jüdin. Die können wir natürlich nicht zurückschicken ...*«

Als Monsieur Guillaume Arnaud in der Halle mit Madame Arnaud sprach, hatte ich, ihnen den Rücken zuwendend, gleich neben der Tür gestanden. Entweder wußten sie nicht, daß ich zuhörte, oder sie glaubten, ich verstünde sie nicht. Ich wußte, daß es Maria war, von der sie sprachen. Sie war mit mir in *le onze* gewesen, bevor ich dort auszog und *volontaire* wurde. Ein Fachmann aus Deutschland war eingetroffen, um die Röntgenbilder deutscher Patienten zu prüfen und zu entscheiden, ob ihre Krankheiten heilbar waren. Wenn ja, durften sie bleiben, wenigstens noch eine Weile, wenn nicht ...?

Um diese Zeit kam ein kleiner Junge, Volker Hinderer, der auch eine *coxalgie* hatte, aus München zu uns. Das war schon ziemlich spät, 1943, als es an der Ostfront schlecht stand und jeder *Pfennig* für die Kriegsanstrengungen gebraucht wurde. Aber für Volker konnte man offenbar noch das notwendige Kleingeld erübrigen. Wir alle wußten, daß sein Vater Beziehungen zu höheren Rängen der NSDAP hatte. Volker bestand natürlich den Heilbarkeitstest. Was aber Maria betraf, so hatte ich Wörter wie *coxalgie double, tuberculose rénale bilatérale, péritonite* aufgeschnappt. Ich wußte genau, was sie bedeuteten. Nur was *pronostic* hieß, wußte ich nicht. Zuerst dachte ich, es sei ein anderes Wort für Blut, weil man sagte, Marias *»pronostic n'est pas favorable«*.

Ich hatte gar nicht so falsch gelegen. Es bedeutete, daß Maria, obwohl deutschen »Blutes«, auf einer Stufe mit den Juden stand. Wegen ihrer unheilbaren Krankheit wurde sie zu einer Belastung für ihr Land, ebenso unerwünscht und entbehrlich wie die Juden. Sie war wenig später abgereist, mit unbekanntem Bestimmungsort. Es kursierten Gerüchte, daß der schweizerische Katholische Wohlfahrtsverband sich ihrer angenommen hätte, und ich hoffte, daß es so war. Ich hatte so viele widersprüchliche Geschichten gehört ... Es hieß, daß *Le Docteur*, der niemals aus finanziellen Gründen einen Patienten abwies, über diese Entscheidung sehr unglücklich gewesen sei. Aber er war machtlos – wegen der Sperrung ausländischer Überweisungen dem Ruin nahe.

Ich hatte seit Jahren nicht an Maria gedacht, ebensowenig wie an Kirsten. Die Bedeutung des Wortes »Prognose« lernte ich erst kennen, nachdem ich Péniel verlassen hatte. Mit ihm wurden während meiner Kindheit keine Aussagen über die Zukunft gemacht. Wir sollten glauben, daß wir eines Tages alle geheilt sein würden. Man gab das Negative nicht zu, ebensowenig wie die Existenz des verschwiegenen Friedhofs, auf dem einige Patienten ihre letzte Ruhe gefunden haben mußten.

Was mich betraf, damals wie heute *la petite juive*, war dies ein Grund zur Beunruhigung: Ich, die man hierbleiben und überleben ließ, wurde die Nutznießerin einer Selektion.

Meine Stimmung, die eben noch so heiter gewesen war, schlug jäh um. Sie besserte sich auch nicht, als mein Blick auf Tante Beates Brief fiel. Ich sollte ihn wohl möglichst bald beantworten, doch mußte ich zunächst an meiner Übersetzung arbeiten.

Den ziemlich unheilverkündenden Titel *Corrélations économiques et sociales par rapport aux infections tuberculeuses dans un pays du Tiers-Monde* wollte ich zuerst mit »Soziale und ökonomische Faktoren bezogen auf Tuberkulose in einem Land der dritten Welt« übersetzen, beschloß jedoch mit Blick auf den Verfasser – der für die Formulierung dieses Titels mehr Zeit gebraucht haben mußte als für den Text selbst –, ihm mit einem zusätzlichen Wort die beabsichtigte Resonanz zu verleihen. Ich entschied mich für »Der Einfluß sozialer und ökonomischer Korrelationen auf tuberkulöse Infektionen in einem Land der dritten Welt«. Der Beitrag war eine leidenschaftliche Anklage gegen den geizigen reichen Westen, in dem die Krankheit zuerst aufgetreten sei und der deshalb tief in der Schuld der armen Länder stehe. Mr. Naresh Patel, ein Journalist, der auf derselben Sitzung sprechen würde wie Dr. Sadji, hatte das in seinem Exposé »Tuberkulose, eine Verschwörung des Schweigens« entschieden geschickter ausgedrückt. Beide behaupteten, die westliche Welt drücke sich vor der Lösung eines Problems, das sie schließlich selbst geschaffen habe. Die Länder der dritten Welt könnten sich Medikamente in ausreichenden Mengen nicht leisten.

Ich hoffte, daß die beiden genug Beweismaterial vorlegen würden, um in der Debatte zu obsiegen. Für Dr. Sadji schien Geld eine fixe Idee zu sein, die seine Tage beherrschte, so wie sie meinen heutigen Abend beherrscht hatte. Dennoch, welchen Vorurteilen Afrikaner auch ausgesetzt sein mochten, sie wurden nicht mit Mammon identifiziert wie ich und alle anderen Juden.

Rührt daher mein ambivalentes Verhältnis zum Geld? Ich verachte es oft wie eine Art heimlichen Lasters, und wenn ich keines habe, empfinde ich fast so etwas wie Erleichterung, weil es mich nicht in Versuchung führen kann. Trotzdem brauche ich es natürlich. Ist diese Ambivalenz wirklich so selten?

Als ich seinerzeit in Péniel ohne Arbeitserlaubnis zu arbeiten anfing, bekam ich nur einen Anerkennungsbetrag – »aus erzieherischen Gründen« –, damit ich mir wenigstens meine *affaires de toilette* selbst kaufen konnte.

»Du kriegst hier ja alles, was du brauchst«, erinnerte mich Madame Arnaud.

Ich hatte zehn Francs im Monat, was sogar damals äußerst kärglich war. Die anderen *volontaires* erhielten dreißig, und sie beklagten sich darüber. Von meinen zehn Francs mußte ich Seife kaufen, Zahnpasta, Monatsbinden und Niveacreme. Letztere – ich hatte eine trockene Haut und bekam leicht Sonnenbrand – war der einzige Artikel, den man entfernt als ein bißchen Luxus hätte bezeichnen können. Nie hatte ich Geld übrig und borgte sogar von Monat zu Monat in der Drogerie unterhalb von *Les Papillons*. Dieses Arrangement bestand, bis Madame Arnaud eines Tages Wind davon bekam und ich streng getadelt wurde.

»Ich will von solchen Dingen nie wieder etwas hören. Wenn man deine Situation bedenkt, ist es nicht angenehm, sich anhören zu müssen, was die Leute über dich sagen.«

Was sagten sie denn? Daß ihre *protégée* Schulden hatte? Daß sie nicht haushalten könne? Oder daß sie es nur allzu gut verstehe, andere auszunehmen? Typisch jüdisch! Konnten die denn nie genug bekommen? Arme Juden dachten an nichts anderes als an Geld. Reiche verschwendeten es und dachten immer noch an nichts anderes. Selbst in intimsten Situationen dachten sie angeblich nur an Geld. Für mich war die intimste Situation damals vermutlich meine Periode, wenn ich daran denken mußte, wie ungerecht es war, daß ich Geld buchstäblich in die Toilette werfen und fortspülen mußte.

Meinen ersten Monatsverdienst bekam ich überhaupt nicht zu Gesicht. Ich hatte fünf Fieberthermometer fallen lassen, und sie mußten von meinem Geld ersetzt werden: »Glaub ja nicht, daß dein Monatsverdienst die Kosten für so teure Artikel deckt; du hast noch Glück, daß wir von dir nicht verlangen, sie ganz zu ersetzen.« Oh, daß ich Glück hatte, wurde mir immer wieder gepredigt. Ich wurde ernährt, und die Kleider, die ich trug, kamen aus den unterschiedlichsten Quellen. In den fünf Jahren, die ich in Péniel arbeitete, hatte ich zwei Paar Schuhe: Schnürschuhe für den Winter und Riemensandalen für den Sommer. Repariert wurden sie abwechselnd jeweils außerhalb der Jahreszeit. Bis zu meiner Ankunft in New York habe ich nie andere Schuhe besessen. Ich hatte keine Ahnung, wer sie bezahlte, ob noch Geld von meinem Vater vorhanden war oder ob Madame Arnaud oder jemand anders sie für mich gekauft hatte. Ich wußte, daß der Schuster sie kostenlos reparierte. Auch dafür mußte ich dankbar sein – da man mich, im Unterschied zu der armen, unheilbaren Maria, nicht nach Deutschland zurückgeschickt hatte, wo man wußte, wie mit geldgierigen jüdischen Mädchen wie mir umzugehen war.

Dann, nach dem Krieg, erfuhr ich, daß man die ganze Zeit Buch geführt hatte. Meine Tante bekam eine Rechnung, in der alle Ausgaben für mich aufgelistet waren. Unter anderem eine »Fahrt nach Bern, Kosten während der Fahrt«. Um gerecht zu sein, dahinter steckte nicht Madame Arnaud, sondern der *directeur médical.* Es tat weh damals, aber nicht sehr. Es ist ja bloß Geld, dachte ich. Andere Dinge schmerzten weit mehr.

In New York spielte Geld für mich eine noch geringere Rolle. Allerdings habe ich mich in Gelddingen nie besonders geschickt verhalten. Nur ein einziges Mal: als die Bundesrepublik Deutschland mir eine Wiedergutmachungssumme aussetzte und ich zwischen einer Rente und einer einmaligen Barzahlung wählen konnte. Da ich nicht an die Zukunft glaubte, wählte ich letztere und kaufte mir die Eigentumswohnung, die John in unseren frühen Tagen so sehr beeindruckt hatte. Für ihn war ich wohlhabend und, letztlich, typisch jüdisch wohlhabend ...

Heute beziehe ich ein gutes Gehalt und bin von niemandem abhängig. Und wenn ich jemals etwas leihen müßte, könnte ich zu einer Bank gehen, wo niemand über meine Herkunft nachdenken würde. Aber wenn ich ehrlich sein soll, tief in meinem Innern tue ich es selbst. Es reicht bis in meine Identität hinein, weil sie von einem nicht materiellen Element geprägt ist. Darin liegt eine gewisse Ironie, denn Materialismus gilt als hervorstechender jüdischer Charakterzug.

Solche Probleme kannte Dr. Sadji ganz gewiß nicht. Er war in bezug auf Geld alles andere als bescheiden. Er wollte mehr, als ihm zur Verfügung stand, nicht nur für sich selbst, sondern für seine Patienten, für sein Land, für seinen armen Kontinent. Ich beneidete ihn fast um seine naive Unverfrorenheit.

Gerade als ich mit der Reinschrift der französischen Originalfassung seines Beitrags fertig war, die ich Sylvie am nächsten Morgen zusammen mit meiner Übersetzung geben wollte, klingelte das Telefon.

»Hallo, Rachel. Hier ist Trevor. Ich wollte ein Wort mit dir reden, bevor du schon zu tief in der Arbeit steckst, und dir alles Gute wünschen. Dein Kongreß fängt morgen an, nicht wahr?«

Seine Stimme, die unvermittelt aus der Ebene zu mir herauf drang, hatte ich nicht erwartet. Wir telefonierten normalerweise nur, wenn wir beide in London waren, miteinander, um uns zu verabreden. »Er hat praktisch schon angefangen«, antwortete ich. »Ich habe gerade eine in letzter Minute vorgelegte Übersetzung beendet. Und heute nachmittag hatte ich es hier mit den drei menschlichen Hauptbedürfnissen zu tun: Essen, Sex und Geld.«

»Hört sich faszinierend an«, lachte Trevor.

Wie weit weg er zu sein schien! Seit meiner Ankunft in Péniel hatte ich kaum an ihn gedacht. Die Vergangenheit hatte meine Gegenwart eingeholt. Vielleicht ahnte er das. Wenn wir uns von Angesicht zu Angesicht sahen, spürten wir die Stimmung oder die Zurückhaltung des anderen, bevor wir etwas sagten oder taten, immer darauf bedacht, die Grenzen nicht zu überschreiten, die wir uns gesetzt hatten.

»Dann überlasse ich dich wohl besser deiner Arbeit«, sagte er nach einer bedeutungsschweren Pause. »Ich bin für den Rest der Woche hier in der Wohnung. Du weißt, wo du mich erreichen kannst. Es wird schön sein, dich wiederzusehen.«

Mehr Gefühl zu zeigen, gestattete er sich nicht. Am Telefon wirkte die beherrschte Zurückhaltung noch stärker.

Und meine Reaktionen? Hörte ich mich für ihn so an wie er sich für mich? Wir vermieden Liebeserklärungen, ja selbst zärtliche Worte: Sie sind gefährlich, schaffen Illusionen. Ich habe sie auf französisch und auf englisch gesagt, im Flüsterton intimer Nähe. Aber nicht zu Trevor. Und er auch nicht zu mir.

Wir sagten einander gute Nacht. Rasch legte ich den Hörer auf, bevor ich das Klicken am anderen Ende der Leitung hören konnte.

Was war ich für ihn?

Oh, er fühlt sich von mir angezogen: Ihm gefällt, was er meine kosmopolitische Einstellung nennt. Wie sehr mich das von seiner Frau, der Topfpflanze, unterschieden haben muß! Aber ich weiß, daß die meisten Menschen instinktiv Partner aus ihrem eigenen Milieu wählen, wie John es am Ende getan hat. Gelegentlich kommt diese Wahl einer Art Inzest nahe. Daß man sich, wie ich, in einen Menschen verliebt, gerade weil er ganz anders ist, mag eher die Ausnahme sein. Ich vermute, daß Trevor eben das, was ihm an mir gefällt, verabscheuen würde, wenn er mich ständig um sich hätte. Obwohl er sein Vaterland auch kritisch sieht und gewiß kein Chauvinist ist, fühlt er sich ihm doch, wie ich immer wieder festgestellt habe, sehr verbunden. Nationalgefühl ist für ihn eine eher positive Kraft. Die Entschiedenheit, mit der ich ablehne, was ihm teuer ist, hat ihn konsterniert. »Versuch bitte nicht, mich zu domestizieren. Das funktioniert nicht«, habe ich ihn einmal gewarnt, als er die Vermutung äußerte, mir könne das, was er Gott und Vaterland nannte, nicht so ganz gleichgültig sein, wie ich vorgebe. Wären wir einander begegnet, als wir jung waren, hätte er es auf Dauer wohl ebensowenig an meiner Seite ausgehalten wie John. Er ist im Alltag glücklicher bei seiner Frau: Seine häusliche Stabilität ist dort nicht bedroht.

Ich habe mich sogar gefragt, ob in dem, was ihn zu mir hinzog, nicht ein winziger Hauch von *nostalgie de la boue* war. Natürlich würde er das abstreiten. Er ist ein viel zu anständiger Mensch, als daß er mich so sehen könnte. Aber Dreck kann auch abstoßend wirken, wenn die Sache zu lange geht.

Obwohl ich nun müde war, griff ich zum Brief meiner Tante, um ihn in dem leicht heuchlerischen Stil zu beantworten, den ich im Lauf der Jahre für sie entwickelt hatte: Ich benutzte Wendungen, die keine Reaktion auslösen konnten. Ich hatte keinesfalls die Absicht, Dr. Brandt eine Karte zu schreiben, auch nicht um ihr einen Gefallen zu tun. Er interessierte sich nicht im geringsten für mich oder irgendeine andere Frau, ausgenommen seine Mutter, mit der er zusammenlebte. Es war allgemein bekannt, daß er sein Sprechzimmer auch dazu benutzte, um junge Männer zu empfangen, die er nicht mit nach Hause bringen konnte – die nicht *salonfähig* waren, wie Tante Beate sagen würde, wenn sie ganz begriffen hätte, was da vor sich ging. Für sie war er ein gutsituierter Arzt, der sogar besser noch als John imstande war, ihre Nichte vor der schlechten Welt zu beschützen. »Ruf mich an, wenn Du wieder in London bist, damit ich mir nicht so viele Sorgen um Dich machen muß«, hatte es am Ende ihres Briefes geheißen.

»Wenn du dir nur mehr Sorgen um Lia und weniger um mich gemacht hättest, wäre es für alle Betroffenen besser gewesen.«

»Wie hätte ich Lia mitnehmen können, wenn es kaum für mich allein reichte? Du weißt doch, daß ich nichts und niemanden hatte. Allerdings, wenn ich gewußt hätte, was kommen würde, hätte ich anders gehandelt – Gott weiß das. Also, was hab ich denn getan? Sag's mir!«

Sie strich ihr über das gefärbte Haar und sah, wie sich die dunklen Augen in dem schwammigen Gesicht mit Tränen füllten. »Nichts, Tantchen. *Du hast nichts getan. Wein doch nicht. Du konntest nichts tun. Keiner von uns konnte etwas tun.«*

Trugbilder, dachte ich. Wie sehr wir sie lieben. Wir beten sie an. Wir sitzen auf ihnen. Wie die Frau in der Bibel, nach der ich genannt worden bin, auf ihrem Götzenbild.

SIEBZEHN

Paul war bei seiner einführenden Rede über Absichten und Ziele von »Holistic Medicine« sehr eindrucksvoll aufgetreten. Er sprach mit einer solchen Eloquenz und argumentierte mit so offenkundiger Aufrichtigkeit, daß ich mich hätte täuschen lassen, wenn ich nicht beim Essen mit angehört hätte, wie er sich einem der Gäste, die er mit dem Auto vom Flughafen abgeholt hatte, für eine mögliche freie Position angeboten hatte. Es handelte sich um eine Dame, die mit der Anwerbung von Personal für ein großes internationales pharmazeutisches Unternehmen beauftragt war; es produzierte eindeutig chemische Präparate, die für ganzheitliche Medizin absolut ungeeignet waren. War es möglich, daß Paul eine weitere berufliche Veränderung ins Auge faßte und den Kongreß dazu benutzte, seine Aussichten noch ein bißchen zu verbessern?

Oh, natürlich nicht! Er war seinem Unternehmen viel zu sehr

verbunden, als daß er einen solchen Verrat in Erwägung ziehen würde. »Wenn man für eine Firma arbeitet, die eine so überzeugende Philosophie vertritt, muß einem schon eine ganze Menge geboten werden, damit man das aufgibt.«

»Ganz recht, Paul. Eine ganze Menge.« Mittlerweile wußte ich auch, was er unter »wichtig« verstand. Es bezog sich auf drei Leute: den Direktor einer internationalen Stiftung, die Forschung und Entwicklung finanziell unterstützte, die Personalchefin des pharmazeutischen Unternehmens und, nicht zuletzt, den großen Wohltäter von »Holistic Medicine«, einen Immobilienmagnaten.

»Durch uns ist seiner Mutter zweimal das Leben gerettet worden, obwohl er als Multimillionär jede Behandlung der Welt hätte bezahlen können«, hatte mir Paul voller Ehrfurcht berichtet. Dieser große Mann saß während Pauls Eröffnungsrede neben ihm auf dem Podium, so wie er es während des gesamten Kongresses tun sollte, ständig ins Auditorium lächelnd, ohne je ein einziges Wort von sich zu geben.

Nach dem inspirierenden Auftakt erwies sich die Vormittagssitzung als ziemlich schwunglos, doch es lief immerhin alles nach Plan. Wir hatten als allgemeine Regel vereinbart, daß der Sprecher jeweils einen Abschnitt verlesen und dann für die Übersetzung unterbrechen sollte. Diese Methode beeinträchtigte in gewissem Grade den Zusammenhang und erwies sich als ziemlich ermüdend, wenn Alfredos doppelte Übersetzung aus dem Spanischen oder Portugiesischen ebenso wie meine aus dem Deutschen mehr Zeit in Anspruch nahm als das Verlesen des Originaltextes – aber es zwang die Sitzungsteilnehmer, beieinander zu bleiben. Sonst hätte der Massenaufbruch nach dem Verlesen eines Textes auf englisch oder französisch das Auditorium so weit dezimiert, daß die Diskussion darunter gelitten hätte. So weit, so gut.

Die ersten Beiträge, die ich im voraus übersetzt hatte und entweder auf englisch oder auf französisch vorlas, attackierten den »Stand der ärztlichen Kunst«, um Pauls Wendung zu benutzen. Sie setzten sich mit den Mängeln der Chemotherapie auseinander, der allgemein üblichen anerkannten Behandlung. Normalerweise werden bei Kongressen dieser Art im voraus Forschungsergebnisse verschickt und dann sachlich diskutiert. Im Fall »Holistic Medicine«, die ja Idealen amorphen, fast religiösen Charakters anhing, war dieses Vorgehen freilich ungeeignet. Für jedes Problem existierte stets eine Lösung, die auf nebulöse, mitunter sogar apokalyptische Weise präsentiert wurde. Schon an diesem ersten Vormittag war mißbilligendes Gemurmel zu vernehmen, wenn etwa ein Vortrag, der mir durchaus gelehrt vorkam, als dilettantisch oder unwissenschaftlich abgetan wurde.

Ein Beitrag mit dem Titel »Selbst-Immunität« war bezeichnend für die ganze Richtung. Der Verfasser behauptete, daß eine ganze Reihe von Infektionskrankheiten, einschließlich Tuberkulose, geheilt werden könnte, wenn man das Blut eines Patienten mit diversen ganzheitlichen Zusätzen vermische und dann zurückinjiziere. Ich erinnerte mich daran, wie man Vergleichbares einmal bei mir versucht hatte. Es hatte mit meiner hartnäckigen Blaseninfektion zu tun, die der Fluch meiner Kindheit und Teil dessen war, was Guillaume Arnaud später als »deine genital-urinale Infektion« bezeichnen sollte.

Sie schnitten die blaßgrüne gläserne Ampulle mit einem winzigen Schwert auf, brachen so das dünne, spitz zulaufende Ende mit einem Klicken ab und gossen die undurchsichtige Flüssigkeit in ein Glas.

»Tiens, bois-ça«, *sagte M'zelle Mireille und reichte es ihr.*

»Das schmeckt wie Pipi«, verkündete Rachel angewidert.

M'zelle Mireille brach in schallendes Gelächter aus. »Durch eine Zentrifuge geschickt, komplett mit Streptokokken und Vitaminen. Das ist die neueste Methode und heißt Selbst-Immunität.«

»Was ist eine Zentrifuge?« fragte Rachel während der cure de soleil *auf der Terrasse die anderen.*

»Etwas, das sich dreht und dreht, sehr, sehr schnell«, antwortete Guido, der die Bedeutung jedes Wortes kannte.

»Du meinst, wie ein Karussell?« Sie hatte eines auf der Place

de la Cure gesehen, als eine Wandermesse nach Péniel gekommen war und sie mit Hilfe ihres Spiegels zuschauen konnte, wie die Dorfkinder sich drehten und drehten, immer schneller.

»Ja, nur kleiner.«

Ich schauderte bei der Erinnerung. Zu meiner Erleichterung folgte diesem Beitrag eine positiv aufgenommene Bewertung des BCG-Impfstoffs. Im allgemeinen schien das Auditorium aufgeschlossen und interessiert zu sein. Wie erwartet waren nur wenige Ärzte aus der Region anwesend; allerdings blieb deren Gesamtzahl unbestimmt, weil sie aus naheliegenden Gründen dazu neigten, den ganzen Tag über zu kommen und zu gehen.

Während die Fachleute ihre Texte vortrugen oder wenn, was selten vorkam, Alfredo gefordert war, hatte ich Zeit, einen Blick auf das Auditorium unten zu werfen. Walti saß in der zweiten Reihe und zwinkerte mir in geheimem Einverständnis zu. Ich glaubte, den zurückweichenden Haaransatz Docteur Cherbiers gesehen zu haben, der rasch verschwand, als ich im Begriff war, einen Abschnitt über Nierenschäden durch Polymyxin auf englisch vorzulesen. Mathieu oder, dringlicher, sein Beitrag war überhaupt nicht aufgetaucht. Verdammt!

Um zwölf Uhr unterbrachen wir die Sitzung. Ich sammelte gerade meine Notizen ein, als neben mir eine Stimme sagte: »Ich möchte Sie um Entschuldigung bitten, *Madame*, daß ich Sie gestern beleidigt habe. Das war nicht meine Absicht. In meinem Beruf macht man Bemerkungen, ohne darüber nachzudenken, wie sie sich anhören. Nennen Sie es *déformation professionelle*. Bitte, verzeihen Sie mir.« Der Mann, der das sagte, war derjenige, der mir die Ursache meines Hinkens auf den Kopf zugesagt hatte.

Es war an mir, mich zu entschuldigen. »Es gibt nichts zu verzeihen. Ich war einfach nur von der Genauigkeit Ihrer Diagnose überrascht. Behinderungen einzuordnen ist ein Spiel, das ich selbst häufig spiele.«

Angeborene Hüftkrankheiten, Kinderlähmung und Knochentuberkulose bewirken unterschiedliche Arten des Hinkens. Sie sind so aufschlußreich wie die Sprache eines Menschen, die, mit einem bestimmten Akzent gesprochen, beispielsweise auf soziale oder nationale Herkunft hinweist. Oh, man kann Fachkenntnisse haben, die nicht unbedingt einer akademischen Ausbildung entstammen!

Wir aßen gemeinsam zu Mittag. Professor Attula kam, wie ich richtig vermutet hatte, aus einem arabischsprachigen Land: Ägypten. Er nahm an dem Kongreß teil, um sich mit alternativer Medizin vertraut zu machen, weil etliche seiner Patienten Allergien oder Resistenzen gegen Tuberkulosemedikamente entwikkelt hatten. »Wenn wir die allgemeinen Lebensbedingungen nicht verbessern, ist es ziemlich voreilig, von Heilung oder gar Vorbeugung zu sprechen. Bei uns gibt es immer noch viel zu viele junge Leute, die so gehen wie Sie. Oh, schon wieder! Ich wollte Sie nicht –«

»Beleidigen«, beendete ich seinen Satz. »Nein, ich bin nicht beleidigt. Ich weiß, was Sie meinen. Die für heute nachmittag anstehenden Beiträge müßten Sie interessieren.« Wir würden nicht nur meinen Freund Dr. Sadji hören, dessen Klagen ich noch frisch im Gedächtnis hatte, sondern auch Mr. Patel mit seinem provokant betitelten Text »Tuberkulose, eine Verschwörung des Schweigens«.

»Hm, ja. Ich soll den Kommentar liefern.« Und da er Beunruhigung in meinem Gesicht las, fügte er hinzu: »Ich brauche keinen Übersetzer – ich spreche Französisch.«

»Sie haben beide Beiträge gelesen?« fragte ich einigermaßen erstaunt, weil ich wußte, daß Sylvie den ganzen Vormittag damit beschäftigt gewesen war, Paul zu helfen, und erst in letzter Minute dazu kommen würde, die Kopien für Dr. Sadjis Auftritt zusammenzustellen.

»Wer macht sich schon die Mühe, ständig zuzuhören? Ich glaube nicht, daß wir es mit sehr komplizierten Problemen zu tun haben werden. Die Titel sagen eigentlich alles«, bemerkte er zynisch.

Da ich beide Beiträge übersetzt hatte, mußte ich zugeben, daß er gar nicht so falsch lag.

»Wo wurden Sie behandelt?« wollte er nun wissen. »Und wie?

Chirurgisch, nicht wahr? Oder gab es da schon die Medikamente?«

»Damals noch nicht. Ich wurde hier behandelt. Und – nein, chirurgisch nicht, überhaupt nicht.«

»Sie gehören zu den echten Péniel-Patienten? Wie interessant! Ich habe über diesen Ort gelesen, darüber, was man hier zu einer Zeit getan hat, als fast überall sonst Fälle von Knochen-Tb verstümmelt auf dem Operationstisch landeten. Tatsächlich hätte ich mich wohl kaum für den Kongreß entschieden, wenn er anderswo stattgefunden hätte. Möchten Sie einen Kaffee?« fragte er.

»Ich müßte eigentlich in den Kongreßsaal zurück ... nun, warum auch nicht?«

Der Kellner nahm unsere Bestellung auf: »Kaffee für *Madame*. Ein Glas Orangensaft für mich.« Und zu mir gewandt, gestand der Professor: »Ich kann keinen Kaffee trinken. Man hat mir als Kind Rizinusöl hineingetan, und den Nachgeschmack bin ich nie mehr losgeworden.«

Ich streckte ihm die Hand hin. »Professor, wir haben eine gemeinsame Kultur! Das hat man auch mit mir gemacht.«

Wir rekapitulierten unsere Erfahrungen. Er wurde mit der gefürchteten Flüssigkeit traktiert, als man bei ihm eine Art Lebensmittelvergiftung vermutete. Uns hatte man nach Feiertagen Rizinusöl verabreicht, um uns nach der Völlerei an Weihnachten, Ostern und dem Ersten August zu »reinigen«. Das wurde *la purge* genannt und schloß Fasten mit ein. Das Wort bedeutete innere Reinigung nach üppigem Wohlleben – ein Ritual, fast ein Ritus, der den ganzen Tag dauerte.

»Das muß besonders schlimm für Sie gewesen sein«, sagte ich mit aufrichtigem Mitgefühl. »Ihr Ekel hat dazu geführt, daß Sie Kaffee in jeder Form ablehnen – ich trinke ihn immer noch, allerdings etwas abgewandelt mit Milch oder Zucker.«

»Nein«, widersprach er edelmütig, »für Sie muß es schlimmer gewesen sein, weil ich damals immerhin laufen und mit der Nachwirkung allein fertig werden konnte.«

Wie wahr! Die Demütigung, die man empfindet, wenn man

auf Bettpfannen angewiesen ist, machte das Abführen zu einem wahrhaft unvergeßlichen Ereignis. Man lernte, so wie alle anderen um einen herum, daß jedes Vergnügen seinen Preis hatte – und zu Bauchkrämpfen in aller Öffentlichkeit führte.

Ich hob meine zierliche Mokkatasse und betrachtete die schwarze Flüssigkeit. In Erinnerung an das Öl, das seinerzeit amöbenartig an der Oberfläche schwamm, setzte ich die Tasse wieder ab und goß Sahne in den Kaffee, um sein Aussehen zu verändern.

An seinem Orangensaft nippend sah mir der gelehrte Professor aus einem fernen Land mit schweigendem Verständnis zu. Ich lächelte: Wenn man eine so elementare Erfahrung gemeinsam hat, spielt der Umstand, daß man aus verschiedenen Teilen der Welt kommt, überhaupt keine Rolle.

Es war ein seltsames Zusammentreffen, daß nach dem Essen, als ich am Tagungsraum der Fotografen vorbeikam – sie sangen wieder ihre Volkslieder –, die von nationaler Inbrunst bebenden Worte »*La Suisse est immortelle*« an mein Ohr schlugen. Dieser Liedtext und das Gespräch mit Professor Attula kurz zuvor erinnerten mich lebhaft an eine Szene während der nachweihnachtlichen *purge* Anfang Januar 1940, wenige Tage vor meinem fünfzehnten Geburtstag.

Da war ich schon nicht mehr Patientin. Die Geldüberweisungen meines Vaters waren gesperrt worden. Meinen Paß mit dem roten *J* auf jeder Seite hatte man für ungültig erklärt. Ich war staatenlos und mittellos. Ich mußte von *le onze* in mein erstes Einzelzimmer umziehen: einen blaßgrün gestrichenen Raum mit einem Nordfenster, von dem aus man nichts anderes sah als den zwei Meter entfernten nackten Felsen. Das Zimmer lag zwischen Bad und Toilette, deren geräuschvolle Verbindungsrohre an der Decke und den Wänden entlangliefen. Durch diese Wendung des Schicksals wurde ich *volontaire* im *dortoir*, wo alles begonnen hatte.

An diesem besonderen Tag – ich war der Gruppe zugeteilt worden, die das Abführen vorzunehmen hatte – reichte ich den gefürchteten Becher herum und sollte mich als jüngstes Mitglied des Personals mit den Folgen abgeben. Ich war ganz in der Nähe geblieben, um meine ehemaligen Gefährten, nun meine Patienten, keine unnötigen Qualen leiden zu lassen, wenn sich der Drang zu plötzlich einstellen sollte, was, wie ich nur zu gut wußte, immer wieder vorkam. Ich wartete auf das unvermeidliche *j'ai besoin*, die Worte *ich muß*, den Euphemismus für den Ruf nach der Bettpfanne.

Grittli hatte bereits abgeführt. Sie strickte, der Bitte Général Guisans folgend, Socken für die tapferen Soldaten, die unsere Grenze bewachten.

»Imagine-toi, *welche Entbehrungen diese Männer ertragen müssen, die Opfer, die sie bringen, damit wir alle bequem in unseren Betten schlafen können!«*

Wußte sie, was sie da sagte? Sie, die nie aus ihrem Bett herauskam, das man auch unter Aufbietung aller Phantasie nicht als bequem bezeichnen konnte. Grittli war dreizehn, hatte aber ihre Periode noch nicht und war deshalb immer noch im dortoir. *Aber Grittli sah alt aus. Es gibt Kinder, die schon bei ihrer Geburt alt aussehen! Rachel beobachtete, wie die klappernden Stricknadeln die Wolle in eine dicke graugrüne Wurst wandern ließen.*

»Ich bin stolz darauf, daß meine Schweiz ein neutrales Land ist. Ich würde zu keinem anderen gehören wollen.«

»Absolument«, *pflichtete ihr Yvette bei, die Belgierin war.*

»Wenn es nur mehr Länder wie unseres gäbe, dann gäbe es auch keinen Krieg. J'aime ma patrie.« *Das war wieder Grittli, die immer noch an ihrem Socken für Général Guisans tapfere Soldaten strickte. Sie begann zu singen:*

»La Suisse est belle,
O qu'il l'a faut chérir.
Sachons pour elle
vivre ou mourir.«

Aber nun hatte Yvette anderes im Kopf. »Rachel, vite. J'ai besoin!«

»Ich heiße M'zelle. *Wie oft soll ich euch noch sagen, daß ich jetzt* M'zelle *Rachel bin?« Wenn sie schon* volontaire *sein mußte, konnte sie wenigstens erwarten, daß man sie mit dem entsprechenden Titel anredete. Sie hastete davon, um die Bettpfanne zu holen.*

»La belle
Rachèle
de Péniėle
veut q'on l'appelle
M'zėlle.«

Alle sangen diesen albernen Vers, nur Grittli und die gepeinigte Yvette nicht. Die Jungen im cinq *stimmten mit ein.*

Auf dem Weg zur Toilette schrie Rachel: »Wenn ihr nicht aufhört, schütte ich das hier einer von euch über den Kopf!«

Dem schallenden Gelächter folgte lautes Geschrei: »Hooohoooo!«

Rachel hatte eine wichtige Aufgabe: Sie sollte dafür sorgen, daß die Kinder fröhlich waren. Sie war an diesem Tag dabei so erfolgreich, daß Madame Arnaud erschien, die gehört hatte, wie fröhlich die Kinder waren. »Was geht hier vor? Mais taîsez-vous immédiatement!«

Stille.

Grittli sagte, alle, einschließlich Rachel, seien sehr albern gewesen.

»Das habe ich doch gewußt! Denkt ihr eigentlich jemals daran, daß Krieg ist?« Madame Arnaud heftete den Blick auf Rachel. »Warum könnt ihr nicht mehr Rücksicht nehmen auf die Menschen, die der Gefahr ausgesetzt sind und in diesen schwierigen Zeiten leiden müssen?«

»Das habe ich ihnen ja gesagt«, behauptete Grittli, die nicht aufgehört hatte zu stricken, »aber ich bin zu dem Schluß gekommen, daß ich meine Zeit verschwende.«

Und Rachel kam zu dem Schluß, daß Leute, die ihre Vater-

landsliebe verkünden, andere Leute damit immer in Schwierigkeiten bringen.

Solche Ausbrüche, so regelmäßig wie das Rizinusöl, hinterließen einen schlechten Geschmack in meinem Mund; sie riefen vergleichbare Wirkungen hervor. Und »M'zelle« verlor seinen Reiz, als Madame Arnaud mich »Mademoiselle« zu nennen begann. Meine Bemühungen, mir Respekt zu verschaffen, gab ich für immer auf.

Dem Himmel sei Dank für Menschen wie Professor Attula, die wissen, was Würde ist oder was es bedeutet, wenn sie einem verweigert wird, dachte ich, als ich in den Kongreßsaal zurückkehrte.

Die Nachmittagssitzung verlief, wie ich es erwartet hatte, etwas stürmisch. Wieder einmal war ich froh, daß sich meine Aufgabe einzig darauf beschränkte, Informationen zu übermitteln, daß der vor mir liegende Text, der einen Standpunkt der dritten Welt zum Ausdruck brachte, nicht von mir war, obwohl ich mit ihm sympathisierte. Die Beweisführung schien allzu überzeugend, wenngleich nicht immer wirkungsvoll dargestellt zu sein – sie ließ zu viele Emotionen erkennen.

Der indische und der afrikanische Beitrag wurden, wie auch Professor Attulas Kommentar, von den westeuropäischen Teilnehmern mit höflichem, wenn auch etwas unbehaglichem Schweigen, von den Vertretern ärmerer Länder jedoch mit offenkundiger Zustimmung aufgenommen, bis der Repräsentant eines pharmazeutischen Unternehmens mit scharfer Kritik antwortete. Natürlich, räumte er ein, seien die Lebensbedingungen dem Heilungsprozeß nicht immer förderlich, aber dies gelte auch für Unwissenheit. Die bedürftigen Länder erhielten doch Medikamente von diversen Staaten, von internationalen Gesundheitsorganisationen und Wohlfahrtsverbänden, ganz zu schweigen von den großzügigen Schenkungen pharmazeutischer Unternehmen, die ja für ihre Menschenfreundlichkeit bekannt seien. Ein Schweizer Gentleman zeigte sich besonders entrüstet: »Profit ist niemals unser Hauptanliegen«, verkündete er.

Glücklicherweise kam in diesem kritischen Augenblick der Holismus dem Versammlungsfrieden zu Hilfe. Paul erhob sich und sprach davon, daß der ganze Mensch behandelt werden müsse, daß beide Seiten zugleich recht und unrecht hätten. Ein Paradigma müsse gefunden werden, das den Bedürfnissen sowohl des Nordens als auch des Südens, der Reichen wie der Armen gerecht werde. Ein besserer Gesundheitszustand sei eben nicht nur durch einen Medikamentencocktail zu erreichen, sondern durch den Ausgleich von körperlichen und geistigen Bedürfnissen, in einem Amalgam natürlicher und menschlicher Ressourcen, das überall zu finden sei und allen zur Verfügung stehe. Es hörte sich alles sehr vage, aber beruhigend an. Und es erfüllte seinen Zweck, jedenfalls vordergründig.

Während Paul seine großen Gedanken vortrug, hatte ich erneut Gelegenheit, das Auditorium zu besichtigen. Docteur Cherbier war da, ganz hinten. Unsere Blicke trafen sich, und er winkte mir zu. Dann sah ich Mathieu – zum erstenmal. Seine schönen Gesichtszüge waren schärfer geworden, sein ehemals braunes Haar, nun viel heller und nachlässig gebürstet, hatte sich deutlich aus seiner Stirn zurückgezogen. Er schien konzentriert zuzuhören. Mit einer Hand bedeckte er Mund und Kinn, wie er es immer getan hatte, wenn er angestrengt nachdachte. Er blickte mich an und hob lächelnd die Rechte, die eine weiße Papierrolle hielt. Ich nickte, winkte aber nicht zurück – ich war schließlich beruflich hier. Ich fragte mich, ob das zusammengerollte weiße Papier das Programm war oder sein Kommentar, den er mir übergeben wollte. Und ich fragte mich, was er bei meinem Anblick wohl empfinden mochte.

Paul stieß mich an: »Raich, Sie sind dran.«

Ich hatte mich so stark ablenken lassen, daß mir ein Teil seiner Rede entgangen war, aber dank des Seminars in der Woche zuvor kannte ich die allgemeine Linie. Was ich vortrug, war weder simultan noch konsekutiv gedolmetscht. Es war keine wortgetreue Übersetzung, aber da es vor allem beruhigen sollte, machte das nicht viel aus. Und ich glaube, es gelang mir sogar, Pauls Prosa zu verbessern.

Bis ich fertig war, hatte ich Mathieu verpaßt. Aber an der Rezeption fand ich – endlich – seinen Beitrag zusammen mit einer Nachricht in seiner Handschrift, die nie sehr leserlich gewesen und jetzt unverkennbar die eines Arztes war.

»Tut mir leid, daß ich das so spät abliefere. Ich wollte mit Dir darüber sprechen, sah aber, daß Du noch beschäftigt warst. Vielleicht morgen. Ich bin in Eile, muß in zwanzig Minuten operieren.

Mathieu«

Ich studierte den Zettel so gründlich – vielleicht in der Hoffnung, er würde mir etwas verraten –, daß ich sie nicht kommen hörte. *»Bonjour, ma petite Rachel«*, sagte eine Stimme hinter mir.

Erstaunt drehte ich mich um und blickte in das Gesicht einer hochgewachsenen Frau, die mich anlächelte. Ja, ich kannte sie, aber wer war sie? Am Abend zuvor hatte sie mir den Rücken zugewandt. Nun sah ich sie: fast weißes Haar, doch das Gesicht darunter wirkte immer noch jung. Als ich es zum letztenmal gesehen hatte, war mir das erstaunliche Schwarz ihrer Augen aufgefallen, das nun im Kontrast zu ihrem Haar noch stärker hervortrat. An einem Fuß trug sie einen ungewöhnlich hohen orthopädischen Schuh, der sehr viel höher war als meiner. Und selbst diese Höhe reichte nicht aus, um den Unterschied auszugleichen. Sie hielt das Gleichgewicht, indem sie die Fußspitze auf den Boden setzte. Professor Attula hätte keine Mühe gehabt, ihre *coxalgie* als Erkrankung in der frühen Kindheit zu diagnostizieren, so groß war der Unterschied zwischen dem gesunden und dem atrophierten Bein.

»Bonjour, Madame«, sagte ich etwas steif, unfähig, mich an ihren Namen zu erinnern.

»Ich war in *Les Papillons*, im ersten Stock. Als du bei den Kindern gearbeitet hast. Erinnerst du dich?«

Ich fühlte, wie mir das Blut ins Gesicht schoß. Natürlich, wie hatte ich das je vergessen können? *»Oui ... je me souviens«*, murmelte ich und ergriff ihre ausgestreckte Hand.

Sie erklärte sich meine Verwirrung wohl aus dem Versagen meines Gedächtnisses. »Du warst so jung damals, daß du dich unmöglich an mich erinnern kannst. Ich sollte mich lieber richtig vorstellen. Olive Colbert. Ich war in *le quinze*, zusammen mit Vreni Stoll, die immer noch meine Lebensgefährtin ist. Erinnerst du dich an sie? Wir leben in Paris, wo ich als Kinderpsychiaterin arbeite, aber wir haben auch hier eine Wohnung. Überrascht dich das?«

Nicht die Psychiaterin. Aber daß sie und ihre damalige Zimmergenossin immer noch zusammen waren, ja, das überraschte mich, obwohl es das eigentlich nicht hätte tun dürfen. Man hatte in der kleinen Welt von *Les Papillons* über die beiden natürlich geredet. Aber so sonderbar dies auch erscheinen mag, diejenigen von uns, die in Péniel erwachsen geworden waren, hielten sich an einen Kodex absoluter Diskretion, wie Walti und ich ihn verstanden: Wenn etwas privat bleiben sollte, wurde nicht darüber gesprochen, auch nur daran zu denken oder darüber zu spekulieren war unakzeptabel. Man wandte den Blick ab, damit man nichts sah. Nicht aus Prüderie, sondern um in einer Welt, in der auferlegte Nacktheit die Norm war, einen Rest von Privatheit zu bewahren. Unser Kodex bildete die zivilisierende Hülle, die uns, unter anderem, davor bewahrte, *voyeurs* zu sein.

Und für mich gilt der Kodex immer noch. Niemals würde ich Menschen, mit denen ich zu tun habe, wie etwa Tom Anderson und Robert Saunders, im Sinne ihrer sexuellen Beziehungen definieren, auch wenn sie selbst kein Geheimnis daraus machen.

Überraschend war für mich, daß eine in Péniel entstandene Beziehung überhaupt von Dauer sein konnte. Ich hatte dort länger gelebt als die meisten anderen, hatte mit vielen das Zimmer geteilt, doch bin ich mit keinem einzigen ehemaligen Patienten in Kontakt geblieben. Wie ich Sœur Madeleine gegenüber zugegeben hatte, konnte ich mich den Bindungen, die mich an meine Krankheit fesselten, nicht stellen. Darauf bin ich nicht stolz.

Lebhaft fuhr Olive fort: »Ich bekam eine Einladung zum Kongreß und wollte eigentlich gar nicht kommen – jedenfalls nicht allein. Also habe ich in der letzten Woche Docteur Cherbier angerufen und ihn gefragt, ob er denn teilnehmen würde. Er sagte mir, daß er dabeisein würde, und er fügte hinzu: ›Raten Sie, wer dolmetschen wird: unsere alte Freundin *Capucine*!‹ Er nennt dich immer noch so. Du siehst, es gab einen zusätzlichen Grund für mich, herzukommen.«

Ich hatte meine Fassung wiedergefunden; Olive hatte es mir leichtgemacht. »Oh, jetzt erinnere ich mich, er hat dich mir gegenüber erwähnt, aber ich wußte nicht, wer hinter dem Namen Docteur Colbert steckt.«

Sie lachte. »Wie solltest du auch! Vreni hat mich gefragt, ob du uns vielleicht einmal besuchen könntest. Willkommen zu jedem Zeitpunkt, den du vorschlägst.«

»Das würde ich gerne. Wie wär's mit Mittwoch abend im Anschluß an Madame Arnauds Vortrag? Ich könnte nach dem Essen verschwinden.«

»Könntest du nicht mit uns essen?«

»Hm ... ich glaube, ja, danke. Wo wohnt ihr denn?«

»In *Les Papillons*.« Der Ausdruck der Verwunderung in meinem Gesicht brachte sie erneut zum Lachen. »Ja, es ist komisch, nicht wahr? Es ist jetzt ein Apartmenthaus. Wir haben die Nummer eins. Im Kinderstockwerk. Erinnerst du dich? Natürlich tust du das! Möchtest du, daß ich dich abhole? Ich habe nicht vor, mir Madame Arnauds Vortrag anzuhören. Den kenne ich eh schon auswendig. Aber ich könnte dich danach treffen.«

»Ich weiß nicht genau, wann ich gehen kann. Ich komme, wenn die Sitzung vorbei ist. Da ihr in *Les Papillons* wohnt, kenne ich ja den Weg.«

Immer noch ein wenig verwirrt ging ich in mein Zimmer, um Mathieus Beitrag zu überfliegen. Er war kurz, lediglich eine Erwiderung auf den sehr viel provozierenderen Vortrag des Hauptredners, dessen Titel »Tuberkulose, eine Schweizer Investition« am ersten Tag meine Aufmerksamkeit erregt hatte. Mathieu wies nach, daß gerade in der Zeitspanne, in der sich die Schweiz angeblich am meisten bereichert haben sollte, die Antibiotika zur Geltung gekommen seien und die Behandlung der Kranken in ihren Heimatländern ermöglicht hätten. Bis zum Beginn des

Zweiten Weltkriegs seien die Tb-Heilorte in der Tat Quellen des Reichtums gewesen. Doch in den folgenden Jahren, als die ausländischen Überweisungen ausblieben, habe eine ständige Erosion stattgefunden. Viele Heilzentren, darunter auch Péniel, seien gezwungen gewesen, tiefgreifende Veränderungen vorzunehmen oder dem drohenden Bankrott ins Auge zu sehen.

Alles in allem war Mathieus Erwiderung fair. Er hatte sich immer um Fairneß bemüht. Doch enthielt sein Beitrag nicht die ganze Geschichte, bei weitem nicht. Aber ich war nun viel zu erschöpft, um noch darüber nachzudenken oder mit der Übersetzung anzufangen. Das mußte bis zum nächsten Morgen warten.

ACHTZEHN

Obwohl die Tage lang waren und ich abends todmüde ins Bett sank, raubte mir der bloße Gedanke an den kommenden Mittwoch, an dem sowohl Mathieu als auch seine Mutter sprechen sollten, doch den Schlaf. Ich war so nervös, daß es mir nicht gelang, Mathieus ohnehin zu spät eingegangenen, unkomplizierten Text vor dem Morgen, an dem er gebraucht wurde, zu übersetzen. Die Aussicht auf Madame Arnauds historische Bewertung machte die Sache auch nicht besser: Sie war die einzige, die mir keine Aufzeichnungen zur Verfügung gestellt hatte. Wie oft ich mir auch sagte, daß ihr Thema für mich ja keineswegs neu war, daß ich es mit den Weitschweifigkeiten einer alten Dame zu tun haben würde, deren Formulierungen ich gewiß verbessern könnte, so wie ich es bei Pauls improvisierten Platitüden getan hatte – ich wurde meine Unruhe nicht los. Ich wünschte mir, nicht mehr in Péniel zu sein, und sehnte mich – zum erstenmal seit ich hierher zurückgekommen war – nach Trevors beruhigender, wenn auch nur flüchtiger Gegenwart.

Ich hörte die Kirchenglocke vier, fünf und sechs schlagen. Da hielt ich es im Bett nicht mehr aus. Es war zu früh, um in London anzurufen. Ich setzte mich an meinen Schreibtisch und verbrachte eine halbe Stunde damit, die Übersetzung von Mathieus Beitrag zu polieren, und brauchte dann eine weitere halbe Stunde, um meine Verbesserungen zu verbessern. Hatte ich seine Meinung korrekt wiedergegeben? Würde er sich auf englisch selbst so ausdrücken? Angesichts der Klarheit seiner Ausführungen waren meine Skrupel eigentlich ein bißchen lächerlich. Aber was, wenn mir die Zunge versagte, sobald Madame Arnaud ihre Weisheiten vortrug? Schließlich war mir das schon einmal passiert. Als ich meine Selbstquälerei beiseite geschoben und meine Morgentoilette vollendet hatte, war es in London fast sieben Uhr, eine vertretbare Zeit, um Trevor zu wecken.

Seine Stimme hörte sich überrascht, ja erfreut an. »Du wirst also doch nicht zu jeder Tages- und Nachtzeit mit Arbeit überhäuft. Ich habe mich das letzte Mal fast als Störenfried gefühlt, als ich spürte, wie beschäftigt du warst.«

»Ja, das bin ich in der Tat. Aber im Augenblick nicht ...« Und dann fügte ich, meine Prinzipien mißachtend, hinzu: »Du fehlst mir.«

Es war ein paar Sekunden still, bevor er antwortete: »Du mir auch. Weißt du schon, wann du zurückkommst?«

Ich wußte es nicht. Und ich hätte es ihm auch nicht gesagt, wenn ich es gewußt hätte. Er soll mich nicht von Flughäfen abholen – nein, niemals. »Es hängt davon ab, was ich noch zu erledigen habe, wenn der Kongreß zu Ende ist. Ich melde mich am Montag bei dir.« Samstag und Sonntag gehörten seiner Frau und seinen Kindern.

Er wartete darauf, daß ich den Hörer zuerst auflegte.

Ich mag es nicht, wenn Leute den Hörer vor mir auflegen; das gilt besonders für Trevor, in dessen Leben ich eine so periphere und zeitlich begrenzte Rolle spiele. Laß mir die Würde, zuerst zu gehen, bitte ich mit dieser kleinen Geste. Vielleicht verstand er das besser als andere Dinge an mir.

Ich kam früher in den Speisesaal als sonst. Es waren nur zwei Familien da, beide mit Kindern, und allein an einem Tisch saß

Paul. Ich setzte mich zu ihm. »Ich wußte ja gar nicht, daß Sie ein solcher Frühaufsteher sind!«

»Wie soll ich denn das verstehen? Wenn Sie frühstücken, habe ich normalerweise schon mein Aerobic hinter mir. Heute allerdings bin ich früher dran. Es hat mich einfach nicht im Bett gehalten – ich weiß nicht, warum.«

Ich war also nicht die einzige. »Vielleicht leiden Sie an einer unerkannten Tuberkulose«, frotzelte ich, auf eine Diskussion anspielend, die am Tag zuvor im Anschluß an Doktor Schmidts Vortrag »Gibt es eine Tuberkulose-Persönlichkeit?« stattgefunden hatte. Insomnie wurde als typisches Symptom erwähnt: Schlaflosigkeit, ausgelöst durch leichtes Fieber, das zu Übererregung führt.

Er schüttelte den Kopf, sichtlich nicht in der Stimmung, sich amüsieren zu lassen. Ich erfuhr bald, wo ihn der Schuh drückte. Am Abend zuvor hatte ihm die Personalchefin des konkurrierenden pharmazeutischen Unternehmens ein Anstellungsangebot gemacht. »Und Sie wissen doch, wie sehr ich ›Holistic Medicine‹ verbunden bin!«

»Und ob ich das weiß!« sagte ich mitfühlend.

»Aber denken Sie, Raich, die Bedingungen sind so, daß ich kaum ablehnen kann: eine Niederlassung in Kalifornien, langer Urlaub, das Doppelte meines gegenwärtigen Gehalts. Damit könnte ich sogar wieder heiraten.« Seine vibrierenden Nasenflügel verrieten, womit er sich in Gedanken beschäftigte. Das Gehalt mußte gigantisch sein, wenn er bereit war, eine zweite Ehe einzugehen.

»Denken Sie dabei an eine bestimmte Person?« fragte ich.

»Habe ich Ihnen schon mal ein Bild von meiner Freundin – nun ja, meiner Verlobten gezeigt?« Aus seiner Brusttasche kramte er ein zusammenklappbares ledernes Fotomäppchen hervor, das auf der einen Seite eine sehr hübsche blonde Frau zeigte und auf der anderen ein gepflegtes braunes Pferd.

»Wer von beiden ist es?« fragte ich.

»Also wirklich, Raich! Aber wenn ich drüber nachdenke, mit dem Pferd verdiene ich Geld ...« Er blickte von einem Foto zum anderen. »Die Ehe dagegen ist immer eine teure Angelegenheit, nicht wahr?«

Bevor ich ihm zustimmen oder widersprechen konnte, gesellten sich andere Konferenzteilnehmer zu uns. Mittlerweile hatten wir das Stadium erreicht, in dem die anfängliche Förmlichkeit einer gewissen ungezwungenen Kameradschaft weicht, die aus häufigem Miteinander und gemeinsamem Interesse erwächst. Auch sie waren von Schmidts Beitrag beeindruckt, über den sie nun diskutierten. Das alte Ammenmärchen von der Erregbarkeit, der gesteigerten Sexualität und ausgeprägten Kreativität, die angeblich allen an Tuberkulose Leidenden eigen sein sollen, war immer noch virulent. Wie sonderbar, da doch Doktor Schmidt nichts dergleichen behauptet hatte. Er hatte lediglich auch Ansichten referiert, die früher – und offenkundig heute noch – ernst genommen wurden.

Einige Märchen werden wohl immer an uns hängenbleiben – so wie die Protokolle der Weisen von Zion –, dachte ich, als ich mich in den Kongreßsaal begab und vor den Rednern auf das Podium stieg.

Mathieu erschien in dem Augenblick, als die Sitzung beginnen sollte. Er setzte sich auf den für ihn reservierten Platz zu meiner Linken. *»Bonjour, Rachel«*, flüsterte er, als wir uns die Hand reichten. Die tiefliegenden, dunkel verschatteten Augen sahen müde aus; sie waren nicht so schön, wie ich sie in Erinnerung hatte, und seine Brauen waren dicht wie Bürsten. Dieses Wiedersehen unterschied sich von allen Vorstellungen, die ich mir je davon gemacht hatte. Mein Herz schlug nicht schneller, und ich empfand keinen Schmerz, allenfalls eine leichte Wehmut. Wie passend, daß unser erstes Zusammentreffen nach so langer Zeit vor so vielen Zeugen stattfand: auf einem öffentlichen Podium. Es war, als ob die Anordnung, erlassen von denen, die mich für unmoralisch erklärt hatten, für alle Zeiten gültig wäre.

»Mathieu und Rachel dürfen nur in Gegenwart anderer zusammensein, niemals, unter keinen Umständen, allein.«

Monsieur Badoux, ein junger Medizinökonom aus Frankreich mit wulstigen Lippen und Dauerfalten auf der Stirn – eine typische Tuberkulose-Persönlichkeit –, sprach nervös und sehr schnell. Er attackierte die Geheimhaltungsvorschriften der Schweizer Bankgesetze, deren Ursprünge er bis zu den Überweisungen für die zahlreichen Tuberkulose-Patienten wie mich in der Vorkriegszeit zurückverfolgte.

Meine anschließende Übersetzung schlug einen maßvolleren Ton an.

Dann war Monsieur Belmont an der Reihe, ein Bankier aus Genf, dick, jovial und gelassen. Verbindlich lächelnd, mit einer beringten Hand die Kante des Rednerpults fest umschließend, erwiderte er mit nur wenigen arroganten Sätzen. Monsieur Badoux' Behauptungen seien so absurd, daß sie es nicht verdienten, ernst genommen zu werden. Banken hätten keinen Anteil am Geschäft mit der Krankheit. Ihnen stünden bessere, normalere und längerfristige Investitionsmöglichkeiten zur Verfügung. Und auf meine Dienste verzichtend wiederholte er seine Rede in makellosem Englisch.

Schließlich trug Mathieu seinen soliden Kommentar vor. Es schien alles gut anzukommen, ebenso meine Übersetzung. »*Merci, Rachel*«, flüsterte er, als ich den letzten Absatz vorgelesen hatte. Dann wandten wir uns dem Auditorium zu, um Fragen zu beantworten. Nur wenige waren entschieden feindselig und häufiger an Mathieu gerichtet als an die Hauptredner.

»Docteur Arnaud hat uns erzählt, daß die Schweiz erst nach der Erfindung der Antibiotika reich geworden sei. Ist es aber nicht eine Tatsache, daß dieser Reichtum schon früher, während der starken Expansion der Kurorte und der Sanatorien, die sich der Heilung von Tb widmeten, akkumuliert wurde?«

»Trifft es nicht zu, daß Antibiotika in der Schweiz erst sehr viel später angewandt wurden als in anderen Ländern, und zwar aus dem naheliegenden Grund, weil man befürchtete, daß diese neue Therapie ein gutgehendes Geschäft kaputtmachen würde? Ein Geschäft, dessen Jahresumsatz Millionen und Abermillionen Francs betrug?«

»Würde Docteur Arnaud nicht einräumen, daß in guten Zeiten – vor dem Krieg – verdientes Geld später in pharmazeutische Unternehmen investiert wurde, so daß die Schweiz so oder so nicht verlieren konnte?«

Ich wiederholte die Fragen entweder auf französisch oder auf englisch oder in beiden Sprachen. Dabei achtete ich ganz schulgemäß darauf, stets präzise und unparteiisch zu sein. Mathieus ruhige und maßvolle Antworten trugen ihm offensichtlich Sympathien ein.

Am Nachmittag kam es zu einer völligen Veränderung der Atmosphäre wie auch meiner Mitwirkung, als Madame Arnaud ihren Platz auf dem Podium zu meiner Rechten einnahm. Sie erschien in Begleitung von Chantal, die ihr die wenigen Stufen hinaufhalf, bevor sie sich setzte. Wieder reichten wir einander die Hand. »*Alors donc, vous êtes prête?*« fragte Madame Arnaud, während sie meine Hand hielt, als sei ich diejenige, die den Vortrag halten sollte. Es hörte sich unheilverkündend an.

»*Mesdames et messieurs ...*« Sie begann mit einem Dank an ihre Zuhörer, die ihr Gelegenheit böten, ihnen vom historischen Beitrag Péniels zum Sieg über die Tuberkulose zu erzählen. Sie freue sich besonders, zu Menschen zu sprechen, denen die Unzulänglichkeiten der heute üblichen Behandlung geläufig seien. Man habe sie aufgefordert, darzulegen, daß das, was hier als neu begrüßt werde, schon vor vielen Jahren verwirklicht worden sei, und zwar erfolgreich. Ihre Stimme wirkte fest, ihr Gedankengang klar. Gleich zu Beginn wies sie darauf hin, daß dies nicht ihr Verdienst sei, sondern das des alten *Docteur*, eines Mannes mit visionärer Kraft. Da er gewußt habe, daß man den Körper nicht heilen könne, wenn man nicht auch Geist und Seele stärke, habe er versucht, die medizinische Betreuung durch Beschäftigungstherapie wie auch durch geistige Therapie zu ergänzen – »seiner Zeit weit voraus«.

»Ich bedaure, daß wir keinen Projektor haben, aber ich werde einige Fotos in Umlauf geben.« Madame Arnauds Organisationstalent machte sie zu einer hervorragenden Propagandistin ihrer eigenen Sache. Sie fand stets das richtige Bild: *Le Docteur*, das Sanatorium, die Patienten. Ich erinnerte mich an das Werbematerial von *Les Papillons*, das in den Tagen meiner Kindheit üblich war und die ans Bett Gefesselten in einer Weise vorführte, die sie fast frei beweglich erscheinen ließ; an die Broschüre, die Madame Arnaud entworfen hatte, in der einzelne Fotos von der Hand oder anderen Gliedern eines Kindes freie Beweglichkeit signalisieren konnten. Dabei hatte sie einfach nur ein unruhig zappelndes Kleinkind fotografiert, das vom Stilliegen genug hatte.

Während ich sprach, wurde diese Broschüre zusammen mit anderen herumgereicht; sie enthielt mit ziemlicher Sicherheit auch einige Bilder von mir. Man hatte uns für medizinische Kongresse und Vorträge gefilmt, fotografiert, interviewt – und immer sahen wir aus wie glückliche, ganz normale Kinder, die sich in der sonnigen, gesunden Luft von Péniel ungeheuer wohl fühlten. Aber von der Einsamkeit, dem Schmerz, der Todesgefahr, der Wahrscheinlichkeit, zum Krüppel zu werden, natürlich kein Wort. Nichts auch, versteht sich, über unser Leben in erzwungener Meditation, über unsere symbolischen Korbflechter-Aktivitäten, unseren verheerend schlechten Schulunterricht.

»Auch intellektuell profitierten unsere Patienten: Junge Leute aus der deutschen Schweiz und dem Ausland sprachen fließend Französisch, als sie Péniel verließen«, sagte Madame Arnaud und fügte, auf mich weisend, hinzu: »*Madame l'interprète* kann dies bestätigen. *Voyez*, ihr ist es selbst so ergangen.«

Alle Augen waren nun auf mich gerichtet, mein Geheimnis war gelüftet, meine Sprache wie meine Behinderung mit Péniel in Verbindung gebracht worden. Oh, ich hätte wissen müssen, daß sie dies tun würde. Daß sie mich ignorieren und doch benutzen würde, wie sie es immer getan hatte, wenn es ihren Zwecken diente.

»Sagen Sie das jetzt auf englisch«, befahl sie mir.

Sekundenlang blieb ich stumm und erklärte dann, das Erlernen der französischen Sprache sei in der Tat ein positiver Nebeneffekt der Behandlung in Péniel gewesen – und ließ den Hinweis auf mich als Beispiel in der Übersetzung weg.

Sie fuhr fort: »Aber wir haben niemals unsere Hauptaufgabe vernachlässigt: die Heilung der Krankheit, die von einem so bösartigen Bakterium verursacht wurde, daß seine Ausrottung viele Jahre dauerte. Anders als heute haben wir nie die Gefahren gegenseitiger Ansteckung übersehen: Lungenfälle wurden stets von anderen isoliert. Und wann immer unsere Patienten entlassen wurden, gleichgültig, mit welcher Tb-Form wir es zu tun gehabt hatten, auch wenn wir wußten, daß sie nicht ansteckend oder sogar vollständig geheilt waren – stets wurde jeder Gegenstand, den sie berührt hatten, desinfiziert. Es mochte unnötig erscheinen, aber wir schlossen jedes Risiko aus und hatten deshalb nichts zu befürchten.«

Plötzlich roch ich wieder den beißenden Gestank der Desinfektion, meine Augen brannten wie damals. Wer sagt, daß man Gerüche nicht im Gedächtnis behalten kann?

David war nach Hause entlassen worden. Sein Zimmer mit dem leeren Bett wurde versiegelt, und das Gas strömte hinein. Danach wurde das Fenster zum Lüften geöffnet. Von den abziehenden Dämpfen mußte sie weinen.

»Was, glauben Sie, wird mit David geschehen, nachdem Polen von den Deutschen besetzt worden ist?«

»Nichts. Solche Leute fallen immer auf die Füße, wie Katzen. Um die brauchen wir uns keine Sorgen zu machen«, befand Sœur Anastasia.

»Wir hatten nichts zu befürchten!« wiederholte Madame Arnaud leidenschaftlich und fügte mit noch größerem Nachdruck hinzu: »Weil wir wußten, daß dies alles richtig war. *Absolument juste. Eh oui.*« Dann hielt sie inne.

Die Pause dauerte mehrere Sekunden.

Zuerst dachte ich, sie wolle dem Auditorium die Möglichkeit geben, über ihre Aussage nachzudenken, und mir unterdessen Zeit lassen, ihre Worte auf englisch zu wiederholen. Doch als sie fortfuhr, hatte sich ihre Stimme fast unmerklich verändert: Die Tonlage war ein wenig höher. »Nun, da man die vielen schönen

Medikamente hat, wird sogar die elementarste Hygiene vernachlässigt. Man bringt heute jeden mit jedem zusammen, gibt ihm ohne Warnung alles und jedes in die Hand.«

»Tante Aline, reste calme … je t'en supplie«, sagte Chantal leise und beschwörend.

Aber Madame Arnaud fuhr mit anklagender Stimme fort: »Die Katastrophe ist abzusehen, der Tag der Abrechnung wird kommen, wenn Medikamente nutzlos werden … Ja, es wird geschehen! Man wird sie bestrafen!«

Das Auditorium schien wie hypnotisiert. Kein Laut war zu vernehmen, als sie nun, immer undeutlicher artikulierend, eine Verdammung der Sünden und der Verderbtheit Babylons folgen ließ: *»Elle est tombée, elle est tombée, Babylone la Grande! Elle est devenue la demeure des démons, la prison de tout esprit impur, la prison de tout oiseau immonde et odieux, parceque toutes les nations ont bu du vin de son impudicitée effrénée …«*

Es hatte keinen Sinn, ihre zusammenhanglosen Äußerungen oder das Stück aus der Apokalypse zu übersetzen. Chantal nahm sie sanft beim Arm und führte sie die Stufen hinunter, wo Mathieu wartete, um sie mit hinauszubegleiten. Das Auditorium verharrte in respektvollem Schweigen, bis die drei den Saal verlassen hatten.

Dann nahm Docteur Cherbier den leeren Platz ein, als sei das von vornherein so geplant gewesen, und fragte, ob es irgendwelche Fragen gebe. Wir beide gemeinsam – er deutete galant auf mich – seien imstande, sie zu beantworten. *»Ma chère amie, Madame Rachel«* habe persönliche Péniel-Erfahrungen, und ihre Sachkenntnis sei genauso authentisch und wertvoll wie seine.

So war ich in den folgenden zwanzig Minuten Kongreßteilnehmerin und Dolmetscherin zugleich. Ich fühlte mich zwar etwas unsicher, aber schließlich konnte niemand erwarten, daß ich beides gleich gut bewältigte.

Danach wurde ich förmlich umlagert. Paul kam als erster zu mir. »Raich, ich hatte ja keine Ahnung, daß Sie hiergewesen sind. Warum haben Sie mir nichts davon erzählt? Sie waren phantastisch, als die alte Dame durchdrehte. Warum hat sie sich bloß so aufgeregt?«

»Sie hat eine Passage aus der Offenbarung des Johannes über die Schrecklichkeiten zitiert, die sich in Babylon zugetragen haben. Als ehemaliger Prediger müssen Sie den Text doch auch auf französisch wiedererkannt haben. Er war schon immer eine ihrer bevorzugten Zukunftsvisionen.«

Auch Alfredo machte mir ein Kompliment: »Rachel, Sie waren hervorragend. Jetzt weiß ich endlich, warum Sie sich hier so gut auskennen.« Und Professor Attula fügte hinzu: »Sie wissen nicht nur über den Geschmack von Rizinusöl gut Bescheid, sondern über vieles mehr. Davon würde ich gern profitieren.«

Doch als Walti mir sagte: »Wie gut Sie sich erinnern! Sie haben alles wieder lebendig werden lassen«, fühlte ich mich rundherum als Betrügerin. Denn es gab Dinge, denen ich immer noch auswich. Auch in diesem Stadium der Ereignisse.

NEUNZEHN

Es war noch nicht ganz dunkel, als ich die ersten Stufen zu dem unebenen Kiespfad hinaufstieg, der in einer Biegung zu einem großen offenen Platz führte. Hier – in dem charakteristischen Zugangsbereich von *Les Papillons* – hatte ich einst meine ersten Treppen, meinen ersten Hang bewältigt. Wenn man wieder laufen lernte, gelangte man erst in einem relativ fortgeschrittenen Stadium in die Außenanlagen des Sanatoriums. Es begann damit, daß man die bandagierten Beine von der Bettkante hängen ließ, um zu verhindern, daß der Körper nach jahrelangem Liegen dem Gesetz der Schwerkraft erlag. Ich erinnere mich daran, daß ich mich zu Boden gezogen fühlte, daß mir das Blut aus dem Gesicht wich und das Zimmer sich um mich herum drehte. Dann kam das Stehen, gekrümmt über Krücken hängend, bis die bleiernen Beine auch einen schwereren Körper im Gleichgewicht hielten.

Da ich in der Horizontale gelebt hatte, solange ich denken konnte, sah jetzt alles – einschließlich der Leute, die an meiner Seite standen – verkehrt aus. Dann die ersten schwankenden Schritte. Hänge und Treppen waren in der Tat wie Examensleistungen!

Auf Straßenniveau gab es Läden. Vor Schnee und Eis wurden sie durch einen Überhang geschützt, der sich an der ganzen Südseite des Gebäudes in Höhe des zweiten Stocks hinzog, wo *Les Papillons* eigentlich begann. Dieser Überhang – für uns *rigole* – hatte noch eine andere Funktion: Er stellte die Grenze zwischen Sanatorium und normalem Dorfleben dar. Als ich ihn erreichte, scheuchte ich ein Paar *choucas* auf, Dohlen, diese großen schwarzen Vögel von Péniel. Was taten sie hier noch so spät, wenn alle Vögel, die auf sich hielten, bereits schliefen? Oder waren diese dunklen kleinen Ungeheuer erschienen, um eine lang erwartete *revenant* aus einer anderen Zeit willkommen zu heißen?

Die neue Haustür bestand aus hellem glänzenden Holz; neben ihr ein Klingelbrett mit Namensschildern. Auf dem ersten stand »O. Colbert, V. Stoll«. Ich klingelte. Dann hörte ich Stimmen, und die Tür öffnete sich. Olive stand im Eingang und hinter ihr eine kleine, bucklige Frau. Ihr graues Haar war von messingfarbenen Strähnen durchzogen. Ich hatte es als roten, wirren Mop in Erinnerung. Die Sommersprossen waren immer noch zu sehen, wenn auch nicht so deutlich wie an jenen Tagen, wenn die ultravioletten Strahlen sie voll hatten erblühen lassen. Das Blau ihrer Augen war ebenso intensiv wie das Schwarz der Augen ihrer Freundin. »*Rachel, la petite Rachel!* Du hast dich überhaupt nicht verändert, ich hätte dich überall wiedererkannt. Aber ich wette, du mich nicht, ohne vorher zu wissen, mit wem du es zu tun kriegen würdest ... Du bist ja auch viel jünger.« Die beiden waren natürlich älter als ich, etwa sechs oder sieben Jahre, nicht viel in unserem Alter, aber in meiner Jugend war das ein beträchtlicher Unterschied gewesen.

Sie führten mich in die Wohnung gegenüber der Treppe. Ich bemerkte, daß Vreni nach Olives Hand griff, als sie die drei Stufen zu der kleinen Vorhalle hinaufstiegen.

Die beiden waren gegen Ende ihrer Teenagerzeit nach Péniel

gekommen und hatten es als erwachsene Frauen verlassen. Sie hatten während ihres gesamten Aufenthalts dasselbe Zimmer, dieselbe Terrasse miteinander geteilt. Mir war zu Ohren gekommen, daß Olive lange vor Vreni geheilt war, sich aber geweigert hatte, das Sanatorium ohne die Freundin zu verlassen. Olive war Französin, Verena – die stets mit der Koseform ihres Namens angeredet wurde – die Tochter eines Schweizers und einer Argentinierin. Der Balkon der beiden hatte direkt über der ausgedehnten Terrasse der Kinderstation gelegen. Ich sehe immer noch ihre Gesichter, die sich über das Geländer neigten, um uns dort unten zu beobachten.

»Hübsch«, sagte ich, während ich mich in dem freundlichen Wohnbereich umsah. »Das war *le un* und das Büro, Madame Arnauds Domäne, nicht wahr?« Es war eine eher rhetorische Frage.

»Ja. Wir haben auch *le deux*, *le trois* und *le quatre.*« Sie führten mich durch die Wohnung. *Le quatre* war die ehemalige Isolierstation für Kinder, die *richtige* Krankheiten hatten, Scharlach, Masern, Grippe oder was immer sonst sich normale Kinder zuziehen. Diesen Raum hatte man in Küche und Bad umgewandelt. *Le trois*, nun ihr Schlafzimmer, war in reinem Weiß gestrichen. Es wirkte größer, als ich es in Erinnerung hatte – eine Umkehrung der normalen Wahrnehmung Erwachsener, die alle in der Kindheit erlebten Räume zusammengeschrumpft erscheinen läßt.

»Hier habe ich so manche Stunde in Einzelhaft verbracht«, erklärte ich, nachdem wir zum Essen Platz genommen hatten.

»Ach, was man damals Kindern alles angetan hat«, sagte Olive, die Psychiaterin, mißbilligend. »Man kann immer nur hoffen, daß sie damit keinen Schaden angerichtet haben. Aber vielleicht siehst du das nicht so ...« Dann fragte sie, wie denn Madame Arnauds Vortrag gelaufen sei.

Ich erzählte den beiden, was geschehen war. »Sie war wirklich bemitleidenswert. Sie schafft es einfach nicht, sich mit der Gegenwart abzufinden, nicht wahr?«

Einen Augenblick war es still, bevor Olive in demselben spöttischen Ton antwortete, in dem ich sie hatte sprechen hören, ohne sie wiederzuerkennen. »Warum sollte man das auf die Gegenwart beschränken? Sie hat doch schon immer mit diesem selbstgerechten Pathos operiert, wenn es ihren Zwecken diente. Erinnerst du dich noch an das Stück, das damals zum Jubiläum aufgeführt wurde?«

Ich erinnerte mich. Es war die Geschichte eines Arztes, dessen Kind im Sterben lag. Er und seine Familie widmeten sich dennoch hingebungsvoll dem Wohl seiner Patienten, die entweder vom privaten Kummer, der diesen aufopferungsvollen, frommen Mann verzehrte, nichts wußten oder ihm sowieso mit Gleichgültigkeit begegneten. Mich hatte man in diesem Stück, einem aparten Regieeinfall folgend, auf einer Bahre vorgeführt. Das war mein erster Bühnenauftritt gewesen, sehr erfolgreich, und hatte genau das ausgelöst, was er auslösen sollte: Tränen der Rührung und Mitleid. Aber die großen Mädchen hatten nicht so reagiert. Von ihnen waren Worte wie taktlos, grausam, gefühllos zu hören – Worte, die damals keine Bedeutung für mich hatten.

»Sie wollten vorführen, wie selbstsüchtig wir in Wirklichkeit waren«, bemerkte Vreni nahezu erbittert.

»Wirklich?« Ich hatte es im Alter von zwölf Jahren als weit weniger quälend empfunden. »Ich fand das Stück sehr, sehr traurig, aber eigentlich wunderbar.« Das brachte uns alle zum Lachen. Wieder ernst werdend, fügte ich hinzu: »Aber Solange, Mathieu und Chantal – besonders Chantal – dachten doch nicht so, oder?«

Olive hob die Brauen. »Besonders Chantal nicht? Als sie nach dem Krieg aus Deutschland zurückkam – da mußt du schon weg gewesen sein –, arbeitete sie in *le treize*, *le quatre* und *le quinze*. Da gab es eine junge italienische Contessa, die wohl geglaubt haben mußte, das Leben halte alles für sie bereit, aber nun hatte sie diese schreckliche Krankheit. Einmal, in einem Augenblick völliger Verzweiflung, wütete sie gegen Chantal, die in eisigem Schweigen zuhörte. Lucia entschuldigte sich später bei ihr, aber alles, was Chantal zu sagen wußte, war: ›Was erwartest du denn von uns? Du solltest den Dingen lieber ins

Auge sehen: Du bist eben zu spät zu uns gekommen.‹ Dann ging sie, deutlich beleidigt, und machte damit Lucias Verzweiflung noch größer.«

»Vielleicht war Chantal damals unglücklich«, sagte ich leise. Ich hatte allen Grund für diese Vermutung. Und nun, da sie selbst ein krankes Kind hatte, entsprach ihre Situation der in dem Stück damals.

»Versteh uns nicht falsch«, erklärte Olive. »Wir beklagen uns nicht, wir verdanken Péniel alles, vor allem unsere Gesundheit. Und es hat uns zusammengebracht«, sagte sie mit einem intensiven Blick ihrer dunklen Augen auf Vreni.

Ich erinnerte mich an diesen Blick. Und ich erinnerte mich auch an den Spitznamen, *beurre et confiture* – Butter und Marmelade –, den ihnen ihre Freundschaft eingetragen hatte, eine nicht eben poetische Metapher. Romantischere Ausdrucksweisen hatten nicht zu unserem Erfahrungsbereich gehört. Und während wir uns an die alten Zeiten erinnerten – die guten alten Zeiten, wenn man den beiden zuhörte –, fragte ich mich erneut, woran es liegen mochte, daß diese liebevolle Freundschaft gehalten hatte. Ich wußte von keiner Ehe, die aus Péniel hervorgegangen wäre. Selbst dort gewesen zu sein genügte, um bei einem Partner einen solchen Hintergrund als allzu belastend zu empfinden. Es hatte zwar gelegentlich Romanzen zwischen Patienten gegeben, doch sobald einer von beiden in die Ebene zurückkehrte, war es in der Regel vorbei. Péniel wurde der Ort, in dem geschehen war, was man vergessen mußte.

Und doch gab es diese beiden Menschen, die zusammengeblieben waren. Und mich, immer noch unfähig, im Rückblick auf die Vergangenheit zu begreifen, in welcher Weise sie mein Leben, meine Ehe, vielleicht sogar meine Beziehung zu Trevor beeinträchtigt hatte.

Als wir mit dem Essen fertig waren und Olive und Vreni zwischen Wohnzimmer und Küche hin und her gingen, trat ich, ihrem Vorschlag folgend, auf die Terrasse hinaus. Ich vermied es jedoch, die Glasveranda anzusehen, die die Wohnung verlängerte – ich spürte, daß sich nichts verändert hatte. Der Blick – dieser bedrückend vertraute Blick, der einzige, der mir jahrelang vergönnt gewesen war –, er war noch derselbe. *Le Grismont* sah in der hereinbrechenden Dunkelheit so bedrohlich aus wie eh und je. Ich trat dicht an das Geländer heran, an dem mein Bett so oft gestanden hatte, wo es keine Trennwände gab und man völlig ungeschützt den Blicken anderer preisgegeben war, außerstande, irgend etwas zu verbergen, weil alles, was man tat, von oben beobachtet wurde. Trotzdem war das immer noch besser, als auf eine blaßgrüne Wand zu starren. Man konnte sich Dinge vorstellen, die unsichtbar waren …

Ich blickte auf die *rigole* hinab, die etwa einen Meter unterhalb des Geländers vorsprang. Sie erschien nun sauber und unbenutzt. Früher hatte man dort zum Ersten August Fahnen angebracht und im Winter manchmal zu unserem Vergnügen Schneemänner gebaut. Mehr als einmal hatte ich Essen, das ich nicht mochte – Gruyère-Käse, gekochten Lauch, Brot oder Kartoffeln –, hinuntergeworfen, in der Hoffnung, daß die gefräßigen Dohlen mich davor bewahren würden, wieder einmal eine Strafstunde in *le trois* verbringen zu müssen, weil ich nicht brav aufgegessen hatte. Und wie konnte ich je den Tag vergessen, an dem diese *rigole* zur Zielscheibe eines Pinkelwettbewerbs wurde: »Wie weit kannst du?« Der Sieger war hervorragend! Es hieß, kein Tropfen sei ins Bett gegangen!

Ich kehrte in die Wohnung zurück, die behaglich und hübsch war, nicht entfernt so, wie die Zimmer zu meiner Zeit gewesen waren. »Ihr habt sie weiß streichen lassen!« rief ich aus und wies auf die Wand, als Olive die Glastür schloß.

»Du erinnerst dich an die Farbe? Die Theorie lautete damals, glaube ich, daß Grün Blendung verhindert.«

»Blendung verhindert?« Es verhinderte überhaupt nichts.

Vreni erinnerte sich: »Als ich dich zum erstenmal sah, wolltest du, daß man dein Bett in die Nähe des Geländers schob, weil du Angst vor der Wand hattest. Und ich weiß noch, was es für ein Theater gab, weil du unaufgegessenes Brot in einem Köfferchen versteckt hattest. Du hast immer wieder geschrien, du kriegtest das nicht runter. Was war denn drauf?«

»Knoblauch! Als Wurmkur. Es war ein Mittel, das man uns abends gegen Würmer verabreichte.«

»Rachel, vilaine! Sieh nur, was du gemacht hast. Brot in das Köfferchen zu stopfen und die Würmer wachsen zu lassen! Denk an die armen hungrigen Kinder in der Welt, die froh wären, wenn sie zu essen bekämen, was du einfach wegwirfst. Ist das nicht abscheulich?«

Wie Wände, dachte sie, der Schimmel auf dem Brot sah aus wie Wände. Nein, kein Kind auf der ganzen Welt würde Brot mit Knoblauch essen wollen, der die Farbe von Wänden hatte.

»Du hast uns so leid getan. Du sahst ganz verstört aus, als du ausgescholten wurdest«, sagte Olive sehr sanft.

Ja, das war ich wirklich. Später auch. Und jetzt war ich wieder leicht verstört. Sie hatten offenbar viel Zeit gehabt, mich zu beobachten, auch als ich älter war und mich selbst um die Kinder kümmerte.

»Als man dich dann arbeiten ließ, dachten wir, du seist dafür viel zu jung. Wie alt warst du damals?«

»Fünfzehn, als ich anfing, fast zwanzig, als ich wegging. Alt genug, um es besser zu wissen.« Ob sich die beiden an den Tag vor Weihnachten erinnerten? Jenen Tag, der in mein Gedächtnis gebrannt ist?

Das war, als Madame Arnaud mich gerufen und mir gesagt hatte, was mit meinem Vater und Lia geschehen war. Sie hatten Kontakt zum Roten Kreuz in Genf aufgenommen, das in verschiedenen polnischen Lagern nachgeforscht hatte. Die letzte Nachricht von ihnen war aus Lodz gekommen. Madame Arnaud hatte tröstend zu mir gesagt: »Arbeit ist die beste Medizin. Es gibt kein besseres Mittel, um sich von Kummer abzulenken. Glauben Sie mir, ich weiß es!«

Betäubt, unfähig zu erfassen, was ich gehört hatte, war ich in den *dortoir* zurückgekehrt. Warum nur machten mich die Kinder so gereizt? Besonders Volker, der kleine Deutsche, der in Péniel geblieben war, während Maria gehen mußte – Volker Hinderer, für den die Zahlungen nie eingestellt wurden, weil er so gute Beziehungen hatte, dessen eckiger blonder Kopf und unverschämt spöttische blaue Augen mich hatten rotsehen lassen …

Ich erinnere mich daran, daß ich zu ihren entsetzten Gesichtern aufblickte. Vrenis war fahlgrau unter den Sommersprossen. Wer hatte geschrien? Olive, glaube ich. *»Vite … vite! Venez vite!«*

Mathieu, Medizinstudent und zu Weihnachten daheim, war zufällig auf dem Flur und hörte den Schrei. Er hatte den Arm um meine Schulter gelegt und mich hinausgeführt.

Gott hat ihn geschickt, hatte ich gedacht, er, den ich anbetete, wie man nur Gott anbeten darf. Er brachte mich in mein Zimmer, zwischen der Toilette und dem Bad. Er blieb bis zum Abendessen bei mir. Und er kam spätabends wieder, als alle schlafen gegangen waren. Ich hatte ihn angefleht: »Laß mich nicht allein – bitte. Komm wieder! Bitte, laß mich nicht allein.«

Er kam wieder – gegen jede Vernunft. Und er blieb die ganze Nacht bei mir …

Die beiden Freundinnen lächelten. Eine leichte, helle Röte war in Olives bläßlichem Gesicht erschienen. Vreni plauderte angeregt. Sie freuten sich, mich zu sehen, das war offenkundig. Wir – oder eher sie – sprachen über ehemalige Patienten, und Namen wurden erwähnt, die ich seit Jahren nicht gehört hatte. Die beiden standen mit etlichen von ihnen in Verbindung und erzählten mir, wie es ihnen in der Ebene ergangen war. Einige waren gestorben, einige verheiratet, hatten Kinder und Enkel. Einige hatten Rückfälle gehabt. Alle waren sie in ihren Entwicklungsjahren in Péniel gewesen.

Das war meine Welt, meine wirkliche Welt, die Welt, die mich geprägt hatte, die Welt, der ich den Rücken gekehrt hatte. Niemand sonst wußte, was diese Stunden, Wochen, Monate der Gefangenschaft, diese an einem Fleck verbrachten Jahre bedeuteten, während das Leben weiterging, unten, oben, draußen, gut und schlecht, und sich nichts veränderte, bis es eines Tages vorbei war und neue Probleme begannen. Manche akzeptierten nie, was ihnen widerfahren war, und rebellierten so heftig gegen diese Ungerechtigkeit, daß der Kampf ihre Lebenskraft aufzehrte. Und eine Minderheit hatte sich die Krankheit zur Lebensaufgabe gemacht: wie man mit eingeschränkter Beweglichkeit fertig wurde, wie man Schmerz ertrug, wie man sich den Millionen kleinen Demütigungen fügte – nicht für ein paar Wochen oder Monate, sondern jahrelang. Aber wenn man die Krankheit schließlich akzeptierte, seinen Frieden mit ihr machte, sich ihr anpaßte – wozu taugte man dann noch? Nur noch zum Berufspatienten, der dalag, sich selbst und jede seiner Empfindungen beobachtete, auch wenn die ursprüngliche Krankheit ausgeheilt war. Solche Leute ließ man am besten in Péniel, weil die Außenwelt zu kalt, zu feindlich war und diese so schwer erworbenen Eigenschaften, die drinnen mit Tugend gleichgesetzt wurden, nicht zu schätzen wußte.

Wenn die Krankheit in jungen Jahren aufgetreten war, wurde sie zum Normalzustand. Die Kindheit an sich bedeutet ja Einschränkung. Wir akzeptierten unsere Unbeweglichkeit, so wie jedes Kind alles hinnimmt, was ihm begegnet. Natürlich träumten wir von anderen Lebensweisen, stellten uns andere Landschaften vor. Aber nicht so verzweifelt, wie man meinen möchte, da wir doch alle im selben Boot saßen.

Sobald wir jedoch diese seltsam beschützende Umgebung verlassen hatten – wir, die wir so daran gewöhnt waren, mit unseren defekten Körpern zu leben –, sahen wir unsere Vorstellung von Normalität herausgefordert. In der Ebene betrachtete man uns als anders, als minderwertig, teils sogar als unfähig, unsere eigenen Bedürfnisse oder Grenzen zu beurteilen. Wie es Aunt Beatrice immer wieder geglaubt oder meine Anwältin angedeutet hatte, als sie mich drängte, meine Behinderung zur Sicherung eines Unterhaltsbeitrags auszuspielen, um so meine Benachteiligung auszugleichen.

Aber so manches Leben war unendlich viel schwerer gewesen als meines. »Was ist aus Reine geworden?« fragte ich. Reine war Patientin gewesen und wie ich *volontaire* geworden. Aber im Unterschied zu mir besaß sie keine anderen Möglichkeiten.

Péniel war ihr Zuhause. Ich habe sie immer noch vor Augen: klein, verkümmert, alterslos.

»Sie wurde für überflüssig erklärt, als nur noch qualifiziertes Pflegepersonal zugelassen war. Also schenkte man ihr ein silbernes Teeservice und schickte sie in die Ebene. Sie hat allerlei versucht, immer ohne Erfolg, und lebt jetzt in einem Altersheim. Sie war erst fünfzig, als man sie hier hinauswarf.«

»Wer hat das getan? Doch nicht Madame Arnaud!«

»O nein, nicht sie, sie billigt ja das neue Péniel nicht.« Und Madame Arnauds Stimme perfekt imitierend, deklamierte Olive: »Unsere Arbeit, wie wir sie kennen, ist beendet, *ma chère Reine*. Wenn die Leute Sie gehen lassen, dann zu ihrem eigenen Schaden.«

Und Vreni fügte leise hinzu: »Aber sie hat nichts getan, um ihr zu helfen, nichts.«

Lange war es still. Dann erhob sich Vreni. »Komm und sieh dir doch mal unsere alten Fotos an. Wir können uns nicht mehr an alle Namen der Kinder erinnern. Aber vielleicht kannst du es.«

Wir setzten uns um den Tisch. Es gab eine ganze Reihe Fotos von mir zusammen mit den Kindern. Sie anzusehen war schön – wie das Anhören alter Platten. »Wie hübsch Geneviève war«, sagte ich, als ich das Bild eines kleinen Mädchens mit schwarzem, lockigem Haar betrachtete. »Und das ist Pierrot, der Clown.« Ich deutete auf einen Jungen, der der Kamera eine Grimasse geschnitten hatte. Ich blätterte die Seite um: Das nächste Foto zeigte Volker, dessen Blick direkt auf mich gerichtet war.

Die Kirchenglocke schlug eben zehn. »Es ist Zeit, daß ich gehe«, sagte ich und stieß den Stuhl zurück.

»Es wäre so schön, wenn du uns mal in Paris besuchen würdest. Wir kennen so wenig Menschen, mit denen wir wirklich reden können.«

»Ja, gerne, ich würde mich auch freuen.« Ich gab ihnen meine Londoner Adresse und, für alle Fälle, auch die in New York.

Dann stand ich auf der hell erleuchteten Straße. Ich blickte hinauf zu meinen Freundinnen über der *rigole*. Vreni, deren Gesicht kaum über die Querstange des Geländers reichte, winkte mir zu wie ein kleines Kind. Olive hinter ihr streichelte den gerundeten Rücken ihrer Freundin mit großer Zärtlichkeit und lächelte.

Ich winkte zurück. Ich war froh, daß es dunkel war und die beiden meine Augen nicht sehen konnten: Sie waren voller Tränen.

In dieser Nacht hatte ich wieder einen Alptraum.

Ich träumte, daß ich mit Trevor eine schöne, sonnige Straße entlangging. Um uns war Licht. Ich trug ein sehr dünnes, sehr helles Sommerkleid.

»Zeig mir, was du da mit dir herumschleppst«, sagte er zu mir.

»Ich kann es nicht!« schrie ich in größter Qual.

»Zeig es mir!«

Widerstrebend öffnete ich den Deckel des braunen Metallkoffers, den ich zu verbergen versuchte. Grüner Schimmel überzog die zerbrochenen Brotstücke wie eine uralte Decke. Aber als ich näher hinsah, nahm ich wahr, daß die Decke lebte; es war gar kein Schimmel, sondern eine Fülle von winzigen krabbelnden Würmern. Und was ausgesehen hatte wie Brotstücke, nahm den kreidigen Umriß eines toten dunkelhaarigen Mädchens an.

Ich versuchte zu schreien, konnte aber nicht einmal atmen. Irgend jemand preßte eine Hand auf mein Gesicht. Um mich zum Schweigen zu bringen. So wie ich es mit Volker gemacht hatte, der, wie einst ich selbst, wehrlos in seinem Bett festgezurrt war, während ich in einem Anfall blinder, mörderischer Wut den blonden Schopf des kleinen Jungen packte und zog und zog und zog.

ZWANZIG

Mrs. Alter-Harvey hatte gerade ihren Vortrag über die beträchtlichen Vorzüge von Gelée royale, Ginseng und einer Multivitamin-Multimineral-Pille gehalten, die unter dem Namen EBBAMIN für »Holistic Medicine« auf den Markt gebracht wurde. Es war der erste Vortrag, der für ein Produkt des Unternehmens warb, dem ich meine Rückkehr nach Péniel verdankte. Weitere sollten folgen; alle noch ausstehenden Sitzungen am Donnerstag und Freitag waren der Propagierung von Mitteln unterschiedlichster Art zur Förderung von »Gesundheit, Langlebigkeit und Wohlbefinden« gewidmet – erreichbare Ziele, allen wahren Gläubigen zugänglich. Diese Vorträge, einschließlich der Übersetzungen, verlangten nicht mehr von mir als lautes Lesen und waren deshalb keineswegs anstrengend.

Was mir durchaus recht war nach den emotionalen Belastungen des Vortags und der schlechten Nacht. Die vielen leeren Plätze im Saal verrieten, daß die Teilnehmer vorausgesehen hatten, was ihnen heute zugedacht war, und die Gelegenheit nutzten, um einmal zu schwänzen und den Freuden des Shopping in Orten zu frönen, die mehr Geschäfte zu bieten hatten als Péniel.

Als ich gerade einen Schluck aus dem Wasserglas nahm, bereit, Mrs. Alter-Harveys Text auf französisch vorzutragen, kam Paul zu mir herüber und flüsterte mir ins Ohr: »Die jüngere Madame Arnaud hat eben angerufen. Es kommt nicht ganz überraschend, die alte Dame hat einen Schlaganfall gehabt und liegt im Krankenhaus auf der Intensivstation. Der Sohn, Docteur Arnaud, ist bei ihr. Ihre Schwiegertochter hat mich gebeten, Ihnen das auszurichten.«

»Mein Gott!« Ich blickte Paul an, fast unfähig zu begreifen, was er mir da erzählte. Trotz ihres hohen Alters war sie mir irgendwie unsterblich vorgekommen. »Und was geschieht jetzt?«

»Tja – das bringt uns ein bißchen in die Klemme. Docteur Arnaud wird nicht in der Lage sein, den für heute nachmittag angesetzten Rundgang zu übernehmen.«

Natürlich, Mathieu hatte uns durch Péniel führen sollen. »Als Chantal ... als Madame Arnaud anrief – hat sie da gesagt, wer ihn vertreten wird? Vielleicht Docteur Cherbier? Er würde einen sehr guten Führer abgeben.«

»Sie meinen Docteur Arnauds Partner? Der sicher nicht. Madame Arnaud sagte, daß er unter diesen Umständen in der Praxis bleiben muß. Und sie selbst kann auch nicht. Wahrscheinlich macht es eine Krankenschwester, aber sie wußte es noch nicht genau. Jedenfalls wollte ich, daß Sie sofort Bescheid wissen.«

»Danke, Paul.« Wenn eine Krankenschwester die Führung übernahm, konnte es sich nur um Sœur Madeleine handeln. Sie würde ihre Sache sicherlich sehr gut machen. Arme Madame Arnaud. Ob wohl ihr erregter Vortrag den Schlaganfall ausgelöst hatte? Vor dem halbleeren Saal verlas ich die Übersetzung mit noch mehr Gleichgültigkeit, als ich normalerweise ohnehin empfunden hätte. Und während der beiden folgenden Vorträge ging ich sozusagen in die innere Emigration. Sie beschäftigten sich mit diversen »Komplexitäten«, »Konzentraten«, mit allerlei Begriffen, denen Silben wie »istik« angehängt worden waren, beispielsweise ENERGISTIK.

Aber das tat den angepriesenen Produkten auf unserem Kongreß nicht gut. Als der letzte und eigentlich einzige – wenngleich unbeabsichtigt – unterhaltsame Beitrag über »Diagnosen von Mangelerscheinungen« verlesen wurde, in dem der Verfasser die mikroskopische Untersuchung von Haaren wie von Fingernagelschnipseln empfahl, hatte sich der Saal bis auf eine Handvoll Zuhörer geleert. Für die Teilnehmerzahl an der Besichtigungstour sah das nicht eben vielversprechend aus.

Als wir uns nach dem Essen in der Halle versammelten, zählte ich fünfzehn Leute, mich eingeschlossen. Nicht daß ich es denen übelgenommen hätte, die es vorzogen, fernzubleiben – nicht einmal Alfredo. Von wem konnte man schon erwarten, daß er sich für die Geschichte Péniels interessierte?

»Ah, Madame Rachel. Worauf warten wir noch? Sie sollten

eigentlich diejenige sein, die uns bei dieser Besichtigung führt.« Es war Professor Attula, lebhaft wie immer.

»Ich wüßte nicht, wie ich das anstellen sollte ... Meine Péniel-Erfahrung ist nicht eben geeignet, mich zum Experten für eine Besichtigungstour zu machen.« Doch als ich nun sah, wer für Mathieu eingesprungen war, wünschte ich mir, ich wäre – dieses eine Mal – Alfredos Beispiel gefolgt. Aber da war es zu spät.

Der Mann, der durch die Drehtür kam, war der sogenannte medizinische Direktor des Sanatoriums, Geschäftsführer, Mitglied des Fremdenverkehrsamts und »Retter« Péniels: Monsieur Guillaume Arnaud. Makellos gekleidet, zeigte er sich in einem grauen Straßenanzug mit weißem Hemd und kastanienbrauner Seidenkrawatte. Von weitem wirkte er keinen Tag älter als vor fünfunddreißig Jahren. Er war schlank, sein Haar dicht und dunkel, nur über der Stirn zeichneten sich ein paar Silbersträhnen ab. Das ließ eher auf die Kunst des Perückenmachers schließen als auf natürliche Haarpracht. Man hatte ihm schon immer besondere Eitelkeit nachgesagt.

»*Bonjour, Messieurs-Dames. Je vais parler en fraçais, n'est-ce pas?* Ich nehme an, daß uns ein Dolmetscher zur Verfügung steht.« Er musterte die Versammlung flüchtig, aber da er dabei jeden Blickkontakt vermied, bemerkte er mich nicht. Diejenigen, die Französisch verstanden, bestätigten seine Vermutung mit einem kollektiven »*oui*« und sahen in meine Richtung. Es war unwahrscheinlich, daß man Monsieur Arnaud über meine Anwesenheit informiert hatte. Doch selbst wenn, war ich wohl kaum wichtig genug, um eigens bemerkt zu werden.

»*Eh bien, donc,* können wir uns einen Augenblick setzen, damit ich Ihnen kurz erklären kann, was wir besichtigen werden?« Mit einer eleganten Bewegung seiner beringten Hände deutete er rings um sich auf die ganze Halle, als ob er eine Pirouette drehen wolle.

Ich lehnte mich an eine Säule, meinen Stock vor mir haltend. Monsieur Arnauds Blick wurde von ihm angezogen wie eine Motte von einem leuchtenden Gegenstand.

Er begann mit einem Vortrag über die alte, facettenreiche

Struktur Péniels, über das Hauptsanatorium mit den vielen Nebengebäuden, über deren Bedeutung und Zweck. Er erklärte, daß man nach sorgfältiger Prüfung jedem Patienten – entsprechend seinen Mitteln, seinem Alter und der Form seiner Krankheit – für die Dauer seines Aufenthalts ein geeignetes »Zuhause« zugewiesen habe. Dem folgte der Hinweis, daß die Antibiotika Péniel nach dem Krieg – wie andere Heilorte auch – natürlich stark verändert hätten.

»Begeben wir uns nun zum Schauplatz.« Monsieur Arnaud trat uns voran auf die Straße hinaus. Als wir die *Place de la Cure* erreicht hatten, erhielten wir eine Einführung in den *style Péniel.*

»Und warum, glauben Sie, liegt jedes Gebäude nach Süden?« fragte er. Ohne eine Antwort abzuwarten, fuhr er fort: »Um die heilenden Eigenschaften der so unerschöpflichen, aller Welt so zugänglichen *données naturelles* in dieser so überaus begünstigten Lage zu verstärken.«

Sein Bruder, der schon lange dahingeschiedene Pasteur Arnaud, hätte das zweifellos *»don de Dieu«* genannt, aber Guillaume Arnaud war ein weltlicher Mann und benutzte ein aufgeklärteres beziehungsweise von modernen Marketing-Methoden inspiriertes Vokabular.

Als ich an der Reihe war, tat ich mein möglichstes, um den Geist seiner Prosa einzufangen, und lenkte dabei endlich seine Aufmerksamkeit von meinem Stock auf meine Person.

»Sind wir uns nicht schon einmal begegnet?« fragte er plötzlich.

Ich stellte mich vor.

»Rachel Bernstein! *Mais ça alors!*« Er streckte beide Arme aus, und während er mich länger als notwendig umarmte, wiederholte er: »Rachel Bernstein, *notre petite Rachel!*«

Paul unterbrach unsere Wiedervereinigung und half mir so, ohne es zu ahnen. »Können Sie das noch mal wiederholen, Raich? Ich möchte mir diesen letzten schönen Satz notieren, den über die unerschöpflichen Gaben der Natur ...«

Während ich den Satz langsam wiederholte, sah ich, wie Arnaud sich selbstgefällig spreizte. Paul hatte einen neuen Freund gewonnen.

Wir gingen die Avenue du Docteur hinauf. Zur einstigen Bedeutung des *Hôtel du Sud* äußerte sich Monsieur Arnaud nicht; unnötig zu sagen, daß es in Péniel natürlich niemals eine Lasterhöhle gegeben hatte. Aber er sprach bekümmert über das veränderte Ambiente, als wir vor *Les Platanes* standen, das, wie er erklärte, einst das Diagnose- und Behandlungszentrum gewesen sei. »Als bloßes Hotel und Restaurant kann es natürlich niemals den Rang besitzen, den es früher hatte. Aber das Leben muß ja weitergehen.«

Auf verschiedene Nebengebäude aufmerksam machend, zeigte er uns *Les Papillons* und verlor sich in Erinnerungen an den fröhlichen Klang kindlichen Gelächters, das man habe hören können, sobald man den Hügel herabkam. Es habe ihm immer das Herz erwärmt, so zu spüren, wie glücklich wir waren, was zweifellos auch ein Beweis dafür gewesen sei, »daß wir alles richtig machten«. Und zu mir gewandt, sagte er mit einem gewinnenden Lächeln: *»N'est-ce pas, Rachel?«*

»Ich habe hier einen Brief von deiner Tante aus Amerika. Da sie jetzt deine einzige Verwandte ist, liegt deine Zukunft sicherlich bei ihr. Ich habe mich beim amerikanischen Konsulat nach den Bedingungen erkundigt. Du mußt dich medizinisch untersuchen lassen, um nachzuweisen, daß du tuberkulosefrei bist. Wir müssen auch feststellen, wie es um deinen alten genital-urinalen Befund steht. Du wirst nach Bern fahren. Ich werde dich selbst hinbringen. Wir müssen alles richtig machen, n'est-ce pas, Rachel?«

»Haben Sie hier auch die Möglichkeit, Operationen durchzuführen?« fragte jemand.

»Heute nicht mehr. Früher ja. Wir haben hauptsächlich bei geringfügigen Beschwerden operiert, die nur örtliche Betäubung erforderten, wie das Ziehen eines Weisheitszahns oder die Säuberung und Dränage einer besonders schmerzhaften Fistel. Für schwierigere Maßnahmen, ob diagnostische oder therapeutische, mußten unsere Patienten anderswohin geschickt werden.«

Ich übersetzte, was er gesagt hatte, und fügte hinzu: »Zum Beispiel nach Bern.«

Monsieur Arnaud nickte. »Was für ein gutes Gedächtnis Sie haben, *ma petite Rachel.* Ich darf Sie doch immer noch so nennen? Sie haben ganz recht, wir haben einige unserer chirurgischen oder diagnostischen Fälle nach Bern geschickt, aber auch nach Genf, Lausanne und Basel. Das hing jeweils von der Art des Leidens ab, aber auch davon, wo ein hervorragender Chirurg zur Verfügung stand, um eine anspruchsvolle Operation durchzuführen. Natürlich nicht zur Behandlung orthopädischer Befunde – das niemals. Tatsächlich haben wir, wenn dies überhaupt vermeidbar war, jede Art von physischem Eingreifen in den natürlichen Heilungsprozeß abgelehnt. Operationen waren stets das letzte Mittel, das man nur einsetzte, wenn bedenkliche internistische Probleme auftraten.«

Ich dachte immer noch über die »Ablehnung physischen Eingreifens« nach, als wir das Tor des verborgenen Sanatoriums erreichten.

Obwohl dieser kleine Bezirk als einziger in Péniel noch der Behandlung derer diene, die »in diesem gesegneten Land Heilung suchen«, so Monsieur Arnaud, sei die Qualität der Pflege nach wie vor unübertroffen. Péniel entwickle sich nun rasch zum Behandlungszentrum für ganz unterschiedliche nichttuberkulöse Leiden wie Geschwüre, Osteomyelitis, Frakturen, Asthma und Hautbefunde aller Art, auch Verbrennungen. Diese würden, wie früher, mit natürlichen Mitteln – ultravioletten Strahlen, sauberer Luft und organischer Ernährung – geheilt, »wofür wir weltweit berühmt waren und nach wie vor sind«.

Wir wurden kurz herumgeführt. Alles wirkte neu, sehr sauber, blitzblank und schön dekoriert. Nichts verriet, daß sich die Funktion dieses Hauses in irgendeiner Weise von der des *Holiday Inn* unterschied. Einzig die Betten sprachen dagegen: Sie waren aus rostfreiem Stahl. Ob sie sich dazu eigneten, Spucke in Eis zu verwandeln? Wohl kaum. Und wo befanden sich die Patienten? Alle Zimmer, die wir besichtigten, waren menschenleer. Wie anders hatte ich das als Kind erlebt!

»*Das hier ist* notre petite Rachel. *Sag* bonjour *zu diesen netten Leuten, die dich besuchen, und erzähl ihnen, was du gerade spielst. Du willst nicht? Warum nicht? Das ist aber gar nicht lieb.* Rachel a perdu sa langue! Allons enfants, *alle zusammen: Rachel hat die Sprache verloren, Rachel hat die Sprache verloren!*«

»*Wie im Zoo*«, *sagte Bernard.* »T'en fais pas, Rachel, *Tiere sprechen auch nicht.*«

Man zeigte uns eine Sonnenterrasse, die aber ganz anders aussah als zu meiner Zeit: Sie war weitgehend verglast. Aus einem mit Trennwänden abgeteilten Bereich ließen sich Musik und Lachen vernehmen. Ich fragte, wozu er diene.

»Für Spiele, Schwimmen, Tennis«, lautete die Antwort. »Ja, *ma petite Rachel*, die Zeiten haben sich geändert«, fügte er voller Liebenswürdigkeit hinzu. Es klang so freundlich, so wohlwollend. Er hätte mich täuschen können …

Wir hatten eine kleine Halle mit mehreren bequemen Sitzgruppen erreicht. Erneut wurden wir gebeten, Platz zu nehmen und Monsieur Arnaud unsere Aufmerksamkeit zu schenken. Er selbst blieb mit demütig gefalteten Händen vor uns stehen.

»Die Tuberkulose, einst eine große Plage«, predigte er, »ist weitgehend besiegt. Mit Stolz verweise ich auf Péniels Beitrag zu diesem Sieg. Natürlich wissen wir alle, daß dieses Scheusal von Zeit zu Zeit wiederauftauchen kann. Wenn es dazu kommt, vermag angeblich die moderne Medizin in der Ebene die gleichen Erfolge zu erzielen wie wir. Ich persönlich bin davon nicht überzeugt. Unserer, meiner Meinung nach gibt es in allen Krankheiten ein Element – nennen wir es die geistige Dimension –, das von keinem Medikament beeinflußt werden kann. Selbst so relativ gutartige Befunde wie Asthma und Mononukleose, um nur zwei heutzutage verbreitete Erkrankungen anzuführen, erfordern eine Oase der Ruhe, in der die Menschen, während sie über ihr Leben reflektieren, wieder genesen können: physisch, psychisch und – jawohl – moralisch.«

Hier hielt Monsieur Arnaud inne, um uns Gelegenheit zu geben, die Bedeutsamkeit seiner Worte ganz aufzunehmen. Niemand unterbrach die Stille.

Dann kam er zum Schluß: »Das Wichtigste aber, unser letztes, unser heiliges Ziel« – voller Ehrfurcht senkte er die Stimme – »ist, was es schon immer war: präventive Medizin. Wir haben, vor allem anderen, immer danach getrachtet, die natürliche Abwehr des Menschen zu wecken und stärken: die Immunität gegen Bakterien, Viren, Krebs oder was immer an fremden Substanzen in unsere Körper und – jawohl – unsere Seelen eindringen mag. Das ist unser vornehmstes Werk gewesen und wird stets eine Herausforderung für uns bleiben. Darum stand und steht Péniel in der medizinischen Praxis an vorderster Front. *Messieurs-Dames*, ich danke für Ihre Aufmerksamkeit.« Nach einer tiefen Verbeugung setzte er sich.

Wieder dolmetschte ich und achtete darauf, daß die Tiefgründigkeit seiner Prosa langsam zur Wirkung kam, so wie es mein Job von mir verlangte.

Als es vorbei war, applaudierten alle – außer mir. Auch Professor Attula spendete Beifall, allerdings mit einem Augenzwinkern in meine Richtung. Paul war, das verriet zumindest sein begeistertes Klatschen, ganz besonders beeindruckt.

Arnaud geleitete die Gruppe nun hinaus. Ich ging bis zur Eingangstür mit und wandte mich ihm dann zu: »Entschuldigen Sie, aber ich möchte hier noch jemanden aufsuchen.«

Er blieb stehen. »Wenn Sie Mathieu sprechen wollen, der ist nicht da. Haben Sie von Alines plötzlicher Erkrankung gehört?«

Ich fühlte, wie mir das Blut ins Gesicht schoß. »Ja, das habe ich. Aber ich suche nicht ihn, sondern Sœur Madeleine. Auf Wiedersehen, Monsieur Arnaud.« Bevor er noch irgend etwas sagen konnte, wandte ich mich abrupt ab.

»Mathieu ist nicht da, und er wird auch nicht kommen«, hatte er streng gesagt.

»Was ich Volker angetan habe, tut mir so leid! Ich weiß nicht, wie das passiert ist. Ich wollte ihm nicht weh tun. Ich will es an ihm wiedergutmachen. Warum darf ich nicht hierbleiben? Warum darf ich Mathieu nicht sehen?«

»Weil es weder für dich noch für ihn gut wäre. Du weißt sehr gut, daß du hier keine Zukunft hast. In späteren Jahren wirst du einsehen, daß wir richtig gehandelt haben. Einige Dinge, die wir tun müssen, schmerzen uns mehr als dich. Glaub mir, Rachel, sie geschehen zu deinem Wohl. Und du hast unrecht getan. Aber das mußt du mit deinem Gewissen und mit Gott abmachen.«

Gott aber war für mich nicht da, auch Mathieu nicht. Ich habe ihn bis zu diesem Kongreß nicht wiedergesehen, nicht seit jenem Heiligabend 1945, als man mich zu Monsieur Guillaume Arnaud und seiner ebenso schrecklichen Frau schickte, bei denen ich nun wohnen sollte, und mir die Arbeit bei den Kindern in *Les Papillons* fristlos kündigte.

Als ich aus Bern zurückkehrte, erhielt ich einen Brief von Mathieu, der nichts erklärte, mir aber alles sagte.

»Ich kann Dich nicht heiraten, das weißt Du. Meine Familie hat recht, es gibt zu viele Hindernisse. Wir sind nicht nur viel zu jung, sondern Du hast selbst zugegeben, daß Du das, was mir am meisten bedeutet, nicht mit mir teilen kannst. Was wir getan haben, war unrecht. In dem, was uns miteinander verbindet, gibt es nichts Geistiges, nur Feuer, Begehren, Leidenschaft, und es verzehrt mich. Du bist meine Sünde. Das ist es, was mich quält.

Möge Gott uns von unseren niederen Instinkten befreien.«

Mit diesem Brief war alles zu Ende gewesen. Ich hatte mich geschämt, weil man meine Liebe als minderwertigen Teil meines Ichs definierte, und mich gedemütigt gefühlt von dieser Beschreibung meiner tiefsten Empfindungen. Wenn ich seine Sünde war, dann stellte Chantal seine Erlösung dar. Seine Familie behauptete, Mathieu habe sie schon immer geliebt. Das eine

Mal, als er mir gestand, er habe mich gern, sei eine Verirrung und allein meine Schuld gewesen. Schließlich sei ich es gewesen, die ihn in dieser einzigen schicksalhaften Nacht dazu verführt hätte, bei mir zu bleiben.

Während meiner letzten College-Monate, fast fünf Jahre später, erhielt ich eine Hochzeitsanzeige.

Mme Aline Arnaud
a le plaisir d'annoncer le mariage de son fils,
le Docteur Mathieu Arnaud,
avec
Mademoiselle Chantal Cherbier.
La bénédiction nuptiale aura lieu au
temple du village de Péniel
à quatorze heures, le dix juin, 1951.

Sie waren bereits ein Fleisch: Geschwisterkinder, hatte ich voller Bitterkeit gedacht ...

Nun ja, das war alles lange, lange her, so lange, daß es mir nichts mehr ausmachte. Ich ging zum Empfang und fragte, ob Sœur Madeleine im Hause sei. »Wen soll ich ihr melden?«

»Sagen Sie ihr, Rachel sei da, einfach nur Rachel.«

Sie erwartete mich im Korridor. »Ich bin froh, daß du zu mir kommst. Ich fürchtete schon, ich würde dich verpassen, weil ich es abgelehnt habe, meine Patienten von deiner Gruppe besichtigen zu lassen.«

Das war es also! Eine normale Besichtigung hätte den Besuch des »Zoos« sicherlich eingeschlossen.

»Du hast von Madame Arnaud gehört?«

Ich nickte. »Wie ist ihr Zustand, wissen Sie das?«

»Einigermaßen stabil, hat man mir gesagt. In ihrem Alter ist es schwer, irgend etwas vorauszusagen.« Sie schwieg einen Augenblick. »Hast du schon entschieden, wann du abreisen wirst? Ich würde dich so gern noch einmal sehen. Wie wäre es mit Samstag? Da habe ich meinen freien Tag.«

Das wäre der Abend vor meiner Abreise. Nun hatte ich schon zwei willkommene Einladungen. Aber bevor sie mich gehen ließ, sorgte sie dafür, daß ich – eine ihrer frühesten Patientinnen – jetzt ihre wohl letzten Schützlinge kennenlernte. Und dies nicht als offizielle Besucherin in einer Besichtigungsgruppe.

Ich kam gerade noch rechtzeitig genug ins Hotel zurück, um mich für den Programmpunkt umzuziehen, der als unser »Galadiner« bezeichnet wurde. Alle, auch Alfredo, waren zu diesem Anlaß zurückgekehrt. Die hübsche junge Dame von der musikalischen Postkartenkonferenz war bei ihm; er hatte ganz offenkundig seine Nebenbeschäftigung fortgesetzt. »Rachel, ich finde es wirklich schade, daß der Kongreß morgen schon vorbei ist. Sie nicht auch?«

»Ja, ich glaube, schon ...«

Paul, der zuvor an einer Cocktailparty teilgenommen hatte, war in besonders mitteilsamer Stimmung. Er fragte, ob er mich einen Augenblick allein sprechen könne.

»Raich, mir steht eine faszinierende neue Erfahrung bevor! Man hat mir vorgeschlagen, mich zu Gesprächen über die erwähnte neue Stellung nach Kalifornien fliegen zu lassen. Die Philosophie dieses Unternehmens ist zwar nicht ganz so konsequent wie die von ›Holistic Medicine‹, aber die Leute haben die richtigen Ideen. Das ist die Chance, etwas Dauerhaftes aufzubauen. Man entwickelt dort eine komplette neue Abteilung für Supplementäre Medizin. Die Sache hat Zukunft! Haben Sie schon davon gehört?«

»Nein. Aber ich bin sicher, daß Sie sich richtig entscheiden werden. Sie werden der Herausforderung gewachsen sein.«

Als das Diner vorüber war, hielt ich nach Olive Ausschau. Ich fand sie mit Walti zusammensitzend. Beide hatten damals nur die Sonnenterrasse miteinander gemein gehabt, wo die Trennwände für vollständige physische Distanzierung sorgten: Sie konnten sich also nicht wiedererkannt haben. Aber ihre Vertrautheit mit Péniel hatte ausgereicht, um sie miteinander ins Gespräch kommen zu lassen.

Professor Attula gesellte sich zu uns und sagte in seiner gewohnten direkten Art: »Ich frage mich, was Madame Rachel wohl von unserem heutigen Nachmittag hält. Ich hatte nicht den Eindruck, daß Sie diesen wortreichen, salbungsvollen Herrn sonderlich schätzten.«

»Wer war das denn?« wollte Olive wissen. Auch Walti zeigte sich interessiert.

»Monsieur Guillaume Arnaud, wer sonst? *Oui, Docteur*, Ihre Diagnose ist richtig, wie immer.«

»Jetzt erzählen *Sie* mir vom alten Péniel! Vielleicht fangen Sie gleich mit ihm an. Was hatte er für eine Funktion?«

Ja, was für eine, wenn man davon absah, daß er Péniels Finanzen und Moral hütete? Ich blickte Olive an. »Sein offizieller Titel war Medizinischer Direktor. Tatsächlich aber war er Geschäftsführer.«

»Er rettete Péniel nach dem Krieg vor dem Untergang«, erläuterte Olive, »und zwar durch beschleunigte Reformen. Er weiß sich nicht nur hervorragend der Gegenwart anzupassen, sondern hat auch dazu beigetragen, sie zu schaffen.«

»In der Tat«, bestätigte Walti, der bis jetzt geschwiegen hatte. »Und er hat das Geld sehr gut angelegt.«

»In der Pharmaindustrie?« fragten wir.

»Davon weiß ich nichts«, lautete die diskrete Antwort. »Ich habe sagen hören, daß er überwiegend in Immobilien investiert hat. Man hält ihn persönlich für sehr reich. Aber ich glaube nicht, daß dies auch für den Rest der Familie gilt. Die Arnauds haben sich den neuen Entwicklungen heftig widersetzt und sich finanziell nie von den Kriegsjahren erholt, als die Zahlungen für so viele ihrer ausländischen Patienten endgültig gesperrt wurden.«

Ich war froh, daß er das sagte. Menschen, die – wie einst ich – auf die Wohltätigkeit anderer angewiesen sind, gehen leicht über die Nöte derer hinweg, deren Existenz äußerlich so gesichert erscheint.

»Jedes System bringt Leute wie diesen Arnaud hervor«, philosophierte Professor Attula. »Aber erzählen Sie mir, was die Arnauds damals für Sie getan und wie sie Sie behandelt haben.«

»Ich wüßte nicht, wo ich überhaupt anfangen sollte«, sagte

Olive. Sie tat es aber doch, und auch wir anderen begannen zu erzählen.

Bis wir dann bettreif waren, hatten wir sicherlich viel zu viel geredet. Ich glaube, wir waren alle ein bißchen beschwipst.

Waltis Meisterleistung allerdings habe ich auch in dieser fröhlichen Runde nicht ausgeplaudert.

EINUNDZWANZIG

»Bekennen wir uns doch zu der ungeschminkten Wahrheit ...« Der Mann am Rednerpult – groß, massig, mit harter Stimme – verkörperte sie gleichsam selbst. »Willenskraft, Optimismus und eine disziplinierte Lebensweise sind maßgeblich für die Erhaltung der Gesundheit. Schwäche, Pessimismus und Zügellosigkeit jeder Art aber machen den Menschen zum Schmarotzer. Nur die körperlich und geistig Gesunden tragen zum Wohlergehen der Gesellschaft bei. Wir, die wir in einer verdorbenen Welt Holismus praktizieren, müssen danach trachten, die Zahl unserer Anhänger drastisch zu vergrößern.«

Dr. Vincent, im Programm als »Ganzheitlicher Psychotherapeut« bezeichnet, hatte den ersten der beiden Schlußvorträge gehalten, die sich mit der von Paul in seiner Einführung als »unsere Philosophie« angesprochenen Thematik beschäftigten.

Während ich den im voraus übersetzten Text vorlas, kam mir der Gedanke, daß nach der These dieses Mannes Heilung für einen Patienten ohne Charakterstärke ebenso unmöglich sein müsse wie Erlösung für einen Sünder, dem es an Tugend mangelt.

In Erstaunen versetzte mich, daß diese Ideen im Auditorium keine offenen Reaktionen hervorriefen. Vielleicht fehlten diesen Menschen, die mit dem Calvinismus nicht vertraut waren, die geistigen Voraussetzungen, um dessen Pervertierung zu erkennen. Ich aber, die sich diese Rechtfertigung von Gleichgültigkeit und Verachtung gegenüber den Benachteiligten mit anhören mußte – vorgetragen aus einer Position körperlicher Gesundheit und psychischer Überlegenheit –, reagierte als das Opfer von einst und ließ beinahe meine berufliche Objektivität fahren. Ich hätte wahrscheinlich nach der Sitzung einen Streit mit diesem selbstherrlichen Mann vom Zaun gebrochen, wäre seinem Vortrag nicht ein weiterer gefolgt – die eigentliche Schlußansprache –, der uns alle in sprachloses Erstaunen versetzte. Der Redner war, zu jedermanns Überraschung, der Sponsor des Kongresses – jene geheimnisvolle Persönlichkeit, die Tag für Tag mit einem Mona-Lisa-Lächeln an Pauls Seite gesessen und nie auch nur ein einziges Wort von sich gegeben hatte. Als er nun das verblüffte Auditorium darüber aufklärte, daß »das Alter bereits eine verhütbare Krankheit« sei und es keinen Grund gebe, »daran zu zweifeln, daß in nicht allzu ferner Zukunft auch der Tod besiegt sein« werde, erschien ein weiterer christlicher Glaubensartikel in einem neuen Licht: das ewige Leben!

Pierre Cherbier wollte sich ausschütten vor Lachen, als ich ihm von dieser verheißungsvollen Offenbarung berichtete. Er hatte während der letzten Tage nicht am Kongreß teilnehmen können; wegen Mathieus Abwesenheit mußte er in der gemeinsamen Praxis ständig erreichbar sein. »Leider kommen die Bemühungen deines Kongreß-Sponsors zu spät, um meine Schwester zu retten«, sagte er, wieder ernst werdend.

»Wie geht es ihr?«

Er zuckte mit den Schultern. »Ich komme gerade von ihr. Sie wird sich wohl nicht mehr erholen.«

Wir saßen an einem großen Fenster des Speisezimmers im *Hôtel Central.* Dieser Bereich, erklärte mir Docteur Cherbier, sei der ehemalige Röntgenraum von *Les Platanes*, den ich von meinen Ausflügen zweimal im Jahr so gut kannte. Ich hätte ihn nicht wiedererkannt, auch wenn die Veränderungen weniger durchgreifend gewesen wären. Als kleines Kind, das auf einer Bahre dort hineingetragen wurde, hatte man eine andere räumliche Wahrnehmung als ein aufrecht sitzender oder stehender Erwachsener. Ich erinnerte mich an die harte, kalte schwarze Oberfläche, auf der ich liegen mußte, mit einem rutschigen Flanelltuch geschützt, und an das riesige, alles sehende Auge, das über mir hing. Jetzt tauchten verborgene Lampen den ganzen Raum in ein warmes, sanftes Glühen, und auf jedem Tisch brannte eine Kerze.

»Bist du auf dem Friedhof gewesen?« fragte mein Gastgeber.

»Nein, und es sieht auch nicht so aus, als ob ich noch dorthin komme. Er wird für mich ein Ort des Geheimnisses bleiben. Ich dachte nur, ich müßte meine Bekanntschaft mit Péniels Gespenstern noch ein wenig ausweiten.«

»Ich habe dir ja schon gesagt, daß du dort nicht viele finden würdest. Péniel ist immer ein Ort für Durchreisende gewesen. Wer hier am Ende seiner Reise angekommen war, sorgte dafür, daß seine Gebeine anderswo zur Ruhe gebettet wurden – oder die Verwandten taten es.«

»Es muß einige gegeben haben, die hier ...« Ich suchte nach einem Wort.

»Gestrandet sind.« Er fand es für mich. »O ja, einige wenige. Das ist überall so. Aber unser Friedhof enthält nicht das Péniel, das du geliebt oder gehaßt, gewiß aber erduldet hast.«

»Bei Licht besehen habe ich kein großes Verlangen danach, diesen oder irgendeinen anderen Friedhof zu besuchen. Unsereiner hat Schwierigkeiten mit Grabstätten.« Ich wollte hinzufügen, daß mein Vater und meine Schwester kein Grab hatten und das meiner Mutter geschändet worden war. In leichterem Ton – so hoffte ich – wandte ich mich einem anderen Thema zu: »Da wir noch bei Gespenstern sind, wollte ich Sie fragen: Was ist eigentlich aus dem schwedischen Mädchen geworden, das Lupus hatte?«

»Du meinst ... ja, dieses bedauernswerte Kind, Kirsten Jensen? Sie gehörte zu den ersten, die wir mit Antibiotika behandelt haben, und das Ergebnis war phantastisch.« Aber trotz dieser Erfolgsgeschichte klang seine Stimme bekümmert. »Natürlich war ihr Gesicht so furchtbar entstellt, daß viele Operationen notwendig waren, um es wieder aufzubauen ...«

»Ja?« fragte ich und wartete darauf, daß er fortfuhr.

Es dauerte eine Weile, bis er weitersprach: »Sie ... sie starb während der dritten Sitzung ... an tuberkulöser Meningitis. Wenn die plastische Chirurgie nicht gewesen wäre ... könnte sie heute noch leben.«

»*Son pronostic n'était pas favorable*«, sagte ich, den Satz wiederholend, den ich nicht hatte hören sollen. Er paßte auch zu dem Friedhof, den ich nicht sehen sollte.

Er blickte mich ein wenig verwundert an; vielleicht zog er den voreiligen Schluß, mein Beruf habe mich in den Medizinerjargon verfallen lassen. »Nein, die Prognose war nicht günstig.«

»Sie wünschte sich verzweifelt ein normales Gesicht«, dachte ich laut. »Gleichgültig, wie ihre Prognose war.«

Docteur Cherbier nickte schweigend. Wir konzentrierten uns auf unser Essen. Das *émincé de veau*, das kurz zuvor so köstlich geschmeckt hatte, sah plötzlich fast abstoßend aus. Ich aß mit einiger Mühe noch etwas davon.

»*Fini?*« fragte die Kellnerin und räumte die Teller ab.

»Fini!« hatte Docteur Cherbier immer gesagt, wenn er mit den Röntgenaufnahmen fertig war und die Metallkassetten durch eben die Tür trug, durch die man jetzt Speisen herein- und Geschirr hinausbrachte.

»Was ist aus Ihrem damaligen Behandlungszimmer geworden?« fragte ich.

»Ein kleines Speisezimmer für private Zwecke. Ich bin oft dort drinnen gewesen, um mich daran zu erinnern, wie es einmal war. Möchtest du es sehen? Es ist gleich hinter dieser Trennwand.«

»Ja, gerne.« Ich setzte meine leere Kaffeetasse ab.

Docteur Cherbier ging voran. Es war offenkundig, daß er hier zu Hause war. Jedermann grüßte ihn mit großer Freundlichkeit. »Ich möchte meinem Gast mein ehemaliges Behandlungszimmer zeigen. Sie kennt es von früher.«

Ein großer, von Stühlen umgebener Tisch stand jetzt darin. Das letzte Mal war ich nach meinem Aufenthalt in Bern hier gewesen, als mich der körperliche und der seelische Schmerz so betäubt hatten, daß ich keine Worte finden konnte, um ihm alles zu erzählen. Ich hatte nur schluchzend dagesessen.

»*Was ist geschehen,* ma petite Capucine? *Du brauchst es mir nicht zu sagen, wenn du nicht willst. Ich weiß, daß du in Bern warst – ich kann es mir also denken. Hier, nimm mein Taschentuch. Die Schmerzen gehen vorbei, alles geht vorbei. Sogar der Herzenskummer vergeht. Ich werde dir etwas geben, damit du schlafen kannst. Ich glaube, du solltest so schnell wie möglich von hier fort und nicht in Péniel auf dein Visum warten. Freunde von mir in Genf, beide Ärzte, brauchen eine Hilfe für ihre drei Kinder. Du kannst bis zu deiner Abreise nach Amerika bei ihnen bleiben. Du wirst sie mögen, und ich weiß, daß sie dich mögen werden. Außerdem wäre das eine gute Vorbereitung auf die Außenwelt.*«

Wir waren beide sehr still, als wir in dem Raum standen, in dem er einen so großen Teil seines Arbeitslebens verbracht hatte, jeder mit den eigenen Erinnerungen beschäftigt.

»*Meine* Gespenster«, sagte Docteur Cherbier fast unhörbar, »finde ich hier.«

Da begann plötzlich sein Pieper zu läuten. Er mußte rasch fort, um sich telefonisch zu melden. Er umarmte mich. »Komm bald wieder, *Capucine*. Wir können nicht warten, bis uns deine ganzheitliche Medizin unsterblich macht!«

Während ich zum Hotel zurückging, erinnerte ich mich an meine Monate in Genf, die so anders waren als alles, was ich bis dahin erlebt hatte. Die Lavernes, meine ersten Freunde außerhalb von Péniel, waren eine nette Familie, ihr Haushalt erwies sich als fröhliches Chaos. Meiner Unkenntnis in allen Haushaltsdingen begegneten sie mit großer Nachsicht. Ich mußte alles von Grund auf lernen. Ja, alles: Ich war zwanzig und hatte zum Beispiel noch nie kochendes Wasser gesehen. Mit den Kindern wie mit den Eltern verstand ich mich gut, und die ganze Zeit beobachtete ich normales Leben.

Ich lernte, daß Kinder in der Ebene ganz anders spielten als wir in Péniel: Spiele jeder Art wie Fangen, Verstecken, Schule, Vater und Mutter. Alle meine Puppen waren in Korsetts, die ich aus Bindfäden gebastelt hatte, an ihren Betten festgezurrt gewesen, ihre Beine durch winzige Pappscheiben niedergedrückt; sie hatten Miniaturspiegel aus Schokoladenfolie unter ihren Kopfkissen, und sie machten Ausflüge auf einer Taschentuchbahre zu Docteur Cherbiers *radio*.

Ja, dachte ich, als ich das Hotel betrat, Pierre Cherbier hatte damals das zu diesem Zeitpunkt genau Richtige für mich getan. Ich konnte selbst entscheiden, ob ich seiner Empfehlung folgen und nach Genf gehen wollte oder nicht. Mit zwanzig war ich in der Schweiz volljährig und brauchte keinen Vormund mehr.

»Danach wird das Leben leichter«, sagte er an meinem Geburtstag, als ich, mit meinen wenigen Habseligkeiten in einer kleinen Tasche, bei ihm war, um Abschied zu nehmen, während die Teilzeitschwester wartete, um mich zur Bahnstation zu bringen. »Von jetzt an bist du – du allein – für deine Handlungen verantwortlich.« Es war eine Bemerkung, deren ganze Bedeutung mir erst aufging, als ich nach Péniel zurückkehrte.

Wieder in meinem Zimmer, begann ich zu packen. Ich nahm den Spiegel aus der Schublade meines Nachttisches und betrachtete mich: graues Haar, große blaue Augen, eine gute Haut mit leichten Falten. Nicht schlecht für mein Alter. »Machen Sie sich ehrlich«, hatte Robert gedrängt, als er meine Frisur änderte.

Er hatte nicht geahnt, wie notwendig dieser Rat tatsächlich gewesen war.

Am nächsten Morgen bereiteten sich Paul und Sylvie auf ihre Abreise vor. Die Charterbusse waren schon am vorhergehenden Nachmittag gestartet. Wir sahen alle ganz verändert aus in unserer Stadtgarderobe, nachdem wir uns eine Woche lang eher salopp gekleidet hatten. Auch mit der unbefangenen Zwanglosigkeit, der Verbundenheit in der gemeinsamen Aufgabe war es nun vorbei. Irgendwie waren wir wieder Fremde. Das stimmte mich ein bißchen traurig.

Dr. Sadji hatte mir als erster die Hand geschüttelt. »Ich muß mich bei Ihnen für Ihre Hilfe bedanken.«

»Hilfe? Wobei?« fragte ich.

»Ihre Fürsprache hat es mir möglich gemacht, hierzubleiben«, sagte er geheimnisvoll.

Meine Fürsprache? Offenbar hatte Paul zur Kenntnis genommen, was ich in meinem Ärger über sein Ansinnen, ich solle Walti ausspionieren, gesagt hatte. Eine Art Bußgeld?

Jedermann war sehr dankbar, als wir uns ein letztes Mal versammelten. Auch Dr. Schmidt bedachte mich mit einer tiefen Verbeugung und dankte mir. »Weil Sie das, was ich sagte, nicht nur übersetzt, sondern auch nachvollzogen haben.«

Dann sah ich, daß Alfredo auf mich wartete. »Dieser Job war für den Anfang ja ganz in Ordnung, aber ich hoffe, daß man mir bei meinem nächsten alle notwendigen Anlagen für simultanes Dolmetschen bietet.«

»Wo wollen Sie sich denn bewerben?« fragte ich ihn.

»Bei der UNO, wo sonst? Es dürfte nicht allzu schwer sein, dort ein Engagement zu finden«, meinte er selbstsicher.

Nun, ganz so leicht würde es im Augenblick nicht sein, aber er könnte es wohl schaffen. Er beherrschte mehrere Sprachen, hatte die richtige Ausbildung – und eine Muttersprache. »Ich wünsche Ihnen alles Glück, Alfredo.«

»Danke, ich Ihnen auch, Rachel.«

Professor Attula sprach die Hoffnung aus, daß wir uns bald wiedersehen würden, »in Ägypten. Wie Kongresse eben so sind, war dieser einer der angenehmsten, an denen ich je teilgenommen habe, obwohl er, nun ja, vom medizinischen Standpunkt aus viel zu wünschen übrigließ!«

Zuletzt drückte mir Walti herzlich beide Hände und beschwor mich, ihn und seine Frau zu besuchen, wann immer ich in der Schweiz sei. Er gab mir seine Karte. Paul hatte den richtigen Riecher gehabt: »Erster Anlageberater« stand unter seinem Namen, außerdem der Name einer Bank. Aber das war jetzt nicht mehr von Belang, da unser Direktor nun einer Zukunft fern von »Holistic Medicine« entgegensah.

Auch Paul umarmte mich: »Raich, Sie waren großartig, einfach phänomenal! Wenn ich die mir angebotene Stellung wirklich antrete und wieder einmal einen derartigen Kongreß organisieren muß, werde ich Sie bitten, dabei zu dolmetschen. So etwas wie Sie gibt's so bald nicht noch mal.« Er hielt mich bei den Schultern, während er mir dieses Versprechen gab.

»Ich freue mich schon darauf«, sagte ich, als wir uns voneinander lösten. »Ich wünsche Ihnen, daß es mit der Stellung klappt ... Und daß Sie die hübsche Dame auf dem Foto heiraten können. Und daß Ihr Pferd Ihnen ein Vermögen einbringt. Es hat Spaß gemacht, mit Ihnen zusammenzuarbeiten.« Sylvie und ich schüttelten einander die Hand und tauschten noch unsere Adressen aus, bevor die beiden davonfuhren.

Dann ging ich in das Blumengeschäft von Péniel und kaufte ein Dutzend rote Rosen. Später im Hotel befreite ich den Strauß von der Cellophanumhüllung und verwahrte ihn in einem Glas, bis ich am nächsten Morgen zur Bahnstation aufbrechen würde. Da ich Madame Arnaud nie mehr wiedersehen würde, hatte ich mich zu dieser Geste entschlossen.

»Quelle folie! *Weißt du mit deinem Geld nichts Besseres anzufangen? Gekaufte Blumen bringen einem nichts ein. In deiner Situation solltest du endlich einsehen, daß du die Zuneigung anderer nicht gewinnen kannst, indem du ihnen teure Geschenke kaufst.*«

Als ich am Abend Sœur Madeleine in ihrem Zimmer aufsuchte, berichtete ich ihr über den Verlauf der Woche. »Mitunter schien es, als ob das Rad ganz zurückgedreht worden wäre. Ich hatte den Eindruck, daß man die Methoden und Standpunkte wieder aufgreifen wolle, die im Péniel meiner Jugendzeit üblich waren.«

Ungläubig hob sie die Augenbrauen. »Oh, ich hoffe, doch nicht ganz! Selbst wenn sie eine Alternative zur Chemotherapie anzubieten haben, müßte es doch eine sein, die rasch wirkt. Niemals wieder dürfen Kinder jahrelang ans Bett gefesselt werden. Wir können uns dem medizinischen Fortschritt nicht verschließen.«

»Ja, einverstanden. Aber diese Ganzheits-Enthusiasten könnten dabei ebenfalls eine Rolle spielen. Wenn nämlich die Medikamente anfangen zu versagen ...«

Sœur Madeleine lächelte. »Richtig, Rachel. Bedeutet dieser versöhnliche Ton, daß du deine Gespenster vertrieben hast?«

»Ich bin noch nicht sicher. Einige wohl – aber nicht alle.«

»Hattest du Gelegenheit, mit Chantal und Mathieu zusammenzusein?«

»Nein, das lag zum Teil natürlich an Madame Arnauds Schlaganfall. Ich hätte gern ausführlicher mit ihnen gesprochen. Aber jetzt liegt mir nichts mehr daran.«

»Rachel ...« Sœur Madeleine hielt inne, eine Ewigkeit, wie es schien, bevor sie weitersprach: »Als du damals Péniel verlassen hast – was war eigentlich geschehen? Oder möchtest du lieber nicht davon sprechen?«

Sœur Madeleine war an jenem Weihnachtsfest wie an allen anderen während des Krieges nicht dagewesen. Obwohl sie nach Péniel zurückkehren sollte, sobald der Krieg zu Ende war – ihre Eltern waren mittlerweile beide gestorben –, hatte sie sich 1945 entschlossen, eine Zeitlang in einem DP-Lager in Deutschland zu arbeiten. Sie kam erst zurück, als ich schon fort war. Mir drängte sich die Frage auf, ob nicht alles anders gekommen wäre, wenn sie oder Chantal Weihnachten in Péniel verbracht hätte.

»Ich weiß nicht, was man Ihnen erzählt hat ...«

»Das ist unwichtig. Ich möchte es von dir hören«, sagte sie und fügte zögernd hinzu, »wenn du es über dich bringst, davon zu sprechen.«

Niemand hatte mir je diese Frage gestellt. Weil sie es war, die fragte, erzählte ich zum erstenmal von den Ereignissen, als ob sie sich gestern abgespielt hätten: Wie man mir das Schicksal meines Vaters und Lias mitgeteilt hatte, wie ich dann wieder an die Arbeit gegangen und ihr nicht gewachsen gewesen war, wie Mathieu mich in mein Zimmer geführt und ich ihn dazu gebracht hatte, bei mir zu bleiben, und wie ich dann am nächsten Tag, Heiligabend, zu Guillaume Arnaud und seiner Frau geschickt worden war. Ich erzählte ihr, wie ich dieses Weihnachten erlebt hatte – in welchem Zustand ich gewesen war: verwirrt und einsam, von Schuldgefühlen verzehrt. Ob ich mich schuldig fühlte, weil ich etwas Verwerfliches getan hatte, das, wofür ich bestraft wurde, oder weil ich überhaupt lebte, wußte ich nicht. Ich wußte es heute immer noch nicht. Ich erzählte Sœur Madeleine schließlich von meiner Reise nach Bern ... »Der Rest dürfte Ihnen bekannt sein.«

Als ich geendet hatte, war es sehr lange still – so kam es mir wenigstens vor.

Sie blickte mir forschend ins Gesicht. »Warst du schwanger, Rachel?«

Ich ließ mir mit der Antwort Zeit. Dann sagte ich sehr, sehr leise: »Unwahrscheinlich ... Aber die Wahrheit ist, ich weiß es nicht. Ich hatte die entsprechenden Symptome – meine Periode war ausgeblieben, und mir war die ganze Zeit übel. Aber dazu kann es ja auch aus anderen Gründen kommen. Die Möglichkeit einer Schwangerschaft wurde jedenfalls nie ausgesprochen. Man sagte mir, ich sei schlecht, aber nicht, worum es eigentlich ging. Als Guillaume Arnaud mir sagte: ›Wir können kein Risiko eingehen‹, hatte er meines Wissens wirklich nichts Schlimmeres im Sinn, als mich untersuchen zu lassen, um die Vorschriften für mein Visum zu erfüllen. Sie wissen ja, daß ich dieses Blasenproblem hatte ... In Bern wollte man eine innere Untersuchung bei mir vornehmen, aber ich gebärdete mich wie eine Verrückte – ach, vielleicht war ich wirklich verrückt geworden. Ich schrie, machte mich steif, genauso wie ich es als kleines Mädchen bei der Blasenspiegelung getan hatte. Erinnern Sie sich? Man mußte mich dann narkotisieren. Als ich wieder zu mir kam, erfuhr ich, daß der genital-urinale Befund negativ sei ... Sonst nichts.«

»Schnee von gestern«, hatte John es bei einer anderen Gelegenheit genannt. Jetzt fügte ich hinzu: »Ich hatte eine Fehlgeburt, als ich verheiratet war. Ich hätte wahrscheinlich gar keine Kinder haben können.« Wer hätte das damals wissen sollen? Vielleicht war Guillaume Arnauds sogenannte präventive Medizin überflüssig gewesen. Ich vermutete, daß man eine Ausschabung vorgenommen hatte – doch man hat es mir nie gesagt. Ich habe nicht gefragt – was hätte das schon geändert? Wie auch immer, niemand merkte, daß ich nicht sprechen konnte, nur noch schreien – die Sprache äußerster Verzweiflung. Ich hatte mich ständig übergeben, mich krank damit gemacht. Und wie immer, wenn mich Übelkeit überwältigte oder ich auch nur daran dachte, erinnerte ich mich an jenen Tag, als ich noch ganz klein war und man mich zwang, mein Erbrochenes zu essen, und mich »die kleine Jüdin« nannte. Dem folgte schallendes, höhnisches Gelächter.

Das Bett stand mit Blick zur Wand, weil sie nicht essen wollte. Rachel konnte auf der blaßgrünen Oberfläche schwarze Tüpfelchen sehen, wie winzige Insekten.

Sœur Rose, sehr wütend jetzt, stieß ihr den letzten Löffel voll Spinat, vermischt mit Kartoffelbrei – wie die Farbe der Wand mit schwarzen, sich bewegenden Tüpfelchen –, in den Mund. Sie konnte nicht mehr schlucken: Es kam zurück, alles, ergoß sich über ihr Kopfkissen, ihr Gesicht, ihr Haar.

Sœur Rose kreischte: »Tu es une sale gosse! Tiens, tu peux le manger, ça t'apprendra. Regardez la petite youpine! Qu'elle est drôle!«

Rettung kam in Gestalt von Madame Arnaud. Der Kodex hatte diesmal zu meinen Gunsten funktioniert: Die anderen Kinder hatten ihr erzählt, wozu man mich gezwungen hatte. Sie selbst säuberte mich und mein Bett und wusch mir die Haare, ohne dabei ein einziges Wort zu sagen. Doch als sie fertig war, beugte sie sich zu mir herunter und flüsterte: *»Ma pauvre petite«*, und dann küßte sie mich auf die Stirn: der einzige Kuß von ihr, an den ich mich erinnern kann. Sœur Rose verließ damals das Sanatorium, vermutlich meinetwegen.

»Was für ein schreckliches Ende deines Lebens in Péniel. Das muß schlimmer für dich gewesen sein als alles andere, was du hier durchgemacht hast.« Sœur Madeleine sprach mit einem Mitgefühl, zu dem nur sie fähig war.

Ich blickte in ihr offenes, ehrliches Gesicht, das ich als Kind immer als so tröstlich empfunden hatte. Diese schlichte Güte, hervorgegangen aus einer Gläubigkeit, die mir an jenem Weihnachten abhanden gekommen war, als ich meine Unschuld verlor, machte mich demütig. »Nein, das war nicht das Schlimmste. Auch nicht, daß meine Liebe zu Mathieu nach dieser einen Nacht zerbrach, in der ich mich Trost suchend an ihn klammerte und man mich fortschickte. Ich bin fast daran zugrunde gegangen, aber das Schrecklichste war es nicht, nicht im Rückblick.«

»Was dann?« fragte sie verwundert.

»Diese Geschehnisse sind meine Entschuldigungen geworden: meine gefesselte Kindheit, meine ausgebeutete Jugend, die Ablehnung, die Vertreibung. Sogar den Tod meines Vaters und meiner Schwester machte ich zu einer Art Schutzschild. Ich sage nicht, daß mich ihr Tod nicht getroffen hätte. O Gott, er hat mich sehr getroffen! Aber das waren nur die Umstände, unter denen das Schlimmste passierte.« Niemals zuvor hatte ich mich so sehr bemüht, meine Gedanken klar zu artikulieren.

Sœur Madeleine blickte mich unverwandt an.

»Das Schlimmste war das, was nur Olive Colbert und Vreni Stoll gesehen haben. Das Wiedersehen mit den beiden hat alles wieder wachgerufen, mich mit den ... ja, den Schatten in mir konfrontiert.« Ich vermochte kaum weiterzusprechen. Meine Zunge wurde so schwer wie damals in der Dolmetscherkabine, aber ich fuhr fort: »Daß ... ich eine Tat so völlig verdrängen konnte ...« Ich suchte nach Worten. »Die Tat, mit der ich von der Gefolterten zur Folternden wurde.« Und ich erzählte ihr, was ich Volker angetan hatte.

»Aber Rachel, sei nicht so hart zu dir«, sagte sie. »Du hast dich in einem Schockzustand befunden.«

»Ich weiß. Aber was hatte mein Schock mit Volker zu tun? Er war so klein, so hilflos. Er hatte doch meinen Vater und meine Schwester nicht getötet. Die meisten Folterer, außer regelrechten Psychopathen, könnten vermutlich mildernde Umstände beanspruchen, zeitweiligen Irrsinn geltend machen.«

»Ist ›Folterer‹ wirklich der richtige Ausdruck? Ein Kind an den

Haaren zu ziehen, und sei es noch so fest, gehört doch nicht in diese Kategorie. Hast du jemals Kinder auf Spielplätzen beobachtet? Was du getan hast, war nichts im Vergleich zu dem, was dir widerfahren war.« Sœur Madeleine griff nach meiner Hand.

»Der *dortoir* war kein Spielplatz. Und ich war kein Kind. Ich war zwanzig. Ich habe mehr getan, als ein Kind bloß an den Haaren zu ziehen. Ich habe nicht getötet, aber der Impuls war da. Ich habe Volker Schmerzen zugefügt. Er konnte nicht atmen, weil ich ihm mit der Hand Mund und Nase zuhielt. Wenn ich allein mit ihm gewesen wäre, wenn Olive und Vreni mich nicht beobachtet, nicht laut geschrien hätten – dann, das wußte ich, hätte ich nicht aufgehört.«

»Gut, Rachel, dann hast du damals unrecht getan. Aber ich habe Volker später selbst gepflegt. Und ich habe niemals das geringste Anzeichen für irgend etwas Traumatisches an ihm festgestellt. Bei dir hört sich das ja an, als ob du Wache in einem Konzentrationslager gewesen wärest.«

»Nein, nicht so. Péniel war ja alles andere als ein KZ, auch wenn die Unterdrückung noch so groß war. Ich vergleiche meine Tat mit dem, was mir angetan wurde – hier in diesem schönen Land, in diesem gesunden Ort, in dem sich Menschen mit den besten Motiven um das Heilen von Krankheiten bemühten. Niemand sonst weiß, was ein Kind im Gedächtnis behält. Ich weiß es aus Erfahrung. Es gibt Dinge, die mir immer wieder einfallen, Dinge, über die ich nie spreche.«

Sœur Madeleine war erschüttert. »Ich hatte ja keine Ahnung, Rachel, daß du so empfandest, daß du eine solche Calvinistin warst.«

Vielleicht versuchte sie, unserem Gespräch einen leichteren Ton zu geben. Sanft entzog ich ihr meine Hand. »Ich habe viele meiner Péniel-Erfahrungen verdrängt, gute und schlechte, auch ihren Einfluß auf mein Leben. Aber obwohl ich mich kaum mit ihnen beschäftigt habe, blieben sie mir – so wie mein Hinken. Und sobald ich mich an die schmerzlichen Dinge erinnerte, die ich hatte durchmachen müssen, fiel mir auch wieder ein, wessen ich mich schuldig gemacht hatte. Wie haben Sie mich genannt?

Eine Calvinistin? Wenn der Wunsch zu töten, mir bewußtgemacht hat, daß ich das Sechste Gebot übertreten habe, dann bin ich wohl eine.«

Eine Zeitlang sagten wir beide nichts. Schließlich nahm ich das Gespräch wieder auf: »Für mich gilt der Kodex des *dortoir* immer noch.«

»Was für ein Kodex war das? Und warum *dortoir*?«

»Verstehen Sie, dort waren wir durch unser gemeinsames Schicksal miteinander verbunden – unser Leiden, wenn man so will –, durch die Ausschließung von normalem Familienleben, unsere körperlichen Defekte. Wir alle kannten in unseren verschiedenen Sprachen Wörter wie Schmerz, Solidarität, Geduld, Aushalten, Verständnis, Schönheit, Liebe und Loyalität, so wie wir alle das Wort Unbeweglichkeit kannten. Meine Sünde – gut, ich nenne es so – war, daß ich über Volker herfiel, nur weil er Deutscher war, und damit gegen die Solidarität verstoßen habe, die wichtiger war als alles andere.«

»Einen kleinen Augenblick, Rachel«, sagte sie. »Hast du nicht irgendwann einmal etwas anderes getan und dich danach genauso schuldig gefühlt?«

Ich antwortete nicht.

Nach einer Weile fragte sie mit feuchten Augen: »Euer Kodex – war der immer so ernst? Immer so streng?«

»O nein! Meistens war er lustig ...« Ich wollte ihr von Waltis Sieg erzählen, erinnerte mich jedoch an mein Versprechen und unterließ es. Statt dessen sagte ich: »Der Kodex war das einzige wirkliche Stück Leben, das wir für uns hatten. Woher immer wir kamen, wir hielten zusammen. *Noblesse oblige* mag die Lebensmaxime gewesen sein, die sich die Arnauds gewählt hatten – unsere könnte, wenn man sie in dieser Weise definieren müßte, *misère oblige* gelautet haben.«

»Wieviel wußte Madame Arnaud wohl davon?« fragte Sœur Madeleine nachdenklich. »Sie, die doch alles fest unter Kontrolle zu haben glaubte?«

Es war eine Frage, auf die ich keine Antwort gefunden hatte. Damals, in meiner Verzweiflung, hatte ich stammelnd von Volker gesprochen, aber niemand hörte mir zu. Olive und Vreni hatten nie erzählt, was sich unter ihren Augen abgespielt hatte. Und Volker selbst hätte sich nicht beklagt. Kinder wie wir taten das nicht, wenn sie es mit Älteren und Stärkeren zu tun bekamen.

Nachdem Schwester Rose mich gezwungen hatte, mein Erbrochenes zu essen, war sie entlassen worden. Madame Arnaud hätte mit mir ebenso verfahren müssen. Und sie tat es ja auch – ich wurde schließlich fortgeschickt.

Aber das geschah aus Sorge, das Leben ihres Sohnes durch eine *mésalliance* beeinträchtigt zu sehen, oder wußte sie am Ende doch, daß meine wirkliche Sünde nicht sexueller Natur gewesen war?

Hatte sie mich vielleicht sogar geschützt, damit niemand erfuhr, was ich einem hilflosen Kind angetan hatte, das nicht einmal ahnen konnte, warum ich es haßte? Hatte ich – so fragte ich mich – Madame Arnaud unterschätzt?

Sœur Madeleine und ich saßen beieinander und sahen schweigend zu, wie das Spiegelbild des Mondes im See allmählich in völliger Dunkelheit verschwand.

Nach einer Weile erhob ich mich und ergriff ihre ausgestreckte Hand. Lange, wie mir schien, standen wir so und blickten einander an.

»*N'est-ce pas, tu vas revenir?*« Sie benutzte dieselben Worte wie Madame Ronsard damals, vor so vielen Jahren.

Und diesmal antwortete ich: »Ja, ich komme wieder. Wenn es meine Zeit erlaubt und wenn Sie es möchten.«

Als ich ging, sagte sie: »Rachel, *pardonne-toi.*«

»Das steht mir nicht zu«, erwiderte ich.

ZWEIUNDZWANZIG

Es war sieben Uhr morgens, als Chantal anrief. »Oncle Pierre hat uns daran erinnert, daß du heute abreist. Hör zu, Rachel, Tante Aline möchte dich sehen.«

Mich sehen? »Wie geht es ihr?«

»Nicht gut. Ich rufe vom Krankenhaus an. Kannst du herkommen?«

Wir verabredeten, daß ich in einer Stunde dort sein würde. Ohne mich mit Frühstücken aufzuhalten, packte ich meine restlichen Sachen, nahm dann die Rosen – sie hatten sich ein wenig geöffnet – behutsam aus dem Glas und wickelte sie wieder in das Cellophan. Ich hatte sie auf dem Weg zur Bahnstation einem Boten geben wollen – nun aber würde ich Madame Arnaud doch noch einmal sehen und ihr die Blumen selbst bringen können.

Das Krankenhaus war ein großes, modernes Gebäude aus Glas und Stahl, aber völlig schmucklos. Da es allein mitten in einem Park stand und von der Straße aus nicht zu sehen war, gab es für die hier sonst übliche Holzverkleidung keinen Grund. Die verglaste Eingangstür öffnete sich automatisch, und ich trat ein. »Ich möchte Madame Aline Arnaud besuchen. Ihre Familie erwartet mich.«

Die Empfangsdame in der durchsichtigen Kabine drückte diverse Knöpfe, und ich sah auf ihrem Schaltbrett Lichter aufleuchten. Aber ich konnte nichts hören, weil die Kabine völlig schallisoliert war – es kam mir vor, als blickte ich gleichsam in einen akustischen Einwegspiegel. Eine sonderbar körperlose Stimme beschied mich: »Gehen Sie bitte in das Zimmer rechts, und machen Sie sich fertig. Docteur Arnaud wird Sie abholen.«

Ich öffnete eine Tür, auf der *vestiaire* stand. In der fensterlosen Kabine reichte mir eine Wärterin einen Kittel und eine Maske und sagte sehr kurz: »Keine Blumen. Sie sind nicht erlaubt.« Mit diesen Worten streckte sie die Hand nach den Rosen aus.

Würde es mir niemals möglich sein, der Frau wenigstens ein

symbolisches Geschenk zu machen, der ich mein Leben verdankte? Die mich aber, wie ich empfand, stets auf Armeslänge von sich ferngehalten hatte, wann immer ich mich ihr mit einer Geste zu nähern versuchte? »Warum denn nicht?« fragte ich. »Die Rosen sind bestimmt in Ordnung. Es sind doch keine Bakterien dran, oder?«

»Darum geht es nicht«, sagte sie. »Die Intensivstation bekommt ihnen nicht.«

Ich wollte noch protestieren, unterließ es dann jedoch. Als ich die blau-weiße Maske entgegennahm, sagte ich: »Dann geben Sie sie wenigstens Docteur Arnauds Frau, wenn sie ihren Mantel abholt.« Ich glaube, sie nickte immerhin knapp.

Eine passende Umgebung für Madame Arnauds letzten Atemzug – steril, antiseptisch, unpersönlich –, dachte ich voller Bitterkeit, als hätte sie selbst mich wieder einmal daran gehindert, ihr Blumen zu schenken.

Dann stand Mathieu vor mir. Wir waren uns auf dem Kongreß begegnet, hatten Seite an Seite gesessen, aber einander nicht so gegenübergestanden wie in diesem Augenblick. Groß, nur sehr leicht gebeugt, sah er seinem Vater, den ich nur von dem düsteren Porträt im Hause seiner Mutter kannte, ähnlicher als dem jungen Mann, den ich geliebt hatte.

Er reichte mir die Hand. »Rachel, zu guter Letzt können wir doch noch miteinander sprechen – freilich nicht unter den besten Umständen. Ich habe mich schon gefragt, ob es überhaupt noch dazu kommen würde. Aber ich hatte nicht einen einzigen Augenblick für mich, auch nicht, bevor das mit *Maman* passierte.«

»Das verstehe ich doch. Du brauchst dich nicht zu entschuldigen.«

»Hast du schon gefrühstückt? Ich hatte es eigentlich gerade vor. *Maman* wird eben gewaschen, wir müßten ohnehin warten. Wir können uns ruhig wieder ausziehen.«

Ich fühlte mich merkwürdig befangen, als wir uns gemeinsam in der Kabine die Kittel abstreiften. Es kam mir wie eine Parodie von Intimität vor. Ich hatte mir oft ausgemalt – besonders in der ersten Zeit, nachdem ich Péniel verlassen hatte –, wie es sein würde, wenn wir uns jemals wieder von Angesicht zu Angesicht gegenüberstehen sollten. Ich würde stammeln, erröten, ihm Verrat vorwerfen, mich rechtfertigen, eine Erklärung von ihm verlangen. Nun, nach so vielen Jahren, war es nicht entfernt so, wie ich es mir vorgestellt hatte. Er ging mir voran zur Cafeteria.

»Erzähl mir, was geschehen ist«, sagte ich sehr ruhig, nachdem wir unsere Tabletts zu einem Tisch getragen hatten.

»Du hast ja am Mittwoch gesehen, in welcher Verfassung sie war. Sie wurde dann immer erregter, und plötzlich war sie ganz still, unfähig, sich zu bewegen oder zu sprechen.« Mathieu sprach unbeteiligt – wie ein Arzt eine Patientin beschreibt, die nicht seine Mutter ist.

»Ich hoffe, daß der Schlaganfall nicht durch ihre Teilnahme an unserem Kongreß verursacht wurde.«

»Das glaube ich nicht. Es war nicht das erste Mal. Es hat schon vorher Warnsignale gegeben.« Er zuckte mit den Schultern.

Während wir frühstückten, dachte ich über uns nach, wie ich es schon so oft getan hatte. Was waren wir einander gewesen? Die große Jugendliebe? Nein. Dazu war unser Verhältnis viel zu flüchtig, die Ungleichheit unserer gesellschaftlichen Position und unserer Lebensumstände zu groß gewesen. Wir hatten von einer unsichtbaren Mauer getrennt gelebt. Möglicherweise war die kurze Faszination, die wir aufeinander ausgeübt hatten, eine Art gescheiterter Versuch gewesen, diese Mauer niederzureißen.

Wir waren mit dem Frühstück beinahe fertig, als er leise fragte: »Und was hast du aus deinem Leben gemacht? Du hast geheiratet …«

»Ich bin geschieden«, stellte ich richtig – unnötigerweise.

Er nickte. »Ich weiß. Und bist du jetzt glücklich, Rachel?«

»Ich bin zufrieden.«

»Das freut mich. Was einem im Leben geschieht, stellt sich letztlich meist als das Beste heraus, findest du nicht auch?«

»Ja?« antwortete ich fragend. Er vermochte das immer noch zu sagen – trotz des behinderten Sohnes. Die Bindung zwischen ihm und Chantal mußte sehr eng sein. Ich fragte mich, nicht zum erstenmal, was sie für mich, ihre einstige Rivalin, empfunden haben mochte. War es wirklich so überraschend, daß sie in sich gekehrt wirkte, als sie nach ihrem Aufenthalt in Deutschland ihre Arbeit in *Les Papillons* wiederaufnahm? Irgendwie hatte der Gedanke, sie sei eifersüchtig gewesen, stets etwas Absurdes gehabt – sie, die soviel Ausgeglichenheit besaß, soviel ruhige Sicherheit, soviel Hochherzigkeit und mir in jeder Hinsicht überlegen war. Die Leute im Dorf, auch Olive und Vreni, hatten sie für kalt und streng gehalten.

Aber ich wußte es besser: von dem Tag an, als ein kleiner Junge im *dortoir* vor Entsetzen aufgeschrien hatte, als er Kirsten näher kommen sah, die sich daraufhin verzweifelt bemühte, ihr von Lupus bedecktes Gesicht hinter ihren Händen zu verbergen. Chantal hatte einen Arm um Kirstens zerbrechliche Schultern gelegt, ihr voll ins Gesicht gesehen und gütig gesagt: »Ich möchte mit dir spielen, Kirsten, wirklich. Wein doch nicht, meine liebe kleine Freundin. Komm zu mir!«

Von diesem Augenblick an hatte sie sich das Recht erworben, bewundert, ja geliebt zu werden. Nicht nur von mir.

Mathieu sagte ernst: »Ich habe dich nie vergessen. Ich habe mich oft gefragt, was wohl aus dir geworden ist, ob du den Frieden Gottes gefunden hast. Ich habe darum gebetet, daß es so sei, wo immer du auch leben mochtest; daß du deinen rechtmäßigen Platz im Leben gefunden hast. Hier bei uns hast du ihn nie gefunden, nicht wahr? Darum wäre es mit uns beiden nicht gutgegangen. Unsere Bedürfnisse waren zu unterschiedlich, meinst du nicht auch?«

Ich widersprach ihm nicht. Aber was wußte dieser Fremde von meinen Bedürfnissen? Über die Kluft eines halben Lebens hinweg blickten wir, deren Leidenschaft längst erloschen war, einander an. Es war leicht, über diese Kluft hinweg zu sagen, dieses oder jenes hätte funktioniert oder nicht funktioniert, letztlich habe sich alles als richtig erwiesen. Weiß man, wenn man eine Pflanze zertritt, wie ihre Blüte ausgesehen und geduftet hätte? Wie früher waren seine Gewißheiten weitaus größer als meine.

Wie die Johns. Nur daß Mathieus Gewißheiten in einem Glauben wurzelten, den John nicht besaß.

Aber war er wirklich so bewundernswert, wie ich einst geglaubt hatte? Wie hätte ich ihn wohl gefunden, wenn ich – die Haussklavin – in ihm nicht den jungen Herrn des Hauses gesehen hätte? Seine Aufmerksamkeiten müssen mir geschmeichelt haben. In meiner Position war ich zweifellos empfänglich dafür.

Als habe er meine Gedanken gelesen, sagte er: »Ich bin ein ganz schlichter Mensch, Rachel, viel schlichter und alltäglicher als du.«

»Ach, ich bin durchaus alltäglich, nur mein Leben war es nicht.« Mit diesen Worten erhob ich mich und sah auf meine Uhr. In zwanzig Minuten würde ein Taxi auf mich warten. »Woher weißt du, daß sie mich sehen will?«

»Sie hat versucht, deinen Namen zu sagen, dann, ihn zu schreiben, glauben wir.«

Meinen Namen? Sie, für die ich immer namenlos gewesen war!

Madame Arnauds Zimmer war auch eine Kabine, allerdings voller High-Tech. Chantal und Solange saßen neben dem Bett. Beide erhoben sich, als ich eintrat, und jede legte einen Arm um meine Schulter.

Die alte Dame lag hochgestützt im Bett, angeschlossen an einen Herzmonitor und verschiedene Flaschen; sie wirkte klein und sehr zerbrechlich in ihrem weißen Krankenhemd. Ihren Hals und ihre Arme hätte man fast für die eines Kindes halten können, wenn ihre schlaffe Haut nicht ausgesehen hätte wie fein zerknittertes Pergament. Ihre hohlen Augen blickten immer noch durchdringend. Ob sie mich erkannte? Versuchte sie, eine abgemagerte Hand vom Laken zu heben? Den Bruchteil einer Sekunde glaubte ich das. Aber das konnte sie natürlich nicht; ich mußte mich geirrt haben. Vielleicht hatten sich auch ihre Kinder geirrt, als sie meinten, sie habe meinen Namen zu schreiben versucht. Sie lächelte nicht oder konnte nicht lächeln. Aber sie sah mich an. Wartend?

Sanft nahm ich ihre schlaffe Hand, deren Fingerspitzen verschrumpelt waren wie einst die Ginettes, und hielt sie fest. Mir fehlten die Worte. »Ich hatte Ihnen Blumen mitgebracht, aber ich durfte sie nicht mit hereinbringen«, sagte ich hilflos. Versuchte sie jetzt zu lächeln? Wieder war ich nicht sicher. Ich wußte auch nicht, ob sie mich überhaupt erkannte. Ich wußte gar nichts, nur daß ich sie zum letztenmal sah.

Doch ich stand an *ihrem* Sterbebett, ausgerechnet an ihrem. *Fontaine, fontaine, je ne boirai de ton eau.* Nichts im Leben ist voraussagbar, nichts!

Ihre Augen schlossen sich. Es war Zeit für mich zu gehen.

Nun da die Rollen vertauscht waren und ich es war, die neben einem sterilen Krankenhausbett stand, beugte ich mich über sie und küßte sie auf die Stirn; sie fühlte sich kalt und feucht an.

Ihre Lippen bewegten sich, als sage sie *»adieu«* – so schien es mir wenigstens.

Da flüsterte ich ihr die Worte ins Ohr, die ich schon vor Jahren hätte aussprechen sollen – trotz allem, wegen allem –, Worte, die weit besser waren als Blumen: *»Merci d'avoir sauvé ma vie.«*

Sie hatte mir in der Tat das Leben gerettet. Hoffentlich, dachte ich, hat sie gehört und verstanden, daß ich endlich gesprochen und in ihr das gesehen habe, was sie war: eine Frau, die ihr möglichstes getan hatte. Mehr konnte man von keinem Menschen erwarten.

»Komm bald wieder«, bat Chantal mit Nachdruck. »Es soll nicht noch einmal fünfunddreißig Jahre dauern.« Und Solange sagte, wie leid es ihr und ihrem Mann tue, mich nicht in ihrem Haus in Genf empfangen zu können. »Roland kommt heute nachmittag herauf. Dann ist die Familie vollständig versammelt; er erwartet die Ankunft meines Bruders Freddy aus Afrika. Du wirst die beiden gerade eben verpassen.«

»Es tut mir leid«, sagte ich, »es tut mir so leid.« Und das bedeutete nicht nur bloßes Bedauern, weil ich alte Bekannte nicht mehr sehen würde; es war der Kummer über einen bevorstehenden Tod und der alte Schmerz, ausgeschlossen zu sein.

Mathieu begleitete mich zum Aufzug, wo ich ihm die Hand reichte. Er drückte sie: *»Adieu, Rachel!«*

»Adieu, Mathieu.« Dann wandte er sich rasch ab, um zum Bett seiner sterbenden Mutter, zur rituellen Ordnung seiner Welt zurückzukehren.

Einst hatte ich mich verzweifelt danach gesehnt, diese Welt, diese Ordnung zu meiner eigenen zu machen. Um mir diese Sehnsucht zu erfüllen, hätte ich sogar meine Seele verkauft. Und gelegentlich, glaube ich, habe ich genau das getan. Mein sehnlicher Wunsch, denen anzugehören, zu denen ich nicht gehörte, zu besitzen, was ich nicht haben konnte, der Mensch zu sein, der ich nicht war, wurde zum Leitmotiv meines ganzen Lebens. Es hallte mißtönend in meiner Ehe wider, an deren Auflösung ich nicht allein schuld war, doch diese Verweigerung jeder Selbsterkenntnis machte mich zur Betrogenen in mehr als nur körperlichem Sinne.

Ich rief mir den schrecklichen Abend in New York bei Tom Anderson ins Gedächtnis zurück, an dem John über mich herfiel und mich herabsetzte, weil ich der Frau im Wege stand, die er leidenschaftlich begehrte. Jetzt konnte ich verstehen, was er damals getan hatte. Denn auch ich war von Wünschen getrieben worden, die mich zu Verrat und Ablehnung verleitet hatten. Wenn wir den Drang verspüren, einen Menschen aus unserem Leben zu verbannen, gedanklich oder tatsächlich, dann machen wir ihn zunächst einmal schlecht.

Und war ich nicht auf dem besten Wege, dies Trevors Frau anzutun?

Auf der Fahrt zur Bahnstation registrierte ich noch einmal, wie sehr Péniel sich verändert hatte. Als ich es im Januar 1946 verließ, lag es Lichtjahre hinter der damaligen Zeit zurück. Doch selbst in dieser stillen Jahreszeit, die Hotels nun geschlossen, die Kongresse vorbei, wirkte es heute wohlhabend und ein wenig herausgeputzt, wie eine etwas bescheidenere Version der meisten Fremdenverkehrsorte, die sich auf den Winterschlaf vorbereiteten. Noch am letzten Sonntag hatte es in Péniel von Leben gewimmelt. Jetzt sah man überall Schilder, auf denen zu lesen stand: »*Fermé jusqu'au 12 décembre*«, ein magisches Datum, dessen Bedeutung mir entfallen war. Alle Geschäfte, so erklärte mir der Taxifahrer, außer der Konditorei, der Apotheke und dem kleinen Supermarkt, seien für die nächsten beiden Wochen geschlossen. Péniel wirkte wie entblößt und still. Niemand sang nostalgische Volkslieder. Nirgendwo war mehr eine Geranie zu sehen. Bald würden die Straßen mit Schnee bedeckt sein. Weihnachtlicher Schmuck würde die Blumen ersetzen, wenn der Ort zu neuem Leben erwachte.

Ich entsann mich der weißen Papiersterne am Weihnachtsbaum von *Les Papillons*. Ich hatte den Kindern geholfen, sie zu basteln. Ich erinnerte mich an die Trostlosigkeit, die ich empfand, als ich jenes erste Mal gehen mußte. Bis zu welchem Grade hatte ich damals, als mein Schmerz so überwältigend war, verstanden, daß das, was man mir antat, meine eigene Untat verdeckte?

Ich nahm die Bahn, mit der ich weniger als drei Wochen zuvor angekommen war. Wie damals suchte ich mir auf dieselbe mechanische Weise einen Platz, diesmal jedoch rückwärts. Der Himmel war wolkenlos und tiefblau. Das Laub, das noch an den Bäumen geleuchtet hatte, als ich von der Ebene heraufkam, war nun tot und fast ganz verschwunden. Nur das dunkle Grün der Kiefern verlieh den Wäldern noch Farbe. *Le Grismont*, dessen Gipfel mit Schnee bedeckt war, glitzerte im reflektierten Sonnenlicht. Péniel war schön an einem Tag wie diesem.

Aber ich konnte es nicht sehr deutlich sehen.

Auf dem Weg zurück in mein Leben oder das, was davon übrig geblieben war, hatte ich das Abteil für mich allein, und zum erstenmal seit meiner Kindheit ließ ich nicht nur die Tränen ungehindert über mein Gesicht strömen, sondern ich faltete die Hände zu einer Art Gebet:

Vergib und hilf mir, mein Überleben zu ertragen!

Epilog
DIE EBENE

I would know my shadow and my light
So shall I at last be whole.

Michael Tippett
A Child of our Time

DREIUNDZWANZIG

Fünfzehn Jahre sind seit dem Tag vergangen, an dem ich nach dem Kongreß in die Ebene zurückkehrte. Madame Arnaud starb noch am selben Abend. Und Docteur Pierre Cherbier, von dem niemand wußte, daß er an Leukämie litt, die er sich höchstwahrscheinlich zugezogen hatte, bevor man die Gefahren der Röntgenstrahlen richtig einschätzte, überlebte seine Schwester um weniger als ein Jahr. Sie sind zu zwei weiteren Gespenstern geworden, die mir auf der Place de la Cure oder in der Avenue du Docteur begegnen. Ich habe Péniel seither noch oft wiedergesehen, in allen Jahreszeiten und bei jedem Wetter. Es hat seinen Schrecken für mich verloren.

Ich habe mein Versprechen gehalten, das ich Sœur Madeleine gegeben hatte. Sie ist bettlägerig geworden und lebt in einem Pflegeheim, das von Diakonissinnen geführt wird, freundlichen deutsch-schweizerischen Frauen, die ihre Arbeit aus Liebe zu Gott oder aus Menschlichkeit tun. Sie ist jetzt sehr schwach und ermüdet schnell, aber ihre Güte, ihr schönes Lächeln und ihre ausdrucksvollen Augen erinnern immer noch an die Persönlichkeit, die sie einmal gewesen ist. Ich werde sie besuchen, solange sie lebt und solange ich reisen kann.

Ich treffe Solange wie auch Chantal und Mathieu, wenn ich Sœur Madeleine besuche. Unsere Begegnungen sind zwanglos und herzlich. Wir gehen wieder unbefangen miteinander um wie zu unserer Kinderzeit. Da ich mich jedoch – im Unterschied zu ihnen – weder den Erwählten noch dem auserwählten Volk zugehörig fühle, haben wir gelegentlich immer noch Schwierigkeiten, eine gemeinsame Sprache zu finden.

Einmal jedoch fand ich eine. Das war, als mich Solange davon unterrichtete, daß Chantals und Mathieus Sohn an den Folgen seiner mehrfachen Behinderung gestorben sei, womit man habe rechnen müssen. Ich wußte nicht, ob ich seinen Eltern schreiben sollte, da sie ihn mir gegenüber nie erwähnt hatten. Ich entschloß mich dann aber zu einem Brief, mit der Begründung, es sei besser, sich unerwartet zu Wort zu melden, als etwas ungesagt zu lassen, das vielleicht guttun könne. Chantal schrieb mir später, daß ich einer der wenigen Menschen gewesen sei, die in ihren Kondolenzen nicht angedeutet hätten, Fabiens Tod sei wohl das Beste für ihn, oder sich in ähnlichem Sinn geäußert hätten. Sie schrieb, sie und Mathieu vermißten ihn schmerzlich und sie seien überzeugt, daß er in seinem kurzen, traurigen Leben auch Augenblicke des Glücks erlebt habe – trotz allem.

Ich wußte, was sie meinte, obwohl ich ihr Kind nie kennengelernt hatte. Wenn man in dem Bewußtsein herangewachsen ist, aus rassischen oder medizinischen Gründen ein Fall für Euthanasie zu sein, ist man wahrlich nicht imstande, anzunehmen, der Tod eines anderen könne eine segensreiche Erleichterung sein.

Péniel erlebt seither weitere Veränderungen: Die zahlreichen kleinen Pensionen und Hotels, aus denen sich vor langer Zeit der Tuberkulose-Heilort zusammensetzte, werden zu Erholungsheimen für jene umgewandelt, die der verschmutzten Luft und den Belastungen des Lebens in der Ebene für eine Weile entfliehen wollen. Die ersten Autos, die – viel zu schnell – durch die schmalen Straßen des Dorfes fahren, bringen eben dieses Leben mit sich.

Es ist jedoch die Rede davon, daß Péniel erneut zu einem Pflege- und Heilzentrum gemacht werden soll. Man ist der Meinung, daß die neue Krankheit, von der ich zum erstenmal in San Francisco erfahren habe – damals als meine Ehe zerbrach und kurz bevor die gefürchteten vier Initialen erfunden wurden –, für eine Behandlung dort geeignet sei. Ähnelt nicht Aids in seiner Wirkung heute letztlich der Wirkung von Turberkulose auf so viele frühere Generationen, von denen meine die letzte darstellt? Auch Tb galt einst als unheilbar. Auch sie vernichtete unzählige, vorwiegend junge Leben. Auch wir wurden häufig von einer Umwelt gemieden, die Ansteckung fürchtete, und sind gelegentlich selbst für die Krankheit verantwortlich gemacht worden, die wir uns durch moralische Laxheit zugezogen haben sollten.

»Natürlich haben wir eine gewisse Sachkenntnis«, rühmte sich Mathieu während meines letzten Besuchs zu meinem Erstaunen. Doch wie wollten sie hier oben die Übertragung von Aids bekämpfen, die doch auf das zurückzuführen war, was er einst die »niederen Instinkte« des Menschen genannt hatte? Ich wollte ihn fragen, unterließ es aber. Ja, sollten sie doch weiter davon träumen, Leben zu erhalten, Leben erhalten zu haben oder dazu geboren worden zu sein, Leben zu erhalten, so wie sie es in einer unkomplizierteren Zeit getan hatten, als *Le Docteur* noch lebte. »Wir verdanken Péniel alles«, hat die sonst so kritische Olive einmal zu mir gesagt. Das könnte auch anderen geschehen.

Olive und Vreni, nun in den Siebzigern, haben ihre Wohnung in *Les Papillons* aufgegeben, nachdem es zu einigen Schwierigkeiten gekommen war. Ich besuche die beiden gern in Paris, wo ich oft Weihnachten verbringe. Aber ich glaube nicht, daß ich in diesem Jahr wieder dort sein werde. Olive ist krank, und Vreni, die zartere, pflegt sie.

Ich hoffe immer noch, in einem der nächsten Jahre nach Ägypten fahren und Professor Attula besuchen zu können, der mich nach wie vor einlädt. Und wann immer ich nach Zürich fliege, bin ich mit Walti und seiner Frau zusammen. Wir sind enge Freunde.

Auch Paul ist in gewisser Weise ein Freund geworden. Er schickt mir Weihnachtsgrüße mit Fotos von seiner reizenden Frau und seinen vielen Kindern. Seit er wieder geheiratet hat, sind noch drei dazugekommen. Mittlerweile ist er Direktor in seiner damals neuen Firma, für die er sich genauso engagiert wie seinerzeit für »Holistic Medicine«. Aber er ist viel zu bedeutend, um selbst Kongresse zu organisieren.

Ich blieb noch weitere fünf Jahre in London. Evelyn stellte meine Kompetenz nie wieder in Frage; sie behandelte mich, wie sie uns alle behandelte – nicht besser, nicht schlechter. Jedenfalls hatte ich mich erholt, ich war meiner Arbeit wieder gewachsen, auch dem Simultandolmetschen. Aber dann gab ich die Vollzeitarbeit auf und kehrte nach New York zurück, weil meine Tante gestürzt war und sich den Oberschenkel gebrochen hatte. Eine Zeitlang versuchte ich, mit Hilfe von Pflegerinnen zurechtzukommen. Doch als ich dem immer größer werdenden Pflegeaufwand nicht mehr gewachsen war, mußte ich sie in einem Heim unterbringen.

Ich besuche sie fast täglich und bringe ihr Gummiringe in verschiedenen Farben mit. Sie trägt sie als Armbänder, wickelt sie um ihre Serviette, um ihre Kleider, bevor sie zu Bett geht. Ich habe seit meiner frühen Kindheit nicht mehr soviel Deutsch gesprochen wie jetzt mit ihr. Beatrice ist wieder Beate geworden. An ihr Leben in ihrer neuen Heimat kann sie sich nicht erinnern. Zwar hat mich die Heimpsychologin gedrängt, ich solle Englisch mit ihr sprechen und ihr auf diese Weise helfen, die schwache Verbindung zur Gegenwart aufrechtzuerhalten, doch das habe ich abgelehnt. Sie lebt jetzt glücklich im Deutschland ihrer Kindheit. Sie ist neun Jahre alt. Manchmal bin ich ihre Mutter, öfter jedoch ihre beste Freundin Ingeborg. Wir spielen im Wald hinter der Schule und pflücken wilde Blumen und Beeren. Wir müssen uns hinter Bäumen verstecken, um nicht von ihrem Bruder und seinen Freunden, einer räuberischen Piratenbande, gefangengenommen zu werden. Sie kichert, und Grübchen erscheinen auf ihren Wangen.

»Sieht sie nicht hübsch aus?« sagen die Pflegerinnen. Das tut sie in der Tat. Sie ist sehr schmal geworden, ihre braunen Augen sind jetzt sehr groß, das lockige Haar ist ganz weiß. Sie muß sehr hübsch gewesen sein, als sie jung war. Die zerstörten Jahre sind in einem Teil ihres Gehirns begraben, der bereits gestorben ist.

Ich frage mich, wie es bei mir sein wird, wenn ich so lange leben sollte. Werde ich meine zweite Kindheit in fehlerhaftem Französisch verbringen? Bunte Garnstückchen sammeln? Versuchen, aus Spucke Eis zu machen? Die Außenwelt durch einen Spiegel betrachten?

Da ich von der Außenwelt spreche: Ich habe eine herzliche Freundschaft mit Janina geschlossen, obwohl wir uns nicht immer ganz einig sind. Sie lebt seit dem Tod ihres Mannes – er starb kurz nach meiner Rückkehr – in New York. Tom Anderson, der

GAIT nach wie vor leitet, gibt uns gelegentlich Aufträge in der Stadt oder Übersetzungen, die wir zu Hause anfertigen. Doch jetzt, da sich die politische Situation in Polen gebessert hat, denkt Janina daran, in ihre Heimat zurückzukehren. Ich freue mich für sie. Doch für jeden Flüchtling, der in das Land seiner Geburt zurückkehren kann, müssen Tausende in ein anderes Land fliehen – unerwünscht, keiner von »uns«, *de trop*.

Armer Tom! Sein Freund, Robert, ist an Aids gestorben, und es heißt, er selbst sei HIV-positiv. Ich weiß es nicht genau, fragen kann ich nicht – jedenfalls jetzt noch nicht. Aber wenn ich es tue, dann werde ich ihm sagen, daß ich die dunkle Seite der Liebe kenne, daß auch ich ihre Verheerungen in mir trage.

Das bringt mich auf Trevor. Oh, ich war in Versuchung gewesen. Mitunter hatte ich den Eindruck, mich an eine offene Tür zu lehnen. Warum nicht die Hand ergreifen, die sich mir halb daraus entgegenstreckte? Man erträgt nicht viele Wechselbäder – heute Gefühlsintensität, morgen Zurückweisung –, bevor der Wunsch mächtig wird, alle Vorsicht oder alle Prinzipien beiseite zu schieben und zu sagen, das Leben ist kurz, leiden müssen wir alle einmal, jetzt bin ich an der Reihe, glücklich zu sein.

Ich an der Reihe? Ich sah den Schatten der Frau, die ich nie kennengelernt hatte. Wenn Trevor ihr das antäte, was John mir angetan hatte, würden er und ich dann miteinander glücklich sein? Er, der heimatverbundene Engländer, dessen traditionelle Überzeugungen und schlichten Glauben ich ebenso schwer begreiflich fand wie er meine neun Jahre im Krankenbett und jene andere Form der Einschränkung, die aus politischen Umwälzungen und Krieg erwuchs?

Meine gescheiterten Beziehungen machten es mir schwer, auf ein so kostbares Geschenk wie diese liebevolle Freundschaft ganz zu verzichten. Aber mit Trevor ergeht es mir wie mit meinem schönen Silbergriff-Stock, durch den wir uns kennengelernt haben: Zu Hause komme ich ohne ihn aus.

Die geographischen Bedingungen haben die Distanz natürlich noch vergrößert. Wir sehen uns von Zeit zu Zeit, wenn ich in Europa bin oder er nach New York kommt. Oder eher kam. Da nun auch er in den Ruhestand gegangen ist, wird er seltener kommen. Er behauptet, er hätte mich gern wieder in London, wo ich noch immer meine Wohnung habe. »Ich warte auf dich, Rachel«, sagte er, als wir das letzte Mal voneinander Abschied nahmen.

»Auf mich warten!« Ich hatte mit den Schultern gezuckt – ein wenig überrascht, ein wenig traurig und ein wenig ironisch. So wie Jakob auf Rachel gewartet hatte. O Trevor, du bist nicht Jakob, und ich bin nicht Labans Tochter. Ich habe nur ihren Namen. Meine Schwester Lia ist schon lange tot. Und auch wir nähern uns dem Ende. Ich trage das Zeichen vom Ringkampf mit dem Engel – du nicht. Es wird mich nie verlassen: Die Zeit heilt nur, indem sie die Vergangenheit zudeckt. Ich habe einmal gesagt, ich könne Schmerz nicht ins Gedächtnis zurückrufen. Aber dieser Gedächtnisverlust betrifft nur den körperlichen Schmerz. Es gibt noch andere als körperliche Narben: die der Seele. Ihr Gewebe ist sehr viel zarter – ein leichtes Kratzen an einer alten Wunde, und schon blutet sie.

Nach meiner Rückkehr aus Péniel sprach ich mit Hanka und erzählte ihr, daß ich den Ereignissen der Vergangenheit auf den Grund gegangen sei; sie berührten mich immer noch schmerzlich, als wir zum erstenmal wieder in jener lärmenden, einsam machenden oberflächlichen Welt zusammentrafen, die Hanka die Normalität und ich die Ebene nannte – beide von einer anderen Wirklichkeit gezeichnet: ich mit meinem Hinken, sie mit ihrer auf den Arm tätowierten KZ-Nummer. Einst hatten wir am Rand unserer neuen Welt gestanden, hatten kaum gewagt, aus unseren Erfahrungen Schlüsse zu ziehen, hatten zaghaft in scheuem Erstaunen geflüstert: So war es damals und dort; so zeigt es sich hier und heute; weißt du, was Menschen einander antun können?

Jetzt sprechen wir weniger leise, mit größerer Sicherheit, fügen Wendungen wie »sogar hier« hinzu. Und wir fragen: Wie hätten wir gehandelt, wenn die Voraussetzungen anders gewesen wären? So wie ich? Besser? Oder sogar schlechter?

Manchmal denke ich an Volker. Wo und was er heute wohl sein mag? Ob sein Leben überschattet ist von dem, was ich ihm angetan oder anzutun versucht habe? Vielleicht hat er alles vergessen, wie Sœur Madeleine vermutet hatte. Oder vielleicht erinnert er sich – wie ich ...

Im vergangenen Jahr hat mich Hanka mit nach Israel genommen. Ich müsse es sehen, beharrte sie, wenigstens einmal. Sie war eine glänzende Reiseführerin und Dolmetscherin. Trotz meiner Unkenntnis des Hebräischen kann ich diese Art von Kompetenz ja gut beurteilen. Ich habe viel Schönes, viel Bewegendes gesehen, das ich sicherlich nicht zu Gesicht bekommen hätte, wenn ich allein oder mit einer Gruppe gereist wäre: die Ergebnisse individueller und gemeinsamer Anstrengungen, den Stolz darauf; wiederentdeckte Stätten antiker Größe; Menschen, die einst nicht wußten, wohin, und hier eine neue Heimat, ein neues Leben gefunden haben. Auf wessen Kosten freilich ...

Einige Sehenswürdigkeiten zeigte Hanka mir nicht; es sei zu gefährlich, erklärte sie mir traurig. Aber für sie bedeutete Israel eine Heimkehr. »Hier gehöre ich wirklich hin«, sagte sie, »trotz allem.« Und dann küßte sie den Boden.

Ich nicht. Ich hätte mich niemals dazu entschließen können, mich auf diesem Stück Erde niederzulassen, auf dem zu leben mich mein »Blut« berechtigte. Weil man mir einst wegen dieses Blutes mein Heimatrecht auf einem anderen Boden abgesprochen hat.

Im Westjordanland besuchten wir Gila, wie sie immer noch genannt werden will, auch von uns. Gail, unsere Freundin aus College-Zeiten, war Sprecherin der Gush Emunim geworden, weil sie Englisch konnte und ohnehin wortgewandt war. Ihr *S* freilich zischte immer noch, stellte ich fest, als ich zuhörte, wie sie vehement auf eine Busladung jüdisch-amerikanischer Touristen einredete. Was, um alles in der Welt, war mit der idealistischen, hochherzigen Gail geschehen, daß sie sich in diese schrille, ja fanatische Gila verwandeln konnte? Es mußte etwas gewesen sein, das vielleicht schon begonnen hatte, bevor wir sie kennenlernten, in ihrer Kindheit, als sie noch Gisela hieß. Waren ihre frühen Jahre in New York so schrecklich gewesen?

Kein Ort, an dem es Leben gibt, kann ganz schlecht sein. Auch nicht Péniel, vor allem Péniel nicht. Obwohl es Gefangenschaft bedeutet hatte, Abhängigkeit, Demütigung und Schmerz, rissen die Wolken immer wieder auf, um Licht und Wärme durchzulassen. Und *Le Docteurs* Bild überstrahlte stets das des düsteren Pastors.

Ich sitze an meinem Schreibtisch vor dem Fenster des Arbeitszimmers, dessen Einrichtung ich nach meiner Trennung von John neu arrangiert habe. Wenn ich aufblicke, sehe ich – über den Dächern der Häuser gegenüber, hinter dem häßlichen Gewirr von Drähten, Stangen und Antennen – einen Hauch blauen Himmels. Gegen Westen ist er bleich und dunstig und wechselt in ein leuchtendes Gelb, wo – glaube ich – der Horizont sich mit dem Hudson vereint, der dort in den Atlantik fließt. Ich stelle mir noch immer gern eine Landschaft jenseits der dem Auge sichtbaren vor, so wie jene, die ich mir einst ausmalte: den Fluß unterhalb von Péniel, der ein Tal durchströmte, bis er sich schließlich in einen fernen Ozean ergoß.

Da die Zeitläufte ständig im Fluß sind, darf ich weder unbeweglich sein noch in einer anderen Zeit leben. John hatte mir vorgeworfen, daß ich eben dies in all den Jahren getan hätte, daß ich mit den Ereignissen der dreißiger und vierziger Jahre zu sehr verwachsen sei, um die Gegenwart überhaupt aufnehmen zu können. In dieser Gegenwart, in der ich jetzt lebe, erweckt sogar meine Behinderung den Anschein des Normalen. Ich, die einst als das hübsche, leider hinkende Mädchen galt, biete nun das Erscheinungsbild einer älteren Frau, die an altersbedingten Beschwerden leidet, mein Stock ist zum Accessoire des Alters geworden. Wer will heute noch etwas von einer Krankheit wissen, die angeblich besiegt worden ist? Und ist nicht Péniel, so wie wir es kannten, verschwunden – wie die Zeit und die Welt, die es verkörperte?

Nein, nicht ganz. Auf den alten Negativen drohen weiterhin

Schatten. Drogenresistente Erregerstämme verbinden sich mit neuen tödlichen Organismen; der Verlust der Immunität führt zum Rückfall – *rechute* –, das gefürchtetste Wort meiner Kindheit, in welcher Sprache es auch gesprochen wurde. Schatten nehmen so viele verschiedene Formen und Tarnungen an.

Vielleicht war es die Suche nach Erkenntnis, die mich in Israel nach dem biblischen Péniel fahnden ließ. Da jedoch die Archäologen seine genaue Lage erst noch bestimmen müssen – die meisten glauben, daß es ein Paß auf dem Ostufer des Toten Meers gewesen sein muß –, konnte ich *diese* Wallfahrt nicht antreten.

Sie erwies sich auch als unnötig. Meine Fragen wurden von einer Art Orakel beantwortet, das aus dem Mund eines Bibelkundlers sprach: »Peniel oder Penuel? Das lag irgendwo in den Bergen. Es hätte überall sein können.«

In der Tat!

»Warum wollen Sie denn dorthin?« fragte er etwas verwundert. Mein modernes Orakel setzte voraus, daß Glaube und Wirklichkeit nie ganz übereinstimmen. »Wirklich, dort gibt es nichts zu sehen.«

Nichts zu sehen? In *meinem* Péniel habe ich soviel gesehen – in einem Bett festgezurrt, den Blick mit einem gewinkelten Spiegel in schiefwinklige Fernen gerichtet.

Wenn ich doch an Heilungen glauben könnte!

NACHWORT
Von Ruth Klüger

Eine Dolmetscherin verliert plötzlich, mitten in einer Simultanübersetzung, die Fähigkeit, sich auszudrücken. Eine Kundin in einem Antiquitätenladen entdeckt einen hübschen Handspiegel und denkt an ein gelähmtes Kind, das in einen solchen Spiegel, sein wertvollstes Spielzeug, schaut, um die Straße draußen zu beobachten. Ein Mann verläßt seine Frau, um eine jüngere zu heiraten. Ein junges Mädchen mißhandelt ein wehrloses Kind, aus Verzweiflung über den unverschuldeten Tod ihrer Verwandten. – Jakob kämpft mit dem Engel in Peniel und hinkt fortan aus der Hüfte.

Das sind die Fluchtpunkte dieses ungewöhnlichen Romans. Die Zusammenhänge ergeben sich aus der Geschichte einer alternden Frau, die sich auf die Suche nach der verlorenen Zeit begibt, nicht nach einer idyllischen, sondern nach einer überwundenen Kindheit, die sie als Kranke und als Flüchtling in einer Schweizer Tb-Heilstätte verbrachte. Diese Vergangenheit hat sie später, im normalen Leben, weitgehend zu verdrängen versucht, um sich ihr schließlich doch zu stellen, indem sie freiwillig als Dolmetscherin an einer Konferenz in eben dem Ort, aus dem sie Jahrzehnte früher als geheilt entlassen wurde, teilnimmt.

Man wird in diesem Buch eine andere Sanatoriumswelt kennenlernen als die des intellektuellen Schach- und Glasperlenspiels, die uns von Thomas Manns *Zauberberg* vertraut ist. Hier geht es um die tatsächlichen Beschränkungen und Begrenzungen der Behinderten, die den Gesunden fremd sind, Grenzen, in denen die Kinder sich jedoch einrichten mit der erstaunlichen Fähigkeit unserer frühen Jugend, uns zu gewöhnen und anzupassen, so daß wir uns zu erwachsenen Menschen entwickeln können. Allerdings fordert dieses Anpassungsvermögen einen Preis, den man im späteren Leben in Raten abzahlt. Davon handelt *Die verlorene Sprache.*

Lesern, die nach den autobiographischen Quellen des Romans fragen, antwortet die Autorin, daß sie sehr bewußt nicht ihre Lebensgeschichte, sondern ein fiktives Werk geschrieben hat. Aber natürlich merkt man schnell, daß sie die Welt der Sanatorien von innen kennt. Sie baut die eigene Geschichte in die ihrer Heldin ein, doch die eigene Geschichte ist, wie alle Lebensgeschichten, willkürlich, zufällig, während den Erlebnissen einer fiktiven Gestalt Sinn und Bedeutung zukommt. Die Heldin hat einiges mit der Autorin gemeinsam, vieles auch nicht, wie Romane eben geschrieben werden, teils aus eigener Erfahrung, teils mit der Absicht, gewisse Probleme anschaulich darzustellen. Jakob kämpft mit dem Engel – das sagt man nicht über sich selbst, sondern nur über eine Erfindung, die freilich den Kern des eigenen Lebens enthalten darf.

Liselotte Marshall, Jahrgang 1923, ist die Tochter eines Usinger Apfelweinherstellers namens Rosenberg. Dank einer Knochentuberkulose, die man damals noch nicht durch Antibiotika heilen konnte, gelangte sie in frühester Kindheit in eine Klinik der französischen Schweiz statt ins Vernichtungslager. Nach dem Krieg wanderte sie – geheilt und behindert – in die USA aus, wohin ihre Eltern noch rechtzeitig geflüchtet waren, besuchte in New York das dortige Hunter College (wo ich das Glück hatte, sie kennenzulernen), studierte danach Romanistik an der Yale University und heiratete den englischen Historiker Peter Marshall, mit dem sie seit vierzig Jahren, samt Kindern und Enkelkindern, in England lebt. Sie hat einen Magister in Literatur, kein Dolmetscherdiplom. In menschlicher Beziehung hat sie ein weitaus erfolgreicheres Leben geführt als das, das sie ihrer Heldin Rachel Bernstein angedeihen läßt.

Ich kenne die Verfasserin gut, während ich Rachel Bernstein nur aus diesem Roman kenne. Wir waren beide in der großen Emigrationswelle der späten vierziger Jahre von Europa nach Amerika angeschwemmt worden und suchten in New York Fuß zu fassen, ohne recht zu wissen, wie das anzustellen sei. Als wir uns begegneten, war Liselotte Mittelpunkt einer kleinen Gruppe von Studentinnen, die sich das Leben schwermachten, weil das Leben es ihnen nicht leichtgemacht hatte. Damals, in unseren New Yorker College-Jahren, hatten wir gemeinsam, daß wir Ausländer waren, daß wir zwischen den Sprachen standen, daß wir viel über das damals noch hungernde Europa nachdachten und daß unsere Kindheit uns im Wege stand und wir uns doch bewußt waren, daß wir dieses heiße Eisen irgendwann einmal anfassen müßten. Wir machten einen Anfang, indem wir gelegentlich unsere Erinnerungen austauschten – fragmentarisch und unsicher, aber doch mit der Gewißheit, nicht schroff abgelehnt zu werden, wie wir das bei der älteren Generation, ob Amerikaner oder Europäer, erfahren hatten. Ich meine, Rachel Bernstein hätte in ihrer Jugend nie soviel Geduld und Einfühlung für andere aufgebracht wie die Liselotte Rosenberg, die ich kannte. Dazu ist diese Rachel zu selbstbezogen. Es fehlt ihr die Heiterkeit und Großzügigkeit der Autorin, und erst am Ende des Buches, im Epilog, hat sie etwas von deren innerem Gleichgewicht erworben. Die meisten Romanfiguren sind naturgemäß beschränkter als ihre Erfinder. Und hier geht es ja darum, daß eine Entwicklung stattfindet, durch die Rückführung in die Ortschaft der Kindheit.

Ich habe über unsere Freundschaft und was sie mir bedeutete in einem Erinnerungsbuch, das weitgehend von den KZs der Nazis handelt, geschrieben. Dort steht:

»Sie und ich hatten als ein Gemeinsames eine Kindheit, die das Vorstellungsvermögen strapaziert. Krankheit als eine Art Gefängnis, man sollte meinen, so hätte ich mir das vorstellen können, doch ich konnte mir nicht vorstellen, wie man im Bett liegend wächst und älter wird. Ich erkundigte mich nach Details und gab dann auf die Antworten nicht acht oder merkte sie mir nicht, so daß ich noch einmal fragen mußte. Jahrelang nicht aufstehen, dann aufstehen, dann noch einmal lange im Bett liegen. Eine unnatürliche Situation, sagt [Liselotte], wird natürlich, wenn sie dort, wo man sich befindet, ›normal‹ ist. Das weiß ich eigentlich selbst, aus den Lagern, aber Unbeweglichkeit war mir trotzdem eine frustrierende Leerstelle, ich tappte daran herum, versuchte es ehrlich, dann vielleicht doch nicht so ehrlich, weil es anstrengend war, und konnte mich nur ein wenig, nicht sehr, hineinversetzen. Ich reagierte ähnlich, wie andere auf die Lager reagieren, was ich den anderen gern übelnehme. Und lernte mühsam, was man in Freundschaften lernt, sich die eigenen Lasten vom Buckel zu nehmen und sie zu verwandeln, indem man sie verwendet, zu Werkzeugen, mit denen man greift und begreift, statt nur zwischen den eigenen Stacheldrähten hin und her zu laufen.

Freunde ergänzen einander, ergänzen heißt ganz machen, um das nötig zu haben, muß man geschädigt sein, aber wenn man es nötig hat, so kann man auch niemand brauchen, der auf dieselbe Weise beschädigt ist, sondern jemand, der andere Schäden aufweist. Die Freunde füllen die Lücken, sind komplementär, sie holen auf, was einem fehlt, sie tun, was man versäumt hat, Verwandte tun das nicht, oder wenn, dann nur zufällig.«

Die Beziehung zwischen dieser Kindheit im Krankenhaus und meiner im Lager, die sich aus dem gegenseitigen Entgegenkommen ergab, mir selbstverständlich vorkam, aber anderen weit hergeholt erschien, dürfte heute klarer sein. Ich empfand damals, und das vorliegende Buch rechtfertigt mich, daß die verschiedenen Überlebensstrategien der jüdischen Kinder im antisemitischen Europa metaphorisch füreinander stehen können, Krankenhaus oder Lager oder sogar Internat. Man denke an George Arthur Goldschmidts zu Recht gefeiertes Buch *Die Absonderung*, das die Grausamkeiten beschreibt, denen ein jüdisch-deutsches Flüchtlingskind in einem französischen Internat ausgesetzt ist, und das den Geschwister-Scholl-Preis sicher auch deshalb erhielt, weil unsere diversen Kindheiten in der Nazizeit miteinander so verwandt sind und soviel über einander aussagen.

Der erste Teil von *Die verlorene Sprache* behandelt die Unsicherheiten der Ausländerin in Amerika, die anders und anderswo sozialisiert worden ist und von den Einheimischen als nicht ganz vollwertig behandelt wird. Durch ihre Mehrsprachigkeit »versteht« Rachel zwar wörtlich und im übertragenen Sinn mehr als andere und kann auch ihren Unterhalt mit ihren Sprachkenntnissen verdienen. Doch ähnlich wie die zentrale Figur der Dolmetscherin in Ingeborg Bachmanns Erzählung *Simultan* wird die Vermittlerrolle der Heldin auf Schritt und Tritt in Frage gestellt. Die Übergänge von einer Sprache zur anderen bestätigen auch ihre Heimatlosigkeit, sind also gleichzeitig eine Stärke und ein Nachteil denen gegenüber, die sowohl eine Muttersprache als auch ein Vaterland haben. Rachel Bernstein besitzt weder die eine noch das andere. Sie bleibt die Fremde, die ihre Umgebung mit kritischen Augen sieht. Gerade in dieser Beziehung ist Liselotte Marshalls Heldin wenn nicht typisch, so doch paradigmatisch für die Völkerwanderung unseres Zeitalters der Flüchtlinge aus aller Herren Länder. Als Fremde ist sie den Einheimischen zwar interessant, aber nicht auf Dauer. Eheschließung und Ehescheidung sind Ausdruck dieser komplexen Situation. Abwechselnd setzt sie sich durch und scheitert und weiß schließlich nicht mehr, was ausschlaggebend ist. Es kommt zu einer Krise und dem schon erwähnten Nervenzusammenbruch bei der Übersetzungsarbeit. Folgerichtig führt diese Krise schließlich zur Rückkehr nach Europa, zunächst nach England, danach in die Schweiz.

Das Sanatorium ihrer Kindheit besteht nicht mehr, weil die medizinische Chemie den langen Krankenhausaufenthalt bei Tuberkulose unnötig gemacht hat. Das Städtchen, dem die Autorin den biblischen Namen der Stelle gibt, wo der Patriarch sein Hüftleiden und seinen heiligen Namen Israel erwarb, hat seinen wirtschaftlichen Rang weitgehend eingebüßt und ist ein Kurort und Konferenz-Zentrum geworden. Die nunmehr Altgewordenen aus der Sanatoriumszeit begrüßen Rachel mit einer Palette von Reaktionen. In diesen diversen Wiedererkennungsszenen sind Spannung und Lösung des Romans enthalten.

Erinnerungen brechen wie alte Wunden auf, spezifische Erinnerungen, die sich fortsetzen in der Welt der Erwachsenen. Zum Beispiel das Spiegelmotiv: Während ihrer Scheidung zeigt Rachels Spiegel ihre körperlichen Mängel, sie sieht sich als eine unattraktive, alternde Frau. In London ruft ein alter Spiegel die Zeit ins Gedächtnis zurück, als der Spiegel Vermittler der Außenwelt war. Als der reifen Frau ein Spiegel geschenkt wird, ist diese schon auf dem Weg nach Péniel, in ihre Kindheit. Dort angekommen, kann sie endlich ihre ungebrochenen Beobachtungen anstellen und ihre eigenen Urteile fällen, mit dem wachen Verstand und der Objektivität – sozusagen »ohne Spiegel« – der Erwachsenen, die dieser alten Bewährungsstätte entwachsen ist. Der Ton dieser Icherzählerin ist fast immer ein wenig aufreizend. Sie ist kritisch, überkritisch, denkt die Leserin manchmal kopfschüttelnd, und so erheiternd ihre Bemerkungen und Beobachtungen auch sind, manchmal geht uns diese Person auf die Nerven, und wir möchten ihrem kritischen Auge nicht ausgesetzt sein. Sicher, denken wir seufzend, fände sie auch an uns etwas auszusetzen! Der Unterhaltungswert liegt allerdings gerade in den bissigen Bemerkungen, mit denen sie die Umwelt versieht. Sie hat den Vorteil, daß sie Europa an Amerika und umgekehrt messen kann.

Nach und nach stellt sich heraus, daß das Buch weitgehend gerade von dieser Sünde der Überheblichkeit handelt, und das gilt für Rachel ebenso wie für die calvinistische Schweizer Familie, die Arnauds, die früher das Sanatorium leiteten. Schon in der Schweiz war Rachel Ausländerin, und die Menschen, von denen sie abhängig war und denen sie sich nähern wollte, behandelten sie unnachgiebig als Fremde. Die Schweizer Landschaft scheint auf in ihrer Schönheit und beklemmenden Enge, harte Felsen, begrenzende Berge. Dazu paßt die religiöse Ausschließlichkeit der calvinistischen Familie, mit der Rachel während ihrer Jugendjahre am meisten zu tun hatte. Dieselben abweisenden Leute, die ihr eine Annäherung verwehrten, waren es jedoch auch, die ihr das Leben retteten, indem sie sie in der Schweiz behielten, als kein Geld mehr aus Deutschland kam. Rachel empfindet zunächst nur Ressentiments. Allmählich läßt sie auch die andere Seite gelten, so daß sie der kalten, stiefmütterlichen Madame Arnaud schließlich vor deren Tod für das gerettete Leben danken kann. Im antisemitischen Europa war die Situation der gejagten Judenkinder eben ganz besonders prekär. Ähnlich ergeht es dem Jungen in Goldschmidts Kindheitsbüchern, der von seiner Internatsdirektorin zwar oft und grundlos geschlagen, aber von ihr eben auch vor den Nazis beschützt wurde.

Ist sie nun wirklich überwunden, diese Jugend, oder, wie die damit verbundene Krankheit, zwar geheilt, aber nicht ohne Spuren zu hinterlassen? Vor allem wird es unserer Heldin klar, wie sehr sie selbst sich an anderen vergangen hat: als Kind an einem anderen Kind, mit dem sie nicht spielen wollte, weil es durch Hauttuberkulose entstellt war; später, als sie selbst Betreuerin kranker Kinder geworden ist, durch einen Wutanfall an einem ihrer nichtjüdischen deutschen Schützlinge. Schließlich, in der erzählten Gegenwart, hat sie die Situation wiederholt, an der ihre eigene Ehe gescheitert ist, indem sie mit einem verheirateten Mann ein Verhältnis begann. Diese Einsichten führen denn auch wenn nicht zur Versöhnung mit der Vergangenheit, so doch zu der Fähigkeit, mit dem zu leben, was man gewesen ist, und es, so gut es geht, in Zukunft besser zu machen. Das Selbstmitleid hört dort auf, wo man sich nicht nur in der Opfer-, sondern auch in der Täterrolle sieht. Ob man sich selbst und den anderen verzeiht? Mir scheint, daß das Buch diese Frage offenläßt; allerdings zeigt uns die Autorin auf den letzten Seiten, im Epilog, wie ihre Rachel mit den Menschen, die sie jahrelang gemieden hat, ihren Frieden gemacht und mit ihnen umzugehen gelernt hat.

Das Buch heißt im englischen Original »Tongue-tied«, ungefähr »aussageunfähig«, buchstäblich »mit gebundener Zunge«. Hier tritt das Paradox der Mehrsprachigkeit zutage, denn diese ist an der Oberfläche eine Bereicherung und ist trotzdem, wie wir gesehen haben, auch eine Art Behinderung; während die körperliche Behinderung, wenn man näher hinsieht, zur Bereicherung werden kann, weil sie Einsichten ermöglicht, über welche die Menschen in der Ebene – also die gesunden – nicht verfügen. Die diskret angedeutete Beziehung der Kindheitserfahrung zum Mythologischen ergibt sich daraus, daß Jakob die Begegnung mit dem Engel und den Segen, der ihm zuteil wird, mit dem lebenslänglichen Fluch der Hüftbeschwerde bezahlte. Und auf einmal frage ich mich: In welcher Sprache verhandelten Jakob und der Engel eigentlich miteinander? Sind die Engel immer so zuvorkommend, sich der Sprache derer zu bedienen, mit denen sie gerade ins Handgemenge geraten? Bedurfte es einer Übersetzung, oder war da vielleicht nur die unmißverständliche Sprache menschlicher Gebrechlichkeit, in der alles lag, wie man's eben nimmt, Kampf und Segen und Verwundung?